Unsterbliche Leidenschaft

Rosemary Laurey

Unsterbliche Leidenschaft

Deutsch von Christian Kennerknecht

Weltbild

Originaltitel: *Be Mine Forever*
Originalverlag: Zebra Books/Kensington Publishing Corp., New York

Published by Arrangement with KENSINGTON
PUBLISHING CORP., New York, NY, USA

Besuchen Sie uns im Internet:
www.weltbild.de

Die Autorin

Rosemary Laurey wurde in Großbritannien geboren und lebt heute im US-Bundesstaat Ohio. Bis zu ihrer Pensionierung arbeitete sie als Sonderschullehrerin. Heute stürmt die begeisterte Großmutter mit ihren Romanen regelmäßig die amerikanischen Bestsellerlisten. Als Weltbild Taschenbuch erschienen bereits ihre Vampirromane *Unsterbliche Küsse* und *Unsterbliche Liebe*.

Weltbild Taschenbuch

1

September. Devil's Elbow, Oregon

»Miss Connor, Ihr Vater erwartet Sie.«

Alan Grant war der jüngste in einer langen Reihe persönlicher Assistenten. »Danke! Ist er in der Bibliothek?«

Alan nickte. Elizabeth ging über den gefliesten Dielenboden und betätigte den kristallenen Türknauf.

Hier, an der Küste Oregons, hatte ein Innenarchitekt unter beträchtlichem Kosten- und Zeitaufwand eine Art britischer Adelsbibliothek entstehen lassen. Als Kind war sie von dem Raum fasziniert gewesen, aber mittlerweile kannte sie so manche echte Privatbibliothek uralter Herrensitze und hatte einen geschärften Blick für Nachahmungen.

Ihr Vater stand am Fenster, neben ihm Laran Radcliffe. Verflixt aber auch! Sie war eigens zu ihrem Vater nach Hause anstatt ins Büro gekommen, weil sie Laran nicht sehen wollte. Was machte der Mann hier? Sie standen Hüfte an Hüfte, so eng, dass sie sich fragte, ob ihr Vater mit ihm schlief. Bei *dem* Gedanken unterdrückte sie ein Lächeln.

»Lizzie, meine Liebe!« Ihr Vater begrüßte sie mit offenen Armen. »Was für eine Überraschung.« Sie umarmte ihn, und die beiden hauchten sich einen distanzierten Kuss zu. Darauf trat er zurück, ließ aber seine Arme auf ihren Schultern. »Was führt dich denn den weiten Weg hierher? Muss ja enorm wichtig sein.«

»Guten Tag, Miss Connor.«

»Guten Tag, Laran.« Schon der Gedanke an diesen Mann ließ sie innerlich erschaudern. Es mussten seine Augen sein und die blässliche Haut, die sie an den Bauch einer Schlange denken ließ und die aussah, als würde sie niemals schwitzen. »Könnte ich alleine mit dir reden, Vater?« Sie würde sich hüten, vor Laran Radcliffe darüber zu sprechen. So wie es aussah, steckte er mit den Marshs unter einer Decke.

Ihr Vater zögerte. Würde er etwa auf seiner Anwesenheit bestehen? Nein, der Göttin sei Dank! Auf ein Nicken ihres Vaters hin entfernte sich Laran geräuschlos über den Aubusson-Teppich und schloss die Tür hinter sich.

»Nun, Lizzie? Wollen wir uns nicht setzen?« Ihr Vater zeigte auf die Ohrensessel neben dem unbeheizten Kamin. »Was führt dich denn nun zu mir, das du nicht am Telefon oder vor Laran mit mir besprechen könntest?« Er lehnte sich zurück, stützte die Ellenbogen auf die Armlehne und legte die Fingerspitzen aneinander. Seine amüsierte Attitüde ärgerte sie. Wenn er wüsste, was sie zu sagen hatte, würde ihm das Lachen sicher vergehen.

»Etwas stimmt nicht in der Filiale Mariposa. Möglicherweise ein schwerer Fall von Betrug.«

Er sah sie von oben bis unten an, und sie fühlte sich wie ein kleines Mädchen verunsichert.

»Wie kommst du darauf?«

»Es gibt zweierlei Bilanzen.«

Nun wurde er hellhörig. Interessiert zog er die Augenbrauen hoch und verschränkte seine Finger wie zum Gebet. »Seit wann betätigst du dich denn als Prüferin?«

»Mach ich ja nicht, aber ich kann eins und eins zusammenzählen. Sie haben merkwürdige Gepflogenheiten: separate Aufzeichnungen für nur mit Nummern gekennzeichnete Transaktionen, bei denen zum Teil erhebliche Beträge im Spiel sind. Ich vermute, sie wirtschaften in die eigene Tasche. Vergleichbare Beträge tauchen jedenfalls in den normalen Geschäftsbüchern nicht auf.«

»Ein unglaublicher Vorwurf. Bist du dir wirklich sicher?«

»Sicher genug, dass ich den weiten Weg auf mich nehme, um dich darüber zu informieren.« Damals hatte sie jedenfalls geglaubt, es sei besser, die Angelegenheit unter vier Augen zu erörtern, aber nun ...

»Wie hast du das denn den Marshs klargemacht?«

»Ich habe gesagt, ich bräuchte eine Woche frei, um dir mitzuteilen, dass sie die Bilanzen fälschen.«

»Lizzie! Bitte!«

»Dad, glaubst du, ich bin blöd? Ich sagte, ich würde zu Heathers Geburtstag nach Hause fahren.«

»Heather?« Er runzelte die Stirn, als würde er sich nicht an den Namen erinnern. »Oh, Adelas Töchterchen.«

»Meine Schwester.« Die einzige, die sie hatte, trotz vier gescheiterter Ehen ihres Vaters. »Wir wollen uns sehen, solange ich hier bin.«

»Wäre schön, wenn du etwas länger bleiben könntest.«

Das hatte sie vor. »Ein paar Tage.«

»Gut. Was genau glaubst du denn nun entdeckt zu haben da drüben?«

Sie erklärte alles, so gut sie konnte, und zu ihrem Erstaunen hörte ihr Vater sogar zu. »Und du bist dir wirklich sicher?«

»Dad, ich bin keine Wirtschaftsprüferin. Wozu gibt es Experten? Sollte ich mich täuschen, umso besser, falls nicht, passieren da echt schmutzige Dinge.«

»Allerdings, sollte es tatsächlich zutreffen«. Er runzelte die Stirn. »Hast du sonst jemandem davon erzählt?«

»Dad, ich bin nicht dumm! Den Äußerungen der Marshs zufolge hat Laran ihnen zu einem Kauf geraten, als es mit der Firma den Bach runterging. Sie bekreuzigen sich nicht gerade, wenn sie seinen Namen aussprechen, aber sie würden alles machen, was er verlangt.« Was auch auf einen Großteil der schmalen Belegschaft zutraf, die Connor Inc. als ihre einzige Rettung betrachtete.

Er spitzte die Lippen, als zöge er diese Möglichkeit in Betracht. »Du glaubst, Laran würde klammheimlich krumme Dinge drehen?«

Sie würde der rechten Hand ihres Vaters jederzeit alles zutrauen, behielt das aber für sich. »Das habe ich nicht gesagt, Dad. Ich glaube lediglich, dass es gut wäre, die Angelegenheit von einer unabhängigen Instanz überprüfen zu lassen.«

Er lächelte. »Lizzie, du hast recht; was wir besprochen haben, bleibt unter uns. Ich werde die Sache untersuchen lassen. Pack du jetzt erst mal aus, und abends gehen wir in Florence zusammen essen. Vielleicht finden wir ein bisschen Zeit füreinander.«

»Wäre schön.«

Alan Grant lauerte in der Eingangshalle, als sie die Bibliothekstür hinter sich zumachte. »Miss Connor, ich habe Ihr Gepäck nach oben auf Ihr Zimmer gebracht. Kann ich sonst noch was für Sie tun?«

Alles, was sie im Moment brauchte, lag jenseits der Talente des dienstfertigen Alan. »Im Moment nicht, danke.«

Auf ihrem ehemaligen Zimmer kickte sie die Schuhe von den Füßen, zog einen Stuhl zum Fenster und blickte, die Füße auf das Fensterbrett hochgelegt, über die weißen Gipfel und den grauen Ozean; dabei stellte sie sich die Frage, ob sich die weite Reise überhaupt gelohnt hatte und wie bald sie, ohne unhöflich zu sein, wieder abreisen konnte.

»Weißt du es schon?« Piet Connor hätte sich die Frage sparen können. Laran kochte sichtlich vor Wut und hätte Nägel spucken oder ohne jedes Vorspiel in den nächstbesten Nacken beißen können. »Was machen wir denn jetzt?«

»Ich werde mich darum kümmern. Solange es nur eine unglückliche Vermutung von ihr ist, haben wir kein Problem. Sollte sie aber weiterhin ihre Nase in Dinge hineinstecken, die sie nichts angehen …« Er unterbrach. »Wir hätten sie nicht einbinden sollen.«

Piet runzelte die Stirn. Immerhin kam der Vorschlag von Laran, Lizzie ein Stück weit einzuweihen. »Es war deine Idee.«

»Meiner Idee zufolge sollte sie es gewesen sein, die die

EDV-Installation vorgenommen hat. Es war nicht vorgesehen, dass sie die alternative Buchführung aufdeckt und möglicherweise den ganzen Plan gefährdet!« Sein Blick verfinsterte sich zusehends. »Sonst hat sie mit niemandem darüber gesprochen?«

»Sie hat gesagt Nein, aber ...« Piet krampfte sich der Magen zusammen. »Wer weiß, vielleicht ist das FBI informiert.«

»Glaub ich nicht. Sonst wärst du jetzt nicht hier.«

Piet zitterten die Knie, obwohl er saß. »Schreckliche Vorstellung! Was machen wir denn nun?« Panik stieg in ihm hoch und drohte ihn von innen her aufzufressen und ihn und die ganze, über viele Jahre hinweg aufgebaute Organisation zu verschlingen. Was wenn die anderen Beteiligten davon erführen? »Wir stehen vor einer Katastrophe!«

»Möglicherweise«, pflichtete Laran bei, »aber so weit wird es nicht kommen. Nicht mit mir.« Er trat an den antiken Walnussschreibtisch und nahm Piets Hand. »Du machst dir zu viele Sorgen.« Er hielt die Hand gegen sein Gesicht und lauschte auf den Klang des Blutes, das heftig in Piet Connors Körper pulsierte. »Beruhige dich, Piet.« Zärtlich fuhr seine Zunge über die Haut auf den blassblauen Venen. »Ganz ruhig. Elizabeth darf von deinen Ängsten keinesfalls etwas merken.« Er leckte weiter, so lange bis die Venen hervortraten. Als Piets Herzschlag sich beruhigte und seine Schultern sich entspannten, biss Laran zu.

Piet seufzte befriedigt auf und lächelte – ein sanfteres und wahrhaftigeres Lächeln als alles, was seine vier Frauen je zu Gesicht bekommen hatten. Sein genussvolles Gemurmel verstummte, als Laran zu saugen aufhörte und die Wunde durch abermaliges Lecken versiegelte.

»Du hast zu früh aufgehört!«, protestierte Piet, dessen Körper bereit war für mehr und danach verlangte.

Laran schüttelte den Kopf, ein stumpfes Leuchten in seinen dunklen Augen. »Nein, Piet. Wir beschließen die Sache nach dem Abendessen. Geduld!«

Der Blick aufs Meer konnte Elizabeth nicht beruhigen, vielmehr wurde das bedrohliche Gefühl, dass etwas nicht stimmte, mit jedem Besuch zu Hause nur noch schlimmer. Als Kind hatte sie an der Unordnung und der Spannung in ihrer Umgebung gelitten, und es war Adela gewesen, Heathers Mutter und die zweite von Elizabeths drei Stiefmüttern, die ihr beigebracht hatte, sich vor allerlei negativen Einflüssen zu schützen. Diese Fähigkeiten konnte sie nun gut gebrauchen. Der Aufruhr um sie herum war grenzenlos. Wenn sie für die kommenden paar Tage ruhig und fokussiert bleiben wollte, brauchte sie ein sicheres Refugium.

Aus einer kleinen Dose in ihrem Koffer nahm sie zwei Lorbeerblätter und zerbröselte sie in den vier Ecken des Zimmers. Dann zündete sie eine blassgraue Kerze an, stellte sie auf den Fußboden vor die gläserne Schiebetür und setzte sich mit überkreuzten Beinen davor. Sie beobachtete den flackernden Lichtschein auf dem dünnen Docht und konzentrierte sich gleichzeitig auf ihren Atem und die reinigende Wirkung der langsam brennenden Flamme. Sie schloss die Augen, während sich ihr Geist beruhigte.

Wenige Minuten später blies sie, innerlich entspannt und gelöst, die Kerze aus und ging ins Bad, um eine Dusche zu nehmen. Danach zog sie eine frische Hose und ein sauberes T-Shirt an. Sie entschloss sich für ein lilafarbenes, das zu der neuen Kette passte, Silber und Amethyst, die sie in England gekauft hatte. Noch ein Hauch Mascara und etwas von dem neuen Lippenstift aus dem Dutyfreeshop, und sie war fertig. Dann nahm sie ihre schwarze Lederjacke und die Handtasche, machte die Tür hinter sich zu und ging langsam die breite, geschwungene Treppe hinunter.

Draußen spazierte sie über den Kiespfad zur Klippe und schaute hinunter auf die heranrollenden Wellen. Wie sie diese Stelle liebte; als Kind war sie so gut wie ständig draußen gewesen. Vielleicht würde sie am nächsten Morgen zum Strand hinunterklettern, wie sie es als Kind immer gemacht hatte, oder aber nach Erwachsenenart doch einfach den Pfad nehmen. Zunächst einmal musste sie ihren Vater überzeugen, wegen der Vorgänge in Devon etwas zu unternehmen. Noch heute, beim Abendessen, würde sie ihn noch einmal darauf ansprechen und ihn drängen, wenigstens einen Prüfer hinzuschicken. Die Sache dort stank derart zum Himmel, dass sogar sie es gerochen hatte. Ein Profi würde den Schwindel zweifelsohne aufdecken.

Sie machte sich auf den Rückweg zum Haus. Verdammt! Laran erwartete sie bereits, lässig gegen das Auto gelehnt und allem Anschein nach fest entschlossen, sie zu begleiten. Noch bevor sie ihn bitten konnte, hierzubleiben, weil sie den Abend lieber mit ihrem Vater alleine verbracht hätte, kam Dad an und drängte sie alle zum Einsteigen.

Die Motorgeräusche des abfahrenden Autos waren noch nicht ganz verklungen, da rannte Alan, zwei Stufen auf einmal, über die Treppe hinauf direkt in Elizabeths Zimmer. Seinen Dietrich brauchte er nicht; die Tür war unverschlossen. Er hatte den Auftrag, alles zu durchsuchen, Kopien sämtlicher Disketten oder CDs, die er fand, anzufertigen und Papierunterlagen zu fotokopieren. Aber außer einem Brief einer gewissen Heather gab es keine Papiere. Auch CDs oder Disketten ließen sich nach gründlicher Suche keine finden. Ihre Brieftasche enthielt Kreditkarten, weniger als er besaß, den Führerschein und einen Bibliotheksausweis.

Kaum waren der Brief, die Ausweise und Karten kopiert und wieder an Ort und Stelle, inspizierte er ihren Mietwagen. Er fand zwei CDs: *Aida* und John Michael Montgomery. Eine fragwürdige Musikauswahl. Nur um sich zu vergewissern, hörte er in beide CDs kurz rein. Er hatte sich nicht getäuscht. Miss Connors Musikgeschmack war mehr als fragwürdig. Er legte eine Scheibe zurück in den Player, die andere ins Handschuhfach, wo er sie gefunden hatte. Damit war sein Auftrag erledigt, und er schloss das Haus ab und machte es sich mit einem Terminator-Video bequem.

Schönes Vater-Tochter-Dinner – mit Laran am Tisch, der keinen Bissen angerührt hatte. Elizabeth war sich nicht sicher, über wen sie sich mehr ärgern sollte – über sich selbst, weil sie ihrem Vater nicht klarmachen konnte, dass ihm tatsächlich ein Problem ins Haus stand, über ihren Vater, weil er ihre Bedenken nicht ernst nahm, oder über Laran, der ihr mehr oder weniger klar zu verstehen gab, dass es Unsinn war, was sie sagte. Ihre innere Ruhe nach der Meditation und dem Spaziergang zu den Klippen war dahin. Ein Wunder, dass ihr Vater ihr diesen Einsatz überhaupt zugetraut hatte, wenn sie so dumm war, wie die beiden sie hinstellten. Sollten ihn die Marshs doch ausplündern. Recht so. Sein Problem, wenn er nicht auf sie hören wollte! Mit diesem Gedanken zog sie sich aus und ging schlafen.

Am anderen Morgen erwachte sie entspannt und ausgeruht. Sie hatte sich am Abend zuvor einfach zu sehr aufgeregt und würde beim Frühstück noch einmal versuchen, mit ihrem Vater vernünftig zu reden – es sei denn, Laran würde mit am Tisch sitzen. Anscheinend wohnte er im Haus, um stets verfügbar zu sein. Der Mann brauchte Beschäftigung! Nein, er lebte ja wie ihr Vater nur für Connor Inc.

Sie zog die Vorhänge zurück und sah auf einen Himmel, der so grau war wie ihre Stimmung am Abend zuvor. Erste Regentropfen klatschten gegen das Glas. Ihre geplante Klettertour in den Klippen konnte sie also vergessen. Vielleicht würde sie ins Landesinnere nach Eugene fahren oder in ihrem Lieblingsbuchladen in Florence stöbern; möglicherweise blieb sie aber auch einfach zu Hause und las den Roman zu Ende, den sie im Flugzeug begonnen hatte.

Ihr Blick fiel auf das Buch mit dem blau-gelben Schutzumschlag, und sie hatte den Eindruck, dass es an einem anderen Platz lag. Bei näherem Hinsehen bemerkte sie noch mehr Details, die ihr am Abend zuvor in ihrem Zustand, müde und aufgebracht, entgangen waren: Im Schrank hing ein Kleiderbügel schief, und ihre Wäsche in der Schublade war sauberer gefaltet, als sie sie je zurückgelassen hatte. Das war doch wirklich der Gipfel! Sie reiste um die halbe Welt, um ihren Vater vor einer finanziellen Pleite zu bewahren, und was machte er? Schlägt ihre Warnungen in den Wind und lässt obendrein ihr Zimmer durchsuchen. Und von wem? Larans Finger in ihren Höschen konnte sie sich nicht vorstellen. Sie schauderte bei dem Gedanken und musste gleichzeitig lachen! Also doch dieser übereifrige und unterwürfige Alan. Verdammter Schleimer! Am liebsten hätte sie sich bei ihrem Vater über ihn beschwert. Er sollte ruhig wissen, dass Larans Handlanger einen verdammt miesen Job gemacht hatte.

Aber wozu? Ihr Dad interessierte sich sowieso nicht dafür, was sie sagte, und sie hatte nicht vor, hierzubleiben. Sollte Alan in seiner Freizeit doch ihre Tampons zählen. Sie würde einfach ein paar Tage früher zu Heather fahren.

Nachdem sie diesen Entschluss gefasst hatte, nahm Elizabeth noch schnell eine Dusche, nicht ohne sich zu fragen, ob sie ihr Duschgel und den Schwamm ebenfalls inspiziert hatten. Dann zog sie sich an, packte ihre Sachen und ging auf einen Kaffee und eine Scheibe Toast nach unten.

Alan, der mutmaßliche Spitzel, gesellte sich zu ihr, als sie gerade Marmelade aus Marionbeeren, eine Spezialität dieser Gegend, auf ihren Toast kleckste. Bildete sie es sich nur ein, oder hatte er doch etwas Durchtriebenes im Blick, als er Guten Morgen sagte und sich Kaffee eingoss. Vielleicht rätselte er darüber nach, ob sie an diesem Morgen den schwarzen oder den rosafarbenen BH trug. Sie hätte es ihm gerne gesagt und ihn mit dem anderen Wäschestück erwürgt. »Ich war mir nicht sicher, welche Frühstücksgewohnheiten Dad zurzeit so hat.«

»Er frühstückt zusammen mit Mr Radcliffe in seinen Gemächern. Gegen acht Uhr serviere ich den Herren Kaffee, Müsli und Obst.«

Es war erst kurz nach sieben. »Gut, dass ich nicht gewartet habe.« Sie butterte die zweite Scheibe Toast.

Während Alan abzog, um zu tun, was auch immer ein guter kleiner Spion im Büro seines Chefs zu tun hatte, griff Elizabeth nach dem Telefon. Heather sollte doch Bescheid wissen, dass sie früher kommen wollte. Zwar würde sie wegen des Zeitunterschieds zwischen Oregon und Chicago schon in der Schule sein, aber man konnte ja eine Nachricht hinterlassen.

»... verdammter Mist!« Fast hätte sie den Hörer wieder aufgelegt, als sie die Stimme ihres Vaters hörte, wurde aber bei der Nennung ihres Namens hellhörig. »Ich habe Lizzie eigens beauftragt, um sie mit hineinzuziehen. Ich wollte es schwarz auf weiß haben, dass sie vor Ort gewesen war. Woher zum Teufel hätte ich denn wissen sollen, dass sie so viel von Computern versteht?« Sein Pech, dass er nicht zu ihrer Examensfeier gekommen war.

»Was willst du denn jetzt tun?«, fragte eine unbekannte männliche Stimme.

»Ich kann nicht zulassen, dass sie es überall ausposaunt. Das würde die ganze Unternehmung gefährden. Laran wird sich um sie kümmern.«

Sie fühlte, wie eine bleierne Hand nach ihr griff. Ihr Puls raste, und ihre Brust bebte. Beinahe hätte sie den Hörer fallen gelassen. Was auch immer in Devon vor sich ging, war bewusst geplant und abgrundböse. Ihre Entscheidung, sofort von hier abzuhauen, war richtig, und sie wollte unbedingt weg, bevor Laran sich um sie »kümmern« konnte.

Sie legte den Hörer so sanft auf, wie ihre zitternde Hand es zuließ, ließ ihren halb aufgegessenen Toast und den Kaffee auf dem Tisch zurück und floh auf ihr Zimmer. Die Tasche über der Schulter und den Koffer in der Hand, schlich sie über die Hintertreppe nach unten. Die Stufen waren ungeputzt und verstaubt, offenbar wurden sie inzwischen nicht mehr benutzt. Gut. Das verringerte die Gefahr, Alan in die Arme zu laufen. Die Treppe mündete in einem kleinen Flur zwischen Küche und Gartentür. Als niemand zu hören oder zu sehen war, nutzte sie die Gelegenheit, öffnete die Tür und rannte die paar Meter zu ihrem Mietwagen. Sie warf den Koffer hinten rein, startete den Motor und war innerhalb weniger Sekunden über die Zufahrt gerast. Sie steuerte Florence an, durchquerte die erwachende Stadt und gab Gas. Kurz vor Eugene bog sie auf die Autobahn ein und fuhr nordwärts in Richtung Portland. Die Entfernung betrug drei Stunden, aber sollte Laran sie verfolgen, würde er Eugene als ihr Ziel betrachten. Außerdem konnte sie in Portland leichter einen Flug bekommen. Eine halbe Stunde später machte sie eine Pause zum Tanken und für einen Kaffee und rief Heather an. Sie erwischte sie zu Hause. Machte sie etwa blau?

»Ich brauchte dringend einen Tag frei, Lizzie, um den vielen Papierkram zu bewältigen. Da hab ich mich krankgemeldet.«

Heather würde sich niemals ändern. »Na dann gute Besserung. Ich bin schon unterwegs zu dir. Sobald ich ein Ticket habe, gebe ich dir die Flugnummer durch.«

»Es ist etwas passiert, oder?«

»Ja. Etwas Schreckliches. Ich erklär's dir, wenn ich da bin.«

»Wie lange ist sie schon weg?«

Alan Grant holte tief Atem. Er steckte, gelinde gesagt, schwer in der Patsche. »Genau weiß ich es nicht, Mr Connor.« Er wagte es nicht, Mr Radcliffe in die Augen zu sehen – allein seine Gegenwart ließ ihn erschaudern. »Länger als eine halbe Stunde kann es nicht sein. Als ich ging, hat sie gerade Kaffee getrunken und die Zeitung gelesen. Ich kam hierher, um die übrigen Faxe durchzugeben und E-Mails herunterzuladen. Als ich mir noch eine Tasse Kaffee holen wollte, war ihr Auto weg.« Dem Gesichtsausdruck beider nach zu urteilen, könnte er von Glück sagen, wenn er nur gefeuert würde.

Die beiden Männer tauschten Blicke.

»Zum Flughafen?«, fragte Mr Connor.

Mr Radcliffe nickte und richtete den Blick auf Alan. »Nehmen Sie den Taurus und fahren Sie zum Flughafen. Sehen Sie nach, wo sie ist, aber lassen Sie sich nicht dabei erwischen. Verstanden?«

Alan nickte. »Ja, Sir.«

»Ermitteln Sie ihr Flugziel, die Airline und die Flugnummer. Ich rechne mit diesen Informationen innerhalb der nächsten zwei Stunden.«

»Was ist, wenn sie schon weg ist, Sir?«

»Ich hoffe für Sie, dass das nicht der Fall ist«, erwiderte Laran.

»Ja, Sir.«

»Die Nummer des Ankunftsflugs und der Mietvertrag für das Auto sind auf dem Schreibtisch«, fügte Mr Connor hinzu. »Das könnte Ihnen weiterhelfen.«

Alan Grant griff nach den Papieren und rannte los. Die Fahrt nach Eugene dauerte eine gute Stunde.

Piet Connor nahm hinter seinem Schreibtisch Platz. »Glaubst du, er findet sie?«

»Ich will es hoffen. Sollte sie sich entschließen, ihre kleine Entdeckung dem FBI mitzuteilen, droht dir ein längerer Aufenthalt hinter schwedischen Gardinen.«

»Ich habe den Deal doch nicht gestartet!«, rief Piet.

»Stimmt, es war meine Idee, aber glaubst du denn, irgendein sterbliches Gericht schafft es, mich hinter Gitter zu bringen?«

»Ich soll also alles alleine ausbaden?«

»Keineswegs. Ich erwarte von dir, dass du mir Elizabeth auslieferst. Dann sorge ich dafür, dass sie sich an nichts erinnert.«

»Das wolltest du schon gestern Abend erledigen!«

»Bedauerlicherweise trug sie Silber, und auch mir sind Grenzen gesetzt.«

»Was zum Teufel soll das heißen?« Piet nahm Alans Anruf entgegen, wechselte aber auf den Apparat mit Lautsprecher über, damit Laran die schlechte Nachricht mithören konnte.

»Allmächtiger Gott! Wir sprechen hier vom Flughafen in Eugene und nicht Los Angeles. Sie muss doch zu finden sein!«

Larans einzige Reaktion bestand in einem leichten Heben der Augenbrauen. Trotzdem war Piet klar, dass er sich über die Maßen ärgerte.

»Mr Connor, sie ist nicht da. Sie hat das Auto nicht abgegeben. Ich bin den ganzen Flughafen dreimal abgegangen – sogar ein Ticket für den Shuttle-Flug nach San Francisco habe ich gekauft, um durch die Security zu kommen. Ich behalte jetzt die Eincheckschalter im Auge, um zu sehen, ob sie auftaucht, aber …«

»Mach das, Alan.« Wo zum Teufel war sie abgeblieben?

Laran trat näher an den Schreibtisch heran. »Du hältst die Stellung, bis wir dich zurückrufen. Vielleicht hat sie unterwegs haltgemacht zum Essen – oder eine ganz andere Richtung eingeschlagen. Wo sind die Informationen von gestern Abend?«

»Alle Fotokopien befinden sich in dem Ordner mit der Aufschrift *Elizabeth Connor* im Posteingang auf dem Schreibtisch von Mr Connor. Viel ist es nicht, aber mehr konnte ich nicht finden.«

»Bleib, wo du bist, bis ich mich wieder melde.« Er hieb auf die Taste, mit der die Verbindung unterbrochen wurde. »Idiot! Wenigstens ist er gut aufgehoben, bis ich mich um ihn kümmern kann. Aber zuerst schnappen wir uns Elizabeth.«

Piet nahm den Ordner und schlug ihn auf. Während er in den Kopien blätterte, blickte ihm Laran über die Schulter und las mit. Alan hatte recht gehabt, es war leider nicht viel: Lizzies Hin- und Rückflugtickets, Kopien von ihrem Pass, dem Führerschein und ihren Kreditkarten – offenbar hatte sie zusätzlich zu jener, die er ihr gegeben hatte, auch eine eigene –, eine benutzte Fahrkarte nach London und zurück, ein paar Kreditkartenabrechnungen und eine Rechnung für eine Hotelübernachtung. Wirklich nicht viel. Bis auf die letzten beiden Blätter. Aber was für eine Klaue.

»Wer ist denn Heather?«, fragte Laran über Piets Schulter hinweg. »Sie bezeichnet Elizabeth als ihre ›Schwester‹, aber …«

»Sie ist ihre Stiefschwester! Die Tochter von Adela. Sie und Lizzie haben sich nach unserer Heirat angefreundet.«

»Vielleicht ist sie ja dorthin gefahren«, sagte Laran und tippte mit dem Finger auf die einigermaßen leserliche Adresse. »Nach Chicago. Diese Heather schreibt, sie würde sich auf ein Wiedersehen freuen.«

Piet nickte. »Könnte sein. Als Mädchen waren die beiden dicke Freundinnen.«

»Das muss es sein! Wenn ich den Firmenjet nehme, bin ich noch vor ihr da.«

»Ein weiter Weg auf einen blinden Verdacht hin.«

»Wäre es dir lieber, sie erzählt überall von ihrem Verdacht, bei Connor Inc. würde man die Bilanzen frisieren?«

»Um Himmels willen! Nein!« Schon bei dem Gedanken zitterte Piet. »Das würde sie niemals tun.«

»Sie wird keine Gelegenheit dazu haben!«

Die eiskalte Entschlossenheit in Larans Stimme ließ Piet erschaudern. »Aber wir haben es hier mit Lizzie, meiner Tochter, zu tun, nicht mit irgendeinem neugierigen Buchhalter!«

Laran lächelte. »Könnte ich deiner Tochter ein Haar krümmen? Ich werde ihr lediglich klarmachen, ihre Meinung gefälligst für sich zu behalten. Ich weiß sie doch ebenso sehr zu schätzen, wie ich dich schätze.« Er glitt mit zwei Fingern von Piets Ohr aus abwärts, bis Piet leise aufseufzte und sich nach vorne beugte, um seinen weißen Nacken zur Gänze freizulegen. »Nicht jetzt, Piet. Warte ein paar Tage. Ich fühle mich ja sehr geschmeichelt bei deinem Angebot, will dich aber nicht zu sehr schwächen. Du brauchst Kraft, um die Geschäfte zu führen. Ich habe erst letzten Abend ausgiebig getrunken, und dein Körper muss sich erholen. Wenn ich zurück bin, darfst du mir deine Venen zum Dank gerne darbieten.«

2

Chicago, Illinois. Am selben Abend

»Heather! Schön, dich zu sehen!« Elizabeth klammerte sich an ihre Schwester, als sei sie ihre letzte Hoffung.

Heather erwiderte die Umarmung. »Ich freu mich auch. Bei deinen Anrufen wird einem ja angst und bange.«

»Ich hatte tatsächlich Angst.« Erst jetzt, da sie sich in sicherer Entfernung von ihrem Vater und Laran befand, beruhigte sie sich allmählich. »Nun geht's mir gut.« Sie atmete aus, als hätte sie die Luft über Stunden hinweg angehalten.

»Jetzt bist du hier. Das ist das Wichtigste. Hast du Gepäck?«

»Nein. Ich habe nichts aufgegeben. Lass uns schnellstmöglich von hier verschwinden.« Sie wurde die Angst nicht los, dass Laran Radcliffe jederzeit hier erscheinen könnte, um sich um sie zu »kümmern«.

Heather blickte ihre ältere Schwester von oben bis unten an. »Du siehst nicht gut aus. Wann hast du denn zum letzten Mal was zu dir genommen?«

Sie musste eine Minute nachdenken. »Zum Frühstück, und auch da nur einen Bissen.«

Heather rollte ihre blauen Augen. »Dann wirst du jetzt erst mal was Richtiges essen. Wir legen auf dem Nachhauseweg einen Zwischenstopp ein.« Sie hakte sich bei Elizabeth unter. »Wirklich schön, dich zu sehen. Und jetzt erzähl. Was gibt es Neues in England?«

»Ich bin mir nicht sicher, ob dich das interessiert!«

»Und ob. Ich will alles wissen! Auch das, was dir Sorgen bereitet. Aber zuerst das Essen. Du darfst wählen: Pizza, chinesisch, indisch oder die fettigsten, leckersten Kebabs von ganz Chicago.«

Sie kehrten in einem kleinen, schlauchförmigen Kebabshop ein, in dem es nach Essen und warmen Gewürzen roch. Als sie schon bestellt hatten, bestand Heather unbedingt darauf, auch noch eine Flasche Wein zu teilen. »Ich kann es gar nicht erwarten, dir mein Haus zu zeigen«, sagte sie. »Klar, es ist alt, und man muss einiges daran machen, aber …« Heather schüttelte den Kopf. »Ich hätte nie daran gedacht, nicht im Traum, dass ich mich einmal so niederlassen würde, aber als ich zu unterrichten begann, kam das Angebot meiner Mom, für die Anzahlung was dazuzuschießen. Und um ehrlich zu sein, es gefällt mir, was Eigenes zu haben.«

»Bist du gerne Lehrerin?«

»Ich unterrichte für mein Leben gern. Nur den vielen Papierkram hasse ich, aber dafür habe ich ein geregeltes Einkommen, und mir bleibt genügend Zeit zum Töpfern. Ich habe genügend Geld für Ton, und die horrenden Rechnungen der Stadtwerke kann ich auch bezahlen. Mein Traum ist es ja, irgendwann einmal von meinen Töpferarbeiten leben zu können, aber bis es so weit ist, bleiben mir die Sonderschüler der Klassen sieben und acht.«

»Wie läuft's denn so mit der Keramik?«

»Ich kann nicht klagen. Es gibt ein paar Läden, die meine Sachen in Kommission nehmen, und wenn ich genügend Zeit und Geld habe, besuche ich Handwerksmärkte. Eine weitere Absatzmöglichkeit verdanke ich Mom. Ich mache Weiheschalen, Kelche und Räuchergefäße, zum Teil mit Verzierungen aus Email, und verkaufe sie bei Wiccatreffen.«

»Verstößt das nicht gegen deine Überzeugungen?« Diesen Seitenhieb konnte sie sich nicht verkneifen.

Heather grinste. »Es ist Geld, liebe Schwester. Und gutes Geld. Ich stelle gute Ware her und verkaufe sie zu einem fairen Preis. Wenn die Kunden sie dann für ihre abergläubischen Zwecke verwenden, ist das deren Sache.«

»Ich nehme an, deinen Kunden gegenüber bist du nicht so offen.«

»Lizzie, bin ich etwa blöd? Nie gewesen.«

»Nur wenn du die Rufe deiner Mutter in den Wind schlägst.«

Heather kicherte. »Sie verzeiht mir. Außerdem hat sie ja dich als Tochter im Geiste.«

»Ihre magischen Fähigkeiten sind für mich so gut wie unerreichbar.«

»Mom ist da aber entschieden anderer Meinung.«

Das hatte Adela ihr wiederholt selbst gesagt, und Elizabeth würde eine so erfahrene Hexe wie ihre Stiefmutter niemals anzweifeln.

Ihr Essen kam, und nachdem der Kellner gegangen war, fragte Heather: »Und jetzt würde ich gerne wissen, was dir so einen Schrecken eingejagt hat.«

»Könnten wir nicht zuerst essen?« Ihr knurrte der Magen, und außerdem glaubte sie, dass es ihr danach leichterfiel, von den Ereignissen der letzten vierundzwanzig Stunden zu berichten – und davon, was in den zwei Wochen davor geschehen war.

Heather nickte. Nach gut zehn Minuten und einem weiteren Glas Shiraz aus Australien hatte sich Elizabeth einigermaßen beruhigt.

»Also schieß los«, sagte Heather mit einem kumpelhaften Lächeln und füllte erneut ihre Gläser. »Was führt er denn Schlimmes im Schilde, mein gemeiner Stiefvater?«

Dieser Spaß war zu nahe an der Wahrheit und von daher komplett daneben. »Bist du dir wirklich sicher, dass du es wissen willst?«

Heather nahm die Flasche. »Willst du den Rest? Erzähl schon!«

Elizabeth berichtete.

Ihr Essen wurde kalt, und ihre Gläser blieben unangetastet.

Heather hörte mit großen Augen zu, und als Elizabeth alles wiederholte, fiel ihr prompt das Kinn herunter. »Mein Gott!« Heather atmete heftig, als ihre Schwester fertig war. »Wenn jemand anders mir das erzählt hätte, hätte ich glatt gesagt, das ist alles erfunden.«

»Aber mir glaubst du die Geschichte?«

»Natürlich! Du hast doch noch nie gelogen, und ich habe schon am Telefon gehört, wie sehr du außer dir warst. Ich glaube dir aufs Wort. Aber was sollen wir denn jetzt tun? Meinst du, sie sind hinter dir her?«

Dieser Gedanke war Elizabeth noch gar nicht gekommen. »Du meine Güte! Hoffentlich nicht. Ich will dich nicht mit hineinziehen.«

»Warum nicht? Ich bin deine Schwester, und meine Mom ist auch deine Mom. Kein schlechter Kontakt, oder?«

»Glaubst du denn mittlerweile an ihre Fähigkeiten?«

Heather schnaubte leicht. »Das spielt keine Rolle. Sie ist meine Mutter. Sie muss uns helfen. Das ist ein ungeschriebenes Gesetz unter Müttern und Töchtern.«

»Vielleicht sollten wir wirklich mit ihr reden.«

Heather grinste. »Dacht ich's mir doch. Wir werden mit ihr reden. Ich nehm mir morgen auch noch frei.« Sie grinste. »Ich habe eine schlimme Darmgrippe. Wir werden mit Mom in Oak Park zusammen Mittag essen.« Das klang vielversprechend. Adela hatte bisher noch immer einen Rat gewusst und würde auch jetzt weiterhelfen können.

»Also abgemacht!« Darauf leerte Heather den Rest der Flasche in Elizabeths Glas. »Für dich. Ich muss noch fahren. Wir sind in zehn Minuten zu Hause, gehen frühzeitig schlafen, und morgen holen wir uns Rat bei einer der mächtigsten Hexen im gesamten Mittleren Westen.«

Das Haus war dunkel und leer. Verdammt! Aber es gehörte eindeutig ihr. Der Name Heather Whyte stand klar auf dem Briefkasten – für das Auge eines Vampirs auch im Dunkeln gut lesbar. Waren die beiden Vögelchen etwa ausgeflogen? Wenn ja, wohin zum Teufel noch mal? Und falls Elizabeth nicht hier war, wo sonst könnte sie sich aufhalten? Er würde bis zum nächsten Morgen warten und dann noch einmal darüber nachdenken. Laran saß auf dem Verandadach und wartete. Die Nacht war kalt, umso besser, denn so würden die Nachbarn ihre Fenster geschlossen halten.

Knapp eine Stunde später bog ein kleiner roter Honda mit Elizabeth auf dem Beifahrersitz in den schmalen Zufahrtsweg ein. Bingo! Nacheinander wären sie ihm lieber gewesen, aber für einen Vampir waren auch zwei Sterbliche keine Herausforderung. Laran umkrallte mit seinen Fingern das Gewehr, das er unterwegs in einem Pfandleihhaus aufgetrieben hatte, und sprang vom Dach, als Heather das Auto absperrte. Sie schrie kurz auf, verstummte aber sofort, als er das Gewehr auf Elizabeth' Kopf richtete und unvermittelt drohte, beim geringsten Laut zu schießen.

Elizabeth wollte sich wehren, trat mit dem Fuß und versuchte, ihm ein Bein zu stellen. Er ließ sie ihre Kraft vergeuden, presste die Hand weiter auf ihren Mund, schlug aber, als sie zubiss, mit dem Gewehr seitlich gegen ihren Kopf und zerrte sie zum Nebeneingang.

»Aufmachen!«, zischte er Heather zu und, weil das noch nicht reichte: »Bitten Sie mich herein!«

»So förmlich heute. Wie heißen wir denn? Emilio Post?« Sarkastische Schlampe. Er entsicherte die Waffe, um ihr klarzumachen, dass er es ernst meinte. Sie warf ihm einen bösen Blick zu, fügte sich dann aber. »Kommen Sie schon rein!«

Unfreundlicher hätte sie beim besten Willen nicht sein können, aber ihm reichte das. Er trat über die Schwelle und setzte Elizabeth auf dem Küchenboden ab.

Heather beugte sich zu ihr hinunter und lamentierte ein paar Minuten lang wie eine alte Glucke herum. Sollte sie doch!

»Genug jetzt! Die Kleine ist doch nicht tot!« Noch nicht.

Wie auf einen Wink setzte sich Elizabeth auf und schüttelte den Kopf. »Hallo, Elizabeth!«, sagte er. Sie wurde bleich und verlor im nächsten Moment das Bewusstsein. Er trat mit dem Fuß nach ihr. »Aufstehen, los!«

Mit Heathers Hilfe schaffte sie es.

»Wer zum Teufel sind Sie?«, fragte Heather und hielt dabei Elizabeths Schultern mit den Händen umfasst.

»Fragen Sie doch sie. Sie weiß es.«

»Sein Name ist Laran Radcliffe. Er arbeitet für meinen Vater.«

»Der Fiesling, von dem du gesprochen hast?«

»Genau der.«

»Meine Damen.« Er setzte das unangenehmste Grinsen auf, das er zustande brachte. »Wir müssen uns unterhalten, zumindest Elizabeth und ich.«

»Mit Ihnen rede ich kein Wort!« Ihre Stimme schwankte leicht, aber ihre Augen sahen ihn herausfordernd an.

»Doch, du wirst. Andernfalls schieße ich deiner kleinen Freundin die Kniescheiben kaputt.«

»Er blufft«, sagte Heather. »Ein Gewehrschuss ohne Schalldämpfer und meine Schreie noch dazu würden die ganze Nachbarschaft alarmieren.«

Zeit, ihnen Feuer unterm Hintern zu machen. Er packte das widerspenstige Weib mit einer Hand am Kragen und drückte zu, bis ihr die Luft ausging. Während er sie zu Boden sinken ließ, wandte er sich Elizabeth zu. Sie befand sich auf halbem Weg zur Tür. Er stieß sie dagegen, zog sie wieder zurück, schlug die Tür zu und warf sie rücklings auf den Küchentisch. Sie erholte sich jedoch schnell von dem Schock und begann zu schreien und um sich zu schlagen.

Darauf ließ er ein lautes Knurren hören und zeigte ihr, um sie endlich zur Räson zu bringen, seine halb ausgefahrenen Fangzähne.

Sie erstarrte, vergaß ihren Mund zu schließen und riss die Augen vor Schreck weit auf. Er liebte diesen Anblick bei

Sterblichen. Sie blutete, wo er sie an der Stirn getroffen hatte, und der schwere Duft brachte seine Fangzähne komplett in Stellung. Sie öffnete den Mund, um einen weiteren Schrei auszustoßen, aber seine Hand unterdrückte jeden Laut, während sein Arm auf ihrer Brust lag und sie auf dem Tisch festhielt. »Ein Mucks, und um deine Freundin ist es geschehen. Sie ist jetzt nur bewusstlos, aber das lässt sich jederzeit ändern. Verstanden?« Als sie nickte, nahm er die Hand von ihrem Mund. »Gut. Und jetzt will ich alles wissen, was du von möglichen Unterkonten in unserer Filiale in Devon weißt.«

»Fragen Sie meinen Vater. Der kann Ihnen alles sagen.«

Er spreizte die Finger. Schöne Brüste. Ein andermal vielleicht ... Sie wand sich, worauf er umso fester drückte. »Ich weiß alles, was du ihm erzählt hast. Schließlich habe ich euer Gespräch Wort für Wort mitgehört.« Sie war schockiert, und ihr Herz raste. Na wunderbar. »Nun will ich den Rest auch noch wissen.«

Ihre Brust hob sich gegen seine Finger. »Ich habe meinem Vater alles gesagt, was ich weiß. Es gibt eine zweite Bilanz, und zwar allem Anschein nach numerisch verschlüsselt.« Sie funkelte ihn feindselig an. »Sollten Sie mitgehört haben, wissen Sie das längst.«

»Irgendeine Ahnung, was die Nummern bedeuten könnten?«

»Wenn ich das wüsste, hätte ich es Dad gesagt.«

»Was könnte denn vorgehen?«

»Etwas Illegales auf alle Fälle, verbotene Geschäfte unter der Hand.«

»Mit deinen schlauen Antworten bringst du deine kleine Freundin ernsthaft in Gefahr.« Sie blickte ihn weiter finster an, aber er lachte nur. Bemitleidenswerte Wesen, diese Sterblichen. »Ich will dir – und ihr – eine zweite Chance geben. Weißt du, was genau die Marshs im Schilde führen?«

Ihre Brust hob und senkte sich unter seinen Fingern, als sie tief Atem holte. Auf ihrer Unterlippe glänzten kleine Schweißperlen. Sterbliche in Panik waren faszinierend anzusehen. »Das ließ sich nicht feststellen. Auf jeden Fall ist etwas faul. Deshalb habe ich beschlossen, Dad zu informieren.« Sie hielt inne. »Er wusste längst Bescheid, nicht wahr? Ihr habt ein Ding am Laufen.«

Dieser ganze Aufwand für ein paar läppische Verdachtsmomente einer Menschenfrau. »Zwischen deinem Vater und mir besteht ein Arrangement. Deine Mitarbeit im Unternehmen ist ab sofort nicht mehr gefragt.«

»Ich würde mir die Finger auch gar nicht schmutzig machen.«

Dumme Göre! Ihm freche Antworten zu geben, wo doch ihre entsetzten Augen einen ganz anderen Eindruck machten. Er knurrte, und in dem Versuch, einen Schrei zu unterdrücken, entfuhr ihren Lippen ein klägliches Wimmern. Sie sah mit dunklen trotzigen Augen zu ihm auf, das blonde Haar aus der Stirn zurückgezogen, während süß duftendes Blut an ihrem Gesicht herunterrieselte.

Warum da noch länger warten? Seine gespreizte Hand drückte sie nach unten, er beugte sich über sie, leckte den Streifen Blut von ihrem Gesicht ab und genoss ihren Abscheu. Dann hob er den Kopf, sah ihr wieder in die Augen und, während sein Blick fest auf sie gerichtet war, senkte er seinen Mund auf ihren Hals.

Sie wehrte sich unentwegt. Umso besser. Durch den erhöhten Blutdruck floss der köstliche Saft umso stärker, und ihre Angst sorgte für einen zusätzlichen Reiz. Er trank ausgiebig. Nachdem er fertig war, ließ er sich genügend Zeit, um über die Bisswunde zu lecken und sie zu versiegeln. Und er wollte natürlich keine Spuren zurücklassen.

Sie war mittlerweile geschwächt und lag vollkommen ruhig da, in ihrem Blick, herrlich, die pure, unverfälschte Angst.

In der Regel beließ er seinen Opfern diese Erinnerung, damit sie in dunklen, einsamen Nächten als endloser Albtraum zurückkehrte, aber nicht dieses Mal. Er belegte sie mit einem

Zauber, griff auf ihr Gedächtnis zu und fischte die Erinnerung heraus. »Du erinnerst dich an nichts, was eben passiert ist, Elizabeth. Überhaupt nichts.« Er legte die gewölbte Hand auf ihren Kopf und stülpte ihr seinen Willen über. »Mach, was ich dir sage. Vergiss!« Ihr Geist fügte sich und akzeptierte schließlich den von ihm ausgehenden Zwang.

Ihr Blick wirkte entleert. Hatte er etwa zu viel weggenommen? Egal! Hauptsache, sein Überleben und der Erfolg seiner Pläne waren gesichert. Er ließ Elizabeth vom Tisch herunter auf den Boden gleiten und widmete sich dann Heather. An ihr wollte er eigentlich gar nicht saugen, aber zum Teufel noch mal! Vor ihm lag ein langer Flug zurück nach Oregon, und ihr Hals war griffbereit. Er trank gierig und schnell, versiegelte die Wunde und tauchte in ihr Bewusstsein, um ihre Erinnerungen auszulöschen. »Heather, du wirst dich an nichts erinnern. An absolut gar nichts. Verstanden?« Wie Elizabeth setzte er auch sie seinem Zwang aus, und auch ihr Bewusstsein kollabierte unter der Gewalt seines überlegenen Willens. Heather zeigte den gleichen glasig-abwesenden Blick. Er legte sie auf den Boden und stand auf. Er hatte zwei schwachen weiblichen Wesen seinen Willen aufgezwängt, und das daraus resultierende Überlegenheitsgefühl und der Machtrausch bescherten ihm eine knüppelharte Erektion. Beim Hinausgehen ließ er die Tür offen, um den Eindruck eines Raubüberfalls vorzutäuschen. Er fuhr in Heathers Auto weg – die von Heather auf dem Boden zurückgelassenen Schlüssel hatte er zuvor noch eingesteckt – und ließ es mit dem Zündschlüssel im Schloss an der nächsten Ecke stehen. Mit ein bisschen Glück würde es ein straffällig gewordener Teenager finden und jede Menge belastender Fingerabdrücke zurücklassen.

Die kurze Strecke zu seinem Mietwagen, der nur ein paar Häuserblocks entfernt stand, legte er joggend zurück, um dann mit dem zufriedenen Gefühl, einen guten Job gemacht zu haben, zum Flughafen zurückzufahren.

Durch die Kälte kam Elizabeth wieder zu sich. Ihr Kopf tat weh, und sie wusste nicht mehr, wie sie hieß, was geschehen war, noch, wo sie sich gerade befand. Sie kroch hinüber zu der anderen am Boden liegenden und vor sich hin murmelnden Frau.

Diese setzte sich auf und starrte Elizabeth an. »Wer bist du?«

»Ich weiß es nicht. Weißt du es?«

Sie schüttelte vorsichtig den Kopf, als würde jede Bewegung wehtun. »Ich dachte, du würdest es wissen.« Sie sah sich um. »Wo sind wir?«

Heather dachte nach, was aber nur dumpfe Schmerzen in ihrem Schädel auslöste. Der Ort kam ihr bekannt vor ... es war nur ... Durch den schmerzenden Nebel ihres fragmentierten Bewusstseins hindurch bekam sie ein Fitzelchen Erinnerung zu fassen. »Es ist ein Haus. Jemand lebt hier.«

Elizabeth sah sich um. »Wer?«

»Wenn ich das wüsste.«

»Was ist, wenn sie zurückkommen?«

Sie sahen einander an, in ihren Blicken lag das blanke Entsetzen.

»Wir müssen weg!«, sagte Elizabeth und zog sich hoch. »Wenn sie zurückkommen, tun sie es vielleicht wieder.«

»Was tun sie wieder?«

»Ich weiß es nicht, aber es war doch schrecklich, oder nicht?«

Heather nickte. Beiden saß der Schrecken noch im Nacken, und sie konnten sich nicht erinnern. »Wir müssen fort von hier!«

Sie fassten sich an der Hand und rannten, die offene Tür im Blick, nach draußen. In der leeren Garage sahen sie sich abermals erschrocken an. »Wohin?«, fragte Elizabeth.

Heather machte keinen Versuch zu antworten. Sie zog Elizabeth an der Hand und rannte los.

Sie entflohen dem Pesthauch des Schreckens, der das Haus umgab. An Straßen und Läden vorbei, die Heather einst gekannt hatte, rannten sie weiter; sie folgten dunklen Gassen, umgingen Höfe, übersprangen Mauern. So legten sie Meile um Meile zurück, wurden müde und zunehmend langsamer, machten aber niemals Halt. Das Bedürfnis, dem Schrecken zu entkommen, der hinter ihnen lag, trieb sie an. Stunden später brachen sie in irgendeiner Ecke eines Parks zusammen. Sie hatten keine Ahnung, wo sich dieser Park befand oder warum sie dort waren, aber das Gefühl der Bedrohung war weg, und eng aneinandergeschmiegt schliefen sie ein.

Es vergingen Stunden, Tage, sie wussten nicht, wie viel Zeit es war. Einmal kam ein Stadtstreicher auf sie zu, wich aber schnell zurück, als sie ihn anknurrten. Sonst begegneten sie keiner Menschenseele. Bis …

Ein Mann mittleren Alters, der durch den Park spazierte, blieb kurz stehen und flanierte dann ein paar Mal an ihnen vorbei. Die stille Autorität, die er ausstrahlte, faszinierte sie. Er blickte sich um und wandte sich dann den beiden zu. »Wo ist euer Gebieter?«, fragte er. »Dies ist mein Territorium. Sagt ihm das.« Sie starrten ihn verständnislos an. »Wer ist euer Gebieter?«, wiederholte er.

»Wissen wir nicht«, sagte Heather.

»Wer sind wir überhaupt?«, fragte Elizabeth.

Als der Mann sie ansah, sehnten sie sich nach der Sicherheit, die von seiner Gegenwart ausging. »Wartet hier auf mich. Ich komme wieder.«

Sie warteten, konnten aber nicht einschätzen, wie lange. Als er zurückkam, bot er ihnen seine Hand an. Elizabeth starrte ins Leere, aber Heather erinnerte sich, was diese Geste bedeutete, und streckte auch ihre Hand aus. Elizabeth tat es ihr nach. »Ich bin Mr Roman«, sagte er. Sie spürten, dass er anders war als die Sterblichen um sie herum, und die Sicherheit, die er ihnen anbot, hatte nichts mit dem Schrecken zu tun, den sie mit diesen in Verbindung brachten.

»Nennt mich einfach Vlad. Ich habe ein Taxi bestellt. Ihr seid jetzt in Sicherheit. Darauf gebe ich mein Wort.«

3

Havering, Yorkshire. Im folgenden Februar

»Bist du dir sicher?« Stella Corvus, geborene Schwartz, sah auf; sie war gerade dabei, Plätzchenteig in teelöffelgroßen Portionen auf ein Backblech zu tupfen.

Angela lächelte. Stella war garantiert die einzige Vampirin im ganzen Land, wenn nicht auf der ganzen Welt, die regelmäßig Plätzchen buk. Gut möglich übrigens, dass sie auch die einzige war, die ein Kind hatte. »Nein, sicher bin ich mir nicht, aber ich muss etwas unternehmen. Tom verliert kein Wort darüber, was er herausgefunden hat – wenn es denn etwas gibt, das er mir sagen könnte. Ich habe das Gefühl, ich bin kein Stückchen weiter als damals, als Vlad uns im Park gefunden hat.«

»Du bist um einiges weiter.«

»Ich weiß. Ich werde dir und dem Rest der Kolonie ewig dankbar sein. Ihr habt mir ein Zuhause gegeben, Kleidung, einen Job, und auch meinen Verstand habe ich dank euch zurückgewonnen. Aber ich ertrage diese Anonymität nicht länger. Ich will mehr sein als ein zufällig aus dem Telefonbuch gepickter Name. Ich sehe in den Spiegel und weiß nicht, wer mir daraus entgegenblickt.«

»Wenigstens kannst du in den Spiegel schauen! Das habt ihr Ghule uns Vampiren voraus. Ich dagegen lebe in der ständigen Furcht, ich könnte mit wirrem Haar und verschmiertem Lippenstift durch die Gegend rennen.«

Angela gluckste. Stella trug selten Lippenstift, und ihre neue Kurzhaarfrisur sah immer gepflegt aus. »Versteh doch bitte, Stella. Ich muss wissen, wer ich bin. Ich habe mich in

Tom verliebt. Was ist, wenn ich verheiratet bin oder sonst einen geliebten Mann habe, der mich überall sucht?« Sie seufzte. »Außerdem habe ich mir Sorgen darüber gemacht, ob ich nicht ein Kind oder vielleicht sogar mehrere alleine zurückgelassen habe, aber in der Hinsicht hat Justin mich ja beruhigt.«

»Ja, es ist praktisch, einen Arzt im Haus zu haben.«

»Du hast es gut getroffen mit deinem Mann, oder vielmehr deinem Vampir. Ich werde den Gedanken nicht los, ob nicht Tom und ich ...« Sie seufzte.

»Hast du ihn deshalb verlassen?«

»Ich habe ihn verlassen, weil ich Tom Kyd nicht mehr hören konnte, dieses ständige Gerede, *er* würde sich um alles kümmern. *Er* ist den Hinweisen nachgegangen. *Er* entschied, ob es sich um falsche Spuren handelte. *Er* studierte die altüberlieferten Texte in der Bibliothek. *Er* erklärte, was daran Fakt war und was Fantasie. *Er* hat mich in den Wahnsinn getrieben.«

»Ich kann das gut nachvollziehen.« Stella rückte einen Hocker an Angelas Seite. »Sie übernehmen gern das Kommando. Ich weiß nicht, ob es am Testosteron liegt oder an diesem ›Ich bin schließlich Vampir‹-Theater oder an beidem.«

»Letzteres kannst du wenigstens mit gleicher Münze zurückzahlen.«

»Du könntest die ›Ich bin schließlich Ghul‹-Tour versuchen.«

»Von der Wirkung her ist das nicht vergleichbar. Noch nicht.«

Stella zog die Augenbrauen hoch. »Noch nicht?«

»Sollte ich Tom je auf gleicher Augenhöhe begegnen und ihm sagen können, wer ich bin, muss er zuerst diese ›Armer kleiner Ghul‹-Attitüde ablegen.«

»Hast du eine Idee?«

»Ich seh mich in der Welt um. Tom setzt seine ganze Hoffnung auf irgendwelche alten Wälzer. Ich will versuchen, im Hier und Jetzt fündig zu werden.«

»Er hat aber auch, wie Kit, den Computer benutzt.« – »Ja, und jeder sogenannte Hinweis entpuppt sich am Ende als Sackgasse. Wenn du mich fragst, dann gibt es nur einen sicheren Anhaltspunkt: meine Lederjacke. Ich werde mich auf den Weg nach Totnes machen und den Laden suchen – Mariposa, laut Etikett. Vielleicht führen sie ja dort ein Kundenverzeichnis.« Sie seufzte. »Ganz so einfach ist es wahrscheinlich nicht, aber man sollte zumindest nichts unversucht lassen. Und wenn nichts dabei herauskommt, habe ich wenigstens was unternommen.«

»Vielleicht bringt's ja was, aber wenn du Pech hast, erlebst du eine böse Überraschung. Immerhin weißt du nicht, was du da möglicherweise aufdeckst.«

»Ich bin sicher keine lange vermisste Großerbin, eher was ganz Normales, so was wie Lehrerin oder Sekretärin. Aber dann hätte ich wenigstens die Gewissheit. Es wäre doch lustig, Tom anzusehen und zu sagen ›Ich bin Tallulah Bloggs und serviere hauptberuflich Cocktails.‹«

»Solltest du wirklich so heißen, wäre es besser, den Namen zu behalten, den du dir aus dem Telefonbuch gesucht hast.«

Angelas Lächeln verschwand. »Genau das macht die Sache so schlimm. Ich weiß zum Teufel nicht einmal, ob ich eine Mutter gehabt habe!«

»Du musst eine gehabt haben, früher mal.« Sie schwiegen beide eine Zeit lang, bis das Summen der Zeitschaltuhr Stella beschäftigte. Sie zog ein Blech mit Plätzchen aus dem Ofen und schob die nächste Partie ein. »Du darfst nicht vergessen, warum alle so vorsichtig sind. Irgendwo da draußen lauert immer noch der Vampir, der dich gemacht hat.«

Nicht dass sie das so schnell vergessen würde. »Aller Wahrscheinlichkeit nach befindet er sich auf der anderen Seite des Atlantiks.«

»Er könnte so wie wir einfach ein Flugzeug benutzen.«

Angela nickte. »Glaub mir, Stella. Den Schrecken, den wir durchgemacht haben, vergesse ich nie. Wenn dieses Monster hier irgendwo in der Nähe wäre, ich meine im Umkreis von Meilen, dann würde ich das wissen.« Allein der Gedanke daran ließ sie erschaudern.

»Vielleicht. Aber wir können uns verstecken, wenn wir wollen. Sei vorsichtig.« Stella löste die abgekühlten Plätzchen vom Blech. »Du solltest dich vielleicht auf den Weg machen, bevor Justin von dieser Konferenz zurückkommt. Er steht deinen Plänen sicher genauso kritisch gegenüber wie Tom.«

Das traf wohl zu.

Stella griff nach der Teigschüssel, als sie jedoch das Wasser aufdrehte, riss Angela sie ihr aus der Hand. »Schade um den schönen Teig. Bloß nichts verkommen lassen.« Sie hatte die Schüssel halb ausgekratzt, ehe sie bemerkte, wie Stella ihr zusah. »Das fehlt dir, oder? Ich bin so mit mir selbst beschäftigt, dass ich ganz vergessen habe, dass du ja auch ...«

»Dass ich auch eine lebensverändernde Verwandlung hinter mir habe?« Stella lächelte. »Den ersten Schock hatte ich bald überwunden, und für ein Leben als Vampirin war ich schnell bereit, die damit verbundenen Nachteile zu akzeptieren. Aber Plätzchenteig vermisse ich schon, und Eiskrem und Schokolade.« Sie klappte den Deckel der Mehldose zu und stellte sie weg.

Angela hielt ihr einen Löffel entgegen. »Bist du sicher, dass du nicht probieren willst?«

Stella schüttelte den Kopf. »Danke, wirklich nicht. Ich hab's einmal versucht. Es hat nach nichts geschmeckt, und danach hatte ich noch tagelang das Gefühl, einen Kloß im Hals zu haben.«

Angela griff nach einem ofenfrischen Plätzchen. Das Leben als Ghul hatte auch seine Vorteile, und Stella machte großartige Plätzchen.

»Tschüs, Sam.« Stella sah ihrem Sohn hinterher, wie er über den vollen Spielplatz ging und sich einer Gruppe anderer Neun- und Zehnjähriger anschloss. Zufrieden, dass er auf dem Schulgelände sicher aufgehoben war, lächelte sie Angela zu. »Es kann losgehen.« Sie nahm den Weg über die Dorfstraße, um dann über die Moore in Richtung York zu fahren. »Wie lange willst du denn bleiben?«

»Ein paar Tage vielleicht. Entweder finde ich etwas heraus oder nicht. Ich habe nicht vor, unnötig lange dort rumzuhängen.« Mit ein bisschen Glück könnte sie sogar noch vor Justin wieder zurück sein. Ihm war zuzutrauen, dass er sich ebenso unvernünftig verhalten würde wie Tom. Männliche Vampire taten gern so, als würde der ganze Planet nach ihrer Pfeife tanzen. »Ich will nicht, dass du meinetwegen Ärger bekommst. Meinst du, Justin könnte sauer reagieren?«

Stella zuckte die Schultern. »Wenn ja, dann sicher nicht zum ersten oder letzten Mal. Hör auf, dir Sorgen zu machen! Und, bei Abel, pass gut auf dich auf. Nicht dass du in demselben Zustand endest, in dem Vlad dich gefunden hat.«

»Ich geb mir Mühe«, versprach Angela und lächelte dabei in sich hinein, als sie hörte, dass ihre Freundin sich auf Abel berief. Stella fügte sich so problemlos in ihr neues Leben als Vampirin. Sie musste sie einfach beneiden. Vampire hatten ihre Kolonie zur Gesellschaft und als Unterstützung; als Ghul war man einsam.

Aber warum klagen? Besser war es, den Einsatz zu erhöhen und etwas zu unternehmen.

Gut, dass sie kein Wort ausgeplaudert hatte. Vampire konnten empfindlich reagieren.

»Bist du sicher, dass alles in Ordnung ist?«, fragte Stella, als der Zug einfuhr.

»Ich pass auf mich auf, ehrlich. Du weißt, wo ich wohnen werde?«

Stella nickte. »Im *Royal Oak*. Ruf mich an. Versprich mir das.«

»Ich berichte dir alles, was ich in Erfahrung bringe. Fahr vorsichtig, und hoffentlich hält der Regen an.« Angela machte sich Sorgen, dass Stella von der Sonne überrascht werden könnte. Nicht dass im Februar die Wahrscheinlichkeit besonders groß war, aber …

»Das Auto bietet genügend Schutz.«

»Du hättest mich einfach absetzen und sofort nach Hause fahren sollen. Mir passiert schon nichts.«

Stella schüttelte den Kopf. »Ich wollte Tom sagen können, ich habe dich bis zum Zug gebracht, wenn er fragen sollte.« Trotzdem würde er sich nicht beherrschen können und einen Wutanfall bekommen. Noch ein Grund, so schnell wie möglich zurück nach Hause zu fahren.

Wegen eines Signalschadens außerhalb Birminghams verlängerte sich die normalerweise sechsstündige Fahrt um fast eine ganze Stunde, und als der Zug endlich in Totnes ankam, verspürte Angela einen Bärenhunger. Die Verpflegung im Zug war nicht von der Art gewesen, einen Ghul satt zu machen. Sie musste Fleisch auftreiben, sollte ihr Hotel ansteuern, vor allem aber wollte sie die Lederläden abklappern. Die Stadt wirkte klein. Da musste man schon Glück haben, überhaupt einen Laden zu finden.

Die Rezeptionistin im *Royal Oak,* eine gewisse Sarah, hatte von einem Laden namens Mariposa nie gehört, räumte aber ein, dass sie nicht in Totnes wohnte. Sie kam jeden Tag extra aus Kingsbridge zur Arbeit. Sie drückte Angela einen kleinen Stadtplan in die Hand und riet ihr, sie solle mal die Fore Street entlangbummeln, dann würde sie schon sehen. Anscheinend gab es nur drei größere Geschäftsstraßen – Fore, High und Castle Street. In einer von diesen dreien musste sich Mariposa befinden, und mit ein bisschen Glück würde sie den Laden vielleicht noch an diesem Nachmittag entdecken. Dann könnte sie schon am nächsten Tag die Heimreise antreten, und sie wäre noch vor Justin zurück und überhaupt nie vermisst worden.

Als Nächstes musste sie etwas essen. Schräg gegenüber vom Hotel, nahe dem Fluss, befand sich eine Fleischerei, ein überschaubarer schmaler Laden mit einer Schaufensterauslage bestehend aus Würsten, Koteletts, kaltem Braten sowie Steaks auf einer Marmorplatte. Praktischer ging's nicht.

Angela gönnte sich Hirschsteaks aus der Region, Lammkoteletts und Biohühnchen. Da sie komplett ausgehungert war, ging sie mit ihrer Beute zurück auf ihr Hotelzimmer. In der Öffentlichkeit rohe Steaks mit den Zähnen zu zerreißen empfahl sich so gar nicht, wenn man als Sterblicher durchgehen wollte. Das Hühnchen und die Hälfte der Koteletts legte sie für später beiseite und machte sich dann sofort über die anderen Sachen her. Sie schlang alles gierig in sich hinein und spürte unmittelbar, wie ihre Kräfte zurückkehrten. Da in ihrem Zimmer ein Wasserkocher und auch sonst alles vorhanden war, machte sie sich zum krönenden Abschluss noch eine Tasse Kaffee; danach wickelte sie die übrig gebliebenen Knochen in Papier ein – nicht dass ein neugieriges Zimmermädchen sie am Ende finden würde – und machte sich auf den Weg. Mit Entschlossenheit und ihrem Stadtplan gewappnet, steuerte sie bei leichtem Devon-typischem Nieseln die Fore Street an.

Es war später, als sie gedacht hatte. Es dämmerte bereits, und manche Geschäfte schlossen schon. Die steile Straße säumten interessante alte Geschäfte, aber keines nannte sich Mariposa. Auf halber Höhe überspannte die Straße ein Torbogen mit integrierter Uhr, ein wirklich markantes Detail, an das sie sich eigentlich hätte erinnern müssen. Pustekuchen. Das Bauwerk war eine faszinierende Kuriosität – wovon England überhaupt voll zu sein schien –, aber ihrem nur noch teilweise vorhandenen Gedächtnis half es mitnichten auf die Sprünge. Sie ging weiter bergauf und tröstete sich mit dem Versprechen, in einem der anliegenden Antiquariate zu stöbern, wenn sie nur erst dieses verdammte Mariposa gefunden hätte.

Oben auf dem Hügel zweigte rechts die Castle Street ab. Zweimal ging sie die gewundene steile Gasse auf und ab, doch fand sich unter all den mittelalterlichen Häusern und Läden weit und breit keine Spur einer Lederboutique. Aber so schnell gab sie nicht auf. Am nächsten Tag würde sie gleich nach Öffnung der Geschäfte in jedem einzelnen nachfragen. Selbst wenn Mariposa, was sie langsam vermutete, zugemacht haben sollte, würde sich doch immerhin jemand daran erinnern.

Mittlerweile war es fast vollständig dunkel, und es nieselte unaufhörlich weiter. Sie sollte sich ihre Kräfte lieber für den nächsten Tag aufsparen und der Finsternis und Nässe den Rücken kehren.

Sie befand sich gerade auf halber Strecke zurück bergauf und ersehnte nichts mehr als die Wärme ihres Hotelzimmers, da kam sie an einem Laden vorbei, der ihr zuvor schon flüchtig aufgefallen war: *Crystals and Dreams*. Angela blieb kurz stehen und warf einen Blick in das Erkerfenster, das mit Kristallen, Kerzen und handbemalten Schals dekoriert war. Keine Lederjacken, dafür aber standen in einer Ecke zwei Paar Pantoffeln aus weichem Leder.

Glockengeklingel ertönte, als Angela die Tür öffnete und einen vollgestopften Laden betrat, in dem es nach Räucherstäbchen und Haschisch roch. Sie sah sich um, unsicher, ob ihr Geruchssinn sie nicht vielleicht trog, aber die selbst gedrehte Zigarette in der Hand dieser Alten bestand garantiert nicht nur aus feinstem Virginia Bright. Nicht dass sie die geringste Ahnung davon hatte, was Virginia Bright war; wie so viele Erinnerungsfitzelchen kam ihr das Wort gerade nur so in den Sinn. Gleichwohl war sich Angela ziemlich sicher, dass Virginia Bright eine ganze Ecke legaler war als der süßlich dahinglimmende Inhalt des Joints in der Hand der grauhaarigen Alten.

»Kann ich Ihnen helfen?« Sie lächelte Angela freundlich zu, machte aber ansonsten keinerlei Anstalten, sich aus ihrem Bugholz-Schaukelstuhl zu erheben.

Einen Moment lang vergaß Angela, was sie eigentlich suchte, und sah sich in dem kleinen Laden um. »Ich will nur etwas stöbern, vorausgesetzt, Sie schließen nicht.«

»Nur zu, meine Liebe.« Der Schaukelstuhl quietschte in der Stille. »Lassen Sie sich ruhig Zeit. Suchen Sie was Bestimmtes?«

Abgesehen von ihrer wahren Identität? »Ich weiß nicht.« Irgendetwas hatte dieser vollgestopfte Laden – eine gewisse Wohlfühlatmosphäre, als würde sie dazugehören. Seltsamer Gedanke. Wohlgefühlt hatte sie sich doch bei Stella und Justin. Die beiden und auch Sam behandelten sie wie ein richtiges Familienmitglied. Toms Haus in London hatte sie sehr beeindruckt. Sie hatte die Räume nacheinander durchschritten, erstaunt darüber, wie groß und luxuriös alles war, ohne aber überwältigt zu sein. Die Adam-Kamine und antiken Möbel hatten ihr durchaus behagt, aber in diesem übervollen Laden mit seinem Duft nach Cannabis und Räucherstäbchen war ihr alles vertraut. War das die Wirkung von passivem Mitrauchen illegaler Substanzen?

Angela schlenderte an einem Sammelsurium von Kristallen vorbei, an Kartons mit Kerzen in allen Farben, an Duftsäckchen und an Schalen mit getrockneten Blütenblättern. Aromen von Lavendel und Rosmarin, Kiefer und Anis durchdrangen den Nebel ihrer verschütteten Erinnerungen. Vielleicht waren aber auch ihre Sinne in der stickigen Atmosphäre des überheizten Ladens übermäßig geschärft. Draußen blies eine Windböe einen Schwall Regen gegen die kleinrahmigen Fensterscheiben. Da war man hier drinnen besser aufgehoben, dachte sie, vorausgesetzt, die Inhaberin hatte nichts dagegen, dass man ihren Laden als Wärmestube benutzte.

Abseits der Regale mit den Duftkräutern rüttelte eine Sammlung von Tarotkarten an Angelas blockiertem Gedächtnis. Sie wollte gerade ein Set in die Hand nehmen, da erinnerte sie sich schlagartig. Sie hatte Karten gelesen! Nicht diese bebilderten, sondern richtige. Sie konnte es, weil …

Der Boden unter ihren Füßen schien zu schwanken. Sie hielt sich an der Tischplatte fest, taumelte und versuchte krampfhaft, die verblassenden Erinnerungsbruchstücke festzuhalten.

»Einen Moment!«, rief eine entfernte Stimme. »Uns ist wohl schlecht geworden. Hier! Setzen Sie sich.« Kraftvoll, wie man es ihr angesichts der grau melierten Haare gar nicht zugetraut hätte, umfasste sie Angelas Taille und führte sie zum Schaukelstuhl, in den Angela sich fallen ließ. »Halten Sie Ihren Kopf einen Moment nach u...« Sie drückte Angelas Kopf zwischen ihre Knie.

Die unschöne und entwürdigende Prozedur zeigte Wirkung. Ihr Bewusstsein wurde deutlich klarer, und als der Druck auf ihren Schultern nachließ, hob Angela den Kopf und blickte in ein Paar dunkler besorgter Augen. Es war das erste Mal, dass sie diese Frau überhaupt genauer ansah. Ihr Teint hatte etwas beinah Südländisches, und ihr langes, dunkles Haar war stark grau meliert, ihr Gesicht jedoch hellwach, intelligent, ja geradezu weise.

»Seien Sie ganz ruhig, meine Liebe. Ihnen ist schlecht geworden, mehr nicht.«

»Mir geht es gut.« Das war zwar geflunkert, aber ...

»Sie bleiben jetzt schön hier sitzen, und ich bringe Ihnen eine Tasse Tee.«

»Machen Sie sich bloß keine Mühe.« Sicher würde sie ohne Probleme aufstehen und sich auf den Beinen halten können. Und bis zum Hotel war es gar nicht so weit.

»Ist doch keine Mühe!« Die Frau schüttelte den Kopf. »Ich habe eine ganze Kanne fertig im Hinterzimmer stehen. Frisch aufgebrüht, kurz bevor Sie gekommen sind. Ich trinke immer Tee zu dieser Tageszeit. Sie bleiben, wo Sie sind.« Letzteres klang wie ein Befehl. Vielleicht tat ja etwas Warmes richtig gut. Eines hatte sie dazugelernt an diesem späten Nachmittag – Ghule konnten in Ohnmacht fallen.

Angela lehnte sich zurück, und mit den ersten Schaukelbewegungen begann der Stuhl beruhigend zu quietschen. Sie sah zu ihrem Schoß hinunter und entdeckte den Satz Spielkarten in ihrer Hand. Nicht diese, sie wollte normale Wahrsagekarten. Wie sie sie immer benutzt hatte …

»So, bitte schön.« Die Frau kam mit einem kleinen Tablett in der Hand zurück. »Milch und Zucker?«

»Bitte.« Angela legte die Karten beiseite und nahm die Tasse, damit sie die Wärme mit beiden Händen spüren konnte. Die Frau brachte einen Stuhl mit gerader Lehne aus dem Hinterzimmer und setzte sich neben sie.

»Auf Ihr Wohl«, sagte sie und trank. »Wenn wir schon gemeinsam beim Tee sitzen, ich bin Meg Merchant.« Sie stellte die Tasse ab und streckte die Hand aus. Ihr Händedruck war stark und anhaltend.

»Ich bin Angela Ryan.«

»Willkommen in diesem Erdenwinkel, Angela. Sie kommen von weit her, stimmt's?«

»Aus Yorkshire.«

Meg nickte und nahm einen Schluck Tee.

Beim Geschmack des süßen Tees erinnerte sie sich daran, wie Tom sie davon überzeugt hatte, Tee mit Milch und Zucker zu probieren. Tom! Angela befühlte das Herz aus Jettstein, das sie an einer Halskette trug. Es würde sie beschützen, indem es sie erdete, hatte Tom ihr versichert, als er es ihr überreichte. Sie fühlte sich schuldig, weil sie heimlich weggefahren war, aber nur für kurze Zeit. Schließlich war es ihr Leben und ihre Vergangenheit, und es war ihre Aufgabe, nachzuforschen und vielleicht mit ein bisschen Glück etwas herauszufinden.

Hatte sie etwa Selbstgespräche geführt? Meg sah sie aus ihren dunkel umrandeten Augen fragend an. »Sie stecken in Schwierigkeiten?«, fragte sie nach langem Schweigen.

»Eigentlich nicht.« Selbst wenn sie dieser alten Frau alles erzählen wollte, wo hätte sie beginnen sollen?

»Etwas muss passiert sein mit Ihnen.« Meg klang besorgt,

ja beunruhigt. »Ihre Aura«, sagte sie nach einer Pause und schüttelte den Kopf.

Ach du gütiger Himmel! Eine New-Age-Oma! Eine neugierige New-Age-Oma! Aber irgendwie ganz nett und bemüht. »Ich habe einen Unfall gehabt und dabei mein Gedächtnis verloren.«

Meg schüttelte den Kopf. »Das Gedächtnis verloren! Sieht mir eher danach aus, als hätte jemand versucht, Ihren Geist und Ihre Seele zu rauben.«

Angela fröstelte bis auf die Knochen. Wie konnte diese alte Frau etwas vermuten? »Ein normaler Gedächtnisverlust.« Meg zog die Augenbrauen hoch. Sie sagte nichts, wartete erst einmal ab, wobei ihre Körpersprache nur Skepsis ausdrückte. Das tat weh. »Was ist denn falsch mit meiner Aura?«

»Das Problem ist, dass Sie überhaupt keine haben. Das habe ich noch nie erlebt.« Sie hielt inne. »Da ist nichts, aber auch gar nichts, nicht einmal grau oder schwarz. Einfach nichts. Als Sie Ihr Medaillon in der Hand hielten, habe ich ein rosafarbenes Funkeln in der Nähe Ihres Herzens gesehen. Und bevor Sie die Karten berührt haben, gab es ein mildes Leuchten, aber sonst ...« Sie sah Angela eindringlich an. »Sie haben Ihr Gedächtnis nicht verloren; sieht eher danach aus, als hätte es Ihnen wirklich jemand geraubt.«

Meg befand sich so verdammt nahe an der Wahrheit, dass sich Angelas Herz zusammenkrampfte. Wer war diese alte Frau? »Es war ein Unfall. Einen anderen Grund gibt es nicht.« Meg war so schwer zu überzeugen wie ein Richter. »Der Anblick der Karten hat eine Erinnerung in mir ausgelöst. Meine Stiefmutter hat mir das Kartenlesen beigebracht.« Woher wusste sie das? Hatte sie überhaupt eine Stiefmutter? Ja, und sie hatte sie gelehrt, Karten zu lesen, und auch noch andere Fertigkeiten. »Sie hat dazu einfache Spielkarten benutzt.«

In Angelas Ohren klang das wie Gefasel, aber Meg sah durchaus einen Sinn darin. Sie stellte ihre Tasse mit sanftem

Klicken ab und ging an das entsprechende Regal. »Hier«, sagte sie, »ist es das, wovon Sie sprechen?«

Genau solche hatte sie gemeint. Angela löste die Kunststoffversiegelung der Packung und klopfte den kompletten Satz heraus. Die nagelneuen glänzenden Karten ließen sich problemlos auffächern. Genau wie sie es im Kopf hatte, die Zahlenwerte waren nur an einem Ende aufgedruckt. »Genau solche habe ich gemeint.« Sie schob den Fächer wieder zusammen. »Genau so einen Satz wie die hier hatte ich auch« – sie war sich nicht sicher, woher sie das wusste, aber es gab keinen Zweifel. »Wie viel kosten die?«

Meg schüttelte den Kopf. »Sehen Sie erst, ob sie Ihnen was sagen. Wenn Sie nichts damit anfangen können, bringen Sie sie einfach zurück. Und nur wenn Sie etwas herauslesen können, sprechen wir über den Preis.«

»Sie haben viel Vertrauen.«

Meg schüttelte den Kopf. »Sie hauen mich schon nicht übers Ohr. Vielleicht finden Sie ja mithilfe der Karten wieder, was Sie verloren haben.«

Angela wären am liebsten sofort ins *Royal Oak* zurückgerannt, um gleich eine Partie zu legen und … und was? Sie hatte keine Ahnung, verspürte aber ein brennendes Verlangen dahinterzukommen. Ihre Finger, die den Kartensatz hielten, prickelten, als wäre er elektrisch aufgeladen, und sie musste …

»Trinken Sie Ihren Tee aus«, sagte Meg. »Es hat aufgehört zu regnen. Besser, Sie machen sich auf den Rückweg, ehe es wieder anfängt.«

Ein guter Rat. »Ich komme dann morgen früh wieder.«

»Lassen Sie sich ruhig Zeit. Ich bin für Sie da, wenn Sie mich brauchen.«

Angela war so gespannt darauf, was die Karten ihr enthüllen könnten, dass ihr erst auf dem Weg nach draußen einfiel, warum sie überhaupt in den Laden gekommen war.

»Meg«, sagte sie und wandte sich noch einmal um. »Vielleicht können Sie mir weiterhelfen. Eine Freundin hat gesagt, in Totnes gäbe es einen wunderbaren Laden, um Ledersachen zu kaufen. Mir sind die Pantoffeln in ihrem Schaufenster aufgefallen.«

Meg lächelte. »Die kommen aus Bangladesh und sind alles andere als typisch für die Region.«

»Sagt Ihnen vielleicht der Name Mariposa was? Angeblich eine Lederboutique.«

Meg runzelte nachdenklich die Stirn. »Also ich kenn keinen Laden, der so heißt. Jedenfalls nicht hier. Aber fragen Sie doch den alten Mr Lee, oben in der High Street. Er repariert Lederwaren und Schuhe. Der ist schon ewig hier und könnte vielleicht was wissen.«

Es war wie der berühmte Strohhalm, aber besser als nichts. »Wo genau ist denn sein Laden?«

»Die Straße rauf bis ganz oben, dann biegen Sie an der Ecke rechts ab, und nach einem guten Stück Wegs finden Sie ihn auf der rechten Seite. Aber jetzt hat er sicher schon geschlossen.«

Mist. Der nächste Morgen schien so weit weg. Aber Mr Lees Laden würde es auch dann noch geben. Wenn es ihn schon so lange gab, wie Meg gesagt hatte, würde er kaum über Nacht verschwinden. »Ihn werd ich fragen. Danke für den Tee und die Karten.«

»War mir ein Vergnügen. Ich hab gern ein bisschen Gesellschaft. Passen Sie auf sich auf und tragen Sie dieses Medaillon.«

Angela umfasste den glänzenden schwarzen Stein mit Daumen und Zeigefinger. »Werd ich tun.«

Meg lächelte. »Jemand hat es Ihnen geschenkt, damit es Sie beschützt. Jettstein, richtig?«

»Ja.« Mehr sagte sie dazu nicht. »Es war ein Geschenk von einem Vampir« wäre vielleicht nicht ganz so passend gewesen, nicht einmal in dieser Umgebung mit all den Kristallen und Vier-Elemente-Schalen.

»Alles Gute!«, sagte Meg, als Angela die Tür zumachte. Angela war die Fore Street schon halb abgelaufen, als sie sich fragte, wozu Vier-Elemente-Schalen eigentlich gut waren und woran sie sie erkannt hatte.

»Du hast sie weggelassen! Einfach so!« Justin konnte es nicht glauben. Abel sei Dank, dass er einen Tag früher zurückgekommen war. Drei Tage in Reykjavik auf einem Ärztekongress, und der Vogel ist ausgeflogen, mit Stellas Segen und Erlaubnis. Hatten sie denn keinen Funken Verstand?

Anscheinend nicht. Stella wirkte vollkommen gelassen. »Wie war denn der Kongress?«

»Ich pfeif auf den Kongress! Angela ist mir nichts, dir nichts verduftet, Abel weiß, wohin, und ...«

»Ich weiß genau, wo sie ist. Sie ist nach Totnes gefahren, um herauszufinden, was es mit dieser Lederjacke auf sich hat.«

Devon! Abel stehe ihnen allen bei. Die beiden hatten ja keine Ahnung!

»Sie hat ein Zimmer im *Royal Oak* genommen. Nummer und Durchwahl habe ich. In ein paar Tagen ist sie wieder hier.«

Er wünschte, er könnte Stellas Optimismus teilen. Ausgerechnet der Südwesten! »Unglaublich, dass du sie auch noch ermuntert hast. Was hast du dir bloß dabei gedacht?«

»Hey!« Sam kam aus der Küche gelaufen und drängte sich zwischen die beiden. »Hör sofort auf, Mom anzuschreien!« Er reichte gerade einmal bis zu Justins emaillierter Krawattennadel, hätte es aber jederzeit mit ihm aufgenommen. Sogar seine kleinen Fäuste hatte er erhoben.

»Schon gut, Sam.« Stella legte ihrem Sohn eine Hand auf die angespannte Schulter. »Justin und ich haben etwas zu besprechen. Das ist alles.«

»Er hat dich angeschrien.« Sam blickte finster zu Justin hoch. Mit seinen neun Jahren erwies er sich als richtiger kleiner Macho. »Das soll er sich nicht noch einmal trauen.«

Justin unterdrückte ein Lächeln, das Sam sicher als Beleidigung aufgefasst hätte. »Deine Mutter hat recht, Sam. Wir haben nur etwas zu besprechen. Ich tu ihr garantiert nichts.«

So leicht war Sam nicht abzuspeisen. »Du hast sie angeschrien.«

»Nein, hab ich nicht, Sam. Nicht richtig.«

»Hast du doch.« Stella verschränkte die Arme auf ihrer Brust und lächelte ihn halbherzig an.

»Das war eindeutig geschrien.«

Wohl oder übel gab Justin klein bei. »Tut mir leid, Liebes.« Er beugte sich nach unten, um auf Augenhöhe mit Sam zu sein anstatt auf Krawattenhöhe. »Tut mir leid, Sam. Was hältst du davon, wenn ich verspreche, deine Mutter nicht mehr anzuschreien, und du gehst stattdessen wieder zu deinen Schularbeiten zurück? Stella und ich müssen miteinander reden.«

»Weil Angela weggegangen ist?«

»Angela – ist – nicht – weggegangen.« Stella sprach jede Silbe einzeln aus. »Sie ist für ein paar Tage verreist und kommt wieder zurück. Bald.«

Justin hätte sie am liebsten gepackt und durchgeschüttelt. Sie hatte keine Vorstellung von den Gefahren, die lauerten, sobald man die Grenzen des eigenen Territoriums überschritten hatte. »Stella, wir müssen miteinander reden.«

»Einen Moment.« Sie sah zu, wie Sam sich anschickte, wieder in der Küche zu verschwinden, nicht jedoch ohne sich noch einmal umzusehen. Offenbar wollte er sie beide im Auge behalten.

Sobald Sam außer Sichtweite war, wandte Justin sich zu Stella. Er liebte sie bis zum Wahnsinn, in den sie ihn sicher treiben würde, wenn sie sich noch mehr solche Geschichten erlaubte. Und wenn Tom erst davon hörte, würde die Welt in ihren Grundfesten erzittern. »Lass uns in mein Arbeitszimmer gehen. Das Thema ist ernst genug, und ich möchte nicht, dass Sam etwas mitbekommt und sich Sorgen macht.«

4

»Justin«, begann Stella, als sie die Tür schloss, »du reagierst völlig überzogen.«

»Ganz und gar nicht, meine Liebe. Die Sache ist viel ernster, als du und Angela euch es vorstellen könnt.«

Sie verschränkte die Arme. »Ach ja? Und hat man vor, uns ins Bild zu setzen?«

»Wollten wir eigentlich nicht. Noch nicht. Aber unter den Umständen …« Wie am besten anfangen? Eine Zwei-Minuten-Einführung in zwei Jahrtausende des Misstrauens und der Konfrontationen? »Es ist kompliziert.«

»Ich versteh nicht, warum. Du bist außer dir, weil ich Angela geholfen habe, zu tun, was sie tun musste, und Tom wird stinksauer auf dich sein, was wiederum einen Graben in einer Jahrhunderte währenden Männerfreundschaft aufreißen wird.«

Möge Abel ihm Kraft geben! »Setz dich bitte hin, Stella.«

Sie musste gespürt haben, dass er seinen Ärger nur mit Mühe im Zaum halten konnte. Sie setzte sich auf einen der Sessel am Kamin. Er nahm den anderen und zog ihn näher heran, sodass ihre Knie sich berührten.

Ihr ironisches Lächeln traf ihn mitten ins Herz. Wie sehr er sie doch liebte! Aber wie konnte sie Angela weggehen lassen? Und ausgerechnet nach Devon? Weil er und Tom es versäumt hatten, sie über die Gefahren aufzuklären. Nun galt es, Nachhilfe zu erteilen. »Stella, es steht sehr viel mehr auf dem Spiel, als dass Tom sich mit mir entzweien könnte.« Besorgnis machte sich in ihren dunklen Augen breit. »Das Problem ist nicht, dass Angela alleine aufgebrochen ist, sondern das Ziel ihrer Reise.«

»Sie wollte nach Totnes, um den Laden zu finden, aus dem ihre Jacke kommt.«

»Totnes liegt in Devon. Da fahren wir nicht hin.«

Sie runzelte die Stirn, als sie darüber nachdachte. »Mit ›wir‹ meinst du Vampire?«

»Richtig.«

»Ich vermute mal, es gibt einen guten Grund, warum wir Devon meiden sollten?«

Dieser unterschwellige Sarkasmus ärgerte ihn, aber mehr als das beschäftigte ihn der Schock, der sie gleich treffen würde. Er beugte sich nach vorne und nahm ihre Hände. »Die Anfänge liegen weit vor meiner Zeit, sogar noch vor der Ankunft der ersten Römer überhaupt. Wir meiden den Westen des Landes, Cornwall, Devon, Somerset und Teile von Dorset sowie fast ganz Wales.« Sie hörte zu und nickte dabei. Zwischen ihren Augenbrauen bildete sich eine Furche. »Diese Teile Britanniens sind eine Hochburg der Zauberei, und es wimmelt dort geradezu von Hexen.«

»Und deshalb werden sie von Vampiren gemieden?« Er nickte. »Aber Angela ist kein Vampir.«

»Nein. Weshalb sie vielleicht unerkannt durchkommt, sollten sie aber entdecken, dass sie vampirischer Abstammung ist …«

»Was dann?« Ihre Augen weiteten sich. »Ist sie in Gefahr?«

»Ich bin mir nicht sicher. Vielleicht, vielleicht aber auch nicht. Stella, wir haben mit denen nichts zu schaffen und sie nichts mit uns. So sieht es aus.«

»Aber warum?«

Damit hätte er rechnen müssen; warum also hatte er ihr das alles nicht schon früher erzählt? Weil es andere, wichtigere Dinge gab, über die sie Bescheid wissen musste. »Die Anfänge reichen sogar noch bis vor Gwylthas Zeit zurück, und sie wurde im ersten Jahrhundert vor Christus zur Vampirin gemacht.«

»Ich dachte, mit ihr hat alles begonnen.«

»Sie begründete unsere Kolonie, als die Druidenherrschaft sich auflöste.« Stella nickte und beugte sich vor, um auch kein Wort zu verpassen. »In den Zeiten davor, lange bevor meine Leute – die Römer – kamen, herrschten hier die Druiden mit ihrer Zauberkraft und altem Wissen. Ich nehme an, als der erste Nachkomme des wiederauferstandenen Abel auf diese Insel kam, hat das gar niemand bemerkt. Als wir mit der Zeit immer mehr wurden, fiel den Hohepriestern auf, wie mächtig wir sind, und Vampire wurden in den innersten Kreisen der Priesterschaft zugelassen. So wie eben Gwyltha auch. Manche Vampire wurden sogar wie Götter verehrt, aber allmählich zerfielen die beiden Gruppierungen, möglicherweise bedingt durch Misstrauen, Eifersucht oder Angst, wer weiß.«

»Als die Druiden dann in der Folgezeit samt ihrer Zauberkunst gen Westen und in die walisischen Berge flohen, blieben wir zurück und lebten im Verborgenen weiter. Als Gwyltha mich gemacht hat, waren wir bereits ein vollkommen unscheinbarer und unsichtbarer Teil der Bevölkerung. Das war und ist bis heute eine Grundbedingung für unser Überleben. Wir hielten unsere wahre Natur weiter bedeckt und blieben in unserem Teil des Landes. Sie blieben bis heute in ihrem.«

»Gibt es keine Hexen im übrigen Teil des Landes?«

»Ein paar, aber davon sind die meisten Amateure, Spieler harmloser Spielchen. Die wahren Hexen der alten Lehre sind mit ihrer Zauberkunst geflohen, und seit der Zeit sind wir auf strikte Trennung bedacht.«

»Was geschieht, wenn dieser Grundsatz verletzt wird?«

»Das letzte Mal, als sich ein Hexenzirkel mit uns anlegte, haben sie versucht, Kit auszulöschen.«

»Kit Marlowe, Dixies Kit?« Das war zu viel. Schockiert und in großer Sorge riss Stella die Augen auf und sprang hoch. »Wir müssen Angela warnen!«

Er stand auf und zog sie zu sich heran. »Ich glaube nicht,

dass sie sich in unmittelbarer Gefahr befindet. Der Übergriff auf Kit war von langer Hand und für einen Zeitpunkt geplant, zu dem er am schwächsten war.« Er strich über Stellas dunkles, kurz geschnittenes Haar, um sie zu beruhigen. »Sie sollte nur möglichst schnell zurückkommen. Ich würde ja anrufen, aber auf dich hört sie wahrscheinlich eher. Mir unterstellt sie gleich wieder, ich spiele den großmächtigen Vampir.«

»Könnte gut sein.« Stella hielt inne. »Ich will sie aber auch nicht erschrecken. Ich sage ihr einfach, es hat sich etwas ergeben, weshalb sie so schnell wie möglich nach Hause zurückkommen muss.«

Sie hätte es ihr gesagt, wenn sie sie erreicht hätte. Im Hotel wurde über Minuten hinweg immer wieder versucht, Angela auf ihrem Zimmer zu erreichen, aber es antwortete niemand. Die Dame von der Rezeption versicherte Stella, sie würde Angela umgehend informieren, und außer ihre Telefonnummer zu hinterlassen, blieb Stella nicht mehr viel, was sie hätte tun können. »Sie bekommt sie hoffentlich«, sagte sie und legte auf.

»Bestimmt.« Justin drückte Stella an sich. »Ich wollte dir keine Angst einjagen, aber so ganz risikofrei ist diese Reise nicht.«

»Es wäre nett gewesen, uns im Voraus darüber zu informieren.«

Sie hatte recht. »Ich wollte ja, dass Tom es ihr sagt, aber er zog es vor, zu warten, bis er etwas Konkretes herausgefunden hat.«

»Soll das heißen, dass er in all den Jahrhunderten im Trüben gefischt hat?«

»Ich zumindest habe eine sichere Erkenntnis gewonnen.« Er umfasste ihre Taille und zog sie eng an sich heran. Seine Gefühle für sie standen außer Zweifel. »Ich liebe dich, und ich habe dich unendlich vermisst!«

»Vielleicht sollten wir uns darum kümmern!«

Sie stellte sich auf die Zehenspitzen, sodass ihr Mund seinem näher kam. Ihre Lippen waren süß und feucht und weich; er hatte sie so vermisst, wie er es nie für möglich gehalten hätte. Er begehrte diese Frau. Seine Vampirfrau. Stella. Ihre Arme umschlangen seine Schultern und drückten ihn gegen ihre füllige Brust. Als er ihre Lippen öffnete, liebkoste ihn ihre Zunge, und in seinen alten Adern pulsierte heftig das wilde Verlangen eines Vampirs.

Da klingelte das Telefon auf seinem Schreibtisch.

Sie löste sich aus seinen Armen, aber ehe sie es erreichen konnte, verstummte es. Sie wartete ab, nur eine Handbreit vom Apparat entfernt. »Wahrscheinlich für Sam, Pete oder Jimmy mit Fragen zu den Schularbeiten oder dem neuen Film, der jetzt in Whitby läuft. Wenn doch Angela bloß anrufen würde.«

Er zog sie wieder zu sich heran, dieses Mal nicht, um sie zu küssen, sondern um ihre Hand an seine Brust gedrückt zu halten und ihr sanft über den Kopf zu streicheln. »Sie ruft sicher zurück. Mach dir keine Sorgen.«

»Und wenn sie ausgerechnet dann anruft, während er mit seinen Kumpels plaudert?«

»Dann versucht sie es halt später noch einmal. Sie ist noch nicht lange genug dort, als dass jemand aufmerksam auf sie werden könnte. Es wird schon alles gut gehen.«

Sie blickte zu ihm auf. Das Vertrauen in ihren Augen berührte ihn zutiefst. Worauf hatte er sich mit dieser Frau bloß eingelassen, die obendrein ein Kind hatte? Freud und Leid ohne Ende, sagte er sich. Er beugte sich herunter und küsste sie wieder.

»Entschuldigung bitte!« Sie sahen beide auf. »Tut mir echt leid.« Sam grinste verschmitzt. »Ich sehe zwar, dass ihr beschäftigt seid, aber Onkel Tom ist am Telefon.« Er hielt das schnurlose Telefon aus der Küche in der Hand.

»Danke, mein Sohn.« Justin griff nach dem Telefon.

Stella kam ihm zuvor. Warum die Sache nicht gleich hinter sich bringen, und zu ihrem Glück befand sich Tom ja am anderen Ende der Leitung. Die direkte Konfrontation mit zwei zornentbrannten Großvampiren war niemandem zuzumuten. »Du bist ein Schatz. Wie steht's mit den Schularbeiten?«

»Fast fertig. Darf ich danach *Robot Wars* gucken? In zehn Minuten fängt es an.«

Sam hatte sich an das Fernsehprogramm der Britties innerhalb kürzester Zeit gewöhnt. »Ja, und hinterher darfst du dir noch einen *Penguin* genehmigen, aber nur wenn du dir auch brav die Zähne vor dem Zubettgehen putzt.«

»Danke, Mom!« Auch den besten britischen Pausensnack hatte er ruck, zuck entdeckt. Leider war sie auf seine Aussage angewiesen und konnte selbst nicht nachvollziehen, wie gut dieser üppig mit Creme gefüllte Schokoladenkeksriegel schmeckte.

»Hallo?« Toms Stimme machte ihr gnadenlos klar, in welcher Klemme sie steckte.

»Hi, Tom.« Justins ausgestreckte Hand ignorierte sie. Das war ihre Angelegenheit, und sie würde sie selbst regeln.

»Hallo, Stella. Du hast ja einen gewitzten jungen Mann im Haus. Ich weiß jetzt alles über die Chancen von Newcastle gegen Sunderland.«

»Kein Wunder, ist er doch sicher Newcastles größter Fan.« Fußball hatte sich überhaupt als Geschenk des Himmels erwiesen; mit Kopfbällen und Dribbeln hatte er sich von Tag eins an Freunde auf dem Spielfeld gemacht. »Wie geht's in London?«

»Landunter! Ist Angela gerade in der Nähe?«

Sie bekam wohl keine feuchten Hände mehr, aber die Kehle schnürte es ihr immer noch zusammen. Im nächsten Moment würde sie einen vierhundert Jahre alten Vampir zur Weißglut treiben. »Tom, Angela ist kurzfristig verreist, nach Totnes, um zu sehen, was sie herausfinden kann.« Auf ihre Mitteilung folgte eisiges Schweigen.

Tom verlangte keine Wiederholung. Offenbar hatte er kapiert, was geschehen war. Sein Zorn brodelte förmlich durch die Leitung. »Bist du von Sinnen?«

Ganz und gar nicht, aber jetzt war nicht die Zeit, das zu erläutern. »Tom, noch bis vor einer Stunde, als Justin zurückkam, hatte ich keine Ahnung, dass der Westen des Landes problematisch ist. Und Angela natürlich auch nicht. Leider hat es niemand für nötig gehalten, uns das mitzuteilen.«

Zum ersten Mal erlebte sie, dass es einem Vampir die Sprache verschlug. Sekundenlang blieb die Leitung still. »Wo ist sie denn? Und wie lange ist sie schon weg?«

»Sie ist in Totnes und hat ein Zimmer im Hotel *Royal Oak*. Sie hat den Zehn-Uhr-Zug heute Vormittag genommen und gleich nach ihrer Ankunft angerufen. Es geht ihr gut.«

»Woher willst du das wissen, Stella, und warum mischst du dich überhaupt hier ein?«

»Tom, sie wäre in jedem Fall gefahren, auch ohne meine Unterstützung. So weiß ich wenigstens, wo sie sich aufhält und dass sie mich täglich anruft. Wäre es dir etwa lieber, sie wäre ohne meine Mithilfe einfach sang- und klanglos verschwunden? Willst du die Nummer ihres Hotels?«

»Ja … bitte. Und gib mir bitte noch Justin.« Sie gab ihm die Telefonnummer, und kaum hatte sie zu Ende gesprochen, übernahm Justin das Gespräch.

Als er »hallo, Tom« sagte, fiel ihr auf, dass die Tür nur angelehnt war. Sie trat hinaus, um nach Sam zu sehen. Er war in die Aktion auf dem flimmernden Bildschirm vertieft und ahnte nichts von ihren Sorgen. Was wenn Angela etwas passiert war? Justin zufolge bestand möglicherweise keine unmittelbare Gefahr, aber wenn schon Hexen versucht hatten, Kit auszulöschen, einen Großvampir, wie würden sie dann mit einem frischgebackenen Ghul verfahren?

Stella kam rechtzeitig in die Bibliothek zurück, um zu hören: »Ganz deiner Meinung, aber es ist nun mal geschehen.

Und um ehrlich zu sein, Tom, diese beiden Ladys sind verdammt gut darin, auf sich selbst aufzupassen.« Justin hörte schweigend einige Sekunden zu und blickte zu ihr auf, als sie gerade die Tür zumachte. »Du willst sofort los?«, fragte er Tom.

»Lass mich noch mal mit ihm reden«, sagte Stella.

»Sobald wir etwas von Angela hören, rufe ich dich an.«

»Justin«, zischte sie. Er ignorierte sie einfach, und seine abwehrende Handbewegung brachte sie richtig auf die Palme. »Justin, gib ihn mir!« Da die Briten ja immer so höflich waren, schob sie extra noch ein »bitte« hinterher.

»Halt mich auf dem Laufenden und viel Glück!«

Justin hatte die Verbindung unterbrochen, als er das Telefon auf dem Tisch ablegte und ihren finsteren Blicken mit einem sanften Lächeln begegnete.

»Ich wollte mit ihm reden, damit er nicht wieder herumpoltert und sich aufspielt wie ein Großvampir.«

»Das hab ich mir gedacht, Liebes, aber ich fürchte, Tom war mit seiner Selbstbeherrschung so ziemlich am Ende. Wenn er nun ausgerastet wäre und dich verflucht und in den Hades gewünscht hätte, sähe ich mich jetzt gezwungen, einen alten Freund zum Zweikampf herauszufordern, weil er meine Frau beleidigt hat.«

»Ach, bitte verschon mich! Du …« Sie unterbrach. Das würde zu ihnen passen, sich in der heutigen Zeit wegen einer Ehrverletzung zu duellieren. »Justin, das wäre nun wirklich nicht nötig gewesen.«

»Vielleicht nicht, wenn er sich ausreichend entschuldigt hätte, aber ich habe gespürt, dass Tom nicht unbedingt in der Stimmung dazu war.«

»Ist er wütend?«

»Rasend vor Zorn trifft es eher.«

»Du hättest mich mit ihm sprechen lassen sollen.«

Justin ergriff ihre Hand. »Stella, er beruhigt sich erst, wenn er sich persönlich davon überzeugt hat, dass es ihr gut geht.«

Da sie selbst mittlerweile an diesem Punkt angelangt war …
»Du meinst, er bringt sie zurück?«

»Auf der Stelle, Liebes, und ich habe ihn dringend gebeten, doch vernünftig zu sein und nicht auszurasten.«

Sobald Angela zurückrief, würde sie sie informieren, sodass sie auf Toms Ankunft vorbereitet war. Von London aus dauerte die Fahrt dorthin sicher mehrere Stunden, es sei denn … »Will er mit dem Auto fahren?«

»Ich denke mal ja. Er hat dort unten keinen Satz Kleidung zum Wechseln, und ob Angela etwas Passendes für ihn hat, bezweifle ich doch stark.«

Von Justin hatte sie bereits erfahren, dass die Fledermaus- oder Vogelgestalt die schnellste Fortbewegungsart bot, aber wenn man sich dann zurückverwandelte und splitternackt dastand, konnte das doch etwas peinlich sein. Justin hatte überall im Haus ein paar Extraklamotten.

»Mach dir keine Sorgen.« Sein Arm glitt hinter ihren Rücken und zog sie an sich. »Ich habe dich vermisst. Meinst du, Sam wäre damit einverstanden, wenn ich ihm am Bett vorlese, während du das Badeöl ausprobierst, das ich im Dutyfreeshop für dich gekauft habe?«

Seine vollen Lippen waren ganz nah. »Will mich der Herr etwa mit Geschenken und schönen Worten verführen?«

»Warum nicht? Bisher hat das noch immer funktioniert.«

Das brachte ihm einen Knuff in die Rippen ein und das zögerliche Versprechen eines Kusses.

Angela machte sich mit schnellen Schritten auf den Weg. Der Regen hatte nachgelassen, aber es war früh dunkel geworden, und fast alle Geschäfte auf der Fore Street hatten geschlossen, sodass die ehedem so belebte Straße nun so gut wie völlig verlassen war. Sie hatte sich länger als gedacht in Meg Merchants gemütlichem Laden aufgehalten.

Angela schloss die Finger um den Spielkartensatz in ihrer Tasche. Auch wenn sie Mariposa niemals finden würde, hatte sie nun eine kleine Chance, ihre Vergangenheit zu erkunden. Sobald sie auf ihrem Zimmer war, würde sie eine Partie legen, um zu sehen, was die Karten ihr zu sagen hatten. Nur in dieser Papiertüte konnte sie sie nicht belassen; sie musste sie in Seide einwickeln, damit sie ihre Kraft wiedererlangten. Woher zum Teufel wusste sie das? Keine Ahnung. Sie beschleunigte ihren Schritt. Je früher sie in ihr Hotel zurückkam, umso eher könnte sie einen weiteren Blick auf ihre Vergangenheit erhaschen.

»Wohin des Wegs so eilig, Puppe?«

Angela blieb abrupt stehen, als ein Teenager, ein Riesenkerl, aus einem Hauseingang heraustrat und ihr den Weg versperrte. Ein Blick in seine gefährlich funkelnden Augen, auf das Piercing an der linken Schläfe und das Totenkopftattoo auf seinem nackten Arm genügten, und Angela wich auf die Straße aus.

Dabei wäre sie beinahe mit einem klapprigen Kleinwagen kollidiert, der just in dem Moment vorbeigefahren kam.

»Kann ich dich ein Stück mitnehmen, Süße?«, rief jemand aus dem heruntergelassenen Fenster. Der tätowierte Fiesling kam näher.

Ihre Angst währte ein paar Sekunden, wurde aber schnell von Wut abgelöst. Sie und Jane hatten obdachlos auf den Straßen von Chicago überlebt. Warum sollte sie da einen Überfall oder gar vielleicht Schlimmeres in einer verschlafenen kleinen Marktstadt hinnehmen?

»Lasst mich gefälligst in Ruhe!«, zischte sie.

Auf ihren linken Arm legte sich eine Hand. »Warum denn so unfreundlich? Das gefällt uns nicht.« Der Tätowierte hob eine Hand und streichelte ihr Gesicht, wobei er seinen Ring fest gegen ihre Wange drückte.

Er lächelte, als sie zusammenfuhr.

Hinter ihr ging eine Autotür auf.

Ihre Wut steigerte sich zur Weißglut. Ihre Ohren durchfuhr ein wildes Dröhnen, ihre Augen verengten sich, und sie knurrte; dabei lehnte sie sich dem tätowierten Burschen entgegen und fixierte ihn mit ihrem Blick.

Er wurde weiß wie die Wand, ließ von ihr ab und stolperte nach hinten. Nachdem er dank einer Schaufensterscheibe sein Gleichgewicht wiedergefunden hatte, machte er einen Satz vor das Auto und bettelte darum, die Tür zu öffnen.

Direkt hinter ihr hörte sie eine Stimme fragen: »Hat diese Dreckshure den armen Kleinen erschreckt?«

Angela wirbelte herum und funkelte gefährlich mit den Augen. Der fiese Bursche ließ prompt das Messer fallen, das er in der Hand hielt, und wich zurück. »Jesus Christus!«, brummelte er.

Er sah sich Hilfe suchend um. »O mein Gott!« Er winselte, als er zurückstolperte. War er denn von allen guten Geistern verlassen? Dann rettete sich Fiesling Nummer zwei mit einem gewagten Satz ins Auto.

»Nichts wie weg von hier!«, ertönte gellend eine Stimme aus dem Wageninneren. Der Fahrer folgte dem Rat umgehend, fuhr an und raste in einem Affentempo hügelab, wobei eine der hinteren Türen offen hin und her schwankte.

»Dem Himmel sei Dank!« Angela presste eine Hand auf die Brust. Sie rang nach Luft, um ihr wild pochendes Herz zu beruhigen; als sie aber ihr Spiegelbild im Schaufenster sah, entfuhr ihr beinahe ein Schrei.

Flammend rote Augen stierten ihr entgegen, aber das war noch nicht das Schlimmste. Ihr Mund stand offen, die Zähne wild gefletscht, und ihre Haut war leichenblass – furchterregend zu dieser Stunde, aber bei Tage wäre bei ihrem Anblick sicher jeder vor Schreck umgefallen. Dann jedoch verwandelte sie sich wieder in die, die sie vorher gewesen war, und auch die Spannung in ihrer Haut löste sich. Innerhalb von Sekunden war das Monster verschwunden, und ihr sah wieder die vertraute alte Angela entgegen, soweit man seit ihrer Ghulisierung überhaupt von »vertraut« sprechen konnte.

Nachdem sie ein paar Mal tief durchgeatmet hatte, setzte

sie ihren Weg bergab fort. So! Sie konnte also übel gesinnte Bösewichte abschrecken. An die Fähigkeit, die Gestalt zu verändern oder zur Bewusstseinsmanipulation, wozu ältere Vampire in der Lage waren, oder gar an die Körperkräfte, über die Stella verfügte, reichte das zwar nicht heran, aber es war immerhin ein Anfang. Wozu war sie sonst noch fähig? Fliegen? Über das Wasser gehen? Schneller laufen als Rehwild? Die ersten beiden Punkte würde sie zunächst hintanstellen, aber was den letzteren betraf, da könnte man doch ein Experiment wagen. Wenn sie demnächst wieder in die Moore hochfahren würde, könnte sie einen Versuch starten. Mal sehen, wie ausdauernd und schnell sie laufen konnte.

Es wäre schön, eine Liste aller Ghul-typischen Eigenschaften zu haben. Leider war Tom in den alten Handbüchern nicht fündig geworden, aber was soll's, sie würde einfach selbst eine zusammenstellen. Hatte Jane irgendwelche Entdeckungen gemacht? Sie würde sie anrufen, sobald sie die Karten gelegt und bei Stella nachgefragt hatte, ob droben in Yorkshire alles in Ordnung war.

Am unteren Ende des Hügels angekommen, fühlte Angela sich schwach und schwindelig. Die Igor-Nummer zehrte scheinbar an den Kräften. Sie gierte nach rohem Fleisch, zum Glück hatte sie ja genug in ihrem Zimmer. In ihrer Ungeduld, endlich etwas zwischen die Zähne zu bekommen, hätte sie beinahe den Schlüssel fallen gelassen, erreichte aber glücklich ihr Zimmer. Sie knallte die Tür hinter sich zu und griff nach dem erstbesten Paket, in dem sich zufällig das Hühnchen befand.

Gierig schlang sie das rohe Fleisch in sich hinein, bis nur mehr die Knochen übrig blieben. Nachdem der erste Hunger gestillt war, fiel ihr Blick auf das Papiertütchen wenige Zentimeter von ihren Fingern entfernt. Aber Wahrsagekarten konnte sie schlecht mit fettigen Fingern anfassen. Also wusch sie sich gründlich die Hände, neugierig und gespannt darauf, ob sie überhaupt etwas, und wenn ja, was sie erfahren würde.

Die neuen Karten glitten leicht aus dem Schächtelchen, und ihre Fingerspitzen strichen über die unberührten Oberflächen. Sie mischte sie sorgfältig, ließ die Karten durch ihre Finger streichen, während sie sich darauf konzentrierte, ihre Botschaften aufzuspüren. Das machte sie rein intuitiv, indem sie verlorene Erinnerungen nutzte. Dann hob sie spontan ab und breitete sieben Karten mit der Vorderseite nach unten kreisförmig auf der Bettdecke aus.

Der Anblick kam ihr ungemein bekannt und zugleich völlig fremd vor. Unfassbar! Aber sie wusste genau, was sie tat oder tun würde, wenn sie die Karten aufdeckte. Ihre Finger zitterten leicht, als sie die Piksechs aufdeckte. Gefahr! Damit war sie gerade erst konfrontiert worden. Im Übermaß. Sie konnte sich eines Lachens nicht erwehren. Musste mit einer verspäteten Schockreaktion und der darauf folgenden Erleichterung zu tun haben, denn normalerweise ziemte es sich nicht, über Karten zu lachen. Sie galten geradezu als heilig. Als Nächstes deckte sie den Herzkönig auf: ein netter blonder Mann. Tom war eher braunhaarig als blond, aber vom Hauttyp her eindeutig sehr hell. Aber zählte denn ein Vampir als Mann? Pikbube: ein Mann mit schlechten Manieren. Nein, die Karte war umgekehrt. Ein falscher Freund, ein Verräter. Ha! Bei der nächsten Karte stieß sie eindeutig auf Tom: Kreuzbube, ein guter Liebhaber und kluger, dunkler junger Mann. Okay, »jung« hatte sie nicht ohne Grund gesagt, aber als er starb, war er tatsächlich jung gewesen. Als Nächstes die Herzacht: Liebe und Romantik. Danach sehnte sie sich. Vielleicht wenn sie herausgefunden hatte, wer sie war. Noch einmal Kreuz. Die Kreuzsechs umgekehrt. Also war Vorsicht angesagt. Wovor?

Bei der letzten Karte zögerte sie: die Herzacht. Sie konnte sich auf Liebe einstellen. Zu fragen, woher sie das alles wusste, war sinnlos, dafür gewann sie an Selbstvertrauen. Sie war in der Lage gewesen, aus den Karten zu lesen, und würde es auch wieder können.

Wenn Tom hier wäre, würde sie ihn jetzt auffordern zu mischen. Da er aber nun einmal nicht hier war, mischte sie für ihn und stellte sich dabei sein sexy Lächeln vor und seinen kühlen Körper, wenn sie dicht nebeneinanderlagen.

Sie vermisste ihn!

Warum musste er so unvernünftig und schwierig sein?

Sie hob ab und stellte sich den Druck seiner Lippen auf ihren vor und den süßen Geschmack seiner Haut auf ihrer Zunge.

Sobald sie hier alles erledigt hätte, würde sie ihn anrufen. Vielleicht würde sie sogar über London nach Havering zurückfahren, aber natürlich erst, wenn sie etwas über sich selbst in Erfahrung gebracht hätte. Seinen Ausspruch »sei ein guter Ghul und lass mich nur machen« würde sie jedenfalls nicht mehr akzeptieren.

Sie hatte den Eindruck, die Karten füllten sich für sie mit Leben. Ihre Finger erwärmten sich, während sie Karte für Karte umgekehrt auflegte. Dieses Mal deckte sie alle auf einmal auf und besah sich die ganze Serie. Aus ihren Karten hatte sie einige bruchstückhafte Informationen erfahren. Vielleicht würde sie in Verbindung mit seinen mehr erfahren.

Möglich.

Derselbe umgekehrte Pikbube. Repräsentierte er denselben Bösewicht? Waren sie beide von derselben Gefahr bedroht? Kaum möglich, da sie sich an entgegengesetzten Enden des Landes aufhielten. Er hatte drei Herzkarten. Allem Anschein stand ihm in Liebesdingen Glück ins Haus. War sie daran beteiligt? War sie die Königin, die ihr von dem Chintz-Bettüberwurf aus entgegenlächelte? Und als hätte Tom nicht ohnehin genügend Sexappeal für ein ganzes Dutzend Männer, versprachen ihm die Zehn und die Vier nebeneinander auch noch eine Hochzeit und Glück in der Liebe. Zweikaro: ein Streit. Den hatten sie bereits, und fast schien es so, als könnten sie keine zwanzig Minuten ohne einen solchen zusammen verbringen. Was bedeuteten die Vier und die Neunkreuz? Einen unbekannten Ort? Verdammt, sie befand sich doch auf fremdem Terrain. Dieses Land war Toms Land, und das seit Jahrhunderten. Und die Neun? Einen plötzlichen Geldsegen und freundschaftliche Versöhnung. Unter Geldknappheit litt er nun gerade nicht. Sein Vermögen wuchs von Jahr zu Jahr, und seine Freunde schienen bestens zusammenzuhalten. Im letzten November waren sie geradezu invasionsartig in Ohio eingefallen.

Liebe und Ungemach also für Toms Zukunft. Ein böser und ein kluger Mann für sie, dazu Erfüllung in Liebesdingen und der Rat, vorsichtig zu sein – kaum überraschend, wenn ihr ein Bösewicht prophezeit war. Außerdem musste sie sich dem unguten Gefühl stellen, das von fünf schwarzen Karten in ihrer Siebener-Serie ausging.

Sie war Meg sicher zu Dank verpflichtet, und gleich am nächsten Morgen wollte sie die Karten bezahlen. Angela packte sie zusammen und saß da, den Blick starr auf das Päckchen gerichtet.

Woher wusste sie das alles? Wenn sie das nur wüsste! Aber sie *hatte* aus den Karten gelesen. Was wartete noch darauf, von ihr entdeckt zu werden?

Die den Karten innewohnende Kraft strömte über ihre Haut. Sie musste noch eine ganze Menge mehr herausfinden – über sich selbst und ihre Vergangenheit und darüber, wie sie auf der Straße gelandet war.

Angela ließ ihre Blicke über das weiche Bett schweifen. Sie war hundemüde. Die Reise, die Begegnung mit den Straßenrowdys und nun die Energie, die von den Karten ausging, zehrten zusammen an ihren überreichen Kräften.

Sie platzierte die Karten auf den Nachttisch, zog sich aus und legte sich ins Bett.

In wenigen Momenten war sie eingeschlafen und außerstande, die Gestalt wahrzunehmen, die wenige Stunden später in ihr Fenster hereinsah.

5

Angela blinzelte in die Sonnenstrahlen, die ihr Zimmer erhellten. Sie hatte lange geschlafen, und gestern Abend hatte sie vor Müdigkeit vergessen, die Vorhänge zuzuziehen. Sie fühlte sich benommen und schwach, und das Klingeln des Telefons nur wenige Zentimeter von ihrem Ohr entfernt machte ihr Kopfschmerzen. Verdammt! Sie wollte doch Stella letzten Abend noch anrufen. Gewiss rief sie nun selbst an, rasend vor Wut und Sorge.

»Angela!« Gütiger Himmel, es war Tom! Sie versuchte sich mit aller Kraft darauf zu konzentrieren, was er sagte, aber seine Vorwürfe verloren sich zwischen dem pelzigen Gefühl in ihrem Kopf und dem herrlichen Duft von rohem Fleisch. Die letzten Reste ihres Beutezugs durch die Metzgerei schrien geradezu danach, verzehrt zu werden. Rasch.

»Okay, Tom«, sagte sie und legte auf, wobei sie keine Ahnung hatte, worin sie gerade eben eingewilligt hatte. Sie sprang aus dem Bett, rannte quer durch den Raum und stürzte sich sofort auf das Fleisch. Schließlich fand sie sich kniend auf dem Teppich, zerriss die Koteletts mit ihren Zähnen und verschlang sie gierig. Als sie aufstand, war sie wieder bei klarem Verstand und schwor sich, nie wieder eine so lange Zeit ohne Essen zu verbringen. Verdammt aber auch, bei Tom hatte sie fast den ganzen Tag über ständig herumgenascht und an dem frischen Fleisch geknabbert, das er in dem Extrakühlschrank für sie bereithielt, in dem auch sein Notvorrat an Blutbeuteln lagerte.

Jetzt hatte sie auch noch Blutflecke auf dem Teppich hinterlassen, und zu ihrem großen Entsetzen leckte sie sie im nächsten Moment auch noch auf. Sie musste wirklich darauf achten, nicht mehr so auszuhungern! Zumindest sollte sie sich davon überzeugen, dass die Tür auch wirklich abgeschlossen war, ehe sie sich daranmachte, den Teppich abzulecken. Sicher, das *Royal Oak* war ein komfortables Haus mit entspannter Atmosphäre, aber welches Hotel duldet schon Gäste, die sich mit der Zunge an der Auslegeware zu schaffen machen?

Nach einer Dusche und mit frisch gewaschenem Haar war sie bereit, den Tag anzugehen. Zuerst würde sie diesen Mr Lee ausfindig machen und dann zu Meg in den Laden gehen. Ihre Äußerungen über angebliche Löcher und schwarzen Stellen in Angelas Aura schienen bei gesättigtem Magen einigermaßen beunruhigend. Vorher aber würde sie wie ein sterblicher Gast noch ganz normal frühstücken, da sie ja so wenig wie möglich auffallen wollte. Besonders in Anbetracht der enttäuschten Kommentare, die sie gestern geerntet hatte, weil sie das Abendessen nicht buchen wollte, war das eine gute Entscheidung. Außerdem befriedigte ja auch gekochtes Fleisch ihr tierisches Verlangen.

Der Duft von gebratenem Speck und frischem Kaffee waberte aus dem Speisesaal. In Situationen wie dieser waren Ghule gegenüber Vampiren klar im Vorteil. Dass Stella und die anderen, die sich ja alle ausschließlich von Flüssignahrung ernährten, vor Langweile keine Bauchschmerzen bekamen, war ihr ein Rätsel.

»Du siehst bedeutend frischer aus heute Morgen!«

Tom! Angelas Blick flog durch die Hotel-Lobby. Er sah alles andere als frisch aus. Finster, griesgrämig, stinksauer, diese Worte hätten den Vampir besser beschrieben, der da an die Eichenvertäfelung gelehnt stand und auf sie wartete. Trotz alledem fand sie ihn sexy und reif fürs Bett, aber diese Gedanken waren im Moment fehl am Platz. Nicht nach ihrem Streit in London. »Es ist ein wunderschöner Morgen, und ich fühle mich großartig!« War vielleicht nicht sonderlich taktvoll, das zu sagen, aber was sollte es!

Die Falten zwischen seinen Augenbrauen standen der Faltwerkornamentik der Vertäfelung in nichts nach. »Dürfte ich fragen, wohin dein Weg dich führt?«

»Zum Frühstücken.« Sie zeigte mit dem Kopf in Richtung Speisesaaltür, die offen stand.

»Na gut.« Er trat vor. »Ich begleite dich, und im Anschluss daran wirst du packen. Ich bringe dich zurück in die Stadt.«

Viel Glück, Tom! »Wie kommst du darauf, ich würde mit dir nach London zurückfahren?«

»Hör zu, Angela!«

»Guten Morgen, Miss Ryan!« Es war Sarah, das Mädchen vom Empfang, das tags zuvor eine ganze Ewigkeit in Einkaufsführern und Touristenblättchen nach Mariposa gesucht hatte. »Dieser Gentleman hat nach Ihnen gefragt.« Mit seiner äußeren Erscheinung hatte Tom wohl die Wirkung eines Gentlemans auf sie gehabt, eine Meinung, die Angela nicht unbedingt teilte.

»Danke, Sarah. Tom leistet mir beim Frühstück Gesellschaft.« In der Öffentlichkeit konnte er ihr schwerlich eine Szene machen, und das, was sie ihm sagen wollte, würde seine Einstellung nicht gerade ins Wanken bringen. Sie war schon drauf und dran, nach einem sonnigen Tisch an den bleiverglasten Fenstern zu fragen, aber eine Provokation war kein sehr guter Gesprächsanfang, und Tom sollte doch seine fordernde Haltung aufgeben.

Mit der Kellnerin unterhielt er sich äußerst charmant; er lehnte es ab, zu frühstücken, bestellte jedoch schwarzen Kaffee. Anscheinend sparte er sich die Bissigkeiten für sie auf. Aber vielleicht war er ja auch willens, sich einigermaßen zivilisiert zu benehmen, sodass sie ein vernünftiges Gespräch ohne Streitereien führen könnten. Sie griff nach der Kaffeesahne. »Hattest du eine gute Reise? Bist du geflogen?«

»Da du dich nicht verwandeln kannst, habe ich wohlweislich das Auto genommen, damit ich dich auf der Rückfahrt gleich mitnehmen kann.«

Er hatte wirklich seinen eigenen Kopf an diesem Morgen. »Ehe du oder vielleicht wir beide irgendwo hinfahren, muss ich dir berichten, was ich gestern herausgefunden habe.«

»Dass du hierhergekommen bist, um Wildgänse zu jagen?«

Darauf hätte sie ihm am liebsten überhaupt nichts mehr gesagt. Aber er war stark genug, sie einfach huckepack wegzutragen, und wenn er seine Vampirmethode der Bewusstseinskontrolle anwendete … Sie lächelte so süß sie nur konnte. »Ganz und gar nicht. Ich habe einen Hinweis auf jemanden, der vielleicht wissen könnte, wo sich Mariposa befindet, und auch sonst habe ich einige interessante Entdeckungen gemacht.«

»Ach ja?«

Seine unterkühlte Skepsis konnte er sich sparen. »Genau. Nach dem Frühstück werde ich dir Bericht erstatten.«

Zur Hölle mit diesem Mann! Er fragte nicht einmal! Trank lediglich zwei Tassen Kaffee, während sie Speck mit Würstchen verschlang.

Angela wäre beinahe geplatzt, als sie endlich zu erzählen begann, was höchstwahrscheinlich sogar seine Absicht gewesen war. Mit ihrer verdammten Selbstkontrolle konnten Vampire einen in den Wahnsinn treiben.

Sie verließen das *Royal Oak* und spazierten am Fluss entlang. Dieser führte wegen der Winterregen eine Menge Wasser, und die gegenüberliegende Insel war halb überflutet. Der bedeckte Himmel verbesserte ihre Stimmung nicht gerade. Sie bewegten sich nicht auf Mr Lees Laden auf der High Street zu, sondern direkt davon weg, aber Angela war sich sowieso nicht sicher, ob sie Lust hatte, mit Tom dorthin zu gehen. Wenn er ihre Unternehmungen so leichtfertig abtat, würde sie auch alleine zurechtkommen.

»Was hast du denn herausgefunden?«, fragte Tom und sah dabei über den Fluss. Die winterkahlen Bäume waren wohl einiges interessanter als irgendeine Entdeckung von ihr.

»Es gibt da einen alten Mann, einen Flickschuster, der sein Geschäft schon seit Jahren betreibt und alle Lederläden im ganzen Umkreis kennt.« Sie hielt inne. »Und das Nächste, ich kann Karten lesen.« Das bewirkte ein Zucken einer Augenbraue. »Und wenn ich wütend werde, verändert sich mein Gesicht.«

Das erregte seine volle Aufmerksamkeit. »Wie denn?«

Sie erzählte es ihm.

Er reagierte eher verärgert als beeindruckt. »Wie konntest du so unbesonnen sein, einer Gruppe Sterblicher gegenüber so zu reagieren?«

»Unbesonnen? Hätte ich lieber einfach nichts tun sollen und sie mich überfallen lassen?«

»Wenn du bei mir geblieben wärst, wärst du erst gar nicht in diese Situation geraten.«

»Willst du damit sagen, dass eine Riesenstadt wie London sicherer ist als dieses Nest?«

Sie hatte die Hände in die Hüften gestemmt, und sie standen gefährlich knapp davor, aneinanderzugeraten.

»Du wärst sicherer, weil ich mich darum kümmern würde!«

»Genau. Indem du mich einsperrst!«

»Ich habe dich nie eingesperrt.«

Okay, hatte er nicht, aber ... »Tom, du wolltest mich rund um die Uhr im Haus behalten, es sei denn, du hast mich begleitet.«

»Angela, du hast keine Ahnung, welche Gefahren auf dich lauern.«

»Nach drei Nächten in den Straßen von Chicago weiß ich sehr wohl, was Gefahr bedeutet.« Sie verstummte; ihr Bewusstsein blockierte schockbedingt wie immer bei diesen plötzlichen Erinnerungsschüben, aber dieses Mal erschauderte sie vor einem kalten Hauch von Furcht. »Tom!« Ihre Stimme klang dünn vor Angst. »Woher weiß ich denn, dass es drei Nächte waren? Und warum ist es so schlimm?« Die

Erinnerung an die Schreckensnächte ließ sie erbeben, während sich sein Arm um sie legte. Ihr Zittern verstärkte sich noch, ehe es nachließ. Es war dieselbe Angst, die ihre Albträume auslöste und sie schreiend aufwachen ließ.

Tom drückte sie fester und zog sie zu sich heran, während er alles tat, um ihr aufgewühltes Inneres zu besänftigen. Der Schrecken war schlimmer als beim letzten Mal. Er versuchte herauszulesen, was diese Ängste hervorrief, aber er fand nur blinde Emotionen.

Er hatte große Lust, die Kreatur, die ihr das angetan hatte, durch ausgiebiges Foltern zu töten. Er drückte sie nun ganz eng an sich und lenkte mit aller Willenskraft Ruhe in ihren furchtvollen Geist. Ihr Schluchzen ließ nach, und er reichte ihr sein Taschentuch. Sie wischte sich über die Augen, schniefte ein paar Mal und sah mit rot geränderten Augen zu ihm auf. »Tut mir leid, Tom.«

Er küsste ihre Stirn, labte sich an der Süße ihrer Haut, aber nun war nicht die Zeit, sich solchen Gelüsten hinzugeben, nicht wenn sie schier zu zerbrechen drohte. »Was denn? Weil du mein Hemd ruiniert hast? Mach dir deswegen keine Sorgen, wozu gibt es denn Wäschereien?« Er versuchte es auf die witzige Art, kam aber damit bei ihr nicht an.

»Tom!« Ihre Stimme versagte.

»Nun komm, Liebes.« Er machte einen Schritt auf sie zu, sodass sie direkt nebeneinanderstanden. »Du musst dich setzen.«

In einiger Entfernung fand er eine freie Bank am Flussufer. Der Tag war viel zu kalt, als dass ein Sterblicher Platz genommen hätte, abgesehen von den ganz Hartgesottenen, aber weder ihm noch Angela war das aufgefallen.

Sie schüttelte den Kopf. »Wenn ich doch rankäme, verdammt noch mal. Gerade eben kam es deutlicher als je zuvor.«

Sein Arm schloss sich fester um ihre Schulter. Er wollte ihren Albtraum wegwischen und sie auf seinen Armen an einen Ort tragen, wo ihr niemand mehr etwas zuleide tun würde.

Er erinnerte sich daran, was Justin am Abend zuvor gesagt hatte. »Wie kann ich dir bloß helfen, Angela?«

Bei diesen Worten versiegten ihre Tränen. »Was meinst du?«

Er verschränkte seine Finger mit ihren. Das beruhigte ihn zwar bei Weitem nicht so, als wenn er sie sich einfach über die Schultern geworfen und nach Hause getragen hätte, aber unter den gegebenen Umständen war es wohl diplomatischer. »Du bist wild entschlossen, geradezu versessen darauf, deine Vergangenheit bis ins kleinste Detail aufzuklären, was immer du dabei auch findest. Warum also gehen wir nicht gemeinsam vor?« Als sie ihn mit ihren geröteten Augen anstarrte, fügte er hinzu: »Ein Vampir an deiner Seite wäre vielleicht ganz hilfreich. Wir haben einige brauchbare Tricks in petto.«

Der Anflug eines Lächelns kräuselte ihre Mundwinkel. »Woher kommt denn der plötzliche Sinneswandel?«

»Mir ist klar geworden, dass du dein Ding auf alle Fälle durchziehst, und wenn ich dich in Sicherheit wissen will, ziehe ich lieber am selben Strang.«

Das Lächeln wurde breiter. »Soll das heißen, es ist Schluss mit diesem ›Hier der große starke Vampir, da der arme kleine Ghul‹-Gehabe?«

»Versprechen kann ich nichts, aber ich will mir alle verdammte Mühe geben.«

Sie schmiegte sich an ihn, und ihre Schultern entspannten sich, je mehr der angestaute Druck von ihr wich. »O Tom!« Sie küsste ihn auf die Wange. »Ich hab dich so vermisst.«

»Mir ging's genauso, Liebes.«

Es schien, als hätte sie ihre Mission einen Moment lang vergessen. Warum sie nicht darin bestärken?

Er hob ihr Kinn etwas an. Ihre Lippen öffneten sich, und ihre Augen weiteten sich erwartungsvoll. Er würde sie gewiss nicht enttäuschen. »Angela«, flüsterte er und senkte den Kopf. Ihre Lippen berührten sich. Zweimal. Beim dritten Mal presste er seine Lippen auf ihre, bis sie sich für ihn öffneten. Sie seufzte und gab sich ihm hin, als seine Zunge auf ihre traf. Dann nahm sie ihn sich vor, ihr Mund spielte mit seinem, wobei ihre Zunge forschend eindrang. Es war ein gegenseitiges Geben und Nehmen, das ihr Verlangen steigerte. Sie presste sich noch fester an ihn, sodass ihre beiden Körper eins wurden. Ihre Hüften kamen ihm entgegen, als er seine Arme um sie schloss. Sie sagte etwas. Vielleicht war es sein Name, ein Kosewort oder die Höhe der Bäume um sie herum. Es kümmerte ihn nicht die Bohne. Nur Angelas warmer Körper in seinen Armen und die Leidenschaftlichkeit ihrer Lippen zählte. Er versuchte, die Führung wieder zu übernehmen, indem er sich noch stärker an sie drückte und mit einer Hand ihre Brust umfasste. Ein wonniges Gefühl durchströmte sie, das spürte er genau, als sie seinen Kopf näher heranzog und den Kuss vertiefte. Beider Begehren mündete in der wilden Ekstase gegenseitigen Verlangens. Ihre Beine öffneten sich, ein Schenkel glitt auf seinen und …

Toms Vampirsinne registrierten einen herankommenden Sterblichen. Besser die Öffentlichkeit nicht schockieren!

»Angela«, flüsterte er, »wir sollten uns lieber ein stilleres Plätzchen suchen.«

Aus einiger Entfernung kam eine alte Frau mit ihrem Spaniel an der Leine anspaziert, und aus der anderen Richtung näherten sich zwei junge Mütter mit ihren Kinderwagen.

Angela lief rot an wie eine Bourbon-Rose. »Tom!« Sie stand auf und strich ihren Pullover glatt. »Lass uns ein bisschen laufen.« Sie streckte ihre Hand aus.

Er zögerte nicht lange und nahm die Einladung an.

»Ich habe dich vermisst«, sagte Angela nach ein paar Metern. »Ich bin froh, dass du gekommen bist.«

»Das hört sich doch schon ganz anders an als deine Begrüßung vorhin beim Frühstück.«

»Beim Frühstück musste ich mich gegen dein Vampirgehabe und deinen Befehlston wappnen.«

Gut, dass er diese Masche aufgegeben hatte. Sie hatte sowieso nicht funktioniert. »Habe ich mich wirklich wie der herrische Großvampir benommen, als du bei mir in London warst?«

»Als was würdest du Sätze wie diese sonst bezeichnen: ›Sieh diese Bücher nicht an, es sind meine.‹ ›Verlass das Haus nicht ohne mich.‹ ›Mach das nicht, das ist zu gefährlich.‹ ›Warum willst du das alles herausfinden?‹«

War das alles wirklich so schlimm für sie gewesen? »Ich wollte dich doch nur beschützen. Schließlich wissen wir nichts über die Vampire, die dich und Jane gemacht haben.«

»Unwissen bietet noch lange keine Sicherheit.« Damit hatte sie in gewissem Sinne recht. »Ich muss wissen, wer ich bin.«

Gut, aber ... »Von diesem abtrünnigen Vampir ganz zu schweigen, verfolgt mich die schreckliche Angst, dein Bohren in der Vergangenheit könnte ergeben, dass du irgendwo einen Mann und fünf Kinder hast.«

Sie lachte und schüttelte den Kopf. »Was den Mann betrifft, kann ich nichts sagen, aber ich habe nicht das Gefühl, schon einmal verheiratet gewesen zu sein. Und ich weiß definitiv, dass ich keine Kinder habe.«

»Woher denn?«

»Justin hat es mir gesagt.«

»Woher zum Hades will er das wissen?« Justins jahrhundertealte Existenz bewirkte zwar gewisse Kräfte ...

»Er hat mich komplett untersucht, und von einer Geburt war da nichts zu sehen.«

Die volle Bedeutung dessen traf ihn wie ein Schlag gegen die Brust. »Soll das heißen, Justin hat ...!«

Sie zog an seiner Hand. Seine Finger schlangen sich in ihre. »Nun mach dich mal locker. Justin ist Arzt. Das weißt du doch, oder?«

Er gab sich alle Mühe, aber einfach war es nicht. Außer ihm hatte keiner das Recht, Angela anzufassen. »Natürlich weiß ich das! Ich sehe nur nicht ein, warum ausgerechnet er ... War es etwa seine Idee?«

»Natürlich nicht!« Ihr Blick ließ vermuten, dass ihre wiedergewonnene Freundschaft womöglich nicht sehr lange halten würde. »Ich habe ihn darum gebeten. Ich wollte so viel wie möglich über meinen Ghul-Körper wissen. Hätte ich denn einfach beim Nationalen Gesundheitsdienst anklopfen sollen? Sicher nicht.« Widerwillig musste er ihr beipflichten. »Es kam überhaupt nur Justin infrage, und da ich zufällig auch noch unter demselben Dach wohnte, habe ich die Gelegenheit beim Schopf ergriffen. Und ich war mehr als erleichtert, als sich herausstellte, dass ich im Laufe meiner dunklen Vergangenheit noch nie ein Kind zur Welt gebracht habe.«

Sie hätten sich die Sorge teilen sollen. »Was hat er sonst noch herausgefunden?«

»Mein Blutdruck ist so niedrig, dass ich als Sterbliche permanent bewusstlos sein müsste. Mein Verdauungssystem und mein Stoffwechsel arbeiten ungefähr fünf bis sechs Mal schneller als bei Sterblichen. Ich bin körperlich viel stärker als die meisten Frauen, und meine Herzfrequenz bleibt bei Belastung nahezu unverändert. Oh, und ich habe ungewöhnlich viele rote Blutkörperchen.«

»Das war's?«

»Alles in allem ja. Nur ein paar Gedächtnis- und IQ-Tests stehen noch auf dem Plan. Er muss sich erst noch die Fragebögen von einem befreundeten Psychologen ausleihen.«

»Sag ihm, er kann sich das sparen. Du bist klug genug, sämtliche Verfahren auszutricksen.«

Sie sah ihn fragend an. »Meinst du das wirklich?«

»Liebes, du hast zwei Vampire überlistet, drei, wenn du Stella mitzählst, aber sie stand von vornherein hinter dir, oder nicht?«

»Erst nachdem sie alles unternommen hatte, mir die Sache auszureden.« Er musste sich bei Stella entschuldigen.

»Was hast du denn nun herausgefunden? Du kannst Karten lesen, du hast vielleicht jemanden, der dir sagen könnte, wo dieses Ledergeschäft hingezogen ist, und du bist in der Lage, Straßenrowdys gehörig den Marsch zu blasen.«

»Und ich weiß auch, dass ich und Jane drei Tage lang unterwegs waren, bis Vlad uns gefunden hat.«

»Bist du dir darin sicher?«

»Ja. Ich weiß zwar nicht, inwieweit uns das weiterhilft, aber ich bin mir sicher.«

»So weit, so gut. Dann lass uns mal diesem Hinweis auf den Lederladen nachgehen.« Sollte die Spur im Sande verlaufen, umso besser. Dann stünde einer Abreise nichts mehr im Wege. Allein die Vorstellung, dass er sich tief im Westen des Landes befand, machte ihn nervös. Diese Hexen konnten hier doch überall lauern. Angela hätte für seine Sorgen sicher nur ein müdes Lächeln übrig. Sie hatte schließlich nicht gesehen, was diese Biester Kit Marlowe angetan hatten, und sie wusste auch nicht, wie riskant alleine ein Aufenthalt in dieser Gegend war, aber nun war er hier und würde so lange bleiben wie sie. »Wo ist denn nun dieser Laden?«

»Du willst mich wirklich begleiten?«

Seine Hand schloss sich um ihre. »Warum nicht? Du weißt nie, wann dir ein Vampir nützlich sein könnte.«

Nichts hätte Angela mehr freuen können. Tom hatte endlich Vernunft angenommen und ihr seine Mithilfe zugesichert. Dafür küsste sie ihn, und zwar ausgiebig. Die Passanten konnten ihr gestohlen bleiben. »Danke, Tom.« Sie befanden sich nur wenige Meter von dem Fleischerladen entfernt, den sie gestern gefunden hatte. »Ich will mir lieber was zum Essen besorgen. Diese Aufgabe zehrt an meinen Kräften. Heute Morgen hätte ich schon beinahe den Teppich verspeist.«

»Is wohl für ’ne Party?«, fragte der Fleischergeselle, als er jede Menge Steaks und Koteletts sowie drei ganze Hühnchen in mehreren Lagen weißes Papier einpackte. »Wenn ich mich recht erinnere, waren Sie schon gestern hier, richtig?«

Sie sollte dringend nach einem anderen Laden Ausschau halten, wenn sie mit ihrem hohen Fleischkonsum nicht auffallen wollte. »Ihr Fleisch war so hervorragend, dass ich mich entschlossen habe, gleich einen kleinen Vorrat zu kaufen.«

Tom bestand darauf, die drei Päckchen zu tragen, was sie ihm auch zugestand. Man musste ja nicht jeden Streit ausfechten. »Wohin jetzt?«, fragte er, als sie auf dem schmalen Gehweg standen.

»Zu Mr Lee, du weißt schon, der Tipp von dieser Meg Merchant. Ich war gestern schon da, aber der Laden war zu.«

»Na dann los.« Er grinste. »Bringen wir es hinter uns. Umso schneller kommen wir nach Hause.«

Er war ein gutes Stück optimistischer als sie, was sie aber für sich behielt. Toms Unterstützung war ihr sehr willkommen, und vielleicht würde sie heute einen Hinweis darauf finden, wer sie in Wirklichkeit war. »Gehen wir.« Sie verschränkten ihre Finger und überquerten die Straße.

Tom blieb noch kurz stehen, um sich ein Kotelettpaket in die Manteltasche zu stecken – vielleicht würde sie ja irgendwann darauf zurückgreifen müssen, um bei Kräften zu bleiben –, und verstaute dann den Rest des Fleisches im Kofferraum. Dann gingen sie gemeinsam die Fore Street entlang. Angela wollte nach Lederläden suchen, und er würde ihr ihren Willen lassen. Er hätte wetten können, dass es in diesem malerischen Städtchen geradezu wimmelte von Hexen, aber diesen einen Tag würden sie sicher unbemerkt und unbehelligt überstehen.

6

Chicago. Zwei Tage früher.

Vlad Tepes, der ehemalige Fürst der Walachei, wandte sich von dem Blick hinunter auf Chicagos Michigan Avenue ab und sah seinem Assistenten in die Augen. »Sie meinen im Ernst, ich soll sie empfangen?« Die Frau war eindeutig plemplem.

Zeke dagegen war anderer Meinung. »Jawohl, Sir, das meine ich. Sie ist hartnäckig und lässt sich nun mal nicht abwimmeln, aber zur Polizei wird sie nicht gehen. Wie könnte sie auch? Wenn sie denen sagt, sie glaubt, ihre Tochter sei von einem Vampir entführt worden, würden sie sie entweder gleich einsperren oder aber ihre Aussage als das wirre Gefasel einer über ihrem Schmerz verrückt gewordenen Mutter abtun. Das ändert aber nichts an der Tatsache, dass ihre Tochter verschwunden ist, und die Mutter hat recht; es gibt Vampirspuren in der Umgebung des verlassenen Hauses – woran sie sie erkennen konnte, weiß Abel allein –, und ihre Tochter verschwand, just ein paar Tage bevor Sie Ihre Ghule gefunden haben.«

Tatsächlich trug er noch immer für die Ghule die Verantwortung. »Hat sie was von Ghulen gesagt?«

»Nein, Sir, nur dass ihrer Meinung nach ein Vampir oder mehrere für das Verschwinden ihrer Tochter verantwortlich sind, und sie appelliert an Sie als den hiesigen Führer, etwas zu unternehmen.«

Als Führer der Kolonie sah er eine ganze Reihe von Problemen auf sich zukommen. »Ich würde gern wissen, wie sie auf uns gekommen ist.«

»Sie behauptet, eine Hexe zu sein.«

Vlad wandte sich wieder dem Spätnachmittagsverkehr zu; er wollte nicht, dass einer seiner Untertanen den Schrecken sah, der sich in seinen Augen abzeichnete. Die Bewohner der Neuen Welt würden nie kapieren, dass es bestimmte Tabus gab. »Eine Hexe? Aha.«

»Ich habe mich erkundigt, Sir. Sie ist eine stadtbekannte Wicca-Hexe. Wohnt draußen in Oak Grove. Leitet einen Antiquitätenladen, wenn sie nicht gerade zaubert.«

Er drehte sich wieder um und lächelte. »Sie möchten wirklich, dass ich mich mit einer selbst ernannten Hexe treffe? Wir haben mit denen nichts am Hut.«

»Sie ist eine Frau, die ihre Tochter verloren hat – im wahrsten Sinn des Wortes –, und Sie haben zwei umherirrende junge Frauen gefunden.«

»Und was ist, wenn keine der beiden ihre Tochter ist?« Eine Menge Ärger für nichts.

»Und wenn doch?« Zeke hatte recht, aber er konnte sich nicht vorstellen, wie gefährlich ein solches Treffen mit einer Hexe war. Verdammt, eine genaue Vorstellung hatte nicht einmal *er,* aber er hatte gehört, was sie Marlowe angetan hatten. Vlad schüttelte den Kopf. Er hatte Jane und Angela aufgesammelt und damit die Verantwortung für sie übernommen. »Ich werde mich mit ihr treffen. Ich bestimme den Ort.«

»Und welchen Ort darf ich ihr nennen?«

Fast hätte er sie schon ins *Strigoica* kommen lassen, seine Gothic-Bar, um sie mit allen Klischees zu konfrontieren, aber er hatte es schließlich mit einer trauernden Mutter zu tun. »Ich treffe sie in *Joe's Java,* morgen. Um Viertel vor zwölf, Mitternacht. Ich werde an einem der Tische draußen warten.«

Zeke nickte. »Ich werde es ihr sagen.« Er schien zufrieden, dass er seinen Führer von einem Treffen mit dieser nervtötenden Sterblichen überzeugt hatte.

»Wie nehmen Sie Kontakt mit ihr auf?«

»Ich werde sie anrufen. Sie hat mir ihre Nummer gegeben.« – »Wie hat sie denn mit Ihnen Kontakt aufgenommen?« Er nahm nicht gerade an, Zeke stünde in den Gelben Seiten unter der Rubrik Vampire und Wiedergänger.

»Es war merkwürdig. Zum ersten Mal hab ich sie in der Chicago Elevated gesehen. Sie ist die Art Frau, die einem auffällt. Sie stand einfach da auf demselben Bahnsteig wie ich oder nahm denselben Zug. Ich hab mir nichts dabei gedacht; immerhin fahren jeden Tag dieselben Leute mit demselben Zug. Vor einer Woche oder so kam sie dann in mein Büro geschneit und verlangte ganz unverhohlen nach einem Treffen mit dem Verantwortlichen für unser ›Nest‹, wer immer das sei. Es hat eine Weile gedauert, bis ich überhaupt wusste, was sie meinte. Als ich zögerte, sah sie mir in die Augen und sagte, sie wisse genau, dass ich ein Vampir bin und dass sie nicht eher gehen würde, bis ich ihr sagte, wer der Führer des Nests sei. Ich hab versucht, sie abzuwimmeln, aber ohne Erfolg. Die ist vielleicht hartnäckig. Sie war nicht gerade erfreut, als ich ihr sagte, Sie seien außer Landes. Darauf kam sie jeden Tag und fragte, wann man Sie zurückerwartet. Nicht aggressiv. Nicht bedrohlich. Nur beharrlich. Und da Sie seit ein paar Tagen zurück sind …«

»Ich könnte sie Ihnen auch ganz vom Leib schaffen.«

Vlad grinste.

Etwas Bewusstseinskontrolle, und schon würde die Lady vergessen, ihn oder Zeke jemals gesehen zu haben. Zum Teufel noch mal, er würde, wenn er schon dabei war, gleich das ganze Wissen um Vampire auslöschen, und zwar wie es sich gehörte und nicht wie dieser Metzger, der Janes und Angelas Gehirne ruiniert hatte. Und was die Möglichkeit einer Verbindung betraf – unwahrscheinlich in einer Stadt mit gut zwei Millionen Einwohnern. Dass sie Zeke als Vampir erkannt hatte, war bedenklich, aber er würde ein paar Koloniemitglieder in unmittelbarer Rufweite zu diesem Coffeeshop positionieren, nur für den Fall …

Um halb zwölf setzte sich Vlad an einen Tisch vor *Joe's Java*. Die Nacht war bitterkalt. Kein Wunder, dass Chicago den Beinamen »Windy City« trug. Nicht dass ihm Minusgrade etwas ausgemacht hätten. Er faltete seinen Mantel zusammen und legte ihn über die Stuhllehne. Mit seinem Seidenrolli und der leichten Sommerhose würde er in der frostigen Nacht richtig auffallen, aber warum sollte er seine wahre Natur verbergen? Das könnte der Dame vielleicht Respekt einflößen.

Wenn nicht, dann war Vlad Tepes eine gute Partie für jede x-beliebige Sterbliche.

Er lehnte sich zurück, blickte auf die leere Straße und wartete.

Das Taxi kam auf die Minute pünktlich. Vlad rührte sich demonstrativ nicht vom Fleck, als sie ausstieg und in seine Richtung blickte. Sie war groß gewachsen, trug einen Kamelhaarmantel mit Kapuze, Stiefel und Lederhandschuhe. Trotz der Handschuhe steckte sie die Hände in die Taschen, sobald sie den Fahrer bezahlt hatte. Kalt? Oder suchte sie Rückhalt bei einer Waffe? Immerhin waren sie hier in Amerika. Vielleicht eine Pistole mit Kugeln aus Silber? Er gestattete sich ein meckerndes Lachen.

Ihre Absätze klickten auf dem Gehweg, als sie näher kam und in einigen Metern Entfernung stehen blieb. »Bin ich mit Ihnen verabredet?« Ihr Atem bildete Wölkchen in der kalten Nachtluft.

Vlad erhob sich und neigte den Kopf. »Ich nehm's mal an.« Einen Moment lang war er verblüfft, als er ihre Angst spürte. Sie fürchtete sich, sah ihm aber fest in die Augen. »Guten Abend, Mrs Whyte. Ich bin Vlad Roman.«

»Mr Roman, ich will wissen, wo meine Tochter ist.«

»Und ich soll ihren Aufenthaltsort kennen?«

»Sie sind ein Vampir, und soweit ich weiß der Anführer dieses Nests. Als meine Tochter verschwunden war, roch es in ihrem Haus nach Vampiren. Ja, ich glaube, Sie wissen, was passiert ist.«

Furcht, Angst und die Sorge um ihr Kind strahlte in Wellen von ihr aus. Er verstand, wie schmerzvoll es sein musste, ein Kind zu verlieren, nahm aber auch die Kampfansage wahr, die in jeder Faser ihres Körpers steckte. Eine tapfere Frau, die bereit war, für ihre Tochter das Schlimmste auf sich zu nehmen. »Kann sein, dass ich es weiß.« Ihr Herz klopfte wie wild, als sie das hörte, nach außen jedoch zeigte sich ihre große innere Anspannung nur in einem Zucken des Mundwinkels. »Sie glauben mir vielleicht nicht, aber ich sage Ihnen, dass kein Mitglied meiner Kolonie ihrer Tochter auch nur ein Haar gekrümmt hat.«

»Aber jemand ist verantwortlich dafür. Und dieser jemand war ein Vampir.«

»Haben Sie denn ein Bild von Ihrer Tochter, Mrs Whyte?«

Sie griff in ihre Umhängetasche und reichte ihm ein Foto. »Erkennen Sie sie wieder?« Ihre Stimme zitterte bei dieser Frage. Ihr Herz raste. Ihre angsterfüllten Atemzüge hallten durch die Stille der Nacht.

Windzerzaust, mit kurzem, dunklem Haar, lachte auf dem Foto eine junge Frau in die Kamera. Ein vollkommen anderer Mensch im Vergleich zu dem verschüchterten Ghul. Seine Wut auf den unbekannten Missetäter steigerte sich ins Unermessliche. Er sah auf die junge Frau, die, das Kinn hochgereckt und die Hände zur Faust geballt, mit beiden Beinen fest auf dem Boden stand. »Wie heißt denn Ihre Tochter?«

»Heather.«

Wie jenes süß duftende Gewächs, das im Sommer die Moore in Yorkshire überzog. Eine junge Frau mit dem begrenzten Leben einer Sterblichen, einem Leben, das von diesem Monster ausgelöscht wurde. Mit einer knappen Verbeugung gab Vlad das Foto zurück. »Mrs Whyte, für eine Sterbliche ist es hier draußen zu kalt. Lassen Sie uns doch nach drinnen gehen. Ich weiß, wo sich Ihre Tochter aufhält.«

»Dann sagen Sie es mir doch!« Er hatte angenommen, ihr Puls könnte nicht mehr schneller gehen. Das war ein Fehler.

Ihr Atem stockte. Auf der Stirn und der Oberlippe traten kleine Schweißperlen hervor. Sie packte seinen Arm so fest, dass jeder Sterbliche davon blaue Flecke bekommen hätte. »Um des Mitleids willen, sagen Sie es mir!«

»Ich werde Ihnen alles sagen, was ich weiß, Madame. Sie können beruhigt sein, Ihre Tochter ist in Sicherheit. Darauf mein Wort.« Ihr Herzschlag verlangsamte sich vorübergehend, wurde dann aber wieder schneller. Sein Wort bedeutete ihr anscheinend nicht viel. »Ihr kann jetzt niemand mehr was antun ... nicht mehr. Kommen Sie, setzen wir uns rein ins Warme, und ich erzähle Ihnen alles, was ich weiß.«

Er öffnete die Tür, um sie zum Eintreten zu bewegen. Schließlich überwand sie ihr Misstrauen. Der verzweifelte Wunsch, Neues zu erfahren war stärker. Drinnen war es angenehm warm und fast leer. Der Tisch am Kamin war seinem Wunsch gemäß frei. Als er ihr einen Stuhl anbot, bedachte sie ihn mit einem vorsichtigen Blick über die Schulter. Dann sah sie zu, wie er ihr gegenüber Platz nahm. »Also! Schießen Sie los!«, sagte sie.

Joe erschien an ihrer Seite. Sie sah von ihm zu Vlad und wieder zurück, sich voll und ganz bewusst, dass sie es mit zwei Vampiren zu tun hatte. Für eine Sterbliche ein unglaublicher Scharfsinn.

»Darf ich Ihnen etwas bringen, Madame?«, fragte Joe.

Sie schüttelte den Kopf. Ihren geröteten Wangen nach zu urteilen, fröstelte sie, und auch ihren Mantel ließ sie bis oben zugeknöpft.

»Wenn Sie genügend Vertrauen haben, mir in dieses Lokal zu folgen, können Sie dann nicht auch Joe vertrauen, etwas Warmes für Sie zuzubereiten? Die Nacht ist kalt.« Sie zuckte mit den Schultern, wie um anzudeuten, Heißgetränke seien jetzt nicht ihr Thema. »Sie gestatten?« Auf ihr Nicken hin wandte er sich an Joe. »Heiße Milch mit Honig und einem Schuss Brandy.« Als Joe weg war, sagte Vlad zu ihr: »Davon wird Ihnen warm.« Und es würde sie entspannen, falls er ihr

Bewusstsein einer Prüfung unterziehen musste. »Es ist eine lange Geschichte.«

»Dann fangen Sie bitte an. Was wissen Sie über Heather?«

Er begann zu erzählen.

Ihre heiße Milch kam und wurde kalt, während sie ihm zuhörte. Sie ließ ihn reden, ohne zu unterbrechen, bis er fertig war. »Warum Ohio?«, fragte sie schließlich.

»Junge Frauen brauchen die Gesellschaft anderer junger Frauen, und meine Freundin hatte zufällig einen Job für ihre Tochter. Außerdem hielt ich es für diplomatischer, die beiden an getrennten Orten unterzubringen, solange wir den Schuldigen noch nicht gefasst haben.«

»Ich will sie sehen.«

»Natürlich. Und ich will Sie gerne begleiten. Aber zuerst muss ich meine Freunde anrufen, um sie darauf vorzubereiten. Und, verehrte Lady, seien Sie sich bewusst, dass Ihre Tochter sie möglicherweise nicht erkennen wird.«

Ihr Gesicht zuckte schmerzerfüllt zusammen. »Meine Mutter hat mich in der Zeit vor ihrem Tod auch nicht mehr gekannt. Sie litt an Alzheimer. Aber Heather …« Ihr kamen die Tränen. »Wie kann jemand, selbst ein Vampir, so etwas tun?«

Die Beleidigung überhörte er geflissentlich. »Wer das getan hat, verdient es nicht, Vampir genannt zu werden. Diese Kreatur hat sich auf mein Territorium gewagt und diese Grausamkeit begangen. Wehe, wenn ich sie erwische. Vernichten werde ich sie.«

Die Schärfe seiner Worte ließ sie erbeben. »Es gibt ein internes Kontrollsystem?«

»Auf meinem Territorium bestimme ich Recht und Gesetz.« Er lächelte. »Aber genug davon. Ehe wir uns trennen, würde ich Sie gerne um einen Gefallen bitten. Sie könnten uns vielleicht helfen, den Übeltäter zu finden, indem Sie uns Zugang zu Heathers Haus verschaffen.«

»Jederzeit, wenn es hilft, den Schuft zu schnappen, der

meiner Kleinen das angetan hat.« Sie langte in ihre Tasche und gab ihm einen Satz Schlüssel.

Er lächelte. »Danke, sehr nett, aber ohne Ihre ausdrückliche Einladung kommen wir nicht rein.«

»Also stimmt das wirklich?«

»Das ja, aber glauben Sie bloß nicht jeden Humbug, den man sich über uns erzählt.«

»Mr Roman, dafür, dass Sie mir sagen, wo sich meine Heather aufhält, lade ich Sie in ihr Haus ein, und Sie können bleiben, solange Sie wollen!«

»Verehrte Lady, ohne vorherige Erlaubnis gebe ich niemandem die Adresse meiner Freunde, ihnen und Heather zuliebe. Schließlich ist der abtrünnige Schurke, der ihr Bewusstsein vergewaltigt hat, noch immer auf freiem Fuß.«

»Und Sie glauben, ich könnte ihn auf ihre Spur bringen?« Sie sah aus, als hätte sie ihn für diese Unterstellung auf der Stelle lynchen können.

»Nein, Lady, ich meinte für den Fall, dass er Ihnen womöglich folgen könnte …«

»Das wüsste ich, glauben Sie mir. Diesen Vampirgestank erkenne ich aus hundert Meter Entfernung.«

Beleidigung hin oder her, diese Fähigkeit könnte sich als nützlich erweisen. »Verehrteste, würden Sie mich zum Haus Ihrer Tochter begleiten?«

»Die Polizei hat schon alles durchsucht und nichts gefunden.«

Er lächelte. »Und der Vampirgeruch ist ihnen wahrscheinlich auch durch die Lappen gegangen.«

Sie bestätigte diesen Punkt. »Was gedenken Sie denn nun zu tun?«

»Ich will ein paar von meinen älteren Vampiren zu Rate ziehen. Mal sehen, was sie herausfinden. Und wenn Sie einverstanden sind, lassen wir sie alleine weitersuchen, während wir beide nach Ohio aufbrechen.«

Sie stimmte zu.

Die feuchte Kühle im Inneren des Hauses war nicht nur jahreszeitlich bedingt. Es war der eisige Hauch des Schreckens. Was er bei den beiden Ghulen gespürt hatte, die nackte Angst und das Entsetzen, hatte seinen Ursprung in diesem wohlgeordneten und nun verlassenen Haus. Sie betraten die Küche, in der die Schreie noch immer an den Wänden zu haften schienen. In Adela Whytes Gesicht spiegelten sich der Schmerz und die Qualen der Opfer. Bemerkenswerte Antennen für eine Sterbliche.

»Ich fürchte, der Strom ist abgeschaltet«, begann sie.

»Wir brauchen weder Licht noch Wärme«, beruhigte sie Vlad, während Dawntay und John durch das Haus und zurück auf die Einfahrt streiften. John stieß sehr bald auf eine schwache Spur und rannte los, kehrte aber zurück, sobald sich die Fährte verlor. »Er muss wohl ein Auto beim Einkaufszentrum geparkt haben. Unmöglich, das nach all der Zeit noch zurückzuverfolgen.«

Vlad nickte. Derartiges hatte er schon erwartet. Erhofft hätte er sich Hinweise auf die Abstammungslinie des Wiedergängers, mit dem er es zu tun hatte. Er warf einen Blick auf Adela Whyte, die gespannt seine beiden Vampire beobachtete, wie sie auf Schränke kletterten und unter den Teppichen nachsahen.

Interessante Frau. Wie sie wohl mit Dixie LePage auskommen würde?

Tom hielt die Tür auf. Mr Lees kleiner Laden wirkte wie der Schauplatz eines Historiendramas fürs Fernsehen. Altersdunkle Regale und Schubläden bedeckten die Wände, und der mit einer Glasplatte bedeckte Ladentisch quoll über von Schuhlitzen, Dosen mit Lederfett und Kartons mit Schnallen. Die vergilbten Wände hatten die Farbe von sehr altem Pergament, und die Steinplatten auf dem Boden hätten schon seit den Tagen, als Tom noch ein Kind war, dort liegen können. Hinter der Ladentheke befanden sich zwei antik aussehende Industrienähmaschinen. Hinter einer lugte das weise Gesicht eines alten Mannes hervor, der aussah, als würde er schon seit Jahrhunderten dort sitzen.

Blödsinn! Sie gab sich zu viel mit Vampiren ab.

»Kann ich helfen, Darling?«, fragte er mit weichem Devon-Akzent. Die Maschine hörte zu rattern auf, und ein Gesicht, das verhutzelt war wie ein alter Apfel, lächelte ihr entgegen. Der Mann war zweifelsohne sehr alt, aber nicht unsterblich.

Angela trat an den Ladentisch heran. »Das hoff ich doch.« Sie streifte ihre Jacke ab. »Meg Merchant von *Crystals and Dreams* ein Stück weit dort unten schickt mich her. Diese Jacke hier wurde in Totnes gekauft, und ich versuche herauszufinden, in welchem Laden. Im Etikett steht Mariposa, aber so einen Laden scheint es nicht zu geben.«

Mr Lee kam um den Tisch herumgegangen und nahm die Jacke in seine aufgearbeiteten und zerschundenen Hände. »Wirklich ein schönes Stück. Gerbereien und Leder haben diese Stadt einmal reich gemacht. Wussten Sie das?«

Angela schüttelte den Kopf. »Nein.«

»Die Lederverarbeitung und der Handel mit Wolle haben im Mittelalter so manchen reich gemacht. Auch später gab es immer wieder mal ein paar junge Leute, die sich im Lederhandwerk versuchten, aber keine Gerber.« Er lächelte, und seine dunklen Augen blitzten. »Die Stadtväter waren dagegen. Wegen des Geruchs. Aber es gibt einige Weber und sogar einen jungen Mann, der Maßschuhe herstellt. Dass es das noch einmal geben würde, damit hätte ich nicht gerechnet.« Angela hoffte, er würde seine Rückschau endlich beenden und stattdessen ihre Fragen beantworten, aber er redete lächelnd weiter. »Beste Qualitätsarbeit.«

Das wusste sie mittlerweile auch selbst.

»Erkennen Sie die Art der Verarbeitung?«, fragte Tom.

»O ja.« Angela biss sich auf die Lippe und wartete gespannt, dass er weitersprach. »Auch ohne Etikett wüsste ich sofort Bescheid. Gutes britisches Leder und kein Fernostimport und jede Menge Handarbeit.« Er strich mit seinen gichtknotigen Fingern über die Jacke. »Ja, wirklich! Alte Handwerkskunst wie diese sieht man heutzutage kaum mehr. Mariposa war einer der wenigen Läden, die so was noch gemacht haben.« Mit einem Nicken und einem Lächeln gab er Angela die Jacke zurück.

»Sie sagten, Mariposa ist ein Betrieb hier vor Ort?« Sie strahlte vor hoffnungsvoller Erwartung.

Mr Lee schüttelte den Kopf. »*War,* muss man sagen, und sehr veraltet. Sie hatten Finanzprobleme, wurden aber vor ungefähr einem Jahr von Amerikanern aufgekauft. Anfangs sah es so aus, als würden sie sich wieder erholen, aber kurz vor Weihnachten haben sie dichtgemacht.«

Da hatte sie ja wieder einmal Glück gehabt!

»Kennen Sie jemanden hier in der Gegend, der mit ihnen zu tun hatte? Der vielleicht weiß, wie man an sie rankommt. Wenn man zum Beispiel an Restbeständen interessiert ist?«, fragte Tom.

»Bei *Sara Clandon* könnten Sie es versuchen.«

»*Sara Clandon?*«, fragte Angela. »Können Sie mir die Adresse sagen?«

»Es ist ein Damenladen. Unten in der Fore Street direkt unterhalb vom *East Gate.*«

Das *East Gate* entpuppte sich als der Torbogen mit der Uhr, und *Sara Clandon* war eine richtige Edelboutique. Angela wünschte halb, sie hätte etwas Eleganteres angezogen als Bluejeans.

»Mariposa?«, wiederholte die sorgfältig frisierte Verkäuferin Toms Frage. »Wir hatten stets fast die gesamte Kollektion in unserem Sortiment, aber jetzt nicht mehr. Sie haben vor ein paar Monaten Insolvenz angemeldet.« Sie ging zu einem Ständer mit Leder- und Wildlederbekleidung. »Wir haben aber auch andere gute Marken. Vielleicht ist hier ja was dabei.« Sie lebte sichtlich auf in der Aussicht, etwas verkaufen zu können. Der Februar gehörte offenbar nicht zu den umsatzstärksten Monaten.

Langsam hatte Angela die Sackgassen herzlich satt. Höchste Zeit, ihr zu sagen, dass sie nichts kaufen würden. »Danke, aber ich wollte ein Stück von Mariposa, das zu meiner Jacke passt. Wenn Sie uns nicht weiterhelfen können …« Sie wandte sich zur Tür.

»Liebling«, sagte Tom und hielt sie auf, »mit Mariposa sind wir ja leider anscheinend zu spät dran, aber wie wär's, wir sehen mal, was es hier so gibt?« Die Sachen waren alle verdammt teuer, und ihr Geld hätte nie im Leben gereicht. Und … »Wie gefällt dir denn diese Weste?« Er hielt ein lilafarbenes Teil aus butterweichem Leder hoch. Es fiel vollkommen geschmeidig, wie aus schwerer Seide oder feiner Wolle.

Sie wollte schon ablehnen, als sie einen Gedankenfunkspruch empfing. *Probier's an. Auf diese Weise plappert sie weiter.*

Sie probierte die lilafarbene Weste, gleich danach eine aus Wildleder in der Farbe von altem Teakholz, und sie tat Tom sogar den Gefallen, mit drei Röcken in der Kabine zu verschwinden. Während sie an Reißverschlüssen und Knöpfen herumfummelte, beschwatzte Tom die Verkäuferin, die hingerissen von ihm schien. Warum auch nicht? Er war ein Vampir, noch dazu ein sehr gut aussehender. Ein Wunder, dass er die Frau nicht kurzerhand mit einem Zauber belegte und fertig.

Den Geräuschen nach zu urteilen, die durch die rosa Samtvorhänge drangen, amüsierten sich die beiden prächtig. Sie wäre nicht überrascht gewesen, wenn er sie gar noch zu etwas Kleinem nach dem Abendessen eingeladen hätte.

Versuchte er etwa, sie eifersüchtig zu machen?

»Wie geht's uns denn da drinnen?«, rief die Verkäuferin.

Das herablassende »wir« brachte das Fass zum Überlaufen. »Prima!« Angela zog den Vorhang zur Seite und kam heraus – in Lederrock und Weste und sonst fast nichts. »Ich bin noch unentschlossen.« Sie trat an den Ständer und ging die Sachen durch. Nun gut, Tom wollte der Lady nur ein paar Informationen entlocken, aber deswegen musste er doch nicht gleich so verflixt charmant sein. Angela schob die Bügel quietschend hin und her, bis ihr eine schwarze Lederhose ins Auge stach.

»Die werd ich mal probieren.« Sie warf Tom ein Lächeln zu, um allen Anwesenden klarzumachen, dass Tom ihr Begleiter war. Dann verschwand sie wieder in der Kabine und schloss den Vorhang. Drinnen hörte sie, wie Tom und dieses Miststück von Verkäuferin miteinander plauderten. Verdammt!

Die Hose war absolut traumhaft, fiel wie schwere Seide, duftete edel und saß perfekt. Sie setzte sich, drehte sich in der Hüfte und beugte sich nach vorne, um ihre Zehen zu berühren. Das geschmeidige Leder machte jede Bewegung mit. Diese Hose musste sie haben. Sie fühlte sich größer, selbstbewusster, sexy und zu allem bereit, Vamp genug, es mit jeder Frau der Welt aufzunehmen. Letzterer Gedanke brachte sie ein wenig zum Schmunzeln.

Sie erinnerte sich rechtzeitig daran, den Pullover über ihren BH zu ziehen. »Was meinst du?«, fragte sie, als sie den Samtvorhang öffnete.

Die Verkäuferin rang sich ein höfliches: »Nicht schlecht, Madam! Das kann nicht jede Frau tragen« ab.

Tom war nur noch sprachlos. Als er endlich den Mund zubekam, sagte er: »Die nehmen wir.«

Nun fiel ihr das Kinn herunter. »Tom …« Ehe sie noch protestieren konnte, hatte er sein Plastikgeld gezückt, und die Karte befand sich bereits in der Hand der Verkäuferin.

»Behalt sie gleich an.«

Es dauerte etwas, ehe ihr klar wurde, dass er kein Wort gesprochen hatte. Wie kam der dazu, sich einfach in ihren Kopf einzuklinken, aber … verflixt, sie hatte sich in diese Hose verliebt, und irgendwann bekam sie sicher wieder einen Job und würde ihm das Geld zurückzahlen.

Mit einer geliehenen Schere knipsten sie schnell die Etiketten ab, und zehn Minuten später – die Bluejeans war in hellblauem Seidenpaper verpackt in einer Hochglanzeinkaufstüte – befanden sie sich wieder draußen auf der Straße.

»Ein paar nützliche Kleinigkeiten habe ich doch von ihr erfahren«, sagte Tom. »Lass uns hier kurz haltmachen. Wir trinken einen Kaffee, mischen uns unter die Sterblichen, und ich berichte dir, was ich herausgefunden habe.«

»Danach gehen wir gemeinsam zu Meg Merchants.«

»Wir könnte aber auch ins *Royal Oak* zurückgehen, um das Zimmerproblem zu lösen.«

»Welches Problem denn? Ich habe doch schon ein nettes Zimmer.«

Tom nickte. »Ja, ich habe letzte Nacht einen Blick durchs Fenster geworfen. Für zwei ist es nur leider zu klein. Es gibt noch eine freie Suite mit Blick auf den Fluss. Und in der Minibar der Suite sind deine Fleischvorräte sicher besser aufgehoben als im Kofferraum meines Wagens.«

»Woher weißt du das denn? Bist du die Wände hochgeklettert?« Da war schon wieder dieses Besitzdenken und dieses »Sich-um-alles-Kümmern« und …

»Klar, ich wollte mich vergewissern, ob es dir auch wirklich gut geht … und während ich mich umgesehen habe …«

»Spanner!«

Er zuckte mit den Schultern. »Ich habe mich nur vergewissert, ob du auch wirklich gut aufgehoben und in Sicherheit bist.«

Ach ja. »Und entspricht alles deinen hohen Ansprüchen?«

»Für ein paar Tage geht's.«

»Kann sein, dass ich ein paar Wochen bleiben muss – oder Monate.«

»Das bezweifle ich.«

Sie atmete durch und erflehte Geduld. »Gut! Bleib du bei

deinen Zweifeln, während ich zu Meg Merchant gehe und meine Schulden bezahle!« Er begleitete sie, was sie dann doch wieder etwas beruhigte. Milde gegenüber Vampiren hatte noch nie geschadet. »Hinterher gehen wir ins Hotel zurück, um zu schauen, wo wir nun schlafen.«

Er zog eine seiner dunklen Augenbrauen hoch. »Hat da jemand was von schlafen gesagt?«

Den Satz ignorierte sie, bog um die nächste Ecke und marschierte die letzten paar Meter zu *Crystals and Dreams*.

Die Glocke oberhalb der Tür klingelte, als Angela die Tür öffnete. Meg sah von ihrem Strickzeug auf und lächelte. »Hallo, Darling! Wieder da? Sie wollen die Karten zurückbringen, ja?«

»Bloß das nicht. Sie haben bestens funktioniert. Ich bin hier, um Ihnen das Geld zu geben.«

Tom schloss die Tür hinter sich und trat näher heran.

Megs Lächeln schwand. »Wollen Sie was?«

»Nein, ich bin mit Angela hier.« Tom schenkte Meg sein charmantestes Lächeln.

Es half nichts. Megs Blicke verfinsterten sich zusehends. Vielleicht mochte sie ja keine Männer. Tom schien deshalb keineswegs glücklicher. Zwischen seinen Augenbrauen zeigte sich eine tiefe Falte, als er sich im Laden umsah.

»Wie viel bin Ihnen denn nun schuldig? Und noch was würde ich gern wissen, Meg. Wo kann ich denn so in etwa einen Meter Seide kaufen, um die Karten darin einzuhüllen und vor äußeren Einflüssen zu schützen?«

Meg entspannte sich etwas. Sie lächelte Angela zu, als ob sie versuchte, Toms Anwesenheit zu ignorieren. »Am oberen Ende der High Street links ist ein Laden, der nennt sich *Fine Fabrics*. Die haben gute Seidenstoffe. Wenn Sie möchten, können Sie aber auch einen meiner Schals nehmen.«

Einfacher und bequemer. Angela wählte einen dunkelviolettfarbenen aus, reichte Meg ihre Kreditkarte und wartete, bis die Zahlung abgeschlossen war. Tom war schon zur Tür gegangen und wollte offenbar gehen. Zu schade aber auch. Sie hätte noch gerne weiter herumgestöbert, hoffte sie doch, es könnten noch mehr Dinge ihrem Gedächtnis auf die Sprünge helfen. Angesichts der Spannung zwischen Tom und Meg würde sie das wohl verschieben müssen.

Meg warf einen schnellen Blick zur Tür, als sie Angela die Kreditkarte zurückgab. »Ist das Ihr Freund?«

Vornehme Zurückhaltung war offenbar nicht Megs Stil. Angela starrte volle zehn Sekunden lang ins Leere. »Wie kommen Sie darauf?« Eigentlich hätte sie ihr sagen müssen, dass sie das nichts angeht.

»Ihre Aura. Gestern war sie schwarz wie die Nacht. Ich habe so etwas noch nie gesehen, aber heute ist da ein gewisses Leuchten. Ohne ihn ging so gut wie kein Licht von Ihnen aus.« Total verrückt, diese Alte! Was sie sagte, war kompletter Unsinn, ergab letztlich aber doch Sinn.

»Tom und ich stehen uns sehr nahe.«

»Das sieht man.« Meg reichte ihr den Zahlungsbeleg und steckte diesen dann zusammen mit dem Schal in eine kleine Tüte. »Was ist er?«, fragte sie im Flüsterton, ohne dabei auch nur in Toms Richtung zu sehen.

»Was meinen Sie damit?«

»Was ich gesagt habe. Was ist er? Er hat keine Aura. Jedes Lebewesen hat eine Aura, selbst wenn sie dunkel ist, wie Ihre es war. Er hat keine. Was ist er? Ein lebender Toter, ein Untoter?«

7

Megs geflüsterte Worte verhallten in dem überheizten Laden. Verwirrt und schockiert zugleich rang Angela nach einer Antwort. Aber wie darauf reagieren? Sollte sie die Worte als die Fantasien einer verrückten alten Vettel abtun? Darüber lachen und sie mit einer Handbewegung beiseitewischen? Zustimmen? Oder nachfragen und so tun, als wüsste sie nicht genau, was gemeint war? Sie nahm die Tasche aus Megs Hand. »Vielen Dank.«

Meg schüttelte den Kopf. »Sie glauben, ich spinne, nicht wahr?«

»Nein.« Dabei wollte Angela dieses Gespräch eigentlich bewenden lassen. Meg reagierte mit einem verstörten Blick auf ihre Einsilbigkeit, und Angela widerstand der Versuchung, quer durch den Laden zu Tom hinüberzusehen.

»Er ist Ihr Freund«, insistierte Meg, »und Sie wissen genau, was er ist. Ich habe von der ungeheuren Macht gehört, die sie vermittels Sex ausüben.«

»Hast du alles?« Tom stand plötzlich hinter ihr. Schlimm? Mit seinem Gehör war ihm sowieso kein Wort entgangen.

In Megs Augen stand schiere, blanke Angst, die aber sehr schnell einem finsteren Blick und einem nach vorn gereckten Kinn Platz machte. Sie murmelte etwas vor sich hin, das Angela nicht ganz verstand. Das war aber auch nicht nötig, denn die Bedeutung war auch so klar.

»Sparen Sie sich Ihre Flüche für die, die Ihnen übel wollen«, sagte Tom ruhig und ungerührt. Megs Augen blitzten in einer Mischung aus Horror und Verwirrung. Er drückte Angelas Ellbogen. »Hast du nun alles, was du wolltest? Dann lass uns gehen«, sagte er.

Er war angespannt, was sich in dem unablässigen Trommeln seiner Finger zeigte. Was in Hades' oder Abels Namen, den Tom und die anderen immer beschworen, ging da vor?

»Ja! Geht!« Meg schrie beinahe. »Und denk an meine Warnung«, fügte sie hinzu und sah Angela direkt in die Augen. »Du hast Macht. Er wird sie dir entringen.«

»Sie täuschen sich in ihm«, sagte Angela, als Tom sie zur Tür dirigierte. »Ich komm wieder«, rief sie, während Tom die Tür öffnete, »heute im Lauf des Tages oder morgen. Demnächst ist Vollmond, und ich brauche eine Athame.«

Der Blick in Megs Augen hielt Angela noch gefangen, als der Nachhall der Türglocke längst in der kalten Luft verstummt war.

»Was zum Teufel war da los?«, herrschte sie ihn ungerechterweise an, denn ihre Empörung galt ebenso Meg. Nur hatte Tom noch immer die Hand auf ihrem Ellbogen, und Megs Laden lag schon drei Häuser entfernt.

Er ging einfach weiter, schleppte sie mit sich, schnurstracks den Hügel hinunter. Bis es ihr reichte! Sie befreite sich aus seinem Griff und blieb wie angewurzelt stehen. Tom machte erst nach vier oder fünf Schritten Halt und sah sich fragend um. Sie hatte nun wirklich genug davon, dass jeder sie anstarrte. Was im Namen von Regen und Wind hatte *sie* denn bloß getan? »Tom, würdest du mir bitte sagen, was hier vorgeht?«

»Dasselbe könnte ich dich fragen.«

»Frag mich ruhig, und du wirst sehen, wie wenig ich weiß. Mir drängt sich eher der Verdacht auf, dass ihr beide, du und Meg Merchant, sehr viel mehr wisst als ich.«

Er schloss die Augen, als wäre er müde oder genervt. »So schnell steckt man mittendrin.«

So tief, dass sie selbst nicht wusste, wovon er sprach. »Was meinst du?«

»Wozu brauchst du denn eine Athame zum Vollmond?«

»Weiß ich nicht. Ich kam einfach drauf. In zwei Tagen haben wir Vollmond.« Nun war sie es, der die Verwirrung zu schaffen machte. »Ich wundere mich selbst, woher ich das weiß und warum es so wichtig ist. Es war wieder einer von diesen Geistesblitzen. Ich erwarte schon gar nicht mehr, dass ich sie verstehe.« Sie fühlte sich abgekämpft, müde und schwindlig, obwohl es noch eine Weile hin war bis zum Mittagessen.

»Ich sehe, du brauchst eine Stärkung.« Tom zog eine Tüte mit Koteletts aus seiner Tasche. »Suchen wir uns ein ruhigeres Plätzchen.«

Sie marschierten die wenigen Meter den Hügel hinab bis zur Burg und erklommen den Bergfried. Er war menschenleer – wenig überraschend angesichts der Kälte –, und sie nahmen auf einer Mauerruine Platz. Das erste Kotelett verschlang Angela geradezu, während sie sich beim zweiten etwas mehr Zeit ließ. Es war in jedem Fall keine besonders elegante Art zu speisen, aber verglichen mit Toms Ernährungsgewohnheiten, hatte er wenig Grund, die Nase zu rümpfen.

»Geht's wieder?«

Sie nickte. »Ja.« Endlos besser.

»Wie war das noch mal mit dem Kartenlesen, und wie bist du drauf gekommen?« Er klang besorgt, was auch kaum überraschend war, nachdem ihr seinetwegen schwindlig geworden und er von einer verrückten Alten verflucht worden war. Seltsam! Meg wirkte recht vernünftig, bei all ihrem Gerede über Auren und obwohl sie wusste, dass Tom ein Vampir war.

»Ich kam gestern in Megs Laden, zufällig …« Sie unterbrach. »Wo wir schon dabei sind, was ging da drin eben vor?«

»Dasselbe wollte ich dich fragen, nachdem du mich über die Karten aufgeklärt hast.«

»Warum nicht gleich?«

»Die Karten kamen früher.«

In Ordnung, sie konnte sich gedulden. »Ich hab mich vor

dem Regen in den Laden geflüchtet. Die Atmosphäre dort war so einladend und freundlich.« War es zumindest gewesen, als Tom nicht da war. »Meg und ich kamen ins Gespräch. Sie machte mir eine Tasse Tee, ich sah mich um und kaufte die Karten. Auf dem Weg zurück ins Hotel hatte ich die Begegnung mit den Straßenrowdys. Fast den ganzen Weg zurück rannte ich und kam ausgehungert an. Ich stillte meinen Heißhunger und legte eine Partie Karten, um etwas über dich und mich zu erfahren.« Sie wartete, dass er sich lustig machte. Tat er aber nicht.

»Aber du hast die Karten doch gerade erst bezahlt.«

»Ja, schon, es war ihre Idee. Sie wollte, dass ich sie mitnehme. Wenn sie mir nichts sagen, sollte ich sie wieder zurückbringen, wenn doch, sollte ich sie bezahlen. Das tat ich und habe bei der Gelegenheit den Schal gleich mitgekauft. Man muss die Karten in Seide einwickeln, damit sie ihre Kraft behalten – und was die Athame angeht, ich weiß nicht, wie ich darauf gekommen bin. Ich weiß nicht, was ich damit machen soll, aber ich brauche eine. Ich kann auch alleine zurückgehen, wenn Meg dir zu spukig ist.«

»Sie ist mir nicht ›spukig‹, wie du sagst!«

»Du warst sicher ein Spuk für sie!«

»Eine verrückte Alte mit einer überdrehten Fantasie.«

»Find ich überhaupt nicht, und ich glaube, du auch nicht.«

Er lachte trocken auf. »Du liest in meinen Gedanken, ja?«

»Warum nicht? Du schnüffelst doch in meinen auch herum.«

»Ich habe Kräfte, die du nicht hast.«

Wenigstens ließ er sich nicht wieder zu diesem »Ich Vampir – du Ghul«-Gerede hinreißen. »Ja, aber ich habe vielleicht andere Kräfte, die wiederum du nicht hast.«

Darauf stutzte er und runzelte die Stirn. Er stand auf, in erster Linie um das blutige Fleischerpapier in den Müll zu werfen, aber vielleicht auch weil er Zeit brauchte, um nachdenken. Warum hatte ihn ihre Bemerkung so getroffen?

Glaubte er wirklich, dass sie ihm unterlegen war? Tom stand ein Schock bevor – wenn sie erst entdeckt haben würde, über welche Kräfte sie tatsächlich verfügte.

Er knüllte das Papier auf Walnussgröße zusammen – kein Normalsterblicher könnte es derart komprimieren – und warf es in den Abfallkorb. Dann ging er wieder zu ihr zurück. »Welche Kräfte hast du denn deiner Meinung nach?«, fragte er, wobei er mit knapp einem Meter Abstand kritisch auf sie herabsah.

»Soviel ich weiß, kann ich Karten lesen und Möchtegernangreifer in die Flucht schlagen. Nicht schlecht für jemanden, der nicht einmal seinen Namen kennt!« Letzteres klang etwas zu sehr nach Selbstmitleid, aber in ihrer Wut und Empörung war ihr das egal.

Darauf blickte er noch finsterer drein. »Mir scheint, du weißt eine ganze Menge mehr über dich als noch vor einer Woche in London.«

Was sollte das nun wieder bedeuten? »Dann ist es ja nur gut, dass ich gegangen bin, oder? Muss wohl an der frischen Landluft liegen, dass sich mein Gedächtnis klärt.« Das oder der Regen, der die Erinnerungen reinwusch. Sie strich mit der Hand über das weiche Leder, das sich über ihre Schenkel spannte. Sie und Tom hatten schon wieder Krach. Der Mann machte sie wahnsinnig! In einem Moment charmant und hilfsbereit und schon im nächsten schroff, pingelig und gereizt. Und wahrscheinlich las er das gerade jetzt aus ihrem Bewusstsein heraus!

Sie seufzte. »Warum müssen wir immer wieder aneinandergeraten?«

Er wirkte noch mehr durcheinander, als sie sich fühlte. »Es liegt wohl daran, dass wir uns zueinander hingezogen fühlen, aber nicht damit umgehen können. Du willst vor allem Licht in das Dunkel deiner Vergangenheit bringen, und ich muss mit der Tatsache zurechtkommen, dass du ein vernunftbegabtes und intelligentes Wesen bist.«

Es dauerte einige geschlagene Sekunden, bis sie sich daran erinnerte, ihr Kinn wieder anzuheben. »Hast du wirklich geglaubt, ich sei dumm und ohne Vernunft?« Er musste seine Meinung über Frauen ändern, oder sie würde das für ihn unternehmen.

Seine dunklen Augen blickten schockiert. »Ich habe mich wohl ungeschickt ausgedrückt.«

»So würd ich das auch sehen.« Andererseits, wenn er sie für unvernünftig und unintelligent hielt, würde das erklären …

Er nahm neben ihr auf der Mauerruine Platz, die Hände zwischen seinen Beinen verschränkt. »Was ich sagen wollte, ich hatte dieses vorgefasste Bild von Ghulen im Kopf – aus Vampirsagen, wenn du so willst –, und du entsprichst dem halt nicht.«

»Verstehe.« Zumindest glaubte sie das. »Du hast geglaubt, wir seien geistlose Puppen, wie Maschinen in einem B-Movie?«

»Eigentlich war es Justin, der das geglaubt hat.«

Sie begann unweigerlich zu stottern. »Ich glaube, mit dem muss ich ein Wörtchen reden, sobald ich ihn wiedersehe.«

»Es wäre durchaus möglich, dass er seine Meinung in der letzten Woche oder so geändert haben könnte.«

»Freut mich zu hören!« Für Sekunden saßen sie schweigend da. »Was ist mit dir? Hast du deine Meinung auch geändert?«

»Nicht im Geringsten.«

Sie hätte seiner Selbstgefälligkeit zu gerne einen Dämpfer verpasst, würde sich aber die Hand dabei brechen. »Tatsächlich?« Ein enormer Kraftaufwand floss in dieses einzige Wort.

»Tatsächlich.« Abel, zu Hilfe! Tom grinste. Direkt ein Grund, das Risiko für ihre Mittelhandknochen in Kauf zu nehmen. Seine Hand legte sich auf ihre, als sie sie zur Faust ballte. »Bei unserer ersten Begegnung dachte ich, du bist die schönste Frau, die ich je gesehen habe – und glaub mir, es waren einige im Lauf der Jahrhunderte –, und gleich darauf stellte ich fest, dass keine so viel Sexappeal hat wie du. Ich war überwältigt, Liebes, und bin es immer noch, weiß auch gar nicht, ob ich will, dass sich daran jemals etwas ändert.« Seine Hand entspannte sich auf ihrer, rührte sich aber nicht von der Stelle.

»Ich bin also eine hirnlose Sexgöttin, eh?« An letzterer Vorstellung zumindest fand sie einigen Gefallen.

»Hirnlos? Nein. Und was den Rest betrifft, ich käme im Traum nicht auf die Idee, mich mit einer Lady anzulegen.«

Sie schnaubte beinahe verächtlich. »Dagegen sehen meine Erinnerungen an unsere Zeit in London aber etwas anders aus. Und was lief zwischen uns fast pausenlos, seit du heute Morgen ins Hotel spaziert kamst?«

»In der Sprache der Diplomatie bezeichnet man das, glaube ich, als ›lebhaften Meinungsaustausch‹.«

Zum Lachen konnte Tom sie nach wie vor bringen, wenn schon sonst nichts, aber da war noch mehr, und sie wusste es. »Ich kann damit leben, eine Sexgöttin zu sein.«

»Eine Göttin in schwarzem Leder.« Die Anzüglichkeit in seinem Blick war nicht zu verkennen. »Wie wär's, wir verschieben die Suche nach der Herkunft deiner Jacke und gehen stattdessen ins *Royal Oak* zurück, um ein Zimmer für uns beide zu besorgen?«

»Du bleibst?«

»Du kannst ja versuchen, es mir auszureden.«

Sie sah auf seine Hand hinunter, seine Finger, die sich so zärtlich mit ihren verschränkten. Als seine Hand an ihrem Arm entlangglitt, spürte sie seine Berührung sogar durch das Leder und ihren Pullover hindurch. Er strich über ihren Ellbogen. Sie zitterte. »Ist dir kalt?«, fragte er.

Sie schüttelte den Kopf. Wie sollte ihr in seiner Nähe jemals kalt sein? Er lächelte, glitt mit der Hand zu ihrer Schulter hinauf. Sein freier Arm schlang sich um ihre Taille, und er drehte sie sanft zu sich her, bedächtig wie in genießerischer Erwartung. Ihre Lippen öffneten sich, als er ihr näher kam. Zuerst küssten sie sich nur, langsam und vorsichtig. Keiner drängte, sie begnügten sich mit dem Geschmack der Vorfreude und der stetig steigenden Leidenschaft auf ihren Lippen.

Sie erwiderte den Kuss, brachte ihn dazu, seine Lippen zu öffnen, ihre Zunge und ihren Mund in Besitz zu nehmen, ihr Verlangen aufzunehmen. Langsam bis zum Wahnsinnigwerden öffnete er die Lippen. Sie nutzte die Gelegenheit und presste ihre Zunge gegen seine; dabei spürte sie die aufsteigende Leidenschaft zwischen ihnen. Nun küsste er sie ebenfalls und ließ dabei seine Finger durch ihr Haar gleiten. Sie zitterte vor Sehnsucht und Verlangen. Sie schmiegte sich an ihn heran, ungeachtet aller Feuchtigkeit und des Regens, der in sanften Tropfen vom Himmel fiel. Sie glitt mit einem Bein über seinen Schenkel, spürte dabei das Reiben von Wolle gegen Leder und die Härte männlicher Muskeln darunter.

Ihre Hand wanderte unter sein Jackett, berührte das kühle Seidenfutter und den Pullover aus Lambswool. Sie wäre noch weiter gegangen, aber er schob sie von sich, bis sie an seiner Schulter lehnte. Sie sah in dunkle Augen, die vor Hitze und Verlangen glühten. Ihr Herz überschlug sich. »Ja«, flüsterte sie.

Er hielt sie fest umfangen, während seine Lippen eine langsame Linie von ihrem Kieferbogen bis zum Halsansatz verfolgten. Über ihrem Puls zögerte er, leckte über die bebende Haut. Einmal. Zweimal. Beim dritten Mal schloss sich sein Mund. Sie spürte ein ungemein sanftes Knabbern, kurz bevor ihr Bewusstsein Flügel bekam und ihr Körper sich hingab. Blut und Leidenschaft flossen ungezügelt. Aufgestaute Ekstase entlud sich in einem Inferno der Lust. Sie sah keine Sterne, sie war mitten unter ihnen, flog, um das Licht des Universums in ihrem Geist zu sammeln und in ihrem Herzen zur Erde zurückzutragen. Feuer loderte in ihrem Körper, und durch ihr Bewusstsein hallte ein Jubelchor, während sie sich, in einer dunkel lodernden Glut schwebend, in einem Vampirkuss verlor. Wie von weit her erklang ein entferntes Aufseufzen, als sich seine Zunge sanft auf ihre pochende Halsschlagader legte.

»Tom!«, sagte sie kaum hörbar ausatmend; mehr vermochte sie nicht.

Seine Arme hielten sie fest umfangen, während der Nachhall der Lust langsam in dem warmen Gefühl intensiver Befriedigung verebbte. »Meinst du, du kannst gehen?«

»Ich weiß es nicht. Was soll's.« Sie wusste nicht einmal genau, welcher Wochentag war.

Dennoch konnte sie aufstehen. Gestützt von seinem Arm, schaffte sie es über das feuchte Gras zum Ausgang und zur Straße hinunter. Tom führte sie durch eine Wohnstraße, an einem alten Gebäude links und der Kirche rechts vorbei, einen schmalen Fußweg entlang und ein paar Stufen abwärts, bis sie schließlich am unteren Ende der High Street herauskamen. Bis zum *Royal Oak* waren es nur noch wenige Meter.

Columbus, Ohio. Am selben Tag

»Marlowe? Hallo! Hier ist Vlad Tepes.« Kit Marlowe biss die Zähne zusammen. Zwar hatte sich Vlad im letzten November als Gentleman erwiesen, aber das bedeutete noch lange nicht, dass er diesen Vampir ins Herz geschlossen hatte.

»Hallo.« Möglichst wenig zu sagen und sich auf nichts festzulegen war eine gute Taktik im Umgang mit Dracula.

»Ich rufe an, weil ich um einen Gefallen bitten will.«

Hätte er sich doch gleich denken können! »Was meinst du denn, dass ich für dich tun kann, Vlad?« Dixie hätte ihm vorgeworfen, er sei unwirsch. Gut, dass sie außer Haus war.

»Ich bin mir nicht ganz sicher. Ich befinde mich auf dem Weg nach Columbus. Aller Voraussicht nach bin ich in ein paar Stunden da. Ich muss dich sprechen.«

Sehr gut, dass Dixie nicht da war. Sie würde ihn sofort einladen, zum Tee zu bleiben oder zu einem Gläschen A-Positiv. »Wir können uns treffen. Steigst du wieder im Southern ab?«

»Das werden wir, ja.«

Kit fiel auf, dass er in der Mehrzahl gesprochen hatte. »Wir?« Hatte er etwa vor, mit seiner Kolonie dort einzuziehen?

»Ja. Lass es mich dir erklären. Kurz. Es ist … ungewöhnlich.«

»Verstehe.« Das war geschummelt. Er hatte nichts kapiert, aber Vlad Tepes nicht zu verstehen war alles andere als neu.

»Ich habe eine Sterbliche bei mir – eine Menschenfrau.«

Ein Freudenmädchen als Reisebegleiterin? Wie sich Gwyltha damit abfand, würde er nie begreifen. »Interessant.«

Aus der Leitung kam ein knappes, trockenes Lachen. »In der Tat interessant, Marlowe, aber nicht so, wie du denkst. Diese Sterbliche ist Janes Mutter.«

Das nannte man »eine Bombe platzen lassen«. Kit hätte gerne tief Luft geholt. Da er das nicht mehr konnte, schüttelte er ersatzweise den Kopf und reckte den Hals. »Wirklich?« Sie musste es sein; nur aufgrund einer Einbildung würde Vlad Dracula nicht über sechs Stunden Fahrzeit in Kauf nehmen.

»Davon bin ich überzeugt. Ihr Name ist Adela Whyte. Ihre 25-jährige Tochter ist verschwunden, exakt drei Tage bevor ich meine beiden Ghule gefunden habe. Ich bin in ihrem Haus gewesen. Die Mauern dort riechen auch nach dieser langen Zeit noch immer nach Angst, Schrecken und Vampir.«

»Jemand aus deiner Sippe?«

»Wenn dem so wäre, würde ich ihn auslöschen. Für immer. Nein, das war ein Abtrünniger, möglicherweise eine Bedrohung für uns alle.«

Schlechte Neuigkeiten. Sehr schlechte sogar. Gerade nachdem sich das Gerede vom letzten November gelegt hatte. Wo sie wohnten, waren Regengullys und die Kanalisation dringendere Probleme als Monster mit Fangzähnen. »Hältst du es für möglich, dass er hier aufkreuzt?«

»Wer weiß das schon? Scheint so, als sei er – oder sie – untergetaucht, aber wir wissen ja beide, wie leicht man sich verstecken kann, wenn man will.«

»Was ist, wenn Jane gar nicht die Tochter dieser Frau ist? Sie kann unmöglich die einzige 25-Jährige sein, die vermisst wird.«

»Stimmt, aber ich habe – jetzt einmal abgesehen vom Zeitrahmen und dem Zustand des Hauses – ein Foto ihrer Tochter gesehen. Glaub mir, wenn ich nur den geringsten Zweifel hätte, wäre ich nicht meilenweit gefahren, um sie hierher zu bringen.«

Kit hätte Vlad am liebsten gebeten zurückzurufen. Er musste sich dringend mit Dixie unterhalten. »Was schlägst du vor, Vlad?«

»Dass wir uns treffen – du, Miss LePage, Mrs Whyte und ich –, um zu besprechen, was wir am besten machen.«

»Sie wird ihre Tochter sehen wollen.« Was gab es da zu besprechen?

»Natürlich, aber wir müssen uns auf ein Nachspiel einstellen.«

»Verstehe.« Geschummelt. Welches Nachspiel denn? Diese Frau war entweder Janes Mutter, oder sie war es nicht. Aber sie würden einer Sterblichen ihre wahre Natur enthüllen. Vlads Vorsicht war durchaus begründet. »Wann willst du denn, dass wir sie sehen?« Und dabei, falls erforderlich, ihr Gedächtnis bereinigen.

»Ich rufe an, sobald wir hier eintreffen. In ein paar Stunden, denke ich.«

»Sonst noch was, Vlad?« Er wollte so schnell wie möglich auflegen und die Sache überdenken – und mit Dixie besprechen.

»Nichts, das nicht warten könnte, Marlowe.« Er hielt inne. »Aber warnen will ich dich noch: Mrs Whyte ist eine erklärte und praktizierende Wicca-Anhängerin.«

»Und das ist alles, was er dir gesagt hat?« Dixie warf den leeren Blutbeutel in die Abfallpresse – eine Neuerwerbung und ideal zur Spurenbeseitigung.

»Mehr oder weniger.«

»Und wir sagen Jane noch nichts?«

»Nicht bis wir ihre angebliche Mutter getroffen haben.«

Dixie runzelte die Stirn, als sie den zweiten Beutel mit den Zähnen aufriss. Er wünschte, sie könnte sich dazu überwinden, mit ihm saugen zu gehen, aber das war so unwahrscheinlich wie ein Sonnenuntergang im Osten. Allein die Tatsache, Blut trinken zu müssen, war schon schlimm genug für sie. Gut zwanzig Jahre als Vegetarierin hatten ihre Spuren hinterlassen.

Der zweite leere Beutel landete in der Presse. Dixie wischte sich den Mund ab und lächelte. »Eigentlich sollte ich mich ja freuen für Jane und ihre Mutter, aber ich muss immer nur an die Probleme denken, die uns allen daraus entstehen.«

Nun machte er sich ernstlich Sorgen, denn Probleme oder Schwierigkeiten gab es für Dixie normalerweise nicht. Wenn sie schon Befürchtungen hegte ... »Notfalls können Vlad und ich immer noch mit ein bisschen Bewusstseinskontrolle nachhelfen.«

»Wozu?«

»Wozu! Sie ist eine Sterbliche und glaubt daran, dass es uns gibt.«

»Sie ist eine Mutter, die ihr Kind verloren hat. Ehrlich, Christopher! Wie konntest du daran auch nur denken? Wenn Jane wirklich ihre vermisste Tochter ist, müssen wir sie zusammenbringen. Was mir Kopfzerbrechen bereitet, ist das, was danach passieren könnte.«

»Woran denkst du denn?«

Es war nicht das erste Mal, dass sie ihn mit diesem Blick bedachte. »Es liegt auf der Hand.« Als eine Art Geheimcode. »Ich weiß nicht, was schlimmer sein könnte. Entweder Jane erinnert sich an nichts, hält sie am Ende für Lilith, und die arme Frau wäre am Boden zerstört, oder aber Jane erkennt sie und läuft Gefahr, einen gigantischen Erinnerungsschub zu erleiden. Was, wenn sie sich detailliert an ihre Bewusstseinsvergewaltigung erinnert?« Sie schüttelte den Kopf. »Leicht wird das nicht werden, für keine.«

»Sollte das passieren, hat sie ihre Mutter und drei Vampire an ihrer Seite. Das ist immerhin etwas.«

»Das ist verdammt viel, aber wir können nicht verhindern, dass es wehtun wird.«

»Vielleicht sollten wir warten, bis wir die Frau getroffen haben.« Eine Vorstellung, die ihm schwer im Magen lag. »Da ist noch etwas.« Wollte er das überhaupt laut aussprechen? »Diese Mrs Whyte ist allem Anschein nach eine Hexe.«

»Sie ist was?« Eine rein rhetorische Frage. Dixie stand auf und ergriff seinen Arm, die Augen hellwach und bereit, ihm einen zweiten Anlauf zu ersparen. Bei Abel, welch Glück war es doch, geliebt zu werden!

»Vlad war sich ganz sicher.«

»Ihm rate ich verdammt noch mal, sie lieber nach Druidenmessern und Mistelzweigen und wer weiß was noch allem abzusuchen, ehe du auch nur auf eine Meile in ihre Nähe gerätst.«

Kit nahm Dixie in die Arme und lehnte ihren Kopf gegen seine Brust. »Hör auf, dir Sorgen zu machen, Liebes. Ich bin jetzt voll bei Kräften. Sie ist diejenige, die sich vorsehen sollte. Mit drei Vampiren konfrontiert zu werden muss der Albtraum jeder Hexe sein.«

»Sie ist eine Mutter, die sich Sorgen um ihr Kind macht. Wenn es sein muss, nimmt die es auch mit dem Teufel auf.«

Dieser Vergewaltiger unter den Vampiren wäre vielleicht das Zweitschlimmste, das ihr passieren könnte.

8

Totnes

Tom vertraute auf die Wirkung seiner Kräfte. Zehn Minuten nachdem man ihm gesagt hatte, er könne vor drei Uhr nicht einchecken, bezogen sie die Ecksuite mit Blick auf die Fore Street und den River Dart.

»Gefällt's dir?«, fragte Tom, während Angela sich umsah.

Sie grinste. »Schon.« Im Vergleich dazu war ihr letztes Zimmer ein Schuhkarton. »Nur …«

»Nur was?«

»Es scheint nur ein Bett zu geben.«

Er zog eine Augenbraue hoch und sah zu dem geschnitzten Eichenbett mit der handgehäkelten Tagesdecke hinüber. »Du hast recht. Soll ich noch ein paar zusätzliche Decken bringen lassen, damit du nicht frierst auf dem Boden?«

»Schlaumeier! Wer sagt denn, dass nicht du auf dem Boden schläfst?«

»Wenn du nett fragst, darfst du vielleicht mit ins Bett.«

Unter anderen Umständen hätte sie vielleicht mitgelacht, aber nach zwei Tagen Nieselregen in Devon und diesem merkwürdigen Intermezzo mit Meg war Angela nicht in der Stimmung dazu. »Kein Problem. Mein Zimmer gibt es ja auch noch.« Sie machte zwei Schritte in Richtung Tür.

Dabei hatte sie jedoch übersehen, wie schnell Vampire sind.

Und dass es praktisch unmöglich war, einen zur Seite zu bewegen, der die Tür versperrt. Sie versuchte es nicht einmal, sondern verschränkte lediglich die Arme auf der Brust und runzelte die Stirn.

Tom runzelte auch die Stirn.

»Wärst du bitte so freundlich, Platz zu machen, damit ich raus kann?«

»Nein!«

»Du willst also den ganzen Tag hier stehen bleiben und die Tür blockieren?«

Er nickte. »Nötigenfalls auch die ganze Nacht.«

»Du wirst etwas zu dir nehmen müssen.«

»Nicht eher als du.«

In diesem Punkt hatte er leider verdammt recht. Aber warum eigentlich musste es bei ihnen beiden immer so laufen? Dixie und Kit kamen gut miteinander aus, weil sie sich ergänzten, und Stella und Justin lösten ihre Konflikte auch freundschaftlich. Warum musste ausgerechnet sie an den schrägsten Vogel von allen Vampiren geraten? »Wollen wir den ganzen Tag hier stehen bleiben und uns anstarren?«

»Ich hoffe nicht.«

Es besserte ihre Laune nicht gerade, zu wissen, dass er sie nach Lust und Laune mit reiner Willenskraft dazu zwingen könnte, zu tun, was er nur wollte.

Zu ihrem großen Erstaunen trat er zur Seite, und zwar genau in dem Moment, als es an der Tür klopfte. »Wer ist da?«, fragte Tom.

»Der Hausdiener, Sir. Ich bringe das Gepäck aus dem anderen Zimmer.«

Tom sah ihr in die Augen und sagte kein Wort. Nun lag es an ihr. Sie hatte ihn vermisst und war froh, dass er gekommen war. Ihr Verlangen war so stark, dass es wehtat. Und er machte sie schier verrückt.

»Sir?«, wiederholte die Stimme.

Als Tom zur Seite trat, ergriff Angela den Türknauf. »Kommen Sie schon rein, und vielen Dank.«

Der Diener stellte einen Gepäckroller senkrecht und bugsierte die geliehene Leinentasche schwungvoll neben Toms Lederkoffer. Aus dem Augenwinkel heraus sah sie, wie Toms Hand zu seiner Hosentasche ging. »Eine Sekunde«, sagte sie und griff nach ihrer Tasche auf dem Bett. Sie zog eine Zweipfundmünze heraus und gab sie dem Hoteldiener. »Vielen Dank noch mal.«

Angela schloss die Tür hinter ihm, während er sie noch darauf hinwies, sich an die Rezeption zu wenden, sollten sie etwas brauchen. Da aber innerer Friede und verlorene Erinnerungen jenseits der Möglichkeiten eines Provinzhotels lagen, zweifelte sie doch sehr, ob sie dort anrufen würde.

Als sie sich umwandte, um ihre Auseinandersetzung mit Tom fortzusetzen, war er verschwunden. Im Bad lief das Wasser.

Es wäre einfach gewesen, ihre Tasche zu schnappen und zu verschwinden. Sie hatte Bargeld und Kreditkarten, und bis zum Bahnhof waren es nur zehn Minuten zu Fuß. Aber sie hatte nicht vor abzureisen. Nicht bis sie über diese nicht mehr bestehende Firma namens Mariposa etwas in Erfahrung bringen konnte, noch einmal mit Meg gesprochen und die Sache mit Tom bereinigt haben würde. Wollte sie die Nacht mit ihm verbringen? Ja ... Nein ... O verdammter Mist!

»Was machst du denn?« Eine dümmere Frage hätte sie nicht stellen können. Er ließ ein Bad einlaufen und hatte wohl jedes Fläschchen Hotel-Badeöl, das er finden konnte, hineingekippt. Der Raum duftete wie ein sommerlicher Garten im Juli.

»Wie wär's denn nach diesem Marsch durch den Regen mit einem schönen warmen Bad? Wenn du erst einmal nackt bist, könnte ich dich vielleicht verführen.«

»So einfach geht das also?«

»Dachte, du magst es nicht, wenn ich um den heißen Brei herumrede.«

»Warum macht mich eigentlich fast alles wahnsinnig, egal was du auch sagst oder tust?«

»Hatten wir dieses Thema nicht schon einmal?«

Ja, und es hatte zu nichts geführt.

Tom beugte sich nach vorne und fuhr mit der Hand durch

den höher steigenden Schaum, stellte fest, dass er mit der Temperatur zufrieden war, und begann dann, sein Hemd aufzuknöpfen.

»Du hältst eine Menge für selbstverständlich, oder?«

Er zuckte leicht die Schultern, was als vampirische Entsprechung zu einem entnervten Seufzen galt. »Vielleicht, aber wie dem auch sei, ich brauche ein Bad nach der Fahrt. Wäre nett, wenn du dich mir anschließen würdest.«

»Falls es dir entgangen sein sollte, gerade vor zwei Minuten haben wir uns noch gekracht.« Sie hatte große Mühe, ihre Blicke von seiner Brust fernzuhalten – und der einen sichtbaren Brustwarze.

»Ist mir nicht entgangen, aber bei den Sterblichen ist es doch eine altehrwürdige Tradition, sich nach einem Streit bei einer heißen Nummer wieder zu versöhnen.« Seine Mundwinkel zuckten. »Wir könnten immerhin so tun, als seien wir Sterbliche.«

Sie trat näher heran und zog das Hemd aus seiner Hose. »Sterblich? Vergiss es, Schätzchen! Ich bin Ghul, du Vampir. Diese Tour mit den Sterblichen läuft nicht.«

Seine Augen blitzten, als er zu ihr hinuntersah. »Abel sei gelobt!«

Seine Lippen fühlten sich weich an, öffneten ihren Mund aber trotzdem mit großer Bestimmtheit. In ihrem Inneren regte sich eine ungestüme Vorfreude. Ihr Körper bebte vor Verlangen, als seine kühle Zungenspitze ihre Zunge berührte. Sie seufzte leise auf, schlang die Arme um seinen Nacken und erwiderte seinen Kuss. Sie ging voll und ganz auf in dieser Umarmung. Bei allen Unterschieden und den ständigen Reibereien teilten sie dasselbe Verlangen und spürten dieselbe Glut, wenn sie sich berührten. Sie presste ihre Zunge in seinen Mund. Sein Körper drängte sich an ihren. Als er sein Becken rhythmisch gegen ihren Bauch stieß, war klar, was er wollte. Sie lächelte und drückte sich noch enger heran. Er reagierte mit einer Hitze, die ihrer gleichkam.

Sie presste sich gegen ihn, spreizte die Beine. Edles Tuch glitt über weiches Leder. Sie strich mit einer Hand von seinem Hals abwärts zur Brust. Unter ihren erhitzten Fingern fühlte sich seine Haut glatt und kühl an. Sie streichelte über seine Brust, spürte, wie sich die Warze dabei verhärtete.

Den Kopf im Nacken, öffnete sie ihren Mund noch weiter, sog seine Zunge ein, genoss die Leidenschaft, die zwischen ihnen entbrannte. Nichts zählte nun mehr, nur noch die wilde Lust. Ihre Hand berührte seine andere Brustwarze. Als sie sich unter ihren Fingerspitzen verhärtete, stöhnte Tom auf.

»Warte, Angela«, flüsterte er und zog sich etwas zurück, behielt aber einen Arm um sie.

Sie blickte fragend hoch. »Warum?«

»Weil sonst das verdammte Badewasser den ganzen schönen Teppichboden überschwemmt.«

Er legte einen Arm um ihre Taille und zog ihren Körper mit sich, als er sich vornüberbeugte und das Wasser abstellte. Er hatte recht gehabt. Auf der riesigen Wanne türmte sich ein dicker Berg duftigen Schaums.

»Sieht irgendwie nach altrömischer Orgie aus.«

Er kicherte. »Könnt ich nicht sagen. War noch vor meiner Zeit. Wenn Justin hier wäre …«

»Mir würde es nicht einfallen, ihn nackt auszuziehen.« Sie griff nach seinem Gürtel. »Komm schon, Tom. Worauf warten wir noch?« Er hatte den Reißverschluss ihrer Lederhose geöffnet und sie schon halb heruntergezogen, bis sie seinen Gürtel lösen konnte. »Unfair. Du bist im Vorteil!«

»Ja!«

Warum klagen? Er kniete vor ihr nieder und bedeckte ihre Beine von den Knien bis zu den Schenkeln hoch mit Küssen, während er ihre Hose vollständig herunterzog. Ihr Gleichgewicht behielt sie nur, indem sie sich an seinen Schultern festhielt. Das Höschen verlor sie, als sie nacheinander ein Bein hob, um aus der Lederhose zu steigen. Im nächsten Moment flogen ihre Strümpfe und die Schuhe durch den Raum.

»Wie kann es sein, dass ich von der Taille abwärts nackt bin, du dagegen komplett angezogen?«

Er grinste zu ihr hoch. »Du musst geschlafen haben!«

Gut, dann wachte sie eben jetzt auf! Ganz so schnell war sie vielleicht nicht, aber sein Hemd landete in wenigen Sekunden auf dem Fußboden. Bei seinen anderen Kleidungsstücken dauerte es nicht viel länger. Dann zog er ihr den Pullover über den Kopf und hakte ihren Büstenhalter auf. Sie streifte die Träger von den Schultern und ließ ihn zu Boden fallen.

»Wollen wir jetzt hier stehen bleiben und uns anstarren? Oder wollen wir ...«

Er packte sie an der Taille, als er in die Wanne stieg, und hielt sie vor sich, ihre Brüste direkt vor seinem Mund. Mit den Lippen sog er daran, bis ihre Brustwarzen hart wurden und das Verlangen zwischen ihren Beinen pulsierte.

Als sie den Kopf nach hinten warf und wonnevoll aufseufzte, hob er sie noch höher und bedeckte sie entlang einer Linie bis zum Nabel hinab mit Küssen. Sie blickte nach oben und sah, wie nahe die Decke war.

»Tom!« Sie sah zu ihm hinunter: Seine Haare gerieten zusehends durcheinander, und sein Mund liebkoste ihren weichen Bauch. »Lass mich runter! Es sei denn, du stehst auf bewusstlose Frauen.«

Seine Augen glühten dunkel voller Verlangen, als er den Kopf hob. Er grinste. »Dann würdest du wenigstens mal die Klappe halten!« Während er das sagte, ließ er sie herunter, wobei ihre warme Haut an seinem kühlen Körper entlangglitt. Dabei durchfuhr sie ein Schauer der Erregung.

Sie war noch nicht ganz auf dem Wannenboden angekommen, als er ihr zuflüsterte: »Umdrehen bitte.« Dann setzte er sich und ließ sie, ihr Gesicht von seinem abgewandt, zwischen seinen gespreizten Beinen Platz nehmen und zog sie an seine Brust. Dabei schwappten warmes Wasser und Schaum über den Wannenrand.

Sie blickte sich über die Schulter zu ihm um. »Ich glaube, wir versauen noch den schönen Teppichboden.«

»Und du machst dir darüber jetzt wirklich Gedanken?«

Nicht in dem Maße, wie es ein verantwortungsbewusster Gast vielleicht sollte … nicht wenn seine Lippen an ihrem Nacken knabberten und seine Hände ihre Brüste umfassten. Der Teppich konnte ihr gestohlen bleiben, nun da seine Finger mit ihren Brustwarzen spielten und seine kühlen Lippen eine Bahn aus Küssen von ihrem Nacken über die Schultern bis über die Arme tupften.

Als seine Hände an ihrem Bauch hinabglitten, lehnte sie sich zurück an seine Brust und spielte mit ihren Schulterblättern an seinen harten Muskeln, rieb mit der Haut über sein weiches Brusthaar.

Seine Fingerspitzen erreichten den Ansatz ihres Schamhaars. Dort blieben sie, bewegten sich kaum, kräuselten lediglich einzelne Löckchen. Als Angela aber ihr Becken so positionierte, dass seine Finger in die Nähe ihrer Knospe kamen, ging er höher.

»Was sind denn das für Spielchen?«

Er gluckste ihr ins Ohr.

»Geduld, Liebes. Wozu die Eile?«

Er griff nach der Parfumseife und verteilte duftenden Lavendelschaum auf ihrer Haut, ehe er ihn mit einem weichen Waschlappen wieder abspülte.

Das hätte eigentlich entspannend sein sollen.

Aber weder sie noch Tom waren entspannt. »Bist du sicher, du willst so weitermachen?«

»Glaubst du denn, ich kann nicht?«

Bei anderer Gelegenheit hätte sie die Herausforderung angenommen, aber nicht mit seinem Arm an ihren Brüsten. »Ich bin mir nicht sicher, ob *ich* kann. Ich habe nicht die Kraft eines Vampirs.«

»Abel sei Dank! Wenn dem so wäre, wärst du unbeherrschbar.«

Damit handelte er sich einen Rippenstoß ein, und noch mehr Wasser schwappte über den Rand.

»Hier drinnen stellst du eine Gefahr dar«, sagte Tom und drückte die Hand auf ihren Ellbogen. »Besser, ich bringe dich an einen Ort, an dem ich dich unter Kontrolle habe.«

Aus ihrem Schnauben wurde ein Aufschrei, als Tom aufstand und sie hochhob. Er stieg in einem Satz aus der Wanne, bevor sie einen klaren Gedanken fassen konnte, und schon wenige Sekunden später zog er die Bettdecke zurück und legte sie auf das Laken.

»Ich bin klitschnass!«

Das sollte sich schnell ändern. Unterwegs hatte Tom bereits ein riesiges Badetuch mitgenommen. Es war warm von dem beheizten Halter und lag weich auf der Haut. Tom rubbelte sie zärtlich ab und entfachte damit ein loderndes Feuer in ihr. Als er fertig war und das Handtuch beiseitelegte, atmete sie schwer. Seine Haut hätte trocken, feucht oder triefend nass sein können – darum kümmerte sie sich nun nicht mehr, so sehr verlangte sie nach ihm. Ihr wäre es egal gewesen, wenn er sich verwandelt hätte, grün geworden oder verbrannt wäre. Sie verbrannte tatsächlich beinahe, als Wellen von Schmetterlingsküssen über die Innenseite ihres Beins hinwegspülten, als seine Lippen Küsse auf ihren Bauch und ihre Brüste hauchten, seine Zunge ihren Körper leckte. Sie seufzte, ächzte und stöhnte, bis sie unter seinen Liebkosungen laut aufschrie.

Als sie zitternd ihren ersten Höhepunkt erreichte, bewegte sich Tom. Er hob ihre Hüften, zog sie zu sich heran und drang in sie ein. Sie keuchte vor Lust, als er sie mit seinen Vampirkräften erfüllte. Unermüdlich trieb er sie mit ihm zusammen zu einem neuen Höhepunkt. Eine wahre Flut von Gefühlen durchraste ihr Bewusstsein, bis sie nichts mehr wahrnahm als den Druck seiner Haut auf ihrer, den wilden Rhythmus ihres Liebesspiels und die Hitze ihrer geteilten Leidenschaft.

Sie spürte seinen Mund an ihrem Hals und seufzte erwartungsvoll. Der Biss ging unter in einem Strom von Empfindungen, die wie ein warmer Regen auf sie niederprasselten. Sie waren zusammen. Er war in ihrem Kopf. Sie öffnete ihr Bewusstsein für ihn, wollte jede Empfindung zwischen ihnen spüren, empfinden, wissen. Durch ihr Gehirn raste eine Feuersbrunst. Das Verlangen schloss sie ein. Sie nahm Schrei und Rufe um sie herum und in ihr wahr. Sie hörte einen triumphalen männlichen Aufschrei, als sie gemeinsam kamen. Ein Ausbruch urtümlicher Lust trug sie auf einer gigantischen Welle dahin. Sie war erfüllt von Toms Hitze und Kraft, bis sie in einem Meer der Leidenschaft ertrank. Sie stieß einen lang gezogenen Schrei aus, ein Stöhnen in höchster Lust, und brach in seinen Armen zusammen.

Im gloriosen Nachhall dieses Höhepunkts zuckten wilde Blitze wie Lichtspuren von Raketen durch ihr noch immer schwindelndes Bewusststein. Sekundendenlang begriff sie im satten Gefühl ihrer Befriedigung gar nicht, was sie erfahren hatte, als aber ihr vom Sex getrübtes Gehirn die unglaubliche Wahrheit verarbeitet hatte, setzte sie sich auf.

»Tom?« Angela schüttelte den Kopf, um die Benommenheit zu klären. »Ich muss zurück in den Laden.« Sie versuchte, die jüngsten Neuigkeiten und die unmittelbaren Ereignisse der jüngsten Vergangenheit zu entwirren. »Zu Meg Merchant.«

Zwischen seinen Augen bildete sich eine tiefe Furche. »Jetzt sofort?« Sein Mundwinkel kräuselte sich leicht, als er ihren Arm streichelte.

»So bald wie möglich.«

»Besser, du kommst erst wieder zu Kräften. Ich habe beide Male eine ziemliche Menge Blut genommen.«

Als ob sie das nicht bemerkt hätte! »Es ist wichtig!« Sie setzte sich ganz auf und nahm die Beine schwungvoll aus dem Bett.

»Warte!« Er packte sie am Oberarm, gerade als sie schwankend auf den Füßen zu stehen kam. »Setz dich doch wieder. Ich hol dir Fleisch zum Essen, und wenn du dich erholt hast, unterhalten wir uns.«

Da sie es wahrscheinlich nicht einmal bis zur Minibar geschafft hätte, stimmte sie zu. »Wie viel hast du mir denn abgezapft?«, fragte sie, als Tom ihr ein Steak reichte. Der frische Fleischgeruch war überwältigend – sinnlos, so zu tun, als würde sie ihm zuhören. Sie biss sofort hinein, verschlang das erste Stück und gleich noch eines. Nachdem sie die letzten Fasern hinuntergeschluckt hatte, reichte Tom ihr ein Kleenex. Sie wischte sich den Mund ab und, um sicher zu sein, auch das Kinn und ging dann ins Bad, um sich die Hände zu waschen.

Der Teppich neben der Badewanne war klatschnass, und überall lagen ihre Kleider verstreut herum, aber sie wollte sich nicht beschweren. Sie hatte Tom unendlich vermisst, und wenn er nur halbwegs vernünftig sein würde, wollte sie, dass er bliebe.

»Besser?«, fragte er, als sie zurückkam und sich neben ihn setzte. Beide waren sie noch immer nackt, Tom für eine Wiederholung bereit.

Sie konnte sich ein Grinsen nicht verkneifen und schlang einen Arm um ihn, genoss dabei die Kühle seiner Haut an ihrem noch immer erhitzten Körper. »Ich hab dich vermisst, Tom.«

Sein Arm legte sich um ihre Schultern und zog sie näher heran. »Du bist einzigartig, Angela. Ich kann nicht genug von dir kriegen. Als du in Yorkshire warst, wäre ich fast verrückt geworden.«

»Ich dachte, es war die Tatsache meiner Abreise aus Yorkshire, die dich halb verrückt gemacht hat.«

Er grinste. »Nein, Liebes, du hast mich damit komplett verrückt gemacht. Ich hatte solche Angst, dass dir was passieren könnte.«

»Genau! Einem hirnlosen Ghul, der sich im wilden Westen des Landes herumtreibt, kann jederzeit eine Menge passieren.« Sie knuffte ihn zärtlich mit dem Ellbogen. »Ein marodierender Vampir könnte mich verführen.«

Er knuffte sie zurück. Fester. Und plötzlich hatte er sie rücklings mit baumelnden Beinen auf dem Bett liegen. »Wer hat hier wen verführt, frage ich dich. Hast du nicht gerade eben nach mehr gebettelt?«

»Schlimm?«

»Nicht solange du es gleich wiederholst.«

Während sie zu den Falten in den Winkeln seiner strahlenden Augen hochsah, strich sie zärtlich über die Furchen auf seiner Stirn. Tom sah so viel älter aus als die anderen Vampire, die sie kannte, aber die letzten Monate seines sterblichen Lebens waren ja sehr hart gewesen. Sie liebte ihn wirklich, von ganzem Herzen. Sagte er doch glatt, *sie* würde *ihn* wahnsinnig machen! Manchmal könnte sie schreien bei seinen Ansichten.

Aber nach einer so tollen Nummer und einem so wunderbaren Gedächtnisblitz war nun nicht die Zeit für derlei Gedanken.

»Ich liebe dich, Tom, über alles.« Sie setzte sich geschmeidig auf. »Ich hatte gerade eine wunderbare Erinnerung, aber zuerst muss ich zurück zu Meg und mit ihr reden. Sie könnte mir vielleicht helfen.«

»Liebes, warum denn gerade sie? Was kann sie schon für dich tun? Ein verrückte Alte mit ihrem Geschwafel über Auren und Abel weiß was noch alles.«

Angela setzte sich darauf kerzengerade hin und packte ihn am Arm. »Tom, gerade deshalb kann sie mir helfen. Sie ist nicht verrückt, glaub mir. Sie weiß, wie sie mir helfen kann.«

Er schüttelte den Kopf. »Angela, ich bin mir nicht einmal sicher, ob es so eine gute Idee ist, diese Frau überhaupt noch einmal zu sehen.«

Der Mann hatte keine Ahnung. »Sie ist genau die Frau, die ich brauche. Lass es mich erklären.«

Er ließ sie nicht. »Vertrau mir, Liebes, in gut vierhundert

Jahren habe ich einiges erfahren, und ich sage dir ganz ehrlich, du solltest dieser Mrs Merchant am besten aus dem Weg gehen – ich bin mir ziemlich sicher, sie ist eine Hexe.«

»Ja, Tom, und genau deshalb kann sie mir auch helfen. Ich bin auch eine!«

Tom sah aus wie vom Blitz getroffen. »Das kann nicht sein! Du bist ganz anders. Unmöglich!«

»Es ist mehr als möglich, Tom. Ich habe mich gerade daran erinnert.«

Er starrte sie an. »Du machst keine Witze, nicht wahr?«

»Nein, warum auch.« Sie ließ sich wieder zurück aufs Bett fallen. Tom sah völlig fertig aus. »Was ist los? Freust du dich nicht, dass ich wieder ein Stückchen von meiner Erinnerung zurückbekommen habe?«

»Und ich habe immer geglaubt, Kit und Justin hätten Probleme mit den Frauen, die sie lieben.« Er lachte bitter auf. »Das ist schlimmer als jeder Berg, den sie abarbeiten mussten.«

»Wovon um Himmels willen redest du?«

Sie hatte keine Ahnung. War das bloß eine weitere Gedächtnislücke, oder wusste sie wirklich nicht Bescheid? »Wovon ich rede?« Tom setzte sich auf und ging dabei etwas auf Distanz. »Ich rede von der seit Urzeiten bestehenden Feindschaft zwischen Hexen und Vampiren.«

Ihren verdatterten Gesichtsausdruck hätte nur eine ganz hervorragende Schauspielerin so hingekriegt. Sie starrte ihn an, als seien ihm Hörner gewachsen. Wobei, wohlgemerkt, die Reaktion dieser alten Hexe zu Beginn dieses Nachmittags nicht viel anders ausgesehen hatte. Schließlich atmete Angela tief durch. »Welche Feindschaft?« Während sie sprach, verschränkte sie die Arme auf der Brust, aber dann, als hätte sie plötzlich bemerkt, dass sie nackt war, zog sie sich die Decke über den Busen und setzte eine finstere Miene auf. »Wovon bitteschön sprichst du?«

Das war keine Unterhaltung, die man nackt führte.

Er ging an den Kleiderschrank aus Eiche, nahm einen cremefarbenen Frotteebademantel heraus und hielt ihn ihr hin. »Da, zieh das an.«

»Warum?«

Sie musste natürlich fragen! »So etwas erklärt sich nicht auf die Schnelle, und du sollst dich ja nicht zu Tode frieren.«

Sie warf die Bettdecke von sich und stand auf. Beim Anblick ihres herrlichen Körpers wäre ihm beinahe das Herz stehen geblieben. Welchem grausamen Schicksal hatten sie das zu verdanken? Er hauchte einen Kuss auf ihren Halsansatz, als er ihr den Mantel um die Schultern legte.

»Was ist los?«, fragte sie.

Er hatte Angst, es ihr zu sagen, aber es gab keine Alternative, denn er konnte sich schlicht nicht vorstellen, dass von ihr Böswilligkeit ausgehen könnte, in welcher Form auch immer. Wenn er nur an die Lust dachte, die sie eben erst geteilt hatten, und beim Anblick ihrer klaren Augen, als sie den Gürtel zuknotete … Er nahm ihre Hand. »Setzen wir uns, und dann erklär ich dir alles.«

Sie nahmen nebeneinander auf dem Chintz-Sofa Platz. Angela lehnte sich aber nicht gegen die hoch aufgebauschten Kissen zurück, sondern wandte sich zur Seite und sah ihm direkt in die Augen

War das der böse Blick? Unmöglich! Ihm gegenüber saß Angela, die Frau, die er liebte.

»Tom, rück endlich raus damit, sonst verlier ich die Geduld! Vor einer Viertelstunde noch haben wir Liebe gemacht, und jetzt siehst du mich an, als würdest du gleich die Todesstrafe verhängen. Was hat es mit dieser albernen ›Feindschaft‹ auf sich?«

Am liebsten hätte er die Arme um ihre warmen Schultern geschlungen, aber wie konnte er das tun und ihr dann sagen, was er zu sagen hatte. »Sie ist alles andere als ›albern‹, sondern uralt – geht weit hinter meine Zeit zurück.«

»Deine Zeit?«

»Das 16. Jahrhundert! Unterbrich mich nicht!« Sie lehnte sich zurück, runzelte die Stirn und presste die Lippen zusammen. Er wollte sie küssen, begann aber dann: »Ich habe keine Ahnung, wie oder wann das alles begonnen hat – Gwyltha oder Justin könnten es vielleicht wissen –, aber wir geben uns nicht mit Hexen ab, und sie wollen von uns auch nichts wissen. Damit hatte auch meine Sorge zu tun, als ich hörte, du bist nach Devon gefahren. Wir meiden diesen Teil Englands; er ist eine Hochburg von Zauberei und Magie. Wenn alles gut geht, halten wir vorsichtig Distanz zu den Hexen, schlimmstenfalls kommt es zu Tod und Vernichtung.«

»Hast du etwa vor, mich zu vernichten?«

»Natürlich nicht! Wir sind nicht von dieser Sorte. Du kennst unseren Kodex!«

Ihre grauen Augen funkelten beinahe grün. »Und Hexen vielleicht schon? Unsere oberste Maxime lautet: ›Füge nie jemandem einen Schaden zu!‹« Sie unterbrach sich. »Daran habe ich mich eben in dem Moment erinnert. O Tom! Wie wird das, wenn alles wieder da ist?«

Damit wäre die Katastrophe perfekt – wirklich? Wenn sie niemandem schadete – und er glaubte ihr das bedingungslos –, könnte es dann nicht noch andere geben, deren Absicht nicht Unheil und Zerstörung war? »Gut möglich, dass alles wiederkommt. Hör zu!« Er nahm ihre Hand, weil er sie spüren wollte. »Irgendwie haben wir es hier mit einer total verfahrenen Situation zu tun. Vampire und Hexen sind seit Jahrhunderten verfeindet. Ich will ja deine Grundsätze nicht infrage stellen, Angela, aber sie gelten nicht für alle. Kit …« Er hielt inne, dachte ein paar Sekunden lang zurück. »Sagen wir es klar und deutlich, es gibt Hexen, die es nicht gut mit uns meinen.«

»Es gibt aber auch, wenn wir schon dabei sind, genügend Sterbliche, die jederzeit bereit wären, dich zu pfählen und dir den Mund mit Knoblauch vollzustopfen.«

»Das ist ein Mythos! Ich rede hier von der Realität.«

Sie nagte an ihrer Lippe. »So wie du es beschreibst, gibt es also eine Art blutiger Dauerfehde zwischen Hexen und Vampiren.«

»Exakt!«

»Das ist lächerlich!« Sie blickte über das Bett. »Sah das, was wir eben getrieben haben, wie eine Fehde aus?«

»Dir fehlte die Erinnerung.«

»Ja, und Teile davon noch immer, aber nicht mein gesunder Menschenverstand!«

»Du verstehst mich einfach nicht.«

»Dem würde ich zustimmen. Wie wär's dann, wenn du alles noch mal von vorn erklärst. Vielleicht kapier ich es ja dann.«

»Uns Vampiren wurde unendliches Leid zugefügt.«

»Und was ist mit uns Hexen? Haben wir nicht gelitten? Was ist mit mir? Und Jane? Wir wurden von einem Vampir gemacht! Wenn das kein Leid ist, was uns zugefügt wurde, was dann?«

»Das geht auf das Konto eines abtrünnigen Vampirs. Niemand von uns, nicht einmal einer von der Sorte Vlads, würde so etwas tun!«

»Vielleicht waren diese Unheilshexen ja auch Abtrünnige? Hast du das nie in Betracht gezogen?« Sie sah ihn an. »Was haben sie überhaupt gemacht?«

»Sie haben versucht, Kit zu töten.«

»Kit?« Ihre Augen wurden riesengroß. »Warum um alles in der Welt sollte ihm jemand was antun wollen?«

»Wir haben Kräfte, um die uns viele Sterbliche beneiden.«

»Jemand hat versucht, Kit wegen seiner Macht zu töten? Was ist passiert?«

»Lass dir das eines Tages mal von Dixie erzählen. Jetzt erst einmal zurück zu uns.«

»Okay, nichts leichter als das.«

»Meinst du?«

»Natürlich.« Es war so klar wie Nebel im 19. Jahrhundert.

»Da gibt es diese uralte Fehde zwischen Hexen und Vampiren, richtig? Wir sind uns einig, dass die überwiegende Mehrheit von uns friedliebend und ethisch-moralischen Gesetzen verpflichtet ist. Ich bin eine Hexe, du bist ein Vampir. Es liegt an uns, die Fehde zu beenden.«

Mit einem so verwegenen Vorschlag hätte er rechnen müssen. »Du kannst nicht einfach Schluss machen damit!«

Warum denn nicht? Ich sehe überhaupt nicht, welchen Sinn es haben soll, daran festzuhalten. Außerdem hat dieses System allein durch unser Zusammensein einen Riss bekommen. Dann lass es uns doch gleich ganz einreißen.«

Sie war derart von sich überzeugt, dass ihre Zuversicht schon fast ansteckend war. Aber sie konnte nur so gutgläubig sein, weil sie ein reines Herz hatte und vieles nicht wusste. Sie hatte nicht gesehen, was er gesehen hatte. Das war vielleicht ein Vorteil. Vielleicht ... Er musste sie schützen. Sie war noch so naiv wie ein Kind und entsprechend gefährdet. »Ich glaube, wir sollten zuerst versuchen, noch mehr Licht ins Dunkel deiner Vergangenheit zu bringen, Angela. Wir wissen jetzt, dass du eine Hexe bist; das grenzt den Suchradius ein. Wir suchen jetzt nach einer Hexe, die letzten September in Chicago verschwunden ist.«

»Du glaubst wohl, ich werde als Hexe in der Vermisstenliste geführt?«

Ihr sarkastischer Ton klang besonders sexy und verführerisch. Abel, wie sollte er da widerstehen ... aber ... »Es muss dich jemand vermisst haben. Wir müssen noch genauer nachforschen.« Und er musste sich über Hexen informieren. Unvorstellbar! Aber für Angela würde er es tun.

Angela ließ sich auf das Bett zurückfallen und starrte an die Decke. »Wir suchen noch immer nach zwei namenlosen Personen, die anscheinend niemand vermisst. Shit! Du glaubst, es könnte mich jemand vermisst haben, und sei es nur das Kreditkartenunternehmen, weil der Scheck nicht rechtzeitig eingetroffen ist!«

Er spürte den Schmerz unter den leichtfertig dahingesagten Worten. »Auch wenn dich früher vielleicht keiner vermisst hat, heute sind es einige, davon einer, dem es das Herz brechen würde.«

Dafür schenkte sie ihm ein erschöpftes Lächeln. Er wäre nur zu gerne geblieben, aber ein seltsames Gefühl sagte ihm, dass die Zeit drängte, und in mehr als fünf Jahrhunderten hatte er gelernt, auf seine Instinkte zu vertrauen. Vielleicht wusste ja diese Mrs Merchant einen Rat. Er würde sie aufsuchen. Alleine. Aber Angela würde niemals hierbleiben …

»Angela, Liebes.« Er zog sie näher heran. »Zwischen uns gibt es keine Fehde. Ich liebe dich.«

Sie sah zu ihm auf, mit leuchtenden Augen und geöffneten Lippen. »Ich liebe dich auch«, flüsterte sie.

Ihre Lippen öffneten sich. Er glitt mit einer Hand unter ihren Bademantel, umfasste ihre Brust und spürte, wie sich die Warze unter seinen Fingerspitzen verhärtete. Verflixt, sie waren beide bereit und mehr als willens, aber sie brauchte Ruhe, und er musste los zu einem Gespräch mit einer alten Hexe.

Er überflog die Oberfläche von Angelas Bewusstsein, hielt sie eng umfangen, als sie auf seine Schlafsuggestionen reagierte. Sie entspannte sich und hing schließlich schwer und schlaff in seinen Armen. Er legte sie hin und deckte sie zu, installierte eine weitere Gedankenbotschaft in ihr, mindestens zwei Stunden zu schlafen, erinnerte sich gerade noch rechtzeitig, sich anzuziehen, lief aus dem Zimmer und rannte die Treppe hinunter.

Die Eingangshalle war leer, selbst am Empfang saß niemand. Perfekt. Innerhalb von Sekunden war er draußen auf der Fore Street. Er nahm die Abkürzung über die alte Stadtmauer und an der Kirche vorbei in Richtung von Megs kleinem Laden.

9

Columbus. Am selben Tag

»Nun denn«, murmelte Kit Marlowe, als er den Lift betätigte. Dixie hätte ihm gerne noch gesagt, dass eine Begegnung mit drei Vampiren eine Zumutung für jede Hexe darstellte; noch dazu hatte diese Mrs Whyte ohnehin große Angst vor der Begegnung mit ihrer angeblichen Tochter. Angesichts seiner Erfahrungen im letzten Sommer hegte Christopher, was auch verständlich war, eine entschiedene Abneigung gegenüber Hexen, Wicca-Anhängern und Zauberern.

Als die Tür aufging, ließ er ihr den Vortritt. »Vergiss nicht, sie ist nur eine Mutter, die ihr vermisstes Kind sucht«, versuchte sie ihm klarzumachen.

»Schon klar. Aber erleichtert bin ich deswegen nicht. Ich hoffe nur, Vlad hat meine Bedingung ernst genommen und sie nach Druidenmessern durchsucht.«

Dixies Sympathien gehörten dieser unbekannten Frau, und sie würde es niemandem wünschen, von Dracula abgetatscht und durchsucht zu werden. »Er würde nie ein Risiko eingehen; dazu ist sein Überlebensinstinkt viel zu groß. Außerdem hat er eine fast siebenstündige Autofahrt mit ihr hinter sich. Genügend Zeit, um versteckte Waffen oder finstere Absichten aufzuspüren.« Dixie drückte Kits Hand. »Sei unbesorgt. Sollte sie es wagen, dich auch nur schief anzusehen, kriegt sie's mit mir zu tun!«

Er lachte in sich hinein und grinste halbherzig, aber im Vergleich zu seinen finsteren Blicken von vorhin war das schon etwas. Wenige Sekunden später hielt der Aufzug, und sie traten auf den Flur hinaus.

Vor ein paar Monaten war sie schon einmal in diesem Hotel gewesen, um Angela und Jane zu treffen. Nun stand ihr eine Begegnung mit Janes Mutter bevor, die noch dazu eine Hexe war. Das Leben in Ohio wurde nie langweilig.

Christopher durchschritt den mit Teppichboden ausgelegten Flur und blieb zögernd vor Vlads Suite stehen. Klopfen erübrigte sich. Die Tür ging wie von selbst auf, und Vlad Dracula bat sie einzutreten.

»Meine Freunde.« Er verbeugte sich vor Dixie. »Vielen Dank euch beiden. Miss LePage, darf ich Ihnen Mrs Whyte vorstellen?«

Dixie blickte zu der groß gewachsenen Frau am anderen Ende des Zimmers. Vlad hatte bezweifelt, dass sie Janes Mutter war! Dabei war sie deren getreues Abbild, nur älter. Sicher, ihre Haare waren länger und grau meliert, die Augen von einem dunkleren Blau, aber sie hatte dieselbe Kopf- und Schulterhaltung und sogar denselben Gang, als sie quer durch den Raum auf sie zukam.

»Hallo«, sagte sie, wobei sie zögernd die Hand ausstreckte. »Ich bin Adela Whyte.«

»Ich bin Dixie LePage, und das ist Christopher Marlowe, üblicherweise Kit genannt.«

Drei schreckliche Sekunden lang fürchtete Dixie, Christopher würde sich weigern, Adela die Hand zu geben, aber sie hätte es eigentlich besser wissen müssen. Sie begrüßten sich, wenn auch nicht besonders herzlich. Adela wirkte darauf kein Fünkchen entspannter als Christopher, und auch Vlad schien ernsthaft besorgt.

Himmel noch mal! Sahen sie denn nicht, dass diese Frau nicht von der Sorte eines Sebastian Caughleigh war? Sie hatte sich nicht extra freigenommen, um hier den ganzen Nachmittag herumzustehen, während diese drei sich misstrauisch beäugten. »Adela, warum glauben Sie, Ihre Tochter könnte sich bei uns aufhalten?«

Damit war das Eis gebrochen, auch wenn Vlad mit offenem Mund dastand und Christopher murmelte: »Dixie!« Nun hatte sie Adelas volle Aufmerksamkeit.

»Heather ist im September verschwunden. Sie war weg. Einfach so. Spurlos. Die Polizei hat nach ihr gesucht, aber sie wurde nie gefunden. Es gab keinerlei Indizien. Und auch keine Leiche. Nichts. Eine Woche später fanden sie ihr Auto, total ausgeräumt. Die einzigen Anhaltspunkte, die die Polizei hatte, waren eine Postkarte ihrer Schwester aus England, die zwei Tage nach ihrem Verschwinden ankam und in der sie ihren Besuch ankündigte – eine Spur, die im Sande verlief –, und unerlaubte Zugriffe auf ihr Kreditkartenkonto. Bis ich die Karte sperren konnte, wurde sie an verschiedenen Orten in der ganzen Stadt eingesetzt.« Mit tränennassen Augen sah sie Dixie an. »Mr Roman glaubt, Heather könnte sich hier aufhalten.«

»Wie sind Sie überhaupt auf Vlad – Mr Roman – gekommen?«, fragte Christopher.

Das hätte Dixie auch gerne gewusst. Ging Vlad mit der Nachricht, dass er ein Vampir war, hausieren?

Adela atmete tief durch. »Nach der Freigabe von Heathers Haus durch die Polizei habe ich alles abgesucht in der Hoffnung, irgendetwas zu finden, und wenn es ein Brief gewesen wäre oder eine Nachricht auf dem Anrufbeantworter. Ich habe ständig geglaubt, sie könnten etwas übersehen haben. Aber ich habe lediglich einen ganz abscheulichen Gestank gefunden – ich dachte, die Polizei hätte irgendwelche Chemikalien zum Einsatz gebracht – und einen überwältigenden Eindruck von Angst und Schrecken. Die Polizei habe ich damit erst gar nicht behelligt, da man diese Sache kaum in einem Labor hätte untersuchen können. Ich habe jemand anderen zurate gezogen – eine Psychohexe. Bella hielt sich einige Stunden in dem Haus auf und hat mir dann gesagt, dort rieche es nach einem Raubvampir.«

Adela brach ab, sichtlich bemüht, die Fassung zu wahren, fuhr aber dann fort. »Seit Jahren bereits wissen wir, dass es in Illinois Vampire gibt, aber wir sind ihnen bewusst aus dem Weg gegangen, in der Annahme, sie würden uns ebenfalls nicht behelligen. Es gab keinerlei Zwischenfälle, Morde oder sonstige Übergriffe. Überhaupt keinen Kontakt, der Göttin sei Dank! Trotzdem musste ich Bella einfach glauben. Ich habe mich ständig gefragt, warum plötzlich jetzt? Und warum meine Heather? Was war der Grund? Weil sie meine Tochter ist? Aber das ergab keinen Sinn. Heather war nie eine Hexe. Sie machte sich sogar lustig über meinen Glauben. Aber trotzdem war sie meine Tochter, eine hübsche, junge Frau, eine Lehrerin, verdammt noch mal, und einer von euch …« – ihr Gesichtsausdruck verfinsterte sich – »… hat sie auf dem Gewissen!«

»Madam.« Christophers gediegen britischer Tonfall unterbrach die Stille, die Adelas leidenschaftlichem Ausbruch gefolgt war. »Von *uns*« – das *uns* betonte er eigens – »hat keiner diesen ruchlosen Akt begangen. Akzeptieren Sie das, wenn Sie mit unserer Unterstützung rechnen wollen.«

Dixie hätte ihm einen Tritt ans Schienbein verpassen können. Diese arme Frau war sichtlich am Boden zerstört, fürchtete sich wie ein Kaninchen, das in einen Fuchsbau geraten war, und er stellte ihr Bedingungen. »Christopher …«, begann sie.

Vlad erhob die Hand. »Verzeihen Sie, wenn ich unterbreche, meine liebe Miss LePage, aber mein Freund Marlowe hat auf etwas sehr Wichtiges hingewiesen.« Er wandte sich an Adela. »Sie haben mich um Hilfe gebeten, und ich bin Ihrer Bitte nachgekommen. Nun haben sich meine Freunde mit dieser Begegnung verwundbar gemacht. Können Sie es von daher verstehen, wenn ich Sie um Ihr Wort bitte, dass Sie keine Rache suchen, dass Sie nicht danach trachten, uns zu schaden?«

Darauf folgte ein schrilles, hysterisches Lachen. »Ich euch einen Schaden zufügen? Ihr seid zu dritt, und wie könnte ich auch nur einem von euch was antun?«

Christopher wurde sehr still. »Man hat es versucht, Madam. Man hat es versucht.«

»Ich nicht und auch sonst keine Hexe, die ich kenne! ›Schadenszauber ist tabu‹ lautet unsere Losung!«

Christopher sah aus, als hätte er gleich losgeknurrt, und Vlad wirkte zunehmend nervös, während er zwischen ihm und Adela hin und her sah.

Höchste Zeit für ein Quäntchen Vernunft. »Hört mal! Adela, Christopher, können wir uns nicht drauf einigen, dass wir uns hier nicht gegenseitig wehtun wollen, was auch immer irgendwann irgendwo passiert sein mag. Sinnvoller, als uns wegen uralter Gräuel zu befehden, wäre es doch, herauszufinden, ob Jane wirklich Adelas Tochter ist.« Am liebsten hätte sie gleich allen befohlen, sich zu setzen und einen Finger auf die Lippen zu legen, aber das sähe dann doch zu sehr nach Schulbibliothekarin aus, wo sie es doch mit zwei Großvampiren und einer Hexe zu tun hatte.

Christopher bat mit einem netten Lächeln um Verzeihung und schaffte es sogar, Adela höflich zuzunicken. »Dem schließe ich mich fürs Erste an.«

»Ich stimme ebenfalls zu. Ich will meine Tochter zurück und bin nicht hier, um mich zu rächen.«

Damit sollte der Friede für diesen Nachmittag gesichert sein. »Haben Sie Fotos von Ihrer Tochter?«, fragte Dixie. Eigentlich gab es keinen Grund für diese Frage, denn allein vom Aussehen her war Adela eindeutig Janes Mutter. Aber möglicherweise würde sich die Spannung im Raum bei einer gemütlichen Fotorunde lösen. »Mehrere. Eines habe ich Mr Roman schon gezeigt, aber ich habe das ganze Album mitgebracht. Falls sie keine Erinnerung an sich hat, hab ich mir gedacht, würden Fotos vielleicht weiterhelfen.«

Dixie sah sich das Foto, das Adela aus der Tasche zog, nur kurz an und gab es dann an Christopher weiter. Das Gesicht, das er dabei machte, war die Fahrt in die Stadt wert.

»Bei Abel!« Er starrte das Bild fassungslos an, ehe er Adela fragte: »Können Sie uns Ihr Wort darauf geben, dass diese Person Ihre Tochter ist?«

»Jederzeit. Haben Sie Heather?«

»Von ›haben‹ würde ich nicht sprechen«, sagte Christopher. »Sie arbeitet für uns, hilft bei Dixie im Laden aus.«

»Sie arbeitet?« Adela schien nicht glauben zu können, was sie soeben gehört hatte.

»Ja. Wir haben einen Laden im German Village. *Das Vampirparadies*. Dort arbeitet sie.«

Adela sah sichtlich verwirrt von Christopher zu Vlad. »Aber so wie ich Mr Roman verstanden habe, hat sie seit dem Überfall einen schweren Gehirnschaden.«

»Sie hat einen gehabt«, erwiderte Dixie. »Als Vlad die beiden gefunden hat, wussten sie nicht einmal ihren Namen. Ihr Gedächtnis war komplett leer, als hätte jemand das Band herausgenommen, den Recorder aber laufen lassen. Sie waren beide lernfähig, lernten schnell dazu. Jane – Entschuldigung, Heather – ist eine hervorragende Mitarbeiterin.«

»Ich muss sie unbedingt sehen.« Das war keine Bitte. Ihre Stimme und die ganze Haltung machten klar, dass sie es mit Vlad und Christopher gleichzeitig aufnehmen würde, sollten sie sich ihr in den Weg stellen.

»Natürlich wollen Sie sie sehen.« Christopher gab ihr das Foto zurück. »Die Frage ist nur, ob wir Ihren Besuch ankündigen sollen oder nicht.«

Adela runzelte die Stirn. »Sie wollen meine Tochter warnen?«

»So ungefähr. Stellen Sie sich vor, Sie kommen einfach so herein. Ihre Tochter könnte einen Schock bekommen.«

»Sie glauben, man sollte ihr diesen Schock ersparen?«

Er zuckte mit den Schultern. »Ehrlich gesagt weiß ich es nicht. Meine Erfahrung mit Ghulen hält sich in Grenzen.«

»Ich dachte, Vampire seien Experten auf diesem Gebiet!«

»Andere Vampire vielleicht, aber nicht wir«, sagte Vlad gelassen. »Wie ich Ihnen bereits erklärt habe, Madam, machen wir keine Ghule. In meinem langen Leben als Vampir habe ich nur drei gekannt. Ihre Tochter und Angela sind zwei davon.«

Dixie hätte nur zu gern gewusst, wer denn die Nummer drei gewesen sein könnte, aber diese Frage konnte warten. »Christopher und ich haben zwei gekannt. Wir alle haben in dieser Hinseht wenig Hintergrundwissen. Ich würde vorschlagen, Sie kommen einfach in den Laden, sagen ›Hallo‹ und fragen Ihre Tochter, ob sie sich an Sie erinnert. Von da an verlassen Sie sich einfach auf Ihr Gefühl.«

»Ich bin mir nicht sicher, ob das eine so gute Idee ist«, sagte Kit. »Was, wenn sie wirklich einen Schock bekommt?«

»Warum sollte sie? Bis jetzt ist das noch bei keiner neu auftauchenden Erinnerung passiert, und diese Frau ist immerhin ihre Mutter.«

»Es wäre aber vielleicht doch ratsam, sie behutsam darauf vorzubereiten. Madam, Sie sollten daran denken, dass Ihre Tochter nicht der Mensch ist, den Sie in Erinnerung haben«, sagte Vlad.

»Das haben Sie mir schon so oft gesagt; ich hatte Albträume, in denen sie nur mehr dahinvegetierte, und nun erfahre ich, dass sie sich ihren eigenen Lebensunterhalt verdient.«

»Sie ist weit davon entfernt, vor sich hin zu vegetieren«, sagte Dixie. »So schlimm war es überhaupt nie bei ihr und Angela, aber sie ist trotzdem auf Hilfe angewiesen. Die Arbeit im Laden schafft sie gerade mal so, und bei uns ist es in der Regel sehr ruhig. Aber Sie haben gesagt, sie war Lehrerin. Ich muss Ihnen sagen, vor einer Klasse zu stehen, da führt kein Weg hin. Noch lange nicht.«

»Das spielt jetzt keine Rolle! Ich will Heather sehen. Und wenn sie einen Schock bekommt, kann ich damit umgehen.«

Vlad und Christopher waren beide klug genug, ihr in diesem Punkt nicht zu widersprechen.

Adela ging in das Nachbarzimmer, um ihren Mantel zu holen. Während sie dastanden und warteten, stieß Christopher das Fotoalbum herunter. Als er sich bückte, um es aufzuheben, starrte er auf die aufgeschlagene Seite. »Bei Abel! Dixie! Sieh dir das an!«

Zwei kleine Mädchen in Shorts und Sweatshirt posierten barfüßig an einem Strand. Arm in Arm lächelten sie in die Kamera. Die eine, eine kleine dunkelhaarige Elfe, war Jane in sehr viel jüngeren Jahren. Die andere hatte windzerzauste lange blonde Haare. Ihr Gesicht war unter einem rosafarbenen Sonnenschild verschattet, sah aber aus wie ... »Angela!«

»Ja«, sagte Christopher. »Sie muss sie kennen.«

»Wen kennen?«, fragte Adela von der Tür kommend.

»Wer ist das?«, fragte Dixie. »Das Album ist runtergefallen und blieb auf dieser Seite liegen. Wer ist sie?«

»Ich soll hier ihre Identität preisgeben?«

»Ist wohl eine arge Zumutung«, stellte Vlad fest.

Die Stimmung bei allen war einfach zu gereizt! »Wäre vielleicht wichtig für Heather«, sagte Dixie.

Adela entspannte sich etwas. »Das Mädchen ist meine Stieftochter, Elizabeth Connor. »Interessant, dass Sie ausgerechnet auf sie gestoßen sind.« Adela lächelte ironisch. »Aus ihr ist eine überaus mächtige Hexe geworden.«

Diese Enthüllung verschlug Christopher und Vlad sekundenlang die Sprache.

Dixie fragte: »Kannten sie und Heather sich gut?«

Adela runzelte die Stirn. »Ist das denn wichtig?«

»Sehr sogar. Da bin ich mir sicher. Kannten die beiden sich nun gut, und haben Sie ein neueres Foto?«

»Beide Fragen kann ich mit Ja beantworten, wozu auch immer das gut sein soll.«

»Bitte zeigen Sie es uns.«

Es gab nicht den geringsten Zweifel. Die beiden Frauen in dem Straßencafé waren Jane und Angela – oder vielmehr Heather und Elizabeth.

»Okay!«, sagte Adela, als sie das Album zurücknahm und

den Verschluss zuschnappen ließ. »Kann ich jetzt meine Tochter sehen?«

»Etwas sollten Sie noch wissen.«

»Und das wäre?«

Dixie fing an zu erzählen. Adela wurde bleich wie das cremefarbene Sofa und nahm ziemlich unvermittelt darauf Platz. Aber sie war ganz Ohr, und ihre Augen weiteten sich vor Schrecken, während Dixie ihr berichtete, was sie wusste.

»Also Lizzie auch«, flüsterte Adela, nachdem Dixie am Ende ihrer Erzählung angekommen war.

»Ja«, sagte Christopher. »Zurzeit ist sie bei Freunden von uns und in Sicherheit.«

»Vampirfreunden?« Sie zog die Augenbrauen hoch, aber die anfängliche Feindseligkeit war längst verschwunden.

»Ja«, erwiderte Christopher. »Absolut zuverlässige Freunde. Sie wohnt bei einem alten Freund aus sterblichen Jugendtagen: Tom Kyd.«

Sekundenlang starrte Adela mit weit aufgerissenen Augen vor sich hin. »Himmel! Ich verstehe. Christopher Marlowe und Tom Kyd.« Sie wandte sich an Dixie. »Dann sind sie wohl Aphra Behn.«

»So berühmt bin ich leider nicht. Ich bin gelernte Bibliothekarin, aber Christopher und Tom sind exakt die, für die Sie sie halten.« Abel sei Dank! Nach Vlad hatte sie nicht gefragt. Elisabethanische Dramatiker konnte man sich ja noch eingehen lassen, aber mittelalterliche Kriegsherren! »Ang... nein, Elizabeth ist in Sicherheit. Haben sie und Heather zusammengelebt?«

Adela schüttelte den Kopf. »Wir könnten uns eigentlich alle setzen. Das zu erzählen dauert mindestens so lange wie Ihre Geschichte. Ich war vier Jahre mit Lizzies Vater verheiratet. Ein großer Fehler, aber das ist jetzt nicht das Thema. Lizzie und Heather wurden dicke Freundinnen. Sie waren beide Einzelkinder und in etwa gleich alt. Was wäre naheliegender gewesen? Tatsächlich war Lizzie der Grund dafür, warum ich mit Piet Connor überhaupt so lange verheiratet geblieben bin. Ich wollte einfach nicht weggehen und sie und Heather auseinanderreißen. Letztendlich jedoch blieb mir keine andere Wahl.« Sie seufzte. »Um eine lange und schmerzliche Geschichte kurz zu machen, Piet und ich haben uns scheiden lassen, und ich habe Lizzie geholfen, aus ihrer Veranlagung etwas zu machen. Im letzten Sommer ist Lizzie dann nach England gegangen, um dort für ihren Vater zu arbeiten. Sie hat das Eichenfest mit mir verbracht und ist wenige Tage später abgereist.«

»So langsam wird mir einiges klar, aber nicht alles. Als nach Heathers Verschwinden die Postkarte von Lizzie aufgetaucht war, wollte die Polizei wissen, wer sie denn sei. Ich habe es ihnen gesagt und dann Piet angerufen. Er war, für seine Verhältnisse, erstaunlich mitfühlend, was Heather betraf, sagte aber, Lizzie sei in England. Sie hätte ihre Pläne in letzter Minute geändert und würde nun doch nicht kommen. Wenn Lizzie aber nun doch zurückgekommen war und vielleicht auf dem Weg zu ihrem Vater einen Zwischenstopp eingelegt hat, um Heather zu sehen, und gerade bei Heather war, als dieser Überfall erfolgte ...«

»Das wäre ein unglaublicher Zufall«, sagte Dixie – irgendwie schien hier noch mehr nicht zu stimmen – aber ... »Wo wohnt Lizzie denn normalerweise?«

»In Oregon. Auf einem Stück Land an der Küste, das ihrem Vater gehört. Dort wo Lizzie und Heather als Kinder gelebt haben.«

»Eine Zwischenstation in Chicago wäre naheliegend«, sagte Christopher.

»Aber der Vater dieser jungen Frau muss sie doch vermisst haben?« Vlad klang skeptisch, was Dixie verstand.

»Er hat gesagt, Lizzie würde ihren Aufenthalt verlängern, um sich mit dem verdienten Geld Europa anzusehen. Ich war enttäuscht darüber, dass sie nicht angerufen und auch keine Postkarte oder E-Mail geschickt hatte – passt so gar nicht zu ihr. Aber ich war zu sehr mit meiner Sorge um Heather beschäftigt und habe mir um Lizzie wenig Gedanken gemacht. Er muss wissen, was passiert ist. Auch wenn er kein Anwärter für den Titel ›Vater des Jahres‹ ist …« Sie sah alle direkt an. »Bei dieser Angela handelt es sich sicher um Lizzie?«

»Eindeutig«, erwiderte Vlad.

»Und sie hält sich in London bei Tom Kyd auf?«

»Nein«, sagte Dixie. »Sie ist bei Stella und Justin. Ich habe vor ein paar Tagen mit Angela gesprochen. Justin ist Arzt«, erklärte sie Adela – zu sagen, wie lange er schon praktizierte, bestand kein Anlass. »Er hat eine Klinik in Yorkshire. Angela hat für Stella, hier in Columbus, für kurze Zeit als Babysitter gearbeitet. Sie ist nach Havering auf Besuch zu ihnen gefahren.« Warum alles noch komplizierter machen mit einer Erklärung, warum Lizzie, also Angela, Tom verlassen hatte? Diese Frau hatte genug Sorgen und musste nicht unbedingt wissen, dass ihre Wicca-Schülerin gerade Krach mit ihrem Vampirfreund gehabt hatte.

»Ich muss Piet anrufen, um ihn zu informieren. Aber zuerst will ich Heather sehen.«

»Wenn Sie gestatten, fahre ich Sie gerne hin«, sagte Vlad.

Auf das Angebot kamen sie schließlich alle zurück.

Jane Johnson staubte den nahezu makellosen Ladentisch ab und ordnete die Sonderangebote auf dem Tisch neben der Tür. Oft kamen gerade in der Mittagszeit ein paar neugierige Interessenten aus der Stadt, und es lohnte sich, darauf vorbereitet zu sein. Ansonsten war der Vormittag ruhig verlaufen. Wer verlangte schon im Februar nach Vampirbüchern oder einschlägigem Zubehör. Nur am Samstag, als ein ortsansässiger Autor romantischer Vampirromane eine Signierstunde abgehalten hatte, war eine Menge los gewesen, aber seitdem herrschte Grabesruhe.

Sie lachte in sich hinein. Kit gegenüber dürfte sie das nicht sagen, denn er war in manchem doch sehr empfindlich.

Sie bummelte zur Tür, richtete das »Laden-geöffnet«-Schild neu aus und sah die Fifth Street hinunter. Dabei beobachtete sie von der Ecke aus zwei Jugendliche, die die Straße entlangschlenderten. An der Kreuzung Jackson blieben sie stehen, warfen Blicke auf die Häuser zu beiden Seiten und bogen nach links ab.

Nicht unbedingt bemerkenswert, aber als sie ein paar Minuten später an ihrem Fenster vorbeikamen, fragte sie sich, ob sie vielleicht etwas suchten. Schließlich waren die verwinkelten Gassen im German Village verwirrend genug. Sie steckte den Kopf durch den Türspalt, um nach ihnen zu rufen, aber sie waren spurlos verschwunden. Merkwürdig, hatten sie doch bis dahin keine Spur von Eile an den Tag gelegt. Sie mussten beschlossen haben, nach Livingston hochzulaufen. Darauf schloss sie die Tür und stand bereits wieder hinter dem Ladentisch, als sie einen dumpfen Knall hörte, gefolgt von einem Sperrfeuer von Schlägen, als versuchte jemand, gewaltsam eine Tür einzutreten.

Nebenan! Der Lärm kam vom Nachbarhaus her, aus *Marie's Massage Zone.* In Sekundenschnelle war Jane aus dem Laden gerannt und stand auch schon in Maries Wartezimmer. Die Tür zu den Behandlungsräumen hing schief in den Angeln. Jane öffnete den Mund, um nach Marie zu rufen, aber eine innere Stimme warnte sie. Vorsichtig machte sie einen Schritt nach vorne, als sie Geräusche hörte. Schubladen wurden aufgerissen, und Papiere flogen durch die Luft. Jemand rief: »Irgendwo muss diese Schlampe doch Geld haben!«

Lautlos schritt sie auf die zerborstene Tür zu. Da lag Marie, mit verrenkten Gliedern und dem Gesicht nach unten auf dem Boden.

Wie konnten sie es wagen, Marie zu überfallen, ihre Freundin, die gerade noch vor einer Woche nach dem gemeinsamen Schneeräumen Kakao für sie beide gekocht hatte, damit ihnen wieder warm wurde. Vor einer halben Stunde hatte sie noch den Kopf zum *Vampirparadies* hineingesteckt und vorgeschlagen, sich doch demnächst zu einem gemeinsamen Frühstück zu treffen, und nun lag sie schlaff und reglos auf der Erde.

Ohne Rücksicht auf die Gefahr rannte Jane an Marie vorbei in das kleine Behandlungszimmer ganz hinten.

Die beiden Jugendlichen, die sie vorhin auf der Straße gesehen hatte, durchwühlten alles. Maries wunderschöner Tempel-Wandbehang hing unordentlich herunter, der filigrane Paravent mit den Perlmutteinlagen war umgekippt, und überall lagen frisch gebügelte Laken und Handtücher verstreut herum. Sogar die Glasvase samt dem Orchideenzweig lag inmitten einer feuchten Pfütze auf dem Teppich.

»Wie könnt ihr es wagen!« Ihr Schreien hallte in ihrem Kopf wider, und die beiden Halunken drehten sich um.

»Verdammter Mist. Wir haben Besuch«, höhnte einer der beiden und wandte sich dann seinem Kompagnon zu. »Meinst du, die Schlampe hat vielleicht Geld?«

»Fragen wir sie doch … nett«, erwiderte er und zog eine Pistole aus seiner Jacke.

Sie erstarrte vor Schreck, gleichzeitig jedoch ballte sich in ihrem Bauch eine rasende Wut zusammen. »Nein!«, gellte sie, machte einen Satz nach vorne und schlug ihm die Pistole aus der Hand.

Sein Kinn fiel nach unten. Die Augäpfel quollen hervor. »Scheiße! Scheiße! Scheiße!«, schrie er, als er zurückwich, taumelte und auf einem Wäscheberg zu liegen kam.

»Verdammt, was soll das?«, fragte Nummer zwei entsetzt. Jane tobte vor Wut und wirbelte zu ihm herum. Wie konnten sie es wagen! Was fiel ihnen nur ein! »Was habt ihr mit meiner Freundin gemacht! Ihr Schurken! Das werdet ihr mir büßen!«

»Nein, nicht!«, winselte er und wurde aschfahl.

Er drehte sich um und wollte wegrennen.

Sie stieß ihn gegen die Tür, packte ihn am Kragen, schleppte ihn zurück und warf ihn auf seinen Kompagnon drauf. »Du wirst schön brav hierbleiben!«

»Tu mir nichts!«, winselte er. »Wir wollten keinem wehtun … alles war nur Spaß!«

»Ja! Genau!« Ihre Laute gingen in ein Knurren über. Er schrie auf und wollte sich auf allen vieren nach hinten davonmachen.

Warum nicht? Die Tür zu dem kleinen Badezimmer stand offen. »Mach schon! Los! Bewegung!« Um ihm Beine zu machen, stupste sie ihn mit dem Fuß. Er krabbelte los auf allen vieren wie ein Krebs, und als er halb drin war im Bad, packte sie den Zweiten am Schlafittchen und warf ihn auch hinein. Sie verpasste den beiden noch einen Extratritt, um dann die Tür hinter ihnen zuzuknallen. Immer noch rasend vor Wut schleifte sie den schweren Aktenschrank aus Metall heran und blockierte damit die Tür. So schnell würden die in der nächsten Zeit, zum Teufel noch mal, nirgendwohin verschwinden. Dann rannte sie zu Marie zurück.

Als Jane den Arm ausstreckte, um Maries Puls zu fühlen, bemerkte sie, dass die Haut ihrer Hand rau und faltig war. Beide Hände. Was um Himmels willen war geschehen? Und was war mit ihren Armen? Doch schon im nächsten Moment begann ihre Haut wieder zusehends normal zu werden.

Hatte sie überall so ausgesehen? Hatten sich die beiden Räuber deshalb beinahe vor Angst in die Hose gemacht? Aber das war jetzt nicht das vordringliche Problem! Marie hatte zwar einen Puls, aber ihr Atem ging flach. Jane griff nach dem Telefon und wählte 911.

Angesichts der Empörung, die noch immer in ihren Ohren dröhnte, war es schwer, die Zentrale zu verstehen. »An der Ecke Fifth Jackson«, sagte Jane. »Es war ein Raubüberfall … sie wollten jedenfalls Geld. Und Marie ist verletzt … bewusstlos. Wir brauchen einen Rettungswagen. Bitte schnell.«

»Schon unterwegs, Ma'am.«

»Wie lange wird es dauern?«

»Nicht sehr lange, Ma'am. Wie viele Täter waren es denn?« – »Zwei.«

»Ist es möglich, dass sie sich noch in der näheren Umgebung aufhalten?«

»Ja. Sie sitzen im Badezimmer.«

Darauf folgte eine Pause. »Sagten Sie im Badezimmer, Ma'am?«

»Ja, ich war so außer mir vor Wut, als ich sah, was sie Marie angetan haben, dass ich komplett ausgerastet bin und sie ins Bad gesperrt habe.«

»Handelt es sich im Jugendliche, Ma'am?«

»Oh, nein. Die sind in den Zwanzigern, würde ich meinen. So genau hab ich nicht hingesehen, und es ging auch alles so schnell.«

»Sind die Täter bewaffnet, Ma'am?«

»Nicht mehr. Hoffe ich zumindest … einer hatte schon eine Pistole.«

»Wo ist die jetzt?«

»Auf dem Boden.« Sie hatte das Bild vor sich: Grau und hart, aus Metall, lag sie zwischen den Splittern einer kaputtgegangenen Libelle aus Glas.

»Fassen Sie sie bloß nicht an.«

Die Dame machte wohl Scherze! Jane konnte das kalte Metall förmlich riechen. Es strahlte Unheil aus. »Wann kommt denn der Rettungswagen?« Die Ganoven im Bad konnten warten, aber Marie …

»Bald, Ma'am. Sie bringen Unterstützung mit.«

Wie auf einen Fingerzeig hin ertönte draußen eine Sirene und wurde immer lauter, bis rote Lichtblitze die Decke über ihr erhellten und blutige Schatten stroboskopartig auf den Boden und Maries noch immer leblosen Körper fielen.

Die Polizei war da! Jane rannte quer durch das Wartezimmer auf die Eingangstür zu und blieb gerade noch rechtzeitig stehen, um nicht mit der Polizistin zusammenzustoßen, die mit gezogener Waffe auf dem Gehsteig stand.

10

»Alles okay mit Ihnen, Ma'am?«, fragte die Polizistin. Sie war ungefähr so groß wie Jane, und auf dem silbernen Namensschild an ihrer weißen Bluse stand *Petit.*

Jane sah in besorgte braune Augen. »Mir geht es gut, aber Marie ist verletzt!« Zwei Polizeiautos hatten die Kreuzung abgesperrt, und ein drittes kam gerade angefahren, aus dem zwei weitere Polizisten ausstiegen. Mittlerweile waren es fünf, die sie alle beobachteten. »Sie müssen Marie helfen! Sie wurde am Kopf getroffen.«

»Ja, Ma'am, der Rettungswagen ist schon unterwegs«, sagte ein groß gewachsener männlicher Beamter. »Haben Sie die 911 gerufen?«

Jane nickte. »Die Typen wollten Marie ausrauben, und ich habe das verhindert.« In ihrem Kopf drehte sich alles, und der Backsteinweg unter ihren Füßen schwankte.

Die Polizistin namens Petit stützte sie mit warmen Händen. »Ich glaube fast, Sie brauchen auch einen Arzt.«

Jane schüttelte den Kopf. Das Denken schmerzte, aber ihr war klar, dass sie gute Gründe hatte, sich nicht von einem Arzt untersuchen zu lassen. »Es geht schon.«

»Die Täter sind noch immer im Haus?«, fragte ein anderer Polizist.

»Ja, im Badezimmer.« Klang irgendwie komisch. »Wo hätte ich sie sonst hinstecken sollen?« Noch schlimmer. »Bitte nehmen Sie die beiden fest. Ich habe Angst, sie könnten freikommen und Marie etwas antun.«

»Sind Sie sich sicher, dass Sie okay sind?«, fragte Officer Petit. Ihre wachen, dunklen Augen sahen sie mit alarmierender Intensität an.

»Todsicher!« Jane unterdrückte ein Glucksen. – »Ich muss Sie bitten, zurückzutreten, Ma'am, hinter die Autos«, sagte Officer Petit. Merkwürdiger Name – sie war weder Französin noch klein, nicht wirklich, sie war ... Jane schüttelte den Kopf. Ihre Gedanken begannen abzuschweifen, und doch musste sie auf der Hut bleiben. Sie war todmüde, schwindlig und musste dauernd ihre Hände ansehen.

»Möchten Sie sich setzen?«, fragte Officer Petit.

»Nein danke, es geht schon.« Sie würde es einfach erzwingen. Sie stützte sich auf der Kühlerhaube eines geparkten Autos ab und stand jetzt hinter dem Polizeiauto.

Von dort sah sie zu, wie zwei Polizisten in einer Seitenstraße verschwanden und zwei weitere die *Massage Zone* betraten. Officer Petit sicherte den Vordereingang, bis ein Polizist den Kopf herausstreckte und rief: »Du musst helfen, uns drinnen zu sichern, Petit. Diesen Aktenschrank können wir nur zu zweit bewegen.«

Wenige Minuten später kamen sie wieder heraus, in ihrem Schlepptau zwei in Tränen aufgelöste Räuber. Was für ein Gesinnungswandel! Der größere der beiden, der sie »Schlampe« genannt hatte, flehte sie an, das »Monster« von ihnen fernzuhalten. Der andere wimmerte nur gelegentlich und blieb ansonsten stumm.

»Die müssen was genommen haben«, sagte Petit, als sie die beiden getrennt voneinander auf den Rücksitz der beiden zunächst stehenden Autos packten. »Reden nur dummes Zeug und faseln was von Monstern und Teufeln!«

In dem Moment traf der Rettungswagen ein – noch mehr Uniformierte, die Jane nach ihrem Befinden befragten. »Mir fehlt nichts! Kümmert euch doch endlich um Marie!« Sie schrie beinahe, aber es war ihr egal. Sie war so erschöpft. Minuten später trugen sie Marie auf einer Bahre heraus. »Sie kommt zu sich«, sagte einer zu Jane. »Wir machen nur einen Routinecheck.« Marie war sehr blass und murmelte etwas vor sich hin, als man sie an Jane vorbeitrug.

»Wir müssen ein Protokoll aufnehmen«, sagte Jones, der größere der Beamten.

»Besser, wir rufen das Raubdezernat«, sagte einer, auf dessen Namensschild »Muller« stand. »Dürfte sie vielleicht interessieren bei diesem Schauplatz, alles intakt einschließlich Waffe.« Er musterte Jane nachdenklich. »Ich frage mich ja, wie Sie diesen Schrank alleine bewegt haben.«

Jane starrte auf das Gewirr kreuz und quer durcheinander geparkter Autos, die Uniformen und besorgten Gesichter. »Ich kann mich nicht daran erinnern, ihn bewegt zu haben.« Ganz genau erinnerte sie sich dagegen an den Anblick ihrer lederartigen grauen Hände.

»Sind Sie sich denn sicher, dass sonst niemand bei Ihnen war?«, fragte Petit.

Jane seufzte. Sie fühlte sich so müde, als wäre sie bis Cleveland und zurück gerannt. »Ja. Ich arbeite nebenan.« Sie zeigte mit dem Kopf in Richtung *Vampirparadies*. »Der Laden war leer. So konnte ich die Geräusche durch die Wand hören, und ich bin rübergegangen, um nachzusehen.«

»Verstehe, Ma'am.«

Sie wurde den Verdacht nicht los, dass man ihr nicht glaubte – aber was soll's. Ihr Kopf dröhnte, und auch sonst tat ihr alles weh, und wenn sie jetzt nicht gleich fünf Minuten Ruhe bekäme, könnte es passieren, dass sie losheulte.

Sie ging quer über die Straße auf den Krankenwagen zu. Marie lag festgegurtet auf einer fahrbaren Trage, war aber unüberhörbar bei Bewusstsein. »Ich brauche kein Krankenhaus! Ich muss mich um mein Geschäft kümmern. Es muss jemand absperren.« Sie erblickte Jane. »Jane, könntest du das für mich tun? Die Schlüssel sind in der Handtasche in der unteren Schublade!«

Leichter gesagt als getan. In den zwanzig Minuten, in denen sie mit Marie gesprochen hatte, hatte die Polizei den Eingangsbereich der *Massage Zone* mit orangefarbenem Flatterband abgesperrt. Sie verwehrten ihr den Zutritt, immerhin handelte es sich um einen gesicherten Tatschauplatz, aber sie erklärten sich bereit, Maries Handtasche aus dem Haus zu holen. Nach einigen Minuten kam Officer Muller heraus, in seiner Hand Maries rote Tasche.

»Vielen Dank!« Jane lächelte und erntete dafür ein breites Grinsen.

»Was tut man nicht alles für eine Lady, die Räuber kurzerhand wegsperrt.«

Mist! Kit und Dixie hatten ihr nahegelegt, bloß nicht aufzufallen – eindringlich wie Priester, die für Mäßigung plädieren –, aber sie hätte doch nicht einfach zusehen und nichts tun können. Zu spät. Sie ging über die Straße zurück zum Rettungswagen.

»So ein Stau hier um diese Zeit ist doch nicht normal, oder?«, sagte Vlad, als sie so gut wie gar nicht mehr vorankamen.

Sie waren von der Livingston Avenue in die Fifth Street eingebogen. Direkt vor ihnen versuchte ein Lastwagen zurückzustoßen. Einen Häuserblock weiter war die Straße von einem Rettungswagen, mehreren Polizeiautos und herumstehenden Polizisten blockiert, die ganze Szenerie von rotierenden Lichtern erhellt.

»Was um alles in der Welt ist da los?«, fragte Dixie. »Ein Unfall?«

Als der Lastwagen links in die Blenkner Street einbog, bekamen sie freie Sicht. Ein Polizeiauto versperrte die Straße, zwei weitere parkten schräg. Die hinteren Türen des Rettungswagens standen offen, und mit einem der Sanitäter und einem Polizisten unterhielt sich …

»Jane!«, sagte Kit.

»Heather!« Adela stieg blitzschnell aus und rannte die Backsteinstraße entlang. Sie war sich der drei Vampire hinter ihr kaum bewusst, als sie wenige Meter von der Menschenansammlung entfernt stehen blieb. »Heather?«, wiederholte sie.

Jane drehte sich um. Sie war blass, aber ihre Augen waren von demselben klaren Hellblau wie immer.

»Heather?« Adela holte tief Luft. »Erkennst du mich?«

Adela atmete kaum, als ihre Tochter der auf der Bahre liegenden Person eine rote Handtasche reichte und dann einen Schritt auf sie zumachte.

Heather hielt kurz inne, runzelte die Stirn, als überlegte sie angestrengt, bis sie ihre Mutter schließlich wiedererkannte und ihre Augen zu strahlen begannen. »Mom!« Sie rannte die letzten paar Meter auf sie zu und brach, als Adela sie auffing, in ihren Armen zusammen.

»Jane.« Kit legte seinen Arm auf ihre Schulter. »Hüte dich davor, jetzt in Ohnmacht zu fallen.«

Adela sah ihn fragend an. »Sie fällt gleich um!« Glaubte er etwa, Heather hätte eine mögliche Ohnmacht unter Kontrolle? Außerdem war es Zeit, sich ihren richtigen Namen anzugewöhnen.

»Die Sanitäter dürfen dir auf keinen Fall den Blutdruck messen«, sagte er. »Jane, warte ein paar Minuten. Wir holen dich hier raus.«

»Sie heißt Heather.«

»Bringen Sie sie nicht durcheinander«, erwiderte Kit. »Sie hat schon mehr als genug durchgemacht.«

»Dabei haben Sie mir gesagt, es würde ihr gut gehen!«

»Heute Morgen ging es ihr gut«, sagte Dixie. »Was auch immer hier passiert ist, hat sie durcheinander gebracht.«

»Entschuldigen Sie, Sir und Ma'am.« Ein Polizist störte den Disput zwischen Adela und Kit. »Hier ist ein Verbrechen passiert. Sie müssen ihr Auto wegfahren.«

»Ein Verbrechen?« Adelas Mutter war sofort ganz Ohr. »Was geht hier vor?«

»Machen Sie sich keine Sorgen. Sie können ganz beruhigt sein«, erwiderte Officer Muller.

»Das glaub ich Ihnen nicht. Ich will jetzt sofort wissen, was los ist. Es geht schließlich um meine Tochter.«

Kit trat näher, als wollte er sich zwischen sie und den Polizisten stellen. Hatte sie es wirklich gewagt, einen Polizeibeamten herauszufordern? Nach der Begegnung mit einem Vampir, einer langen Autofahrt, noch mehr Vampiren und der Auffindung ihrer Tochter mitten in einem Verbrechensschauplatz war das gut möglich gewesen. Eine ganze Serie von Beruhigungszaubern war erforderlich, um diesem inneren Aufruhr Einhalt zu gebieten.

»Wir verschwinden sofort«, sagte Kit zu dem Polizisten, »nur Jane nehmen wir natürlich mit uns.«

»Tut mir leid, Sir, Miss Johnson können wir nicht gehen lassen. Wir müssen noch ihre Aussage zu Protokoll nehmen.«

»Wozu brauchen Sie denn ihre Aussage?«, entgegnete Adela. Sie klang unwirsch, aber …

»Sie ist unsere Zeugin, Ma'am.«

»Mom«, sagte Heather, »es ist schon in Ordnung.«

War es nicht. Heather zitterte, und ihre Haut hatte die Farbe von schmutzigem Pergament.

»Officer«, begann Dixie, »Jane steht kurz vor einem Kollaps. Wenn Sie sie jetzt nicht gleich brauchen, würde ich vorschlagen, wir warten inzwischen im *Vampirparadies.* Ich bin die Inhaberin des Ladens, und Jane arbeitet für mich.«

Officer Muller zögerte. Er war noch sehr jung und unsicher. »Das können wir nicht machen, Ma'am, wir brauchen …«

Kit trat heran. »Officer.« Der Mann sah ihm in die Augen. »Es gibt keinen Grund dafür, dass Jane hier draußen warten soll. Sie können sie im *Vampirparadies* abholen, wenn Sie so weit sind.«

Der Mann blinzelte mit den Augen und sah von Kit zu Heather. »Sie müssen nicht unbedingt hierbleiben, Ma'am. Wir sehen uns dann im *Vampirparadies,* wenn wir Sie brauchen.«

Adela hatte keine Gelegenheit, über den unglaublichen

Sinneswandel nachzudenken, dessen Zeugin sie soeben geworden war. »Kommen Sie, Adela«, sagte Dixie, »wir gehen.« Dixie und Adela nahmen Heather in ihre Mitte, und gemeinsam führten sie sie über die Straße.

»Bringt sie rein und gebt ihr was zu essen«, sagte Kit. »Ich und Vlad parken inzwischen das Auto.«

Unter anderen Umständen hätte der kleine Laden Adela fasziniert. Hier arbeitete immerhin ihre Tochter, hier hatte sie ihre Zeit zugebracht, während Adela sie gesucht, sich um sie gesorgt und Vampire mit ihrem Verschwinden konfrontiert hatte. Wie zu befürchten stand, brach Heather prompt auf einem dick gepolsterten Stuhl zwischen zwei Regalreihen zusammen. Sie war, wenn das überhaupt möglich war, noch blasser und zitterte am ganzen Körper.

»Mom?« Ihre Stimme klang mehr als kläglich.

»Schließen Sie doch bitte die Jalousien und machen Sie die Tür zu«, sagte Dixie. »Ich besorge ihr etwas zum Essen.«

Adela fragte erst gar nicht, was Heather nun essen würde. Als Dixie nach hinten verschwand, schob Adela die beiden schweren Riegel vor, stellte das Schild an der Tür auf – *closed* – und ließ die Jalousien herunter.

Als sie sich umwandte, hatte Heather eine aufgerissene Fleischpackung auf ihrem Schoß, in den Händen hielt sie ein rohes Steak, von dem sie mit den Zähnen große Stücke abriss und gierig verschlang wie ein verhungerndes Tier. Fassungslos sah Adela zu, wie Heather zwei Steaks den Garaus machte und die letzten Blutreste aus der Styroporschale leckte, ehe sie sich den Mund mit einem Küchentuch abwischte.

»Geht's wieder besser?«, fragte Dixie.

Daran hatte Adela keinen Zweifel. Die unheimliche Blässe verschwand, und Heather wirkte bereits viel frischer. Ihre Tochter sah jetzt fast so aus, wie sie sie in Erinnerung hatte. »Heather.«

Heather lächelte und streckte die Arme aus. »Mom, mach

dir keine Sorgen. Mir geht's wieder gut, aber ich muss dir einiges erklären.«

»Ja, meine Liebe. Das glaub ich auch.«

»Nun, Mom ...«

»Da kommen Christopher und Vlad«, sagte Dixie und entriegelte die Tür, um sie hereinzulassen.

»Du siehst schon viel besser aus, Jane«, sagte Christopher, als er die Tür hinter sich zumachte.

»Besser!«, höhnte Adela. »Sie ist noch immer benommen und schwach.«

»Es wird alles wieder gut, Mom. Beruhige dich.«

»Beruhigen!«, gab Adela aufgebracht zurück. »Heather, du verschwindest ohne ein Wort. Dein Haus steht offen und leer, in der Küche sind Blutspuren, und ich finde dich vier Monate später wieder, an einem Verbrechensschauplatz umgeben von Polizeiautos und Rettungswagen. Während all dieser Zeit hast du bei Vampiren gelebt und sogar für sie gearbeitet, und da sagst du mir, ich soll mich nicht aufregen!«

»Es war nur ein Rettungswagen, Mom.«

Sie unterdrückte ein zaghaftes Lächeln, und als sie Heather in die Arme nahm, schossen die Tränen, die sie vier Monate aufgestaut hatte, wie ein Sturzbach hervor. Die beiden heulten und klagten wie zwei arme Seelen auf einem mondbeschienenen Friedhof, was aber Adela nicht im Geringsten kümmerte. Sollten die Vampire sich doch lustig machen! Sie hatte ihre Tochter wieder, gesund und wohlbehalten ... oder fast. »Ich bin gekommen, um dich nach Hause zu holen«, sagte sie schluchzend.

»Mom, darüber müssen wir noch reden. Ich kann hier jetzt nicht weg.«

»Warum denn nicht?« Sie bedankte sich mit einem Nicken bei Dixie für die Kleenexbox. Für eine Vampirin war die Frau eigentlich ganz nett. Das waren sie ja alle, aber ... »Du musst nach Hause.«

»Nein, Mom. Das geht jetzt nicht, noch nicht. Und selbst

wenn ich wollte, die Polizei braucht mich doch noch als Zeugin. Ich habe genau gesehen, wie diese fiesen Typen in den Laden gegangen sind und wie sie Maries Büro durchwühlt und alles durcheinandergeworfen haben. Ich will, dass sie hinter Gitter kommen.«

»Ja, Liebling, aber …«

»Verzeihen Sie die Einmischung«, sagte Vlad, »aber ich fürchte, Madam, Ihre Tochter hat recht. Chicago wäre zum jetzigen Zeitpunkt nicht der richtige Ort für sie. Falls der Schurkenvampir dort noch immer sein Unwesen treibt, könnte sie wieder unter seine Kontrolle fallen.«

Adela schauderte. »Sagten Sie nicht, Ihre Leute« – sie wollte nicht darüber nachdenken, was das eigentlich für »Leute« waren – »würden Jagd auf ihn machen?«

»Das ist richtig, aber solange wir ihn nicht haben, ist ihre Tochter in Gefahr. Aus dem Grund habe ich sie und Angela auch hierhergebracht.«

»Meinst du, es wäre besser, wenn sie auch nach England zu Angela fahren würde?«, fragte Kit.

»Einen Moment …«, begann Dixie. »Ehe du Jane – Entschuldigung, Heather – voreilig außer Landes schaffst, meinst du nicht, es wäre besser, wenn sie erst einmal eine gewisse Zeit mit ihrer Mutter verbringt? Die beiden haben einiges miteinander zu besprechen.«

Sehr vernünftig, diese junge Frau. Oder war sie überhaupt jung? Soweit Adela wusste, war sie so alt wie Vlad.

»Es kommt wer«, sagte Vlad.

Sekunden später klopfte es an der Tür. »Ms Johnson? Hier ist Officer Petit. Ich möchte ihre Aussage zu Protokoll nehmen.«

Heather stand auf. Sie schwankte nicht im Geringsten und sah neunhundert Prozent besser aus als noch vor zehn Minuten, trotzdem hätte Adela dieser Polizistengöre am liebsten geraten, ihre Tochter doch endlich in Ruhe zu lassen. »Bist du sicher, dass es dir gut geht, Heather?«

»Ja, Mom. Im Moment schon.« Sie drückte sie schnell. »Aber ich muss bald wieder etwas essen. Ich sterbe vor Hunger. Trotzdem bringen wir das jetzt erst einmal hinter uns.«

Nachdem sie gegangen war, sah sich Adela unter den drei Vampiren um. Sie wirkten ja recht harmlos, aber … »Warum isst die Kleine denn so viel?«

Dixie zuckte mit den Schultern. »Stress, glaube ich. Ihr Stoffwechsel arbeitet schneller als bei Sterblichen, aber in der Regel isst sie nicht so häufig. Meist reichen ihr zwei, drei Steaks und ein paar Hühnchen einen ganzen Tag lang.«

»Und sie isst ausschließlich rohes Fleisch?« Eigentlich wollte sie das Heather fragen, aber mit Dixie konnte man ja auch reden.

»Überwiegend. Sie verträgt auch gekochte Nahrung, aber rohes Fleisch, möglichst frisch geschlachtet, ist nahrhafter.« Dixie setzte sich neben sie. »Sonst noch was?«

Unmengen! »Ich glaube, es ist besser, wenn mir das Heather erzählt.«

Ein wissendes Lächeln umspielte ihre Mundwinkel. »Sie misstrauen uns noch immer, bis aufs Blut, nicht wahr?«

Natürlich – sie war ja nicht blöd. Aber sie hatten Heather Schutz gewährt; zumindest sagten sie das. »Das Blut ist es nicht. Sie haben sich meiner Tochter angenommen; dafür bin ich Ihnen ewig dankbar, aber alte Vorurteile halten sich nun mal hartnäckig.«

Dixie lächelte. »Wollten wir das Kriegsbeil nicht begraben?«

Das stimmte. »Sie haben davon gesprochen, dass Ihnen Hexen übel mitgespielt haben.«

Dixie nickte. »Das war in der Vergangenheit. Jetzt geht es um Janes – ich meine Heathers – Zukunft und darum, dass wir Angela über ihre wahre Identität aufklären.«

Adela stimmte ihr zu und bemerkte im selben Moment Vlad und Kit, die hochkonzentriert an der Tür standen.

Dixie wurde auch auf sie aufmerksam. »Wie geht es ihr?«, fragte sie die beiden.

»Sie hält sich wacker«, erwiderte Vlad. »Die Polizistin scheint skeptisch zu sein. Sie geht davon aus, dass Jane die Täter nicht alleine überwältigt hat, aber Jane hält standhaft an ihrer Aussage fest.«

»Sie belauschen das Gespräch!« Konnten sie etwa durch Wände hindurchhören?

Vlad nickte zustimmend. »Wir hielten es für dringend erforderlich. Schließlich können wir es nicht zulassen, dass sich Ihre Tochter in irgendeiner Weise bedrängt oder gestresst fühlt.«

Adela verkniff sich die Frage danach, wie er denn notfalls eingegriffen hätte. Die kleine Szene von vorhin, draußen, hatte sie hinlänglich davon überzeugt, dass diese Bande nicht mit sich scherzen ließ. Sie unterdrückte ein Schaudern. »Sie sagen, Heather geht es gut?«

»Sie wirkt müde, ihrer Stimme nach zu urteilen«, erwiderte er, »ist aber ansonsten sehr selbstsicher und standhaft. Anscheinend mag sie es gar nicht, wenn jemand ihren Freunden auch nur ein Haar krümmt.«

Ja, so war sie nun einmal. In der ersten Klasse hatte sie einmal einem Jungen die Nase poliert, weil er es nicht lassen konnte, ihrer besten Freundin »Brillenschlange« hinterherzurufen.

Ihr war schwummrig im Kopf, und jeder Muskel tat ihr weh, aber Jane wusste, dass sie da durchmusste, und bis jetzt lief ja alles glatt. Officer Petit wirkte weniger einschüchternd auf sie als die anderen. Sie saß in ihrem Streifenwagen, hatte ein Klemmbrett auf das Lenkrad gestützt und machte sich Notizen. Sie hörte aufmerksam zu und hielt alles genau fest, von Janes Beobachtung der beiden Jugendlichen, die sich auf der Fifth Street herumgedrückt hatten, über die Geräusche, die sie durch die Wand gehört hatte, bis hin zu ihrem beherzten Eingreifen in das Chaos. Dann gab Petit die mit ihrer eckigen Handschrift sorgfältig beschriebenen Blätter an Jane weiter mit der Bitte, sie durchzulesen und zu unterschreiben.

»Eins würde ich gerne noch wissen«, sagte Officer Petit, nachdem sie die Blätter wieder an sich genommen hatte. »Haben Sie eine Kampfsportausbildung?«

Hatte sie das? Jane blickte in dunkle, lang bewimperte Augen und schüttelte den Kopf. »Ich glaube nicht.«

Petit zog ihre akkurat gezupften Brauen hoch. »Das müssten Sie doch wissen.«

Warum hatte sie nicht einfach Nein gesagt? Weil sie keine Polizistin anlügen konnte. »Ich habe vor ein paar Monaten einen Unfall gehabt und dabei mein Gedächtnis verloren. Es kommt schrittweise zurück. An eine Kampfsportausbildung erinnere ich mich nicht, aber vielleicht …«

»Wenn Sie keine haben, ist es ein Rätsel, wie Sie mit diesen beiden Typen alleine fertig werden konnten.«

»Ich bin mir selbst nicht ganz sicher.« Petits Gesicht stimmte sie zuversichtlich. »Es heißt, Menschen sehen rot, wenn sie zornig werden. Das stimmt genau.«

»Die Täter waren bewaffnet. Sie sind ein großes Risiko eingegangen.«

Bewaffnet? Ja! »Ich habe die Pistole genau gesehen. Ich glaube, ich habe sie ihm aus der Hand geschlagen.«

Petit lächelte. »Das glaube ich auch. Wir haben sie irgendwo am anderen Ende des Raums gefunden. Sie haben sich wirklich in große Gefahr begeben. Lassen Sie das nicht zur Gewohnheit werden. Beim nächsten Mal könnten Sie es mit Räubern anderen Kalibers und nicht mit solchen Schlappschwänzen zu tun haben.«

»Ich hoffe, es gibt kein nächstes Mal!« Nicht bei dieser Schwäche.

»Wollen Sie wirklich keinen medizinischen Schnellcheck machen lassen?«

Und damit die medizinische Diagnose eines Schocks riskieren? »Mir geht es gut, wirklich. Bin nur etwas durcheinander, sonst nichts. Ich mache den Laden jetzt zu und gehe für den Rest des Tages nach Hause.« Um weiter mit Mom zu sprechen und zu hören, was sie sonst noch alles zu sagen hatte. Mom! Was für eine Überraschung!

»Das wär's dann«, sagte Officer Petit. Sie strahlte so viel Sicherheit und Selbstvertrauen aus. In Janes Herz regte sich etwas wie Neid, als sie Petit ansah, und es waren sicher nicht ihre langen Wimpern. Der Neid hatte andere Gründe. Jane hätte wetten können, Officer Petit wusste genau, wo sie geboren worden und zur Schule gegangen war und wo sie ihr Leben lang gelebt hatte.

»Meinen Sie, Sie brauchen mich später noch mal?«, fragte Jane.

»Unwahrscheinlich. Die Sache ist so klar wie nur irgendetwas. Wir haben Ihre Aussage und, sobald wir sie gesprochen haben, diejenige von Ms Worth. Und außerdem wurden die Täter direkt am Tatort verhaftet. Das dürfte reichen.« Sie brach ab, lächelte kurz und schüttelte Jane die Hand. »Sollten wir oder der ermittelnde Kommissar Sie noch einmal brauchen, wissen wir ja, wo wir Sie finden. Und schonen Sie sich. Eine Schockreaktion tritt oft erst verzögert ein.«

Von wegen verzögert! »Ich habe gute Freunde hier, und meine Mom ist zu Besuch.« Fast hätte sie geschmunzelt, so normal und alltäglich klang es. Sie öffnete die Wagentür. »Ich bin froh, dass Sie meine Aussage aufgenommen haben. Ihre Kollegen haben so etwas Einschüchterndes.«

Officer Petit grinste. »Meine Kollegen haben mir absichtlich den Vortritt gelassen, weil ihnen eine Frau unheimlich war, die zwei Ganoven dieses Schlags entwaffnet und in die Schranken verweist. Das hat sie doch etwas irritiert.«

Jane hätte beinahe losgeprustet. »Vielleicht lassen sie mich laufen, wenn ich mal wieder für zu schnelles Fahren erwischt werde.«

»Wenn das publik wird, wird man Sie als Heldin feiern.«

Das würde nur eine ganze Reihe anderer Probleme mit sich bringen. »Lieber nicht.«

Jane ging über die Straße und blieb kurz stehen, um einen Blick auf den Rummel vor der *Massage Zone* zu werfen. Das chaotische Durcheinander hinter der Eingangstür war nichts im Vergleich zu der tumultartigen Auflösung ihrer eigenen Existenz. Gerade als sie allmählich begonnen hatte, sich als Jane Johnson zurechtzufinden, stellte sich heraus, dass sie eine andere Person war, eine gewisse Heather soundso. Sie hatte eine Mutter, ein Vorleben, von dem sie nichts wusste, und der Himmel weiß, was noch alles.

Ehe sie noch einmal von vorn begann, sollte sie ihr Leben als Heather erst einmal klären.

»Das war mehr als taktvoll von ihnen. Hätte ich nie erwartet.«

Kit war ins Krankenhaus gefahren, um Marie abzuholen. Dixie hatte etwas im *Vampirparadies* zu erledigen, wollte sicher aber auch die am Tatort verbliebenen Cops belauschen. Vlad verabschiedete sich höflich, nachdem er Adela noch gebeten hatte, ihn anzurufen, wenn sie zurück ins Hotel wollte. Endlich war Jane mit ihrer Mutter alleine; was sie bisher von ihrer Einstellung Kit, Dixie und Vlad gegenüber mitbekommen hatte, gefiel ihr so ganz und gar nicht. »Warum überrascht dich das? Es sind doch alles nette Leute.«

»Das stelle ich auch langsam fest, Heather.« Adela seufzte. »Ich habe schon ein schlechtes Gewissen, weil ich dich mit meinem Misstrauen deinen Freunden gegenüber nerve.«

»Vlad hat mich und Angela von der Straße gerettet. Kit und Dixie haben uns unter Mithilfe ihrer Kolonie zu einer Identität, Arbeit und einem Zuhause verholfen. Du kannst ihnen vertrauen! Wenn sie uns feindlich gesinnt wären, hätten sie uns längst etwas angetan!« Himmel, sie hatte eine Auseinandersetzung mit ihrer Mutter, und es kam ihr alles so bekannt vor.

»Du hast recht, Heather. Das erkennt sogar eine kurzsichtige alte Hexe. Ich habe Mr Roman aufgelauert und verfolgt, und zum Dank fährt er mich auch noch hierher zu dir. Aber es gibt nun einmal diese lange Tradition der Feindschaft und des Argwohns, die ich überwinden muss. Leider hattest du nie ein offenes Ohr für meine Religion, sonst würdest du das wissen. Lizzie hätte sicher Verständnis dafür.«

»Meine Schwester?« Es gab einen ganzen Clan im Hintergrund, dem sie sich anzuvertrauen hatte.

»Deine Stiefschwester, um genau zu sein. Ich war kurze Zeit mit ihrem Vater verheiratet. Du und Elizabeth hattet weiterhin Kontakt miteinander, nachdem ich und Piet ...«

»Euch getrennt habt?«

Adela lachte in sich hinein. »Es war eher ein mittleres Erdbeben. Er hatte mich nur geheiratet, um von meinen Kräften zu profitieren, und ich habe mich nicht benutzen lassen, aber das nur am Rande! Eine Sekunde.« Sie ging ins Esszimmer und kam mit einem dicken Buch zurück. »Noch ein Beispiel dafür, wie aufmerksam deine Freunde sind – das habe ich im Hotel vergessen, und Vlad hat es schnell geholt, während du mit der Polizei geredet hast.« Adela legte das Buch – es war, wie Heather nun feststellte, ein Fotoalbum – auf den Couchtisch. »Diese Fotos habe ich in der Hoffnung mitgebracht, sie könnten deiner Erinnerung auf die Sprünge helfen. Schau sie dir an. Ich bin gespannt, ob du jemanden erkennst.«

Warum nicht?

Jane blätterte Seite für Seite um, erkannte sich auf Kinderfotos in einem Häschenkostüm und mit einem Kürbis in der Hand, in einem Schneeanzug, an den Niagarafällen und, als sie schon älter war, in Washington mit dem Capitol im Hintergrund. Auf der nächsten Seite war sie am Strand, das Haar wehte ihr ins Gesicht, und sie hatte ihren Arm um ein blondes Mädchen gelegt. Eine sehr viel jüngere ... »Angela!«

»Ja.« Adela lächelte. »Deine Freunde haben sie auch erkannt. Sieh dir noch ein paar Fotos mehr an, um ganz sicher zu sein.«

Das war gar nicht nötig, aber sie blätterte um und sah sich und Angela in Partykleidern, Parkas und Skistiefeln, nebeneinander auf zwei Ponys reitend. Auf einem Bild saß sie neben Angela und posierte mit einem Gipsbein. »Wie ist denn ihr wirklicher Name? Doch nicht Angela, oder?«

»Elizabeth Connor. Wir nennen sie Lizzie.«

»Erzähl mir mehr von uns beiden.«

»Du bist meine Tochter, von Beruf Grundschullehrerin und Hobbykeramikerin. Dir gehört ein kleines Häuschen in Chicago, das nun leer steht. Lizzie arbeitet mit Computern. Sie ist«, Adela zögerte, »eine Hexe so wie ich auch, aber viel mächtiger.«

»Was ist mit ihrer Mutter?«

»Sie kam ums Leben, da war Lizzie gerade mal zwei. Ein Autounfall.«

»Und ihr Vater?«

»Der lebt noch. Ich müsste ihn eigentlich anrufen und erzählen, was passiert ist. Der Narr glaubt, sie ist mit dem Rucksack in Europa unterwegs.«

»Was ist er für ein Mensch?«

Adela verzog den Mund zu einem gequälten Lächeln. »Sehr wohlhabend, ein überaus erfolgreicher Geschäftsmann und die erbärmliche Karikatur eines Menschen.«

»Verstehe.«

»Nicht ganz, Heather. Hier spricht nicht der Groll einer verschmähten Exgattin. Du musst wissen, er ist krankhaft ehrgeizig, verlangte von mir, meine Macht in den Dienst seiner Geschäfte zu stellen und Konkurrenten auszuschalten. Ich habe Nein gesagt und ihn verlassen. Lizzie habe ich gewarnt, ihn bloß nichts von ihrer Macht wissen zu lassen. Er würde sofort versuchen, sie zu nutzen. Sie war immer so abhängig von seinem Wohlwollen und könnte ihm nie eine Bitte abschlagen.«

»Er hat von dir verlangt, mit Zaubersprüchen die Konkurrenz aus dem Weg zu räumen?«

»Darauf lief es hinaus. Dumm eigentlich, denn er kam auch ohne mich bestens zurecht. Der Mann besitzt Firmen, wohin man schaut, hat Geld wie Heu und jammert trotzdem ständig herum. Wie so ein Mensch ein so reizendes Wesen wie Lizzie zeugen konnte, war mir von Anfang an schleierhaft.«

Sie bekam Kopfschmerzen von alldem. »Ich muss dringend Angela anrufen, oder Lizzie, wie sie jetzt heißt, um ihr alles zu erzählen.«

»Zuerst sollte ich Piet anrufen. Er ist zwar ein lausiger Vater, aber immerhin ihr Vater. Sie ist jetzt in England, richtig?«

»Ja. Sie ist bis über beide Ohren in Kits Freund Tom verliebt. Sie ist extra hingefahren, um bei ihm zu sein. Er lebt in London.«

»Das hat Dixie schon erzählt. Lizzie ist also jetzt bei ihm?«

»Das stimmt nicht ganz. Vor ein paar Tagen rief sie an. Sie hatten Krach gehabt, und Lizzie ist nach Yorkshire zu Justin und Stella gefahren. Auch zwei Vampire.«

»Noch mehr Vampire?«

Sie nickte. »Mom, Angela und ich wären auf den Straßen von Chicago elendig krepiert, wenn uns nicht Vampire gerettet hätten.«

Adela seufzte. »Das rechne ich denen ja mittlerweile auch hoch an. Ich muss mich halt noch dran gewöhnen. Bis dahin könntest du mir schon mal sagen, wo Piet Lizzie finden kann.«

»Nein, mit Mr Radcliffe werde ich nicht sprechen! Sagen Sie Piet Connor, hier ist Adela Whyte, und es ist dringend! Es geht um seine Tochter.« Adela platzte schier der Kragen. Da meint man es gut mit Piet und will ihn anrufen und wird vom nächstbesten Angestellten hingehalten. Und dieser Heini meint auch noch, sie würde sich mit dem widerlichen Schleimer Laran Radcliffe abspeisen lassen! Was sie von Lizzie über ihn wusste, war mehr als Grund genug, sich diese Person vom Leib zu halten.

»Adela?«

»Piet?«

»Ja. Du meintest, es sei dringend.«

»Aus gutem Grund. Ich bin mir nicht sicher, ob du einverstanden bist, wenn das Büropersonal vor dir davon erfährt.«

»Worum geht es, Adela? Wenn du mir wieder wegen Lizzie auf die Nerven fallen willst, sie tourt durch Europa und hat keine Ahnung, wo dein Töchterchen abgeblieben ist.«

»Piet, Lizzie ist tatsächlich in Europa, ja, und zwar in England, um genau zu sein. Aber es geht ihr nicht besonders gut.«

»Was zum Teufel willst du damit sagen?«

»Setz dich hin.«

»Adela, ich habe keine Zeit ...«

»Doch, du hast Zeit. Vor ein paar Monaten, im September, als du dachtest, Lizzie hätte ihren Flug hierher abgesagt, hat sie das mitnichten getan. Sie war hier. In Chicago.«

»Wovon sprichst du denn?«

Er klang verärgert. Es dauerte ihm zu lange. »Sie hat einen Zwischenstopp eingelegt, um Heather zu besuchen. Höchstwahrscheinlich auf dem Weg zu dir, nehme ich an. Während sie und Heather aber nun zusammen waren, ist etwas passiert.«

»Was soll denn passiert sein?« Jetzt schien er tatsächlich besorgt.

»Das weiß keiner so genau.« Hätte sie ihm gesagt, es sei der Übergriff eines abtrünnigen Vampirs gewesen, hätte er auf der Stelle aufgelegt. »Sie haben beide ihr Gedächtnis verloren und halten sich mittlerweile bei Freunden auf. Heather habe ich erst kürzlich in Ohio aufgespürt, und ich weiß auch, wo Lizzie sich aufhält.«

Er atmete hörbar aus, dann war die Leitung still, und einem lauten Knall zufolge musste Piet das Telefon fallen gelassen haben. Ein Weilchen später fragte er: »Bist du dir sicher?«

»Piet, für Aprilscherze ist die Lage zu ernst. Ich sitze in Heathers Appartement, und uns allen hier ist klar, dass Lizzie das zweite Opfer ist.«

Wieder Schweigen. »Wo ist Lizzie denn nun?«

»In England. Hat scheinbar einen jungen Mann kennengelernt …«

»Wo zum Teufel ist sie?« Er wagte es tatsächlich, sie auch noch anzublaffen!

»Bei Freunden in Yorkshire. In einem Dorf namens Havering.« Sie gab ihm die Adresse: *Havering Clinic,* und Havering müsste wohl zu finden sein.

Wieder wurde es still. »Danke, Adela.« Er klang jetzt eher geschäftig. Mit Sorgen hielt sich Piet Connor nicht lange auf. »Ich werde sie kontaktieren.«

»Vielleicht kann ich ihre Telefonnummer besorgen.«

»Spar die die Mühe, Adela! Für solche Sachen habe ich meine Angestellten.«

Bastard! Während sie sich zum x-ten Mal fragte, wie Piet ein so wunderbares Wesen wie Lizzie zustande bringen konnte, legte Adela auf. Sie hatte ihn informiert und damit ihre Pflicht erfüllt. Sollte Heather demnächst bei Lizzie anrufen, würde sie mit ihr sprechen. Zunächst standen die Sorgen um die eigene Tochter im Vordergrund.

»Hast du das gehört?« Piet sah Laran grimmig an.

»In der Tat.«

»Du hast geschworen, ihr nichts anzutun!«

Larans kräftige Hand lag auf Piets Schulter. »Hab ich auch nicht. Wir haben etwas geplaudert. Heather war dabei. Danach habe ich beiden ganz behutsam jegliche Erinnerung an eine Begegnung mit mir genommen – in Lizzies Fall auch das Wissen um das England-Problem – und bin sofort gegangen.

Sollte später noch was passiert sein …« Laran schüttelte den Kopf. »Sie hatten an dem Abend vor, um die Häuser und durch die Clubs zu ziehen. Ich sollte so schnell wie möglich verschwinden, damit sie wegkonnten. Du kennst diese Clubs … Vielleicht sind sie an Drogen geraten oder wer weiß was. Hast du nicht selbst einmal gesagt, Heather sei schlechter Umgang für Lizzie?«

Hatte er das? Piet schüttelte den Kopf. »Und was nun? Sollte Adela recht haben, und dieses Weib hat sich noch nie geirrt, dann befindet sich Heather auf dem besten Weg, ihr Gedächtnis wiederzuerlangen. Was, wenn bei Lizzie dasselbe passiert? Wenn sie sich daran erinnert, was sie entdeckt hat. Das Geschäft ist zwar weitgehend abgewickelt, aber es ist noch nicht alles erledigt.«

Laran glitt mit seinen Fingern an Piets Hals entlang und streichelte einen dunklen Bluterguss über dem Schlüsselbein. Piet stöhnte erwartungsvoll auf. »Nur keine Sorge, Piet. Lizzie wird sich an nichts, aber auch gar nichts erinnern.« Er neigte seinen Kopf und biss sanft zu.

Er sog sich ausgiebig voll, denn er brauchte Kraftreserven. Immerhin hatte er einen Transatlantikflug vor sich.

Piet war bewusstlos, als Laran Alans Nebenstelle anwählte. »Ich brauche den Firmenjet, und zwar so schnell wie möglich. Ich fliege nach Washington. Und buche den ersten Flug für mich, den ich kriegen kann.«

11

Totnes. Am selben Nachmittag

Es befanden sich zwei Sterbliche im Laden. Tom ging ein paar Meter hügelaufwärts und wartete, bis sie gegangen waren: zwei aufgeregt schnatternde Teeniegören, die sich gegenseitig die Zukunft vorhersagen wollten. Törichte Sterbliche! Sich mit Hexen einzulassen! Seine Mundwinkel zuckten unwillkürlich. Er hatte sich mehr als eingelassen mit einer Hexe und stand kurz davor, sich ernsthaft mit einer zu unterhalten. Um einen Ausdruck des kleinen Sam zu verwenden, Gwyltha würde einen Affen bekommen, wenn sie das hörte. In der Zwischenzeit …

Tom griff nach dem Messingknauf und öffnete die Tür.

Meg Merchant blickte auf, als die Glocke über der Tür bimmelte. Ihr Gesicht wurde kreidebleich. »Sie!«

Tom schloss die Tür, schob den Riegel vor und drehte das Plastikschild auf *closed.* »Ja, ich.« Er dachte kurz nach, wie er ihr die Angst nehmen könnte. »Ich will Ihnen nichts Böses.«

»Ihr bringt doch nur Böses! Blutsauger! Killer! Zerstörer!«

»Nehmen Sie doch Platz.« Er deutete auf den Schaukelstuhl. »Ich würde gerne reden mit Ihnen.«

»Sie erfahren nichts von mir, aber auch gar nichts! Vampir!« Das letzte Wort spuckte sie beinahe aus.

»Bitte setzen Sie sich. Ich will Ihnen wirklich nichts Böses.«

»Das Böse gehört zu eurer Natur!«

»Angela sagt, Sie hätten hinten eine kleine Teeküche. Dürfte ich Ihnen ein Tässchen machen?«

»Wie käme ich dazu, mit Ihnen Tee zu trinken?«

»Weil ich eine gewisse Anteilnahme bei Ihnen, vielleicht sogar Sorge um Angela gespürt habe. Und Angelas Wohlergehen geht mir über alles, sogar über meine eigene Existenz, und ich glaube, Sie können uns beiden helfen.«

»Warum liegt Ihnen denn Angelas Wohlergehen so am Herzen?«

»Weil ich sie liebe.«

Das Meckern der alten Hexe erfüllte den überheizten Raum, und in ihrem gepressten Lachen spürte er Panik und Spott zugleich. »Hüten Sie sich vor allzu viel Weihrauch, Vampir.«

Er bewunderte ihren Mut. »Weihrauch schadet uns weniger als gemeinhin angenommen.« Im Gegensatz zu Druidenmessern. »Außerdem mache ich keine Witze, wenn es um Angela geht. Setzen Sie sich bitte.« Im Stehen würde sie sich nie entspannen.

Sie fügte sich schließlich, nahm aber auf einem Stuhl hinter dem Ladentisch Platz, nicht im Schaukelstuhl. »Also was wollen Sie hier, Blutsauger? Los, ich muss an meinen Umsatz denken.«

Er nahm einen Packen Scheine aus seiner Brieftasche und legte sie auf die Glasplatte ihres Ladentisches. »Genügt das als Anzahlung für einen Verlustausgleich?«

Sie hatte das Geld blitzschnell durchgezählt. Beide wussten, dass es weitaus mehr war als die Einnahmen, die ein paar Laufkunden brachten. »Blutgeld?«, fragte sie.

Eine kleine Bewusstseinsmanipulation würde vieles erleichtern, war aber bei so viel Misstrauen und Feindseligkeit nicht machbar. Abel zu Hilfe! Wer sonst in diesem Kaff wusste noch so viel wie sie. »Keineswegs. Vielleicht eine Art Vertrauensvorschuss.«

Ihre Augen blitzten, während ihr Mundwinkel zuckte. »Sie wollen, dass ich Ihnen entgegenkomme?«

»Nur dieses eine Mal. Um der Frau zu helfen, die ich liebe.«

Meg Merchant schielte auf das Geld, verschränkte die Arme und sah ihm in die Augen. Er ahnte ihre Macht, obgleich er sie nicht spürte. Sie war hochbetagt und erfahren, er aber war ein Vampir, und er hatte Geduld. Sie sah ihn kritisch an. »Was ist mit ihr geschehen, und was wollen Sie ihr noch alles antun?«

Verflixt aber auch! Eigentlich wollte er hier die Fragen stellen und nicht umgekehrt, aber wenn es half, das Vertrauen dieser alten Hexe zu gewinnen ... »Darf ich mich setzen?« Sie nickte gezwungenermaßen, und er nahm den Schaukelstuhl, in dem, wie er sich vorstellte, schon Angela gesessen hatte. »Passiert ist Folgendes: Jemand hat sie ihres Gedächtnisses beraubt.«

»Und weiter?«

Nun gut! Wenn er die ganze Wahrheit wissen wollte, hatte sie auch ein Recht darauf. »Und sie in einen Ghul verwandelt.« Nach kurzem Schweigen nickte Meg, und er fuhr fort. »Viel mehr weiß ich auch nicht. Ihre Erinnerung kehrt stückweise zurück, und vor allem der Besuch gestern in Ihrem Laden hat einiges in Gang gebracht. Sie weiß seit heute Nachmittag, dass sie eine Hexe ist.«

Darauf schwieg Meg sehr lange und nickte dann. »Das also ist die Erklärung.« Sie stand auf. »Eine Tasse Tee wäre wirklich nicht schlecht. Ich setz mal Wasser auf.«

Er folgte ihr in das kleine, mit Regalen und Kartons vollgestellte Kabuff und hielt sich zurück, während Meg den Kessel füllte. Er kaute auf seinen Lippen, während sie den Tee abmaß, übte sich in Geduld, während sie die Tassen auf das Tablett stellte, konnte sich aber, als sie mit der Keksdose klapperte, endgültig nicht mehr halten. »Die Erklärung wofür?«

Sie hob den Blick von einer Dose mit der Aufschrift *Jaffa Cakes*. »Ihre Aura natürlich.«

»Was ist damit?«

»Ich nehme mal an, Sie essen keine Kekse?«

Spielte sie etwa mit ihm? »Nein, danke. Könnten Sie nicht etwas deutlicher werden in Bezug auf Angelas Aura?« Bei Abel! Waren das die Folgen der Liebe? Für Angela begann er mit einer Hexe ein Gespräch ausgerechnet über Auren!

Meg lächelte, als würde sie Gedanken lesen. Zum Teufel noch mal, vielleicht konnte sie das ja auch. Möglicherweise rief sie just in diesem Augenblick nach tatkräftiger Unterstützung. Sein gesunder Vampirverstand riet ihm, auf der Stelle zu verschwinden, aber wenn er Glück hatte, könnte sie Angela ja doch helfen. Er würde eine Tasse Tee mit der alten Frau trinken und ihr dabei zusehen, wie sie Jaffa-Kekse knabberte – was für ein Zeug das auch immer war. Sie blickte ihn über die Schulter an. »Sie wissen, was eine Aura ist?«

»Sagen Sie's mir.« Sie in Redelaune zu halten wäre nur hilfreich.

Sie legte die Packung mit den Keksen auf das Tablett. »Eine Manifestation der Lebenskraft, der Emotionen, des Geistes. Sie haben, kaum überraschend, keine Aura. Bei Ihrer Angela ist alles schwarz, sofern überhaupt etwas feststellbar ist. Am Anfang war das ein richtiger Schock für mich. Sie schien so jung und hatte so ehrliche Augen und dabei eine so versehrte Seele. Als sie die Karten in der Hand hielt oder an ihrem Medaillon herumfummelte, habe ich ein paar schwache Lichtblitze gesehen, aber kein richtiges Leben. Das hatte sie nur, als Sie bei ihr waren. Ich habe die ganze Nacht darüber nachgedacht und mich gefragt, was das bedeutet.« Sie unterbrach, als das Teewasser kochte, wärmte die Kanne an, stellte sie auf das Tablett und goss den Tee auf.

»Dachten Sie, dass sie ein Vampir ist?«, fragte Tom.

»O nein.« Meg setzte den Deckel auf die Kanne und füllte aus einem altmodischen Tonkühler Milch in ein kleineres Kännchen. »Es war, als hätte ihr jemand alles Leben weggenommen.«

»Das hat tatsächlich jemand getan.«

Meg hielt inne, in den Händen das Tablett, und sah ihn an, nein, es war, als würden ihre Blicke ihn durchdringen. »Sie?«

Die Frage war nur allzu berechtigt, und er musste seine aufsteigende Wut wohl oder übel im Zaum halten. »Nein, nicht ich, gute Alte.«

Sie schien das zu akzeptieren und trug das Tablett durch die schmale Tür. Er nahm die Tasse, die sie ihm reichte. »Sie haben von Angelas Aura gesprochen?« Nun, da sie schon einmal angefangen hatte, musste sie schon weitererzählen.

Meg nickte und stellte ihre Tasse direkt neben der altmodischen Registrierkasse ab. »Das ist genau das Interessante daran. Wenn sie in Ihrer Nähe steht, erstrahlt ihre Aura in einem kräftigen Rosaton. Kaum zu übersehen, dass Sie ein Liebespaar sind.« Sie unterbrach, um zu prüfen, wie heiß ihr Tee noch war, und stellte die Tasse nach einem kurzen Zögern in die Untertasse zurück. »Üben Sie Kontrolle über sie aus?«

Auf diese Frage hin schwappte ihm prompt der Tee aus der Tasse. Nachdem er sich mit einem Tuch abgetupft hatte, sagte er zu Meg: »Sie kommen sich wohl sehr lustig vor, oder? Ich könnte, wenn ich das denn wollte, Angela niemals kontrollieren! Sie kurvt im Land herum, wie es ihr gerade gefällt, und ich jage hinter ihr her, nur um sicherzustellen, dass ihr nichts passiert. Sie ist der festen Überzeugung, sie hätte einen Bezug zu Totnes. Möglich wäre es ja. Vielleicht hat sie irgendwann einmal ihre Ferien hier verbracht, jedenfalls bestand sie darauf, schon einmal hier gewesen zu sein. Tatsächlich konnte sie sich bis jetzt an ein paar Details erinnern, die Kartenleserei zum Beispiel, und vor allem ist sie davon überzeugt, eine Hexe zu sein – so wie Sie.«

»Konnte sie Sie auch überzeugen?«

»Sie hat mich davon überzeugt, dass sie es glaubt.«

Es war alles still bis auf das gleichmäßige Ticken der alten Wanduhr und Megs gelegentlichem Schlürfen. War er eigentlich komplett verrückt geworden? Einer Sterblichen – und nach dazu einer Hexe – seine wahre Identität preiszugeben? Gut möglich! Darüber hätte er zuerst mit Justin sprechen sollen. Aber wann hätte er die Gelegenheit dazu gehabt? Er liebte eine Hexe! Wenn Gwyltha das erst einmal erfahren würde, könnte er sich auf was gefasst machen. Er hoffte, Angela hätte gegen ein Leben im Exil nichts einzuwenden.

»Wo wohnen Sie denn? Im *Royal Oak?*«

Megs Frage brachte ihn in die Gegenwart zurück. »Ja.« Zweifelsohne ein taktischer Fehler, dem Feind seinen Aufenthaltsort bekannt zu geben. »Ich kann nicht genau sagen, wie lange wir bleiben.«

Sie lächelte, als spürte sie seinen Argwohn. »Sie haben mir nie gesagt, wie Sie heißen.«

»Tom Kyd.« Jetzt verstand er, warum Vlad einen Decknamen benutzte.

Sie grinste und zeigte dabei einen abgebrochenen Schneidezahn. »Nun, Tom Kyd. Wer hätte das gedacht, dass mich ein Vampir eines Tages um einen Gefallen bitten würde.«

»Und ich hätte nie gedacht, dass ich jemals eine Hexe um einen solchen bitten würde, und ich hatte sehr viel mehr Zeit als Sie, darüber nachzudenken!«

Sie lachte glucksend, beinahe gackernd. »Und was kann ich nun für Sie tun? Wenn ich denn wollte.« Es wirkte wie eine Kampfansage.

»Ich weiß nicht recht. Aber wenn Angela mit ihrer Vermutung recht hat, könnten Sie ihr vielleicht helfen, sich zu erinnern.« Er zögerte. »Sie meinte, sie würde für das Vollmondritual was brauchen.«

Meg nickte. »Ja, eine Athame.«

»Haben Sie so etwas in Ihrem Sortiment?« Abel, zu Hilfe! Er stand im Begriff, Zubehör für einen Hexensabbat zu erwerben.

»Nicht nötig«, erwiderte sie. »Angela kann meine mitbenutzen. Wir haben in zwei Tagen Vollmond. Sie soll einfach zu mir kommen.«

»Wo Angela hingeht, gehe ich auch hin.« Sie würde zwar darüber ausrasten, aber er würde niemals zulassen, dass sie sich alleine mit dieser alten Hexe herumtrieb.

»Hat Sie denn jemand eingeladen, Vampir?«

»Ich bringe sie hin.«

Meg grinste und zeigte wieder ihren abgebrochenen Zahn. »Es hat Sie schwer erwischt, nicht wahr?«

»Wenn Angela vielleicht damit geholfen ist.«

»Wir können die Macht der Göttin anrufen. Aber etwas so Schlimmes rückgängig zu machen, wie es Angela widerfahren ist ...« Sie zögerte. »Sie können sich nicht denken, wer ihr das angetan hat?«

»Zum jetzigen Zeitpunkt ist mir in erster Linie daran gelegen, dass Angela ihr Gedächtnis wiedererlangt. Um den Übeltäter kümmern wir uns später.«

»Es war einer von euch, nicht wahr?«

»Nein, keiner von uns. Ein Agent des Bösen: das Zerrbild eines Vampirs.«

»Manche von uns sagen, alle Vampire sind verkommene Kreaturen.«

»Und manche Vampire sagen, alle Hexen bringen Unheil.«

»Sie nicht?«

Er hätte es gesagt – bis vor einer Stunde vielleicht. »Angela hat alles darangesetzt, mich umzustimmen.«

Meg lächelte. »In zwei Tagen, Vampir. Haben Sie ein Auto?«

Auf sein Nicken hin langte sie nach einem Notizblock neben der Kasse. »Bitteschön«, sagte sie, nachdem sie ein paar Minuten lang geschrieben hatte. »Meine Adresse und eine Anfahrtsskizze vom *Royal Oak* aus. Der Mond geht um elf Uhr auf. Sehen Sie zu, dass Sie möglichst früh da sind. Angela darf sich mir anschließen. Sie« – sie hielt inne – »haben, als Ungläubiger, keinen Zugang zu unseren Riten.«

Das sollte kein Grund zur Sorge für sie sein. »Also gut. Ich werde Angela hinbringen.« Und ihr verdammt nahe bleiben.

»Dann können Sie ja jetzt meinen Laden aufsperren, damit ich im Geschäft bleibe.«

Er tat noch mehr für sie. Als er die Tür aufsperrte und das Schild umdrehte, kamen gerade zwei Frauen vorbei und blieben vor dem Fenster stehen, um einen Blick hineinzuwerfen. Tom wünschte ihnen einen »Schönen Nachmittag«, und als sie zu ihm hersahen, setzte er die Vorstellung in ihre Köpfe, dass es drinnen doch garantiert etwas geben würde, das sie dringend haben müssten.

Er verzichtete darauf, in Windeseile zum Hotel zurückzurasen, und begnügte sich stattdessen mit einem flotten Fußmarsch. Zeit zum Nachdenken, die brauchte er jetzt dringend. Die Probleme, die diese ganze Angelegenheit für die Kolonie aufwarf, würde er schon in den Griff bekommen. Seine Hauptsorge galt jetzt Angela und nur Angela. Meg hatte verdammt recht! Es hatte ihn schwer erwischt. Und allen ihren Einwänden zum Trotz würde er an Angela kleben wie Leim.

Zurück im *Royal Oak*, kam er an der nicht besetzten Rezeption vorbei und blieb stehen. Auf der polierten Theke lag ein Zimmerschlüssel. Ein Schlüssel mit der Nummer seines Zimmers auf dem Messinganhänger. Wie konnte das sein? Er hatte den Schlüssel oben bei Angela zurückgelassen. Er packte ihn und rannte, drei Stufen auf einmal nehmend, die breite Treppe hinauf. Für den Flur brauchte er nur Sekunden, und schon stürmte er, fast gewaltsam, in das Zimmer. Das Bett war leer, Angela war verschwunden.

In Sekundenschnelle rannte er ins Bad, dessen Teppich noch feucht war, und zurück in das verlassene Wohnzimmer. Leer! Ihre Zahnbürste und die Schminksachen waren noch im Bad, und auf dem Boden verstreut lagen ihre Sachen. Sie hatte ihn nicht verlassen, aber wo verdammt war sie? Abel gebe ihm Kraft! Er würde anfangen zu altern, wenn Angela so weitermachte. Warum konnte sie nicht einfach weiterschlafen? Wie konnte sie überhaupt aufwachen? Bei der

Stärke des Zaubers, mit dem er sie belegt hatte, war das eigentlich unmöglich.

Am Fernsehschirm hatte sie einen Notizzettel angeklebt – mit Seife, bemerkte er, als er ihn abzog.

»Tom«, hieß es da. »Erstens. Wage es nie wieder, deine Vampirtricks an mir auszuprobieren. Mein Kopf tut mir mehr weh als nach der Ghulattacke auf die Straßenräuber. Zweitens. Ich bin in der Bibliothek, um dort was nachzulesen. Drittens. Folge mir nicht. Du bist allein verschwunden. Nun bin ich dran. Viertens. Ich liebe dich.«

Was erwartete sie? Dass er herumsitzen und warten würde, bis sie zurückkam? Dabei hatte er vor einer Stunde genau dasselbe getan. Er hatte sich auch allein aus dem Staub gemacht.

Er setzte sich aufs Bett, strich mit den Händen über das mittlerweile kalte Laken, das nach Angela und Zärtlichkeiten roch, und beschloss, auf ihre Rückkehr zu warten.

Sein Entschluss währte genau 37 Sekunden. Er zählte.

Er konnte nicht einfach dasitzen. Dazu war die Sorge zu groß, ihr könnte etwas zustoßen. Nun gut, gegen Angreifer konnte sie sich ja bestens wehren. Er lachte. Eine Frau, die Straßenräuber kurzerhand in die Flucht schlug, würde bei ihm höchstens graue Haare verursachen. Aber es war doch unwahrscheinlich, dass er überhaupt jemals ergrauen würde.

Er musste sich schlicht und einfach in Geduld üben, Angela in Ruhe ihre Recherchearbeiten erledigen lassen und sich auf ihre Rückkehr freuen. Bis dahin würde er sich vernünftig beschäftigen, um nicht verrückt zu werden.

Er rief Justin an.

Er war in der Klinik, unterwegs auf Visitetour.

»Alles okay?«, fragte Stella mit einer Stimme, die vermuten ließ, dass sie anderes erwartete. »Ist Angela bei dir?«

»Im Moment nicht. Sie ist in der Bibliothek, um was nachzuschlagen.«

»Verstehe.« Das Gegenteil war der Fall.

»Ich bin gerade erst zurück, weil ich was anderes überprüft habe. Wir haben uns die Aufgaben geteilt. So kommen wir doppelt so schnell voran.« Klang vernünftig.

»Kluges Kerlchen! Und? Was Wichtiges entdeckt?«

»Schwer zu sagen. Angela hat sich an ein paar weitere Details erinnert. Das Schwierige daran ist, sie zu einem Bild zusammenzusetzen.« Und sich zu entscheiden, ob er wirklich mit mehreren Hexen an einem Vollmondritual teilnehmen wollte. Wenn doch Justin nur hier wäre! Er würde ihm auf alle Fälle von einer Teilnahme abraten und alle seine Zweifel bestätigen.

»Sollte es irgendetwas geben, werdet ihr beide gemeinsam schon drauf kommen.« Stellas Optimismus gefiel ihm. »Und sag ihr, dass ich sie sehr gern habe, machst du das?« Er bejahte. »Ich werde Justin sagen, dass du angerufen hast. Ich muss jetzt weg.« Sie stand auf. »Ich bringe schnell einen Kuchen bei den Frauen vom *Women's Institute* vorbei.«

Damit wäre der nächste Ärger mit der Kolonie zweifelsohne vorprogrammiert.

Er hatte partout nicht vor, einfach dazusitzen und auf Justins Rückruf zu warten. Tom fügte am unteren Rand von Angelas Notizzettel die Nachricht hinzu, er sei kurz ausgegangen und bald wieder zurück und, ja, auf die Anwendung von »Vampirtricks« würde er fortan verzichten.

Er war schon auf der anderen Straßenseite und steuerte gerade einen Blumenladen an, der ihm zuvor schon einmal aufgefallen war, als ihm der Gedanke durch den Kopf ging, dass die Zimmermädchen im *Royal Oak* hoffentlich nicht hereinkämen, um das Bett zu machen.

Er kaufte einen Blumentopf, einen Lavendel, dessen Duft die Erinnerung an alte Wäscheschränke und Sommernachmittage heraufbeschwor; dann machte er sich auf den Weg zu der Fleischerei am Fluss. Angela hatte vor ihrem Weggehen noch alle Vorräte aufgezehrt und würde, wenn sie wieder zurück war, dringend Nachschub brauchen. Irgendwie war sie in diesen Tagen ständig hungrig. Lag es an dem Zauber, der hier in der Luft lag? Ihn machte dieser Ort nervös. Wenn er auch nur einen Funken Vernunft hätte, würden sie sofort nach Angelas Rückkehr von ihrer »Lowtech-Recherche« nach London zurückfahren.

Aber hatte er das Recht, das über ihren Kopf zu entscheiden? Verdammt, nein, stattdessen würde er ihr von Megs Einladung erzählen und bei Abel hoffen, Angela würde sagen, sie hätte keine Lust dazu.

Im Hotel räumte er sämtliche Flaschen aus der Minibar, um Platz für das Fleisch zu machen, stellte den Lavendeltopf auf den Nachttisch und hoffte, sie würde bald zurückkommen.

Sie fehlte ihm so sehr, dass es beinahe wehtat. Doch er musste über die möglichen Konsequenzen nachdenken, wenn man die Einladung einer Hexe ablehnte oder sie gar annahm, und er sollte wirklich noch einmal versuchen, Justin zu erreichen. Eigentlich jedoch wollte er nur zwischen die Bettlaken schlüpfen und seinen Kopf auf das Kissen legen, das nach Angela roch.

Nein. Er musste was tun, aber was? Saugen wäre eine sehr gute Idee. Von Angela konnte er kaum noch mehr nehmen, aber in seiner Eile, hierherzukommen, hatte er vergessen, Blutkonserven einzupacken. Er nahm den Notizzettel vom Bildschirm, legte ihn zusammengefaltet neben den Lavendeltopf – nur für den Fall, dass die Zimmermädchen aufmerksamer waren, als er vermutete – und machte sich auf den Weg.

Irgendwo da draußen müsste sich doch eine Not leidende Seele finden, die gegen einen kleinen Obolus unwissenderweise ein Pintglas voll dieser warmen Flüssigkeit abzugeben hatte.

Er fand sie in einem nahezu verlassenen Friedhof außerhalb der Stadt – in Gestalt eines alten Mannes, der auf einer Bank saß und geistesabwesend einen triefäugigen Spaniel streichelte.

»Tach«, sagte er, als sich Tom neben ihn setzte.

»Guten Tag. Friedlich hier, nicht wahr?« Der Mann nickte. »Da haben Sie wohl recht. Ich komme fast jeden Tag hierher, kenne ich hier doch fast mehr Menschen als da draußen.« Er nickte in Richtung der Straße jenseits der Mauer.

Der Greis hob buschige, graue Brauen. »Ich habe schon mehr gehen sehen als Sie, junger Mann.«

Tom lächelte. »Es ist nicht so sehr die Anzahl als vielmehr der ideelle Wert des Verlusts.«

Dafür erntete er einen nachdenklichen Blick. »Ja«, sagte der Mann schließlich. »Wie wahr.« Darauf fiel er in Schweigen.

Tom nutzte die Gelegenheit und belegte den Mann mit einem umfassenden Zauber. Der Hund winselte, aber Tom beruhigte ihn, bis das Tier sich schließlich, die Schnauze auf den Vorderpfoten, auf allen vieren niederließ. Nachdem er sich umgesehen hatte, sicherheitshalber, öffnete Tom vorsichtig die Knöpfe an der abgetragenen Jacke des Mannes und zog den Kragen nach unten. Er biss sofort zu und trank rasch. Der Mann war zwar alt und schwach, hatte aber einen kräftigen Blutstrom.

Tom versiegelte die Bisswunde besonders sorgfältig, rückte den Kragen wieder zurecht und griff in die Jacke nach der Brieftasche des Mannes. Seiner Erwartung entsprechend war diese fast leer. Er steckte mehrere Zwanzigerscheine hinter die anderen, hoffte, der alte Mann könnte glauben, er habe sich verzählt; ein Bündel sorgfältig zerknüllter Scheine steckte er noch in die Außentasche der Jacke des Mannes. Ihm stand eine freudige Überraschung ins Haus.

Nachdem er sich nur noch schnell mit seinem Leinentaschentuch den Mund abgewischt hatte, entfernte Tom den Zauber unverzüglich.

Der alte Mann lächelte. »Bin wohl wieder in einen meiner Tagträume verfallen.« Gleich darauf stand er langsam auf. »Für meine alten Knochen wird es hier langsam zu feucht. Und Roger will auch nach Hause.« Der Hund, als er seinen

Namen hörte, sah auf und wedelte mit dem Schwanz über den Kiespfad.

»Wie wär's, wenn ich Sie bis zum Tor begleite?«, fragte Tom. Er hoffte inständig, dass er nicht zu viel genommen und den alten Mann vielleicht zu sehr geschwächt hatte.

»Ich hätte nichts dagegen.«

Vor dem Friedhofstor leistete Tom dem Alten noch beim Warten Gesellschaft und ging erst weiter, als dieser sicher in seinem Bus nach Hause saß. Dann rannte er los über das freie Feld.

Er machte einen Bogen um die südliche Stadtgrenze herum, über wohlbestellte Felder und alte Hecken. Schneller als erwartet erreichte er wieder den Fluss und verlangsamte mit dem Auftauchen der ersten Gebäude sein Tempo. Im Gehen, wenn auch schnell, passierte er Lagerhäuser und kleine Fabriken. Da wurde er auf ein Schild aufmerksam. MARIPOSA. QUALITY LEATHER. Unterhalb des Schilds stand, mit der Spraydose aufgesprüht, der Zusatz: »Resteverkauf.«

Er hätte am liebsten laut losgejubelt. Das musste die Firma sein, die der alte Mr Lee erwähnt hatte, nur war sie noch nicht ganz stillgelegt. Hinter dem Gemäuer aus Ytongsteinen spürte er das Schlagen menschlicher Herzen. Enthielt dieser banale Zweckbau einen brauchbaren Hinweis? Oder bestand gar kein Zusammenhang, und es war alles nur Zufall? Das ließ sich leicht feststellen.

Tom öffnete das Eingangstor und ging direkt in ein kleines Büro. Der Betrieb machte tatsächlich dicht. An einer Wand stand ein nackter Schreibtisch, alles war voller Schachteln, und auf dem Boden vergammelte ein stillgelegter Computer. Die Herzgeräusche kamen von der Tür gegenüber. Er durchquerte den Raum und drückte auf die Klinke. Abgeschlossen. Als er die Hand hob, um gegen die Füllung aus Milchglas zu klopfen, ertönte hinter ihm eine Stimme: »Was wollen Sie?«

Tom drehte sich um.

Der Mann war gut einsneunzig groß, hatte die Statur eines Bullen und auf dem rechten Unterarm eine sich aufbäumende Schlange eintätowiert. »Was wollen Sie hier?«, wiederholte er betont unhöflich. »Sie befinden sich auf privatem Grund. Verschwinden Sie!«

Er kam einen Schritt näher, wahrscheinlich um Tom unter Druck zu setzen.

Tom ließ sich aber davon nicht ins Bockshorn jagen. »Ich hätte mich für den Resteverkauf interessiert.«

»Der war letzte Woche. Jetzt sind wir komplett ausverkauft, Trottel.« Höflichkeit war offenbar auch aus.

»Verstehe.« Tom erwiderte den grimmigen Blick des Mannes und überlegte schon, ihn niederzustarren, aber warum seine Kraft mit Kinderspielen verschwenden? »Das Schild draußen ist immer noch da. Offenbar ein Lapsus.«

Er hätte sich etwas einfacher ausdrücken sollen. Der Fiesling stierte ihn verständnislos an. »Lapsus, hä? Verzieh dich endlich! Das hier ist rein privat.« Um der Aufforderung Nachdruck zu verleihen, packte er mit seiner fleischigen Pranke Toms linken Bizeps.

Tom befreite sich jedoch lächelnd schneller aus der Umklammerung des Mannes, als dieser mit seinem verschlagenen Blick überhaupt schauen konnte. »Schönen Tag noch«, sagte er und verließ das Gebäude absichtlich langsam.

Da er spürte, dass ihm der Schlägertyp von der Tür aus nachblickte, marschierte Tom im Schritttempo die Straße hinunter und um die nächste Ecke herum. Dann, nachdem er sich mit einem Blick über die Schulter versichert hatte, dass er alleine war, sprang er auf das nächste Hausdach, krabbelte darauf entlang bis ans Ende und hüpfte mit einem Riesensatz auf das Mariposa-Lagerhaus. Wenn dieser tätowierte Muskelprotz ihn schon so schnell loswerden wollte, war dort sicher etwas Interessantes am Laufen.

Tom streckte sich der Länge nach flach aus, damit ihn niemand auf dem Dach sehen konnte, und lauschte.

»… nur irgendein neugieriger Yuppie. Interessierte sich angeblich für den Abverkauf, ließ sich aber problemlos abschrecken. Du kennst ja die Sorte. Bloß nirgendwo hinlangen, damit man sich nicht die Nägel ruiniert.«

»Bist du dir sicher, dass es ein Yuppie war, Mike? Das Letzte, was wir jetzt brauchen könnten, wäre ein Zivilfahnder, der hier herumspioniert.« Diese Stimme klang gebildet, nicht unbedingt ein Akademiker, aber eher dazu in der Lage, ein Kreuzworträtsel zu lösen, als der Muskelprotz Mike.

»Los, steh hier nicht rum!« Eine weibliche Stimme dieses Mal. »Was hier herumliegt, muss alles eingepackt werden.«

»Und was ist, wenn dieser Radcliffe zurückkommt und sieht, dass wir gar nicht alles verkauft haben?«

»Warum sollte er? Hohe Tiere wie er überwachen doch keine Auflösungsverkäufe. Zum Teufel aber auch. Er hat uns beauftragt, die Restbestände komplett abzustoßen.« Sie lachte. »Tun wir auch. Und Mike, du hältst jetzt beide Augen offen. Sollten wir noch einmal Besuch bekommen, sorgst du dafür, dass er so schnell wie möglich wieder verschwindet.«

Tom rührte sich nicht von der Stelle, in der Hoffnung, das Grüppchen dort unten würde abziehen und ihm damit die Gelegenheit geben, der Sache nachzugehen. Denn diese schien doch äußerst interessant und allem Anschein nach nicht ganz koscher zu sein. Im harmlosesten Fall ein Versuch, den Besitzer zu betrügen. Es begann zu dämmern. Er war schon eine Ewigkeit hier oben, und das emsige Trio unter ihm war unverändert beschäftigt. Mist! Er musste zurück. Er war hier, um Angela zu unterstützen, nicht um Schützenhilfe für einen unbekannten Firmeninhaber zu leisten, der von seinen Angestellten geprellt wurde. Wahrscheinlich rissen sie sich lediglich ein paar Lederjacken unter den Nagel, um sie auf dem Straßenmarkt in Exeter zu verhökern.

Er sprang herunter, ließ kindischerweise die Luft aus den Reifen von, wie er annahm, Mikes Motorrad und rannte zu Fuß zum *Royal Oak* zurück.

Angela war schon zurück, saß, die Füße auf das Bett gelegt, in einem Chintzsessel, trank Tee und machte insgesamt einen äußerst zufriedenen Eindruck. Sie grinste. »Hi. Danke für den Lavendel. Woher hast du gewusst, dass ich Ruhe und inneren Frieden brauchen könnte?«

Er ging hinüber und küsste sie. »Freut mich, dass er dir gefällt, und vor allem freut es mich, dass du wieder zurück bist. Der Kühlschrank ist auch wieder gefüllt. Ich hab dich vermisst.«

»Aber du bist nicht herumgesessen und hast ständig an mich gedacht.«

»Ich musste saugen.«

»Am helllichten Tag!«

»Ich hab aufgepasst. Hab ja auch genügend Erfahrung, weißt du.«

Sie rollte mit den Augen. »Klugscheißerchen!« Dabei lächelte sie und warf ihm eine Kusshand zu. »Interessiert es dich, was ich herausgefunden habe?«

Warum nicht sie den Anfang machen lassen? »Schieß los. Du fängst an, dann erzähle ich dir alles.«

»Ich habe den Nachmittag in der Bibliothek verbracht. Zuerst habe ich alte Ausgaben der *Totnes Times* durchforstet, dann Straßen- und Firmenverzeichnisse und Karten.« Sie grinste. »Ich habe entdeckt, wo Mariposa genau liegt. Nämlich am Stadtrand. Ich habe versucht anzurufen, aber da war nur der Anrufbeantworter. Morgen will ich direkt hin, um mir den Laden mal anzusehen.«

Von wegen. Der Muskelprotz würde sie unter keinen Umständen zu Gesicht bekommen. »Keine gute Idee, Liebes.«

»Warum denn nicht?«

»Ich war schon dort, Angela.«

12

Angela hörte aufmerksam zu. Ihr Kopf raste, und ihr Herzschlag beschleunigte sich, als Tom von seiner Begegnung mit Meg erzählte. Beim Segen der Göttin! Er hatte eingefleischte Vorurteile überwunden und sich mit einer Hexe getroffen, nur weil er ihr damit vielleicht helfen konnte.

Sie schenkte ihm ihr süßestes Lächeln und umarmte ihn. »Wie wunderbar von Meg. Klar würde ich gerne ein Vollmondritual mit ihr zelebrieren. An die Details kann ich mich zwar nicht genau erinnern, obwohl ich es versucht habe, aber unter ihrer Anleitung …« Toms Skepsis schlug ihr in Wellen entgegen, und sie konnte sie förmlich riechen. Er sah ganz so aus, als wäre er in der Lage, ihr noch einen Strich durch die Rechnung zu machen. Um sich zu konzentrieren, atmete sie tief ein. »Hättest du Lust, mich zu begleiten?«

Er machte fast den Eindruck, als könnte er es nicht mehr erwarten. »Wenn's denn unbedingt sein muss.«

Zum Teufel mit ihm! Bringt wunderbare Nachrichten und nörgelt doch daran herum. Männer! »Es muss, Tom. Wenn du es schon nicht verstehst, akzeptiere doch bitte einfach, dass es mir sehr viel bedeutet.«

»Mehr, als dass wir beide zusammen sind?«

Die Frage traf sie wie eine kalte Dusche. Wie konnte er es wagen, sie zwischen ihm und ihrer eigenen Selbstfindung wählen zu lassen! Und wie konnte er es wagen, sie so hereinzulegen! Sie sah ihn bewusst noch finsterer an, ehe sie auf ein Lächeln umschaltete und ihm einen Kuss auf die Wange gab. Dabei hätte sie ihm am liebsten eine gescheuert. »Tom.« Sie seufzte theatralisch, wohl wissend, dass er das nicht nachahmen konnte. »Wie soll ich darauf antworten, wenn wir uns noch gar nicht darauf geeinigt haben, was zwischen uns eigentlich ist?«

»Du weißt genau, was zwischen uns ist, willst es aber nur nicht wahrhaben.«

Mannometer, er suchte wohl Streit! Zu dumm, dass sie so kurz vor dem Vollmondritual keinerlei negative Energie aufkommen lassen wollte. »So wie du nicht wahrhaben willst, was ich bin?« So viel zum Thema Vermeidung negativer Energien! Sie erzeugte selber genug davon.

Tom sackte förmlich in sich zusammen. Er sah so fertig aus, wie sie nur je einen Vampir gesehen hatte. »Wahrscheinlich hast du recht. Du bist eine Hexe, und das anzuerkennen, würde bedeuten, jahrhundertealte Überzeugungen über den Haufen zu werfen.«

»Jahrhunderte des Aberglaubens und der Angst!« Sie folgte seinen Schritten bis vor den Kamin. Er war an dem Gesteck aus getrocknetem Eukalyptus in der unbeheizten Feuerfläche vorbeigestreift, und sie bemerkte den speziellen Duft, als sie einen Arm nach ihm ausstreckte. »Meine erste Begegnung mit einem Vampir war so schrecklich, dass mir alleine bei dem Gedanken daran noch das Grausen kommt. Wenn mir klar ist, dass du, Justin, Stella, Dixie, Kit und der Rest der Kolonie nicht das Geringste zu tun habt mit diesem speziellen Vampir, warum kannst du dann nicht einfach akzeptieren, dass ich mit eurem mittelalterlichen Aberglauben nichts zu tun habe?«

Einige schreckliche, ihr Innerstes aufwühlende Sekunden lang fürchtete sie, er könnte Nein sagen.

»Reicht dir ein ›Ich will's versuchen‹?«

Dem flehentlichen Tonfall in seiner Stimme konnte sie sich nicht entziehen. »Wie wär's denn damit: Du versuchst es, bis du nicht mehr weißt, wo dir der Kopf steht?«

Sein Lachen kam von tief unten, volltönend und sexy. »Angela, wenn ich an dich denke, weiß ich sowieso nicht mehr, wo mir der Kopf steht. Hast du das nicht gemerkt?«

Sie sah an ihm hinunter. »Dafür steht dir was ganz anderes.« Er fasste sie an der Taille und zog sie zu sich heran. Mmm, sie hatte recht gehabt. Sie presste ihr Becken gegen seines. »Mädchen«, brummte er, »denkst du denn immer nur an Sex?«

»Was soll ich machen, wenn du so auf Tuchfühlung gehst?«

»Na denn!« Er beugte den Kopf zu ihr hinunter und küsste sie. Sein Mund schmeckte nach kühlem Abendtau und entfachte wildes Feuer zwischen ihnen. Sie seufzte erwartungsvoll, als er ihre Lippen öffnete. Voller Verlangen drückte sie ihre Zunge in seinen Mund und ließ ihr freies Spiel. Entschlossen, die Führung zu übernehmen, und sei es nur für Momente, wölbte sie die Zungenspitze zu seinem Gaumen hoch und glitt dann sanft über seine Zunge hinweg; sie schmeckte sein Begehren, als sie spürte, wie seine Hände sie näher an das Versprechen in seiner Hose heranführten.

Gerade als sie an dem intimen Spiel Gefallen gefunden hatte, hob er sie in einer schwungvollen Bewegung hoch, sie spürte nur noch, wie ihre Zehen über den Teppich glitten. In Sekundenschnelle hatte er sie quer durch den Raum getragen und rücklings auf das Bett gelegt.

Er lag halb auf ihr, mit dem Oberkörper gegen ihren Busen gedrückt und seine Schenkel neben ihren. Ihr Körper reagierte auf die Hitze der Leidenschaft unter seiner kühlen Haut, seine Berührung und die enorme Kraft des Vampirs an ihrer Seite. Sie drehte sich auf die Seite, drückte sich von der Matratze ab und schwang ein Bein über Tom. Im nächsten Moment saß sie rittlings auf ihm. »Wozu hast du überhaupt diese ganzen Klamotten an? Das muss sich ändern.« Sie griff nach den Knöpfen an seinem Hemd.

»Nicht nötig!«

Keine Zeit!

Er hatte sie an den Handgelenken gepackt, und natürlich bestand keinerlei Chance, sich dem Zugriff eines Vampirs zu entziehen. Ehe sie sich versah, öffnete er seinen Reißverschluss und hob sie einfach hoch. Sie stöhnte erschrocken auf, aber das Seufzen, das dann folgte, war nur noch pure Lust. Sie schaukelten sich in ihren Empfindungen gegenseitig hoch und erreichten schließlich gemeinsam innerhalb von Minuten den Höhepunkt.

Angela ließ sich keuchend aufs Bett fallen, taumelte halb gegen Tom, der sie angrinste: »Hast du noch mehr so gute Ideen?«

»Erst einmal muss ich wieder zu Atem kommen!«

Er grinste beinahe süffisant. »Muss ja ein schlimmer Nachteil sein.«

Sie war zu entspannt, als dass sie ihm dafür auch nur einen Knuff verpasst hätte. Der bohrende Kopfschmerz hatte nachgelassen, und sie fühlte sich selig und zufrieden. »Du hast also mit Meg gemeinsam Tee getrunken. War sonst noch was?«

Er erzählte weiter.

Damit hatten sich ihre Nachforschungen in der Bibliothek eigentlich erübrigt. Außer ... Er beschrieb, wie er auf dem Dach gelegen und gelauscht hatte. Sie arbeitete sich an verblasste Erinnerungen heran, und ihr getrübtes Bewusstsein hellte sich auf. »War das ein Gebäude aus Schlackenbeton?« Sie schloss die Augen, weil sie die Bilder dann klarer vor sich hatte und seinem fragenden Blick entgehen konnte.

»Ja, Ytongsteine.«

»Mit einem kleinen Büroanbau mit Mosaikglasfenstern?«

»Bist du dort gewesen?« Die Aufregung in seiner Stimme war unüberhörbar.

»Ich habe dort gearbeitet. Ich weiß nicht, wie lange, und auch nicht, wann das war, aber ich saß immer an dem grauen Metallschreibtisch in der Ecke und habe ...« Verflixt! Was hatte sie da gearbeitet?

Tom fasste unter ihre Hand. Seine kühle Haut schien ihre wirren Gedanken zu erden. »Ich habe am Computer gearbeitet, ein Programm installiert, und etwas stimmte nicht.«

Tom wurde ganz still und sagte: »Auf dem Boden stand da ein Computer, bereit, eingepackt zu werden.«

»Ein Deltium 2000?«

Seine Finger verschränkten sich mit ihren. »Ja.«

Nach einer Weile der Stille fuhr sie fort: »Bei meinem standen auf dem Monitorrahmen zwei Telefonnummern.«

»Ja.«

Sie sah ihn an. »Kann es sein, dass es wirklich ein und derselbe ist?«

Tom zuckte mit den Schultern. »Wird wohl Zeit, dass ich mich mal drum kümmere.«

Sie korrigierte ihn. »Du? Ich glaube, dass vielmehr ich der Sache nachgehen sollte.«

Er schwieg eine gute Minute lang. Verdammt! Sie konnte regelrecht zusehen, wie sich die Argumente hinter seiner Stirn formierten. Mit welcher mickrigen Ausrede wollte er sie dieses Mal abspeisen?

»Würdest du mich schlagen, wenn ich sage, du bleibst besser hier?«

»Gut möglich.«

»Gut, dass ich Schnellheiler bin. Aber du solltest lieber aufpassen, dir dabei nicht die Knochen zu brechen. Oder willst du dir dein Handgelenk unbedingt ruinieren?«

Dafür hätte er einen Kinnhaken verdient. Stattdessen seufzte Angela, so tief wie möglich, nur um zu betonen, dass sie etwas konnte, wozu er nicht in der Lage war. »Ich soll also zurückbleiben, wie ein herrenloses Gepäckstück?«

Er wartete einen Moment, sicher, um seine fadenscheinigen Argumente in Stellung zu bringen. »Angela«, begann er schließlich, »deinem gestrigen Abenteuer nach zu urteilen, verfügst du über Fähigkeiten, von denen wir bis dahin nichts gewusst haben, aber ich glaube nicht, dass ein Einbruch die richtige Gelegenheit ist, deine Kräfte zu testen. Alleine schaffe ich es bis dahin und wieder zurück in einer Viertelstunde, vielleicht sogar weniger. Sollte ich entdeckt werden, kann ich in Windeseile fliehen oder mich verwandeln. Wenn ich verletzt oder von einer Kugel getroffen werde« – sie schauderte bei dem Gedanken – »verheilt alles wieder.« Er sah ihr in die Augen und lächelte sie reumütig an. »Vielleicht bist du ja in gewisser Weise auch dazu fähig, aber genau wissen wir das nicht.«

Darüber hinaus könnte sie ihn bremsen oder sonst wie im Weg sein oder die Sache total vermasseln. Sie seufzte noch einmal. »Okay, Tom.« Sie sollte sich seinem Willen öfter fügen. Der Gesichtsausdruck, den er dabei zeigte, war es immerhin wert.

»Du bleibst also hier?« Er wirkte regelrecht fassungslos, dass sie so einfach nachgab.

»Sicher. Solltest du zu lange ausbleiben, kann ich ja mal in der Bar schauen, was die Jungs hier so zu bieten haben. Andererseits jedoch ...«

Ein in jeder Hinsicht lohnenswerter Kuss hielt sie davon ab, den Satz zu beenden. Sie hatte sich noch nicht ganz davon erholt, da war Tom längst aus dem Bett, Reißverschluss zu und auch sonst alles geordnet, und sogar sein helles Hemd hatte er gegen einen schwarzen Rollkragenpullover ausgetauscht. »Danke«, sagte er, ob für den Sex oder ihr Entgegenkommen oder vielleicht für beides, danach fragte sie nicht.

»Pass auf dich auf.« Aber wozu sollte sie sich Sorgen machen – er war immerhin ein Großvampir, verdammt noch mal –, und dennoch spürte sie, dass wichtige Ereignisse bevorstanden.

»Klar pass ich auf. Ich will ja zu dir zurückkommen.«

Er drückte sie noch schnell und gab ihr einen Kuss auf die Lippen.

»Ich nehme jetzt die Treppe, aber mach das Fenster weit auf, wenn ich weg bin, für den Fall einer übereilten Rückkehr. Ich will doch nicht die Hotelleitung mit einem Sturzflug in ihr schönes Erkerfenster düpieren.«

Im nächsten Moment war er schon weg. Seine federnden Schritte hallten noch durch das Treppenhaus.

Sie öffnete das Fenster und stellte sich vor, Tom würde wie ein blutsaugender Peter Pan hereingeflogen kommen. Als sie hinunterschaute, sah sie ihn noch vor seinem Auto haltmachen. Er öffnete den Kofferraum, holte etwas heraus und steckte es in seine Tasche. Vielleicht ein nettes praktisches Einbruchswerkzeug? Er sah zu ihr hinauf, zwei Stockwerke hoch, und winkte. Dann war er auch schon über den Weg am Fluss entlang in der Dunkelheit verschwunden.

Bis zu seiner Rückkehr blieb ihr nicht viel anderes zu tun, als zu warten. Angela schaltete den Wasserkessel ein; eine Tasse Instantkaffee war ihr lieber als die geschwätzigen Einheimischen in der Bar. Dann wollte sie sehen, was die Karten ihr dieses Mal zu sagen hatten.

Sie war noch beim Mischen, als das Telefon läutete.

»Angela?«

»Hey, Jane! Was gibt's?«

Jane berichtete.

Angela hörte gespannt zu, unterbrach sie nur wenige Male, um eine Zwischenfrage zu stellen; diese Neuigkeit war absolut wunderbar und zugleich zutiefst verstörend. »Du hast deine Mutter kennengelernt, meine Stiefmutter?«

»Ja. Und ich habe sie wiedererkannt. Sie hat Fotos, auf denen wir beide als kleine Mädchen zu sehen sind. Ich bin in Wirklichkeit Heather Whyte, du bist Elizabeth Connor.«

Zum Teufel aber auch! Gerade erst hatte sie sich an ein Dasein als Ghul namens Angela gewöhnt, und nun war sie plötzlich ein Mädchen namens Elizabeth und angeblich steinreich. Gut, die Sorge, von Tom finanziell abhängig zu sein, war sie damit zumindest los. Sie verfügte über eigene Konten und Kreditkarten und brauchte lediglich ihre Ansprüche geltend zu machen. Und dann war da noch dieser unbekannte Vater, den sie kennenlernen musste. Jane – nein, Heather – hatte sich so gefreut darüber, endlich ihre Mutter gefunden zu haben. Sie selbst dagegen beschlich ein eher ungutes Gefühl bei dem Gedanken an eine Begegnung mit ihrem Vater. Warum?

»Mom will dich so bald wie möglich anrufen«, fuhr Jane fort. »Ich werde ihr diese Nummer geben. Ich habe sie gerade erst von Stella bekommen. Ich dachte, du wärst in Havering.«

»Ich habe vor, noch ein paar Tage hierzubleiben.« Wenigstes das Vollmondritual wollte sie noch abwarten, und ... in ihrem Gedächtnis regte sich wieder etwas. »Deine Mutter ist eine Hexe, nicht wahr?«

»Ja.« Es folgte eine Pause. »Sie sagt, du bist auch eine.«

Genau darauf hatte sie gewartet: Jemand, der ihr den rituellen Ablauf einer Vollmondfeier genauer erklärte und ihr auch in allen anderen Details ihrer Religion, an die sie sich zu erinnern versuchte, beratend zur Seite stand. »Ich weiß. Ich habe mich heute Nachmittag daran erinnert. Ich muss sie anrufen.«

»Ich meine, du solltest zuerst deinen Vater anrufen. Er hat womöglich schon versucht, dich in Yorkshire zu erreichen. Er und Mom sind geschieden, aber sie hat schon mit ihm gesprochen, und er war schockiert, als er hörte, was uns beiden passiert ist.«

»Gut, ich werde ihn anrufen. Warte, ich hole einen Stift, und dann gib mir bitte seine Nummer und die von deiner Mutter.«

Nachdem Jane aufgelegt hatte, saß Angela sehr still da und dachte nach, bis ihr der Kopf brummte. Gut, Jane war also nun Heather. Und sie selbst war Elizabeth. Vermutlich kannten sie sich schon seit ihrer Kindheit, aber in ihrer Erinnerung waren nur die paar Monate seit jener Zeit präsent, als Vlad sie zitternd im Park gefunden hatte. Sie waren beide in anspruchsvollen Berufen tätig gewesen und durch irgendein Ereignis in arme, hilflose Wesen verwandelt worden. Aber warum? Sie griff nach dem Telefon und drückte langsam

Zahl für Zahl. Sie hatte keine Ahnung, was sie zu ihrem Vater sagen sollte. Immerhin wusste sie nicht einmal, wie er aussah. Einzelheiten über Tom würde sie besser für sich behalten. Wenn ihr angeblicher Vater sowieso schon in Sorge um sie war, würde er womöglich ausrasten bei dem Gedanken, seine verloren geglaubte Tochter habe vielleicht hervorragenden Sex mit einem Vampir. Das Freizeichen ertönte, eigentümlich vertraut und doch ganz anders als das *brrr-brrr* britischer Telefone.

»Hier bei Connor.«

»Hier ist … Elizabeth Connor.« Den Namen sprach sie bewusst nachdrücklich aus. »Bitte stellen Sie mich zu meinem Vater durch.«

Ein Seufzer des Erstaunens drang via Glasfaser bis aus Oregon an ihr Ohr. »Ja, Miss Connor. Er ist im Büro in Portland. Ich stelle Sie sofort durch.«

Nach einigen Minuten Fahrstuhlmusik hörte sie die Stimme ihres Vaters – und erkannte sie nicht. »Lizzie? Wo zum Teufel bist du?«

»Ich habe mir Sorgen gemacht« wäre schöner, »Gott sei Dank geht es dir gut« ein netterer Empfang gewesen. Aber schon im nächsten Moment wurde Angela blitzartig klar, dass ihr Vater noch nie besonders zärtlich und liebevoll gewesen war.

»Hallo, Dad.«

»Gott steh mir bei. Als Adela angerufen hat, bekam ich den Schock meines Lebens. Was hast du nur die ganzen Monate gemacht?«

»Mich in einen Vampir verliebt« war keine besonders gute Antwort. »Ich habe bei Freunden in Ohio gewohnt, und jetzt bin ich in England.«

»Adela hat gesagt, du bist im Norden Englands – in Yorkshire.«

»Ich war da, aber jetzt verbringe ich ein paar Tage in Devon.«

»Wo denn da?«, bellte er. So viel zum Thema fürsorglicher, liebender Vater.

»In Totnes, einem reizenden alten Städtchen.«

»Bist du dort im Hotel? In welchem?« Sie nannte ihm Namen und Telefonnummer. »Wieso ausgerechnet Totnes?«

Beinahe hätte sie die Sache mit der Jacke erklärt. Es lag ihr schon auf der Zunge. »Ich seh mir einfach die Gegend an. Ich glaube, ich bin hier schon mal gewesen.« Warum zum Teufel hatte sie das gesagt?

Nach einer langen Pause sagte er: »Du liegst völlig richtig mit der Annahme. Ich habe dort eine kleine Firma gekauft. Hat nie viel gebracht und ist jetzt bankrott.«

Das passte zu den Ergebnissen ihrer Nachforschungen und dem, was Tom beobachtet hatte. »Welche Art Firma war es denn, Dad?«

»Ein völlig nutzloser Betrieb, Lizzie. Laran hat sie gekauft, aber sie entpuppte sich als Blindgänger, und ich habe sie dichtgemacht.«

Den Rest seiner Antwort hörte sie nur halb, denn der Name Laran hallte in ihrem Bewusstsein wider. Er hatte eine wichtige Position, das wusste sie, aber … »Welcher Laran denn?«

»Du hast tatsächlich dein Gedächtnis verloren, Lizzie. Laran Radcliffe ist meine rechte Hand. Ohne ihn könnte ich meine Geschäfte gar nicht leiten. Bleibst du dort noch für ein paar Tage?«

»Wir haben es vor.« Das »wir« blieb unkommentiert, was auch gut war, denn sie hatte überhaupt keine Lust, ihre neue Beziehung mit Tom zu erläutern. Sie war sich nicht einmal sicher, ob sie es könnte.

»Wir sprechen später weiter, Lizzie.«

Angela starrte auf den stummen Hörer in ihrer Hand. Ihre Erinnerung mochte ja durchlöchert sein wie ein Sieb, aber so redete doch kein Vater mit seiner Tochter, die er sechs Monate lang für vermisst oder gar tot gehalten hatte! Zugegeben, Tom hätte sie vermutlich am liebsten in Stücke gerissen, aber er hatte sich immerhin Sorgen gemacht.

Sie legte den Hörer auf. Wie auch immer das Verhältnis zwischen ihr und ihrem Vater beschaffen war, von tiefer Herzlichkeit oder gar Liebe konnte sicher nicht die Rede sein. Das machte sie doppelt dankbar, dass es Tom in ihrem Leben gab.

Sie sah auf die Uhr. Schon zwölf Minuten. Er sollte eigentlich bald zurück sein.

Nachdem er noch kurz über die Schulter zu Angela hochgeblickt hatte, die wie eine Silhouette im hell erleuchteten Fenster stand, legte Tom ein paar Meter in gemächlichem Schritttempo zurück, ehe er vampirmäßig Gas gab und losrannte. Die Straßen waren so gut wie menschenleer; und wer würde auch schon, an einem Abend mitten im Februar, einen vorbeisausenden Luftzug bemerken?

Schon bald hatte er die dunkle Lagerhalle erreicht. Totenstille weit und breit. Gut. Er strich um die Rückseite des Gebäudes herum und sprang auf das Dach. Alarmsystem schien es keines zu geben. Die einzige Sicherheitsmaßnahme bestand in einem einzigen einsamen Wachmann, der, seinem Herzschlag nach zu urteilen, sich im Tiefschlaf und weit jenseits des Pensionsalters befand. Da empfahl es sich, doppelt vorsichtig zu sein. Nicht dass der alte Zausel noch einem Herzschlag erlag!

Wieder auf festem Grund und Boden, steuerte Tom die Tür an, die direkt zum Büro führte. Mit einem Spezialdietrich, den er extra mitgenommen hatte, hatte er sie in Sekundenschnelle geöffnet und, nachdem er hineingeschlüpft war, wieder verschlossen. Der Computer, der zuvor noch auf dem Fußboden gestanden hatte, war verschwunden. Mist! Hatten sie ihn schon weggebracht? Er ließ den Blick über die metallenen Aktenschränke gleiten, die beiden umgekehrt auf dem grauen Metallschreibtisch abgestellten Stühle und die an der Wand gestapelten Kisten. Davor, das hätte er schwören können, waren es nicht so viele gewesen.

Der Computer stand verpackt und fix und fertig verklebt in einem Karton. Er riss das braune Klebeband ab, wobei er mehr Lärm machte als beabsichtigt, öffnete den Karton und nahm den Computer heraus. Es dauerte nur ein paar Minuten, die Kunststoffabdeckung abzuschrauben, die Festplatte herauszunehmen und das Gehäuse wieder zu verschließen. Nachdem er den Karton wieder verklebt und die Festplatte eingesteckt hatte, sah er sich um. Gab es noch mehr Computer? Geschäftsunterlagen? Natürlich konnte er keine Akten mitschleppen – eine schnelle Flucht wäre damit unmöglich gewesen –, aber vielleicht Disketten. Wer würde im Trubel des allgemeinen Aufbruchs und des Resteverkaufs schon ein paar Disketten vermissen?

Der Aktenschrank war leer, auch die Schreibtischschubladen. Die anderen Kartons enthielten Schreibtischlampen, Kaffeebecher, Telefonbücher und ... Mist! Der Nachtwächter war aufgewacht und näherte sich dem Büro.

Tom sprang in die Höhe und stützte sich, quer liegend, diagonal vor der Ecke zwischen Tür und dem kleinen Fenster ab. Er hoffte inständig, der Mann würde nicht nach oben sehen. Wenn doch, würde der alte Knacker leider sein Gedächtnis verlieren.

Der Lichtstrahl einer Taschenlampe streifte eher beiläufig durch den leeren Raum, ehe die Tür wieder zuging. Dafür ging das Licht in dem kleinen Nebenraum an; den Geräuschen nach zu urteilen, machte sich der Mann eine Tasse Tee. Ein heißes Getränk in einer kalten Nacht gönnte Tom ihm von ganzem Herzen, aber Angela erwartete ihn längst zurück und kaute höchstwahrscheinlich schon an ihren Nägeln.

Tom sprang herunter und achtete dabei genauestens auf die Geräusche auf der anderen Seite der Wand. Er klopfte sich noch schnell die Jacke ab, um sich zu überzeugen, dass die Festplatte sicher darin verstaut war, und öffnete dann die

Tür zur Straße, wo er einem langsam vorbeifahrenden Polizeiauto direkt in den Weg lief.

Verflixt und zugenäht! Tom sprang wieder auf das Dach der Halle, um von dort aus im Schutz der Dunkelheit von einem Gebäude zum anderen überzusetzen und auf diese Weise das rotierende Blaulicht und die Rufe weit hinter sich zu lassen. Schließlich war er weit genug entfernt und konnte nicht mehr entdeckt werden, aber er war in die falsche Richtung gelaufen.

Er befand sich mitten in einem Wohngebiet auf dem Dach eines Pubs. Dem bierseligen Trubel auf der Straße nach zu urteilen, war gerade Sperrstunde. Mist aber auch! Zu viele verdammte Sterbliche unterwegs. Er überlegte kurz und versuchte sich zu orientieren, sah das dunkle Band des Flusses zu seiner Rechten und kletterte schließlich an der dunklen Seite des Pubs hinunter. Er war in einem dunklen Hof gelandet, umgeben von Mülltonnen und Stapeln von Holzsteigen. Von dort aus übersprang er die rückwärtige Mauer, musste aber auf den Stacheldraht achten, der das Grundstück schon seit viktorianischer Zeit zu schützen schien. Die Seitengasse war absolut still; die Pubgäste entfernten sich mit viel Palaver über die Hauptstraße am vorderen Ende.

Tom wollte sich gerade unauffällig unter sie mischen, als er einen heftigen Stoß gegen den Rücken spürte und ein schmutzig riechender Arm an seine Kehle fasste. »Die Brieftasche, dalli!«

Das war zu viel des Guten. Er hatte es mehr als eilig und war alles andere als in Sonntagslaune.

Er wand sich aus dem Würgegriff und warf den Angreifer zu Boden, ging aber nicht gleich weiter. Da entdeckte er noch den Komplizen, der in einer dunklen Ecke lauerte, packte ihn am Schlafittchen und warf ihn auf seinen Kumpel. Sie waren noch nicht wieder ganz auf den Beinen, da packte er die beiden am Kragen und schleuderte sie über die Mauer. Dem Klang nach zu urteilen, hatte er richtig gezielt. Anscheinend waren sie mitten zwischen den Mülltonnen gelandet. Es schepperte jedenfalls gewaltig, und sie schrien, was das Zeug hielt. Prompt gingen vereinzelt Lichter in den Fenstern an, und eine kräftige Stimme fragte, was denn nun schon wieder los sei.

Na wunderbar. Sollten die beiden mal sehen, wie sie die Sache der Polizei und dem Wirt erklärten. Und sollten sie versuchen, die Wahrheit zu sagen, würde man sie auslachen und auf der Stelle verhaften.

Mit einem zufriedenen Grinsen wischte sich Tom die Hände ab. Nun würden die Pubgäste sicher nach Hause kommen, und er verstand jetzt auch, warum es Kit in seinem Viertel in Ohio so viel Spaß machte, potenziellen Verbrechern aufzulauern. Da bekam man gleich Lust auf mehr. Aber ein andermal. Auf ihn wartete Angela. Er klopfte gegen seine Jackentasche, um sich zu versichern, dass er die Festplatte nicht zwischen Leergut und Kisten verloren hatte. Er hatte keine Ahnung, wo er war, und strich langsam durch das Gewirr von engen Gassen und Reihenhäusern, bis er schließlich auf wunderbare Weise am oberen Ende der High Street wieder herausfand.

Er schlenderte bewusst langsam hügelabwärts und wünschte sich beinahe, der Bande in die Arme zu laufen, die Angela überfallen hatte. Es war aber keine Menschenseele unterwegs, womit sich das Thema Verbrechensbekämpfung für diesen Abend wohl erledigt hatte.

Tom hoffte, die Festplatte enthielte die Informationen, die Angela brauchte. Zu schade, dass er nur einen Laptop dabeihatte. So wie er Angela kannte, würde sie den Inhalt der Festplatte sofort überprüfen wollen. Das war aber nicht weiter schlimm, sie könnten innerhalb weniger Stunden zurück in der South Audley Street sein.

An der Rezeption nahm er sich gerade noch genügend Zeit für die Mitteilung, dass sie kurzfristig abreisen, übermorgen aber wieder zurück sein würden. Ja, das Zimmer würden sie behalten, sagte er noch und war schon im nächsten Moment, zwei Stufen auf einmal nehmend, auf der Treppe verschwunden.

»Du bist zurück, Gott sei Dank.« Angela erhob sich von einem Sessel neben dem Fenster. »Du sagtest was von fünfzehn Minuten, und jetzt sind fast vierzig vergangen.«

»Ich wurde aufgehalten, und auf dem Rückweg habe ich mich noch verlaufen.« Sie ging auf ihn zu und umarmte ihn, fühlte sich dabei weich und warm an, und ihre Haut duftete noch nach Liebe.

»Ich bin so froh, dass du wieder heil zurück bist. Aber wo ist der Computer?«

»Da.« Er zog die Festplatte mit Schwung aus der Tasche – ein bisschen theatralisch vielleicht, aber unter den gegebenen Umständen verzeihlich. »Mehr brauchen wir nicht, und die wird auch nicht so schnell vermisst wie ein ganzer Computer.«

»Und wie wollen wir sehen, was drauf ist?«

»Ganz einfach. Zu Hause habe ich genügend Deltiums herumstehen. Wir fahren schnell rauf, um zu sehen, welche Geheimnisse dieses Ding birgt. Wenn es nötig ist, können wir uns den ganzen morgigen Tag dafür Zeit lassen und sind immer noch rechtzeitig zurück zu unserem Rendezvous mit Meg Merchant und Anhang.«

Sie machte ein erstauntes Gesicht, was ihm nicht schlecht gefiel. »Das hast du doch von vornherein geplant, oder?«

»Irgendjemand muss ja planen.« Sie knurrte tief aus der Kehle, ignorierte aber ansonsten die Anspielung. »Lass uns losfahren. Je früher wir aufbrechen, umso schneller erfahren wir, was da drauf ist.«

Sie fuhren in Richtung Exeter, wo sie sich in den Verkehrsstrom der M5 einfädelten.

»Gab's was in der Zeit, als ich weg war?«, fragte Tom.

Sie erzählte ihm von dem Anruf.

»Ah!«, sagte Tom, als sie fertig war. »Und willst du jetzt zurück in die Staaten, um deinen Vater zu besuchen?«

»Nein!« Das kam wie aus der Pistole geschossen. »Jetzt nicht, Tom. Später vielleicht. Ich glaube, die Beziehung zu meinem Vater ist nicht besonders gut. Ich habe das Gefühl, dass wir in vielen Dingen unterschiedlicher Meinung waren.«

»Aha.« Er schwieg einige Meilen lang. »Ich verstehe. Ich war eine bittere Enttäuschung für meine Eltern.«

»Du, Tom? Du warst doch ein berühmter Dramatiker.«

»Genau da lag das Problem. Der gesellschaftliche Schein, das, was sich ziemt, war für meine Eltern sehr wichtig. Mein Vater war gelernter Schreiber und wollte, dass ich in seine Fußstapfen trete. Genau das habe ich nicht getan, folgte stattdessen meinen eigenen Idolen und ließ mich mit Schauspielern und allerlei zwielichtigem Volk ein.« Er hielt inne. »Mein Vater sagte immer, es würde schlimm mit mir enden. In dem Punkt hatte er recht. Jedenfalls nach sterblichen Maßstäben. Wäre ich zu Hause geblieben, hätte ich sicher ein hohes, ehrenvolles Alter erreicht.«

Angela streckte den Arm aus und drückte seine Hand. Sie wusste nicht so recht, was sie sagen sollte. Über sein Leben als Sterblicher und die eher unglücklichen Umstände seines Todes hatte er bisher nie gesprochen.

Er verschränkte seine Finger mit ihren. »Gewiss«, fuhr er fort, »wäre ich mit vierzig oder fünfzig an Blinddarmentzündung oder Masern oder vielleicht, des unreinen Wassers wegen, an Typhus gestorben. Ich hätte niemals Kit und Justin kennengelernt, und auch in dich hätte ich mich nie verlieben können.« Er beugte sich zu ihr herüber und küsste sie. »Insgesamt, bei allem gebührenden Respekt meinem Vater gegenüber, bin ich doch verdammt froh, dass ich meinen eigenen Weg gegangen bin.«

»Du hast es dir nicht ausgesucht, ein Vampir zu werden, stimmt's?«

Er lachte in sich hinein. »Es ist einfach passiert. Ein bisschen so wie bei Stella. Ich hatte Justin einige Male getroffen, zusammen mit Kit. Beide verkehrten in der Clique um Walter Raleigh, viel zu hochtrabend für mich. Kit und ich haben uns eine Zeit lang eine Kammer geteilt. Wir hatten es uns angewöhnt, unsere Texte jeweils gegenzulesen. Der mit den meisten Fehlern spendierte einen Krug Ale. Kit war ein guter Kumpel, aber immer beschäftigt und unter Leuten. Er entwickelte sich weiter, in eine anspruchsvollere Richtung, dachte ich damals.«

»Später hat er mir dann gesagt, er wollte nicht, dass ich hineingezogen werde in sein Netz politischer Machenschaften und Intrigen. Aber geschnappt haben sie mich trotzdem. Walsinghams Schergen hielten mich für Kit, und nachdem sie mich schon mal hatten, beschlossen sie, mich auch zum Reden zu bringen.« Er verstummte. Angela schauderte bei dem Gedanken, mit welchen Mitteln sie Tom zum Reden gebracht hatten. Seine verkrüppelten Finger sprachen Bände. »Du würdest die Lügen nicht glauben, die ich ihnen erzählt habe, nur damit sie aufhörten. Als sie mich dann endlich in Ruhe ließen, lag ich im Stroh, wieder gepeinigt, dieses Mal von Schuldgefühlen, weil ich Kit verraten hatte. Als ich hörte, dass er tot war, wollte ich selber sterben. Aber ich lebte. Nach meiner Freilassung wollten meine Eltern nichts mehr mit mir zu tun haben. Ich war ein todgeweihter und in Ungnade gefallener Mann, und diese Schande konnten sie nicht ertragen. Kann sein, dass auch Angst im Spiel war. Sie scheuten das Risiko, indirekt eine Mitschuld angehängt zu bekommen. Ich fand Unterschlupf in einer alten Bruchbude, wo mich Justin ein paar Wochen später finden sollte. Er brachte mich in ein Haus in Sussex. Der Rest ist, wie man sagt, Geschichte. Ich starb, wie ich später erfahren habe, früher als erwartet und wurde von Kit verwandelt. Das Aufwachen war ein ziemlicher Schock, galten doch Vampire damals als Kreaturen des Teufels.«

»Wie Hexen irgendwie?« Sie wollte nicht unterbrechen. Aber …

Er lachte. »Eins zu null für dich.«

»Und wie sieht's mit einer Ghul-Hexe aus?«

»Wie schon? Ich liebe sie. Das weißt du doch, oder? Du kannst dir gar nicht vorstellen, wie froh ich darüber bin, dass Kit mich seiner Lebensweise anverwandelt hat. Anstatt in einem Armengrab zu vermodern, lebte ich weiter, um dich kennen und lieben zu lernen.«

Sie wäre ihm am liebsten um den Hals gefallen, aber er saß am Steuer, und auf die Straße musste sich selbst ein Vampir konzentrieren. »Ich liebe dich auch, Tom, und wollte dich eigentlich nicht unterbrechen.«

»Es gibt ohnehin nicht mehr viel zu sagen. Ich dachte bloß, über meine unehrenwerte Vergangenheit solltest du vielleicht Bescheid wissen. Bist du sicher bereit, einen Mann zu lieben, der im Zuchthaus war?«

»Todsicher!« Gute Wortwahl!

Hinter Bristol bogen sie in die M6 ein und fuhren weiter ostwärts in die Dämmerung. Im Licht des anbrechenden Tages zogen Streifen am Himmel auf, als sie die Garage hinter seinem Haus erreichten. Ohne Umwege gingen sie in Toms Arbeitszimmer. Angela machte Licht an, während Tom Litzen verdrillte und seinen kleinen Schraubenzieher zum Einsatz brachte. Wenige Minuten später steckte er ein Kabel ein und lächelte, als sich der Bildschirm erhellte.

»Ah«, sagte er. »Dann wollen wir mal sehen, was wir da haben.«

13

Yorkshire. Am selben Nachmittag

»Ich mache mir Sorgen um Angela.«

Justin tupfte einen Kuss auf Stellas Stirn. »Das musst du nicht. Mittlerweile ist Tom längst bei ihr. Er fuhr sofort los, nachdem ich mit ihm gesprochen hatte.«

Stella war drauf und dran, ihm einen Rippenstieber zu verpassen, aber eher hätte sie sich dabei den Ellbogen verletzt, als ihn damit beeindruckt. »Gerade deshalb mache ich mir Sorgen.«

Justin fiel das Kinn herunter. »Du glaubst, Tom könnte ihr was antun? Niemals! Er war rasend vor Wut gestern Abend, das ja, aber weil er sich Sorgen machte. Ich würde genauso reagieren, wenn du ohne Vorankündigung einfach verschwinden würdest.«

»Justin Corvus! Wir beide sind verheiratet! Angela dagegen kann tun und lassen, was sie will. Ich habe nie geglaubt, Tom könnte ihr gegenüber handgreiflich werden, aber er ist durchaus dazu imstande, hereinzuplatzen wie ein Bulldozer und das Kommando an sich zu reißen.«

»Und?«, fragte er ironisch lächelnd, wobei die gehobene Augenbraue als Extradreingabe zu verstehen war.

»Was und? Wenn er das macht, dann hat Angela ein für alle Mal die Schnauze voll. Ich will, dass die beiden irgendwann einmal zusammen sind und nicht getrennt.« Er streckte die Arme nach ihr aus und zog sie zu sich heran. »Jetzt willst du mich wohl mit Sex ablenken, oder?« Ein Leichtes, da er ebenso nackt war wie sie.

»Natürlich.« Zum Teufel mit ihm! »Hör zu! Ehe ich gar

nicht mehr an mich halten kann. Ich habe Tom eingeschärft, sie zu behandeln wie ein rohes Ei, und ich habe ihn extra noch einmal auf Dixies Maxime hingewiesen, der zufolge man mehr Fliegen mit Honig fängt als mit Essig. Außerdem habe ich ihm noch gesagt, wenn er sich nur schön zurückhalten und Angela ihren Instinkten überlassen würde, wäre das überaus erhellend und höchst erregend für ihn.«

»Macho!« Sie war versucht, ein Kissen nach ihm zu werfen, aber er hatte sich auf beiden breitgemacht.

»Hab ich nicht recht?« Er grinste über das ganze Gesicht. »Sieh doch, wie ich auf deinen Wutausbruch reagiert habe.«

»Sieht so aus, als müsste sich mal einer um dich kümmern.«

»Ein glänzender Vorschlag.« Er drehte sein Becken und reckte sich ihr entgegen.

Sie schloss ihre Finger um ihn und glitt mit der Hand an seinem Schaft auf und ab. Sie gluckste unwillkürlich. »Es muss sich wirklich wer um dich kümmern.«

»Meinst du, du kämst dafür infrage?«

»Unbedingt!« Sie rutschte näher und schmiegte sich an ihn.

»Bei Abel! Du bist so weich!« Er warf den Kopf zurück, zitterte beinahe vor Anstrengung, einfach dazuliegen und ihre Berührungen zu genießen. Sie setzte ihr sanft rhythmisches und klar forderndes Vorspiel fort, bis sie spürte, dass er so bereit war wie sie! »Stella!« Es kam wie ein kehliges Stöhnen.

»Ja?«

»Willst du mir ganz den Verstand rauben?«

»Klar! Ich seh es gern, wenn du die Kontrolle verlierst!« Während sie sprach, setzte sie sich rittlings auf ihn. »Aber ich glaube, ich kann nicht mehr länger warten.« Lächelnd bewegte sie sich weiter nach unten.

»Du legst es drauf an, Frau!«

»Klar doch! Kommst du bitte, wenn ich ›bitte‹ sage?«

»Nur nach dir!«

In seinen Augen lag eine Herausforderung, der sie nicht

standhalten konnte, das wusste sie. Egal wie sie ihn erregte und reizte, er konnte immer länger als sie. Sie umschloss ihn fester und beobachtete, während sie auf und ab glitt, sein Gesicht. Seine Augen weiteten sich, seine Hände hielten sie an den Hüften umfasst, und sein Becken übernahm ihren Rhythmus. Sie spürte, dass er den ganzen Tag über und bis in die Nacht hinein so weitermachen könnte. Eines Tages würde sie die Probe aufs Exempel machen, aber nicht jetzt, zwischen Justins Visiterunde und Sams Nachhausekommen.

Sie steigerte das Tempo, bewegte sich schneller, als sie es als Sterbliche je gekonnt hatte. Sie presste sich auf seinen glorreichen Körper und stand kurz davor, zu kommen. Sie schloss die Augen, um das Zimmer, die Mauern, die sie umgaben, und die zerwühlten Laken aus ihrem Blickfeld auszuschließen. Sie wollte sich voll und ganz auf *ihn* und ihren sich anbahnenden Höhepunkt konzentrieren. Schließlich kam sie mit einem lauten Schrei. Dann spürte sie ihn und seine plötzliche Erschütterung in ihr. Erst danach löste er seine Umklammerung und ließ sie auf seine Brust niedersinken. Ihre Brüste waren gegen ihn gedrückt. Sie schmiegte ihr Gesicht an seinen Hals und legte den Arm um seine Schulter. »Geht doch nichts über deine nachmittäglichen Kurzbesuche.«

»Find ich auch.« Seine Hand fuhr durch ihr kurzes Haar. »Alleine im Haus können wir uns so richtig gehen lassen. Ein Schrei von dir wie der von vorhin würde den kleinen Sam zu Tode erschrecken. Er würde glauben, ich täte dir weh.«

Ihr Leben hatte sich, seit sie Justin kannte, komplett verändert, und um nichts auf der Welt würde sie mit der Vergangenheit tauschen.

»Da bin ich aber sehr erleichtert.«

Sie zuckte zusammen. »Bleib mir aus dem Bewusstsein!«

»Schirm doch du deine Gedanken ab.« Er zog sie wieder zu sich heran und drückte ihr einen Kuss aufs Haar. »War es so schwer für dich? Ein neues Land. Ein neues Leben. Sam beizustehen, die ganzen Änderungen zu verkraften.«

War es das? »In mancher Hinsicht, ja, aber andererseits.« Sie küsste ihn zurück. »Es scheint noch ein wenig unwirklich, fast als würde ich erwarten, eines Morgens aufzuwachen und die alte rissige Decke über mir zu sehen und mich in Moms Haus an der Lubeck Street wiederzufinden, mit der mickrigen Heizung und dem windschiefen Badezimmerfenster.«

»Oh, hier ist alles sehr real, Liebes. Und mäkle nicht immer an dem Fenster rum. Für mich war es praktisch.«

Vor kurzer Zeit hatte er ihr dieses kleine Intermezzo gebeichtet. Unter den Umständen … »Gut, dass du ehrlich gewesen bist. Ein Vampir als Fassadenkletterer oder Tresorknacker, das wäre was.«

»Ein Grund für unseren strengen Verhaltenskodex. Vampire, die ihre Stärke und Macht nutzen, um Verbrechen zu begehen, würden so ziemlich jede gemeinsterbliche Polizeieinheit aus dem Konzept bringen.«

Sie schauderte bei dem Gedanken. All diese Macht ins Negative gewendet! In Columbus hatte sie durchaus Bekanntschaft mit dem Verbrechen gemacht und war dem Himmel, und Justin, ewig dankbar für den sicheren Zufluchtsort Havering. »Ich bin so froh, dass sich Sam so leicht eingewöhnt hat.« Dabei hatte sie große Befürchtungen gehabt, der Wegzug aus Ohio könnte ihm Schwierigkeiten machen, aber er hatte sich in der örtlichen Schule sofort zurechtgefunden. »Eine große Hilfe war und ist es ja, dass er Soccer spielt.« Würde sie sich je daran gewöhnen, Fußball zu sagen? Sam hatte sich bereits umgestellt.

»Ich habe mir neulich über Sam ein paar Gedanken gemacht.« Stella rollte sich auf die Seite, damit sie Justin ansehen konnte. »Fußball hat ja nun wirklich dazu beigetragen, das Eis zu brechen. Warum nicht im kommenden Sommer auf derselben Schiene weitermachen? Mike, einer meiner Laborassistenten, spielt in der Kricketmannschaft des Dorfes, und sein Bruder ist Kapitän. Sie sind einverstanden damit, Sam vor Saisonbeginn ein paar Stunden zu geben und ihn, falls nötig, weiterzutrainieren. Auf diese Weise wäre er nicht der Einzige, der gar keine Ahnung hat.«

Sie konnte nicht anders, als Justin in den Arm zu nehmen und zu drücken. »Du machst dir so viele Gedanken über ihn.«

»Ich bin verantwortlich für ihn, schließlich habe ich ihn hierher gebracht. Ich muss mich praktisch um ihn kümmern.«

»Und das machst du verdammt gut! Er verehrt dich regelrecht.«

»Im Moment ist er noch fasziniert von der Vorstellung, einen Vampir als Stiefvater zu haben, und kann sich kein Bild von den Schwierigkeiten machen, die im Lauf der Jahre auftauchen. Wir müssen vorausplanen.«

»In Bezug auf das Problem, dass wir nicht altern?«

»Die meisten Sterblichen würden darin nie ein Problem sehen! Aber du hast trotzdem recht, was machen wir denn in ein paar Jahren? Ich bin jetzt schon sieben Jahre hier. Zehn sind optimal, fünfzehn schon eher an der Grenze.«

Damit läge Sams Alter zwischen elf und sechzehn Jahren, wenn sie ihre Zelte hier abbrechen und weiterziehen müssten. Sie hatten schon öfter kurz darüber gesprochen, aber die Möglichkeit nie als dringlich erachtet. »Was machen wir dann? Sam aus seinem gewohnten Umfeld, Schule und Freunde, einfach herausreißen?«

»Nein. Wir richten es so ein, dass er seine Freunde behält, selbst wenn wir wegziehen müssen.«

»Ich lasse ihn nicht hier!«

»Natürlich nicht. Einige Jahre läuft alles noch prima. Notfalls kann ich mir auch ein paar graue Strähnen einfärben lassen. Aber früher oder später werden wir weiterziehen müssen, und wenn Sam einen Kreis von Freunden außerhalb des Dorfes hat, kann er sie behalten, wo auch immer wir landen werden.«

»Was du sagst, ist nicht besonders sinnvoll, Justin. Wo soll er denn diese Freunde finden?«

»In der Schule.« Er strich ihr die Haare aus dem Gesicht. »Ich habe viel nachgedacht über die Sache und mit anderen Familien darüber gesprochen. Sam ist ein kluger Junge und kann nur wenige Jahre auf der hiesigen Dorfschule bleiben. Wenn er elf ist, muss er die Schule sowieso wechseln. Ich schlage vor, wir schicken ihn auf eine Privatschule in York, St. Aidan's. Er könnte als Tagesschüler beginnen und dann, wenn wir beide weiterziehen müssen, als Internatsschüler weiter dortbleiben. So kann er seine Schulfreunde behalten und uns in den Ferien besuchen. Es gibt dort eine Menge Schüler, deren Familien in Übersee leben. Er wäre nicht das einzige Kind in einer derartigen Situation.«

»Übersee kommt für uns nicht infrage.« Sie war doch auf heimatlichen Grund und Boden angewiesen.

»Nein, aber wir müssen einen Ort finden, der weit genug von hier entfernt ist, um ein neues Leben zu beginnen.«

Justin hatte recht, aber ... »Mir gefällt der Gedanke nicht, ihn in irgendein Internat zu stecken.«

»Damit habe ich schon gerechnet, aber du musst auch an Sam denken. Er ist sterblich und braucht sterbliche Freunde. Auf diese Weise hätte er einen festen Freundeskreis und könnte mit einigen höchstwahrscheinlich sogar zusammen studieren.« Internatsschulen! Universität! Wie hatte sich doch ihr Leben verändert. »Denk einfach mal drüber nach. Wir haben ja noch Zeit. Vielleicht fällt uns noch etwas Besseres ein.«

Das bezweifelte sie. Der Vorschlag war durchaus sinnvoll. »Ich will nicht, dass Sam von unseren Überlegungen erfährt ... noch nicht.«

»Einverstanden. Darum habe ich auch gewartet, bis wir allein sind. Wir haben noch Zeit. Sam scheint sich gut mit Jim Halls Sohn zu verstehen.«

»Peter? Ja, ein netter Bursche.«

»Alle Jungs von den Halls sind nach St. Aidan's gegangen, und in ein paar Jahren wird Peter seinen Brüdern folgen.

Wäre sicher nicht schlecht für Sam, jemand Bekanntes dort zu haben.«

Wäre vielleicht nicht schlecht für Sam; sie selbst war sich in dieser Sache nicht ganz so sicher. Ebenso wenig aber konnte sie es sich vorstellen, Sam durch das ganze Land zu zerren, nachdem er gerade Fuß gefasst und Freundschaften geschlossen hatte. Vielleicht fiel ihnen in den kommenden Monaten noch eine bessere Lösung ein. Mutter zu sein war auch als Vampirin nicht unbedingt leichter. Sie küsste Justin und kuschelte sich an ihn. Wie könnte sie ihn nicht lieben, wo ihm doch so viel an Sam gelegen war. Und überhaupt würde Sam ja bald nach Hause kommen. Vielleicht sollte man sich doch besser was überziehen.

»Mom, kann ich bitte noch einen Schluck Ribena haben?«

»Sicher.« Stella reichte Sam das frisch gefüllte Glas. Seine frühere Vorliebe für Trauben- und Orangensaft hatte er sehr schnell zugunsten des Schwarze-Johannisbeere-Getränks aufgegeben. »Hast du viel aufbekommen?«

»Es geht. Ein bisschen Mathe und Geschichte und ein paar Rechtschreibübungen. Ich mach das nach dem Abendbrot.« Sie musste lächeln; er setzte sich nicht mehr zum »dinner« an den Abendbrottisch, und auch »cookies« verlangte er nur mehr selten. »Was gibt's denn zu essen?«

»Brathuhn«. Sie hatte vor, gleich mehr davon zu machen und den Rest für die Tage, an denen sie viel zu tun hatte, einzufrieren.

»Kentucky Fried Chicken?«, fragte er mit einem Grinsen. Darüber, wie beliebt dieses Gericht bei seinen neuen Freunden war, hatte er sich gefreut wie ein Schneekönig.

»Wie wär's denn mit Ohio Fried Chicken?« Sie wollte nicht, dass er seine alte Heimat Columbus vollständig vergaß.

»Das schmeckt am allerbesten, Mom!« Seine Umarmung hätte ihr beinahe eine Taufe mit Ribena eingebracht, aber egal. Kleidung konnte man waschen. Sie drückte ihn. »Oh, Mom, ich muss mit John reden. Wir sind in derselben Projektgruppe Technik. Darf ich ihn schnell anrufen?«

Sam hatte sich wirklich rasant schnell eingewöhnt. »Na klar.«

Er nahm das schnurlose Telefon mit nach oben. Stella panierte das Hühnchen mit Milch und Mehl und erhitzte das Öl in der Pfanne. Als der Bratduft die Küche erfüllte, verspürte sie das nostalgische Gelüst nach einem Stück Fleisch, saftig und mit knuspriger Kruste. Aber das war natürlich nur so eine Sehnsucht.

Während das Hühnchen vor sich hin brutzelte und zischte, machte sie einen kleinen Salat für Sam und taute in der Mikrowelle ein paar Brötchen auf. Dann legte sie ein Gedeck auf den Tisch und rief nach Sam.

Er verspeiste gerade sein zweites Stück original Ohio Fried Chicken, da kam Justin nach Hause.

Sam sah auf, und ein Lächeln erhellte sein Gesicht. »Hi, Dr. Corvus!« Sams Freude konnte sie gut verstehen, empfand sie doch genauso, und als Justin zu ihr kam und sie küsste, reagierte ihr Körper, der sich sehr wohl erinnerte, mit einer Gänsehaut.

»Alles okay, Liebes?«, fragte Justin. »Hallo, Sam.« Er wuschelte Sam durch die Haare. »Was gibt's Neues in der Schule?«

Sam grinste mit dem Mund voller Hühnchen. »Wir spielen nächsten Samstag gegen Scarborough.«

»Sag mir rechtzeitig wann, dann stelle ich mich arbeitsmäßig darauf ein und bin da.«

Und Justin würde sicher kommen. Fast als hätte er es sich zur Aufgabe gemacht, die Lücke in Sams Leben zu füllen. Vielleicht hatte er ja auch recht, was das Internat betraf – später.

Justin setzte sich an den Tisch. Gegen etwas Unterhaltung beim Essen hatte Sam nie etwas einzuwenden. Er schnitt sein letztes Brötchen durch und bestrich es dick mit Honig, biss ab, kaute und blickte auf. »Auf dem Nachhauseweg ist heute etwas ganz Merkwürdiges passiert.«

»Was denn um Himmels willen?« Ihr Angstpegel stieg ins Unermessliche. Sie hatte zugestimmt, ihn zusammen mit mehreren anderen Jungs, die in dieselbe Richtung mussten, mit dem Fahrrad nach Hause fahren zu lassen. Sam genoss es, unter Freunden zu sein, Stella hingegen glaubte noch immer, hinter jeder Ecke würde, wie in der Stadt, Gefahr lauern. Sicher, Drogenschuppen gab es keine in Havering, aber ...

Sam zuckte die Achseln. »Nur dieser Typ da halt.« Justin nickte, sagte aber nichts weiter. Stella verdrängte ihre Besorgnis und hielt sich an Justin. Sam schluckte sein Essen hinunter und fuhr dann fort. »Es war unten an der Seitenstraße. Er sah böse aus. Wollte wissen, wo es zur *Havering Clinic* geht. Ich habe ihm gesagt, durchs Dorf zurück an der Whitby Road. Ich hatte Angst, Jimmy und Peter würden anfangen zu streiten und ihm die Wahrheit sagen, aber so war es nicht. Sie dachten einfach, es war ein Witz.«

Ein Schuljungenstreich. Sie fand die Sache nicht sehr lustig.

»Warum glaubst du, dass er böse war?« Justin war ihr zuvorgekommen; gerade wollte sie lang und breit erklären, warum man nicht lügen sollte.

Sam überlegte und biss auf seine Lippe. »Weiß ich nicht genau. Er war es halt. Er hatte grausige Augen, wie die Männer, die in unser Haus in Columbus eingebrochen sind und mich und Angela gefesselt haben.« Diesen Schreckensnachmittag würde Sam nicht so schnell vergessen.

»Hat er irgendwas getan oder sonst noch was gefragt? Wollte er wissen, wer du bist?«

Justins Besorgtheit machte ihr mittlerweile Sorgen.

Sam schüttelte den Kopf. »Nein. Er hat nur nach der Klinik gefragt. Hinterher dachte ich, ob ich mich nicht getäuscht habe. Vielleicht war es ein Besucher, aber ich …« Er brach ab und runzelte die Stirn.

Justin streckte die Hand über den Tisch und drückte seine Schulter. »Du hattest schon recht, Sam. In solchen Situationen ist es immer besser, seinem Instinkt zu vertrauen. Verstanden?«

Sam nickte sichtlich erleichtert. Stella unterdrückte die Fragen, die ihr auf der Zunge brannten. Justin hatte die Situation durchaus im Griff. Vielleicht sollte sie ihn einfach machen lassen.

»Fuhr er ein großes Auto?«, fragte er.

Sam nickte. »Ja, einen Rover mit nagelneuen Nummernschildern. Und die vordere Stoßstange hatte eine Delle.«

»Wie der von Dr. Morgan?«

»Nein, seiner ist größer, und dieser war grün.«

Justin nickte. »Und er ist in Richtung Whitby weitergefahren?«

»Ja. Natürlich wird er jemand anderen fragen, sobald er merkt, dass er falsch ist.«

»Du hast recht, Sam, aber trotzdem werde ich meine Sicherheitsleute auf ihn ansetzen. Trug er einen Anorak?«

»Nein, einen Pullover, einen schwarzen, und er hatte schwarze Lederhandschuhe mit Löchern an den Fingerknöcheln.«

»Hatte er eine Glatze?«

Darüber musste Sam erst einmal nachdenken. »Nein, er hatte braune und glänzende Haare.«

Nach ein paar weiteren Fragen hatte Justin ein ziemlich genaues Bild von dem Fremden und seinem Auto.

Aber erst als Sam nach oben gegangen war, um zu duschen, hatte Stella Gelegenheit zu fragen: »Was geht da vor?«

»Ich weiß es nicht. Aber ich bin durchaus willens, Sams Bauchgefühl ernst zu nehmen.«

»Vielleicht ist einfach seine Fantasie mit ihm durchgegangen. Der Mann könnte genauso gut ein Patient oder Besucher sein.« Spielte sie des Teufels Advokat, um sich zu beruhigen? Wer sollte ihnen hier auflauern?

»Unwahrscheinlich. Alle unsere Patienten bekommen Pläne und detaillierte Wegbeschreibungen mit genügend Kopien für Besucher. Das gilt auch für unsere Vertreter. Auf Wegweiser verzichten wir aus einem ganz bestimmten Grund: Unsere Patienten zahlen für Diskretion und den Schutz ihrer Privatsphäre. Aller Wahrscheinlichkeit nach war dieser Typ ein Skandalreporter, der herausfinden wollte, welche Berühmtheiten sich in dieser Woche einem Facelifting oder einer Bauchstraffung unterziehen.«

»Aber überzeugt bist du nicht?«

»Ich weiß es nicht, Liebes. Aber ich habe eine ziemlich genaue Vorstellung, wie unser Freund aussieht; ich werde heute Nacht mal das Umfeld inspizieren. Wenn er nach uns sucht und uns nicht gefunden hat, ist er wahrscheinlich nicht weit von hier abgestiegen. Es gibt in Havering nicht so viele Rover.«

»Du willst nur gucken gehen?«

Er wusste sofort, was sie meinte. »Du hast noch immer Probleme damit, dass ich sauge?«

Sollte sie eigentlich nicht, aber ... »Ja, schon, aber es geht halt nicht anders, besonders wenn du fliegst. Es ist nur ...« Sie streckte ihm die Hand entgegen. »Man nennt es, glaube ich, Eifersucht.«

»Stella, wenn ich noch an dir saugen könnte, würde ich das ja tun. Du musst verstehen ...«

Sie verstand. Vampire saugten nicht an Vampiren, nur an Sterblichen. Es war einer der Grundsätze dieses verdammten Vampircodes. Des Codes, nach dem sie jetzt lebte. Sie küsste ihn. »Pass auf dich auf.«

»Mach ich. Aber ich ziehe erst los, wenn Sam zu Bett gegangen ist. Er braucht zumindest den Anschein eines normalen Familienlebens.«

Nachdem Sam hübsch zugedeckt eingeschlafen war, verließ Justin das Haus über das Schlafzimmerfenster. Stella sah noch zu, wie er am Nachthimmel verschwand, und schloss dann das Fenster, nicht wegen ihr, sondern um für Sam die Wärme im Haus zu halten. Februarnächte an den Mooren von Yorkshire konnten kalt sein. Sie sah noch einmal nach, ob Sam auch wirklich schlief, und ging dann nach unten, um sich ein paar Blutbeutel einzuverleiben, während sie ein Video ansah und auf Justins Rückkehr wartete.

Der Film war zu Ende und sie schon halb eingeschlafen; sie fragte sich, wie lange es wohl noch dauern würde, bis Justin zurück war, da klingelte das Telefon.

»Stella!« Es war Angela. »Hast du ein bisschen Zeit?«

»Genug. Sam schläft, und Justin ist auf der Pirsch.« Sie sah jetzt keinen Grund, ihr zu sagen, warum er losgezogen war, um das Dorf und die unmittelbare Umgebung abzusuchen.

»Hat Jane dir bei ihrem gestrigen Anruf was gesagt?«

»Nein. Sie hat nur nach dir gefragt, und da hab ich ihr deine Nummer gegeben. Sie wirkte aufgeregt, aber ich hatte den Eindruck, sie wollte nur mit dir sprechen.«

»Nimm's ihr nicht übel, Stella. Ich weiß, dass sie dich nicht vor den Kopf stoßen wollte oder sonst was, aber es gab etwas, das sie mir unbedingt sagen musste. Hör zu ...«

Stella lauschte gespannt. Es war unfassbar. Aber wiederum nicht ungewöhnlicher als die Tatsache, dass Stella Schwartz zur Vampirin geworden war. »Du bist also nicht Angela, sondern Elizabeth Connor.« Und allem Anschein nach sehr wohlhabend. »Wie sieht jetzt der nächste Schritt aus?«

»Ich weiß selbst noch nicht, wie es weitergeht. Ich habe meinen Vater angerufen. Er war ... höflich. So könnte man es am ehesten bezeichnen. Klang jedenfalls nicht so, als würde er sich vor Sehnsucht nach mir verzehren. Und was Tom angeht, er kann einen ja zur Weißglut treiben, aber er liebt mich.« Sie hielt inne. »Klingt ein bisschen wie in einem Comic, so wie bei ›Sad Sack‹, oder? Aber es stimmt. Und, Stella, wir kriegen das hin. Ich bin mir sicher.«

»Ich mir auch.« – »Danke für diesen Vertrauensbeweis!« – »Wie geht es ihm denn?«

»Im Moment sitzt er zusammen mit Toby Wise vor dem Computer.«

Sie erzählte Stella alles von der »Befreiung« der Festplatte und ihrer Rückkehr nach London.

»Weißt du«, sagte Stella, »mir scheint, die Sache wird mit jeder neuen Wendung komplizierter.«

»Zumindest was mein Leben angeht. Bei dir hat sich ja alles bestens entwickelt.«

»Dem war nicht immer so.«

»Ich weiß. Ich hoffe nur, wir beide werden wenigstens halb so glücklich.«

Sie beendeten ihr Gespräch. Ja, dachte Stella, ihr Leben verlief in geordneten Bahnen. Aufregend waren vielleicht höchstens Sams Fußballspiele, und sie war's zufrieden. Jetzt hoffte sie nur, die Sache mit diesem Reporter würde glimpflich abgehen.

Stella legte das Telefon weg und bemerkte dabei, dass Sam seine Schulsachen auf dem Küchentisch liegen gelassen hatte; sie packte die Bücher und Hefte zusammen und verstaute sie in seinem Ranzen. Da sie noch auf und ohnehin in der Küche war, dachte sie, sie könnte gleich Sams Lunch für den nächsten Tag vorbereiten. Sie hatte zwei Stücke Huhn in Plastikfolie verpackt und schnitt gerade ein paar Karotten auf, als Justin zurückkam.

Schon als er zur Tür hereinkam, war ihr klar, dass etwas Gravierendes nicht stimmte. »Was ist geschehen?«

Er schüttelte den Kopf. »Wie konnte ich nur so unvorsichtig sein, so unüberlegt.« Er zog sie zu sich heran und nahm ihren Kopf an seine Brust. »Es tut mir so leid, Stella, durch meine Dummheit ...« Er brach ab. »Ich muss ein paar Leute anrufen, um drohendes Unheil zu verhindern. Vertraust du mir?«

»Natürlich vertraue ich dir! Aber wozu diese Panikmache? Ich will sofort wissen, was los ist.«

»Später. Ich muss Gwyltha sprechen und alle, die ich erreichen kann. Bist du bereit, zu tun, was ich von dir verlange? Bitte.«

Die Angst in seinen Augen ergriff ihr Herz. Ihr schnürte es die Brust zusammen, und sie zitterte. »Was ist passiert?«

»Etwas, dem du dich mit deiner Erfahrung und deiner Kraft noch nicht stellen kannst. Deine Aufgabe ist es jetzt, Sam zu schützen; ihr müsst beide fort von hier. Du musst packen, genügend Sachen für ein paar Tage und genügend Essen für ihn. Nimm unseren ganzen Blutvorrat. Ihr müsst euch verstecken.«

»Ich kann dich nicht verlassen!«

»Du musst! Vertrau mir!«

Sam war in Gefahr. Wie konnte sie da zögern? Aber sie würde nicht weggehen, ohne zu wissen, warum. »Mit dem Essen hab ich schon begonnen.« Sie zeigte auf die Karotten auf dem Schneidebrett und auf Sams geöffnete Lunchbox. »Aber ich will eine Erklärung. Die Minute Zeit musst du haben.«

Er nickte. »Sam hatte recht mit seiner Vermutung. Ich habe den Kerl, von dem er gesprochen, hat gefunden; er logiert im Queen Victoria in Hallerton. Jedenfalls war da sein Auto samt Gepäck. Ihn selbst habe ich auf dem Kirchhof gefunden. Er hat dort einen Besoffenen ausgesaugt.«

»Ein Vampir? Wieso hat uns Gwyltha nichts davon gesagt?« So neu für Stella die Gebräuche von Vampiren untereinander auch waren, wusste sie doch, dass man fremdes Territorium nur mit einer Genehmigung betreten oder durchqueren durfte.

»Ich bezweifle, ob er überhaupt gefragt hat.«

Justins Stimme klang so, dass sie ihm fest ins Gesicht blickte. Er wirkte müde und erschöpft. »Was ist passiert?«

»Ich habe ihn gestellt, zum Kampf herausgefordert und verloren.« Er schüttelte den Kopf. »Ist dir klar, was das heißt, Stella. Er hat mich geschlagen! Ich bin über Umwege zurück nach Hause gekommen, aber wenn er meine Spur aufnimmt und mich verfolgt, kann ich für nichts garantieren! Ich muss Unterstützung anfordern, und du musst Sam in Sicherheit bringen.«

»Ich soll dich im Stich lassen, wenn du mich brauchst?«

Er schüttelte den Kopf. »Ich muss ihn mir noch mal vorknöpfen. Zusammen mit Gwyltha und allen, die ich auftreiben kann.« Er umfasste ihr Gesicht mit seinen Händen. »Gib mir wenigstens die Gewissheit, dass ihr beide sicher seid. Tu mir den Gefallen, Stella.«

Es klang viel zu sehr wie ein Abschied für immer. Dabei wäre sie so gern bei Justin geblieben, hatte aber die Verantwortung für Sam.

»Wo sollen wir hin?«

»An einen sicheren Zufluchtsort, unsere letzte Rettung in Notfällen. Komm, mach dich jetzt fertig. Es sollte nur für ein paar Tage sein. In der Zwischenzeit fordere ich Unterstützung an.«

Sie zählte Unterhemden und Socken für Sam heraus, während sich in ihrem Kopf die Schreckensszenarien überschlugen. Was war tatsächlich geschehen? Wie hatte sich Justin diesem sonderbaren Vampir entgegengestellt? Und was war das überhaupt für eine Kreatur, dass sie Justins 2000 Jahre alten Kräfte überbieten konnte. Sie schauderte, als sie eine zusätzliche Decke zusammenfaltete und mit in die Tasche packte. Sie hatte keine Vorstellung, wo es hingehen sollte, aber Sam sollte es in jedem Fall warm haben.

In ihrem eigenen Zimmer packte sie Wäsche zum Wechseln in die Tasche und schlüpfte in Bluejeans und einen Pullover. Dann suchte sie noch ein Kartenspiel heraus, ein paar Bücher und Sams unverzichtbaren Gameboy sowie alle nur greifbaren Ersatzbatterien, als sie spürte, dass jemand in ihrer Nähe stand.

Sie drehte sich um. Sam stand in der Tür und rieb sich die Augen. »Was ist denn los, Mom?«

14

Jedes Mutterherz, auch das einer Vampirin, konnte gelegentlich außer Takt geraten. Ihres zuckte regelrecht zusammen, als sie in Sams sonst so strahlende, nun von Sorgen und Fragen getrübte Augen blickte. »Warum packst du meine Sachen, Mom?«

Sie antwortete innerhalb von fünf Sekunden. Sam hatte bewiesen, dass er mit unerwarteten Wendungen gut umzugehen wusste. »Schatz, wir haben ein Problem. Wir müssen weg von hier und …«

»Ich geh nicht weg, Mom!« Sein kleines Kinn schoss nach oben, und er presste seinen Kiefer fest zusammen.

»Sohnemann, wir müssen …«

»Warum müssen wir von Dr. Corvus weg? Du hast gesagt, du liebst ihn!«

Abel möge ihr helfen! Sam hatte die Lage gehörig missverstanden. Sie legte die Hände auf seine versteiften Schultern. »Schatz, wir gehen nicht für immer weg. Natürlich liebe ich Justin, aber wir müssen für ein paar Tage weg. Er will, dass ich dich irgendwohin in Sicherheit bringe.« Sie überlegte. »Es gab einen Zwischenfall.«

Sein Gesicht entspannte sich etwas. »Was für einen Zwischenfall?«

Die Antwort darauf wüsste sie gerne selbst. »Ich kenne nicht die ganze Geschichte, Sam. Justin war vor einiger Zeit draußen. Als er zurückkam, sagte er, ich muss dich an einen sicheren Ort bringen.«

»Es hat mit diesem Mann von heute Nachmittag zu tun, stimmt's?«

Sie konnte ihn nicht anlügen. »Ja, Schatz.«

Er verzog nachdenklich das Gesicht. »Ich wusste, dass er etwas im Schilde führt.« Er runzelte die Stirn. »Was ist mit Peter und Jimmy? Sie waren dabei! Was ist, wenn er sie auch verfolgt? Mom, wir müssen sie warnen.«

»Ich glaube, ihnen wird nichts passieren, Sam. Diese Sache betrifft nur Vampire. Wir können Justin ja mal fragen, aber ich glaube, um sie brauchst du dir keine Sorgen zu machen.«

»Kann ich bei den Vorbereitungen helfen?«

»Am besten, du ziehst dich erst einmal warm an, während ich zu Ende packe. Viel können wir nicht mitnehmen. Ich habe deinen Gameboy, Bücher und Spielkarten. Willst du sonst noch was mitnehmen?«

»Die Sachen für meine Hausaufgaben?«

»Wenn du möchtest. Wir werden ein paar Tage lang dort sein.«

»Ich nehme meine neue Taschenlampe und Ersatzbatterien mit, falls es dunkel ist. Du kannst ja auch bei Nacht was sehen, Mom, ich nicht!«

Gut, dass er so flexibel war. Wie viele Kids mussten schon, auf der Flucht vor einem Schurkenvampir, mitten in der Nacht fluchtartig das Haus verlassen? Sie nahm ihn fest in die Arme. »Beeil dich.« Sie spürte seine Angst, ein kaltes Zittern – wie bei ihr.

Als er in sein Zimmer zurücklief, packte Stella noch eine weitere Decke ein. Sie war schwer, aber darauf kam es jetzt auch nicht mehr an. Sie nahm ihren langen Wollmantel – notfalls könnte man Sam auch damit noch zudecken – und zog Wanderstiefel an. Sicher führte sie ihr Weg, wohin auch immer, quer durch die Pampa. Wo war dieser sichere Zufluchtsort? Nicht so weit weg wahrscheinlich. Sie wünschte, Justin würde sie begleiten, mehr noch, sie wünschte bei Abel zu wissen, was vorging.

Nachdem sie sich versichert hatte, dass sie auch Zahnbürsten und Taschentücher eingepackt hatte, nahm sie ihre Tasche und ging nach unten; dort traf sie Sam, der, fix und fertig angezogen, zusammen mit Antonia Sandwichs machte. Neben ihr hatte Stella unweigerlich Komplexe. Die ältere Vampirin war so elegant, so schick und so verdammt gepflegt. Noch unsicherer fühlte sie sich neben Gwyltha, der Führerin der Kolonie. Aber jetzt war nicht die Zeit für Minderwertigkeitsgefühle.

»Hi, Mom«, sagte Sam.

»Guten Abend«, sagte Antonia. »Justin hat mich zu Hilfe gerufen, aber Sam hat ja anscheinend alles unter Kontrolle.«

Er legte ein fertiges Sandwich auf den Stapel und langte nach der nächsten Scheibe Brot. »Meinst du nicht, das reicht langsam?«, fragte Stella.

Er grinste. »Wer will schon verhungern?« Er hielt inne. »Mom, ich verstau die Blutbeutel in meinem Schulranzen. So viele sind es nicht, weißt du.« Ihr Herz setzte wieder aus. Was hatte sie Sam nur angetan? Hatte er überhaupt noch eine Chance auf ein normales Leben? Aber dafür lebte sie. Die Alternative wäre nur der Tod gewesen. Und auf den hatte sie partout keine Lust.

»Das sollte reichen. Vom gebratenen Hühnchen ist auch noch was da. Wir bleiben nicht lange weg.« Hoffte sie. »Wenn ihr hier so weit zurechtkommt, unterhalte ich mich noch schnell mit Justin.«

Sie hörte ihn gerade durch die Vorhalle kommen.

»Ich fühle mich verantwortlich für ihn, Gwyltha, als wäre er mein eigener Sprössling!«

Gwylthas Antwort kam leiser, aber Stella registrierte das Wort *sterblich*.

Stella machte die Tür weit auf.

Justin und Gwyltha standen sich auf zwei Seiten des roten Orientteppichs gegenüber, wobei Justin die Lehne eines Ohrensessels so fest umklammerte, dass man um die Polsterung fürchten musste. Die Stelle des Teppichs, an der Gwylthas Fuß nervös auftippte, war schon ganz platt. Es knisterte förmlich zwischen den beiden, und wenn Stella noch atmen könnte, wäre sie möglicherweise an der Spannung erstickt. »Stimmt was nicht?«

Justin sah zu ihr. »Sieht so aus.«

»Vielleicht«, sagte Gwyltha.

Gwyltha, die Führerin der Kolonie, flößte Stella normalerweise Respekt ein. Sie war so gebildet und aristokratisch, überaus mächtig und alt und, nicht zu vergessen, Justins Exfrau. Aber da nun einmal Sam der einzige Sterbliche im Haus war, schien er der Grund der Auseinandersetzung zu sein. Und wenn es um Sam ging, würde es Stella mit jedem aufnehmen, egal ob lebend oder untot. »Wo liegt denn das Problem, Gwyltha?«

»Ein Problem ist es eigentlich nicht.« Gwyltha neigte den Kopf, lächelte aber nicht. »Eher eine Schwierigkeit.«

»Verstehe.« Sie verstand so gut wie gar nichts, hatte aber einen guten Riecher. »Worin besteht dann die Schwierigkeit?«

»Mach dir keine Sorgen«, sagte Justin, wobei er auf sie zukam und sich neben sie stellte. »Hast du Sams Sachen schon gepackt? Dann weck ihn doch.«

»Er ist schon längst auf, angezogen und in der Küche, wo er mit Antonia Sandwichs schmiert. Was geht hier vor?« Da Justin neben ihr stand, blickte sie Gwyltha direkt in die Augen.

»Wieder einmal, Stella, stellst du die Regeln unserer Kolonie auf den Kopf.«

Sie klang zwar durchaus freundlich, aber Stella ließ sich auf kein Risiko ein. »Du meinst wegen Sam?«

Gwyltha neigte wieder den Kopf. »Sagen wir es mal so – sage und schreibe 2000 Jahre lang hat kein Sterblicher je unseren Zufluchtsort betreten, und nun ...«

Dem war problemlos abzuhelfen. »Mach dir deshalb keine Sorgen! Ich kann Sam auch woanders hinbringen.«

»Kommt nicht infrage«, sagte Justin hinter ihr. »Nirgends ist es so sicher wie dort.«

»Nützt bloß nicht viel, wenn Sam nicht willkommen ist.«

Gwyltha schüttelte den Kopf. »Darum geht es nicht, Stella. Dieses Geheimnis hüten wir schon seit der Zeit vor meiner Geburt.«

»Und du meinst, Sam könnte es verraten.« Sie hätte beinahe losgeprustet, verkniff es sich aber. »Egal! Es gibt andere Rückzugsorte.«

»Aber keiner ist so sicher«, erwiderte Gwyltha. »Und ich habe Sam nicht die Rettung verweigert.« Nun bekam sie ihren stechenden Blick in voller Schärfe zu spüren. »Im Angesicht dieser Gefahr gibt es keine Alternative.«

»Vielleicht sollten wir alle dorthin.« Auf diese Weise müsste sie nicht um Justin bangen.

Gwyltha lächelte. »Wir müssen ihn fassen, Stella. Kein Vampir kann unser Territorium betreten, ohne dass wir etwas unternehmen.«

»Wir haben es hier mit keinem Vampir zu tun, der sich einfach so verirrt hat, nicht wahr?«

»Das steht zu befürchten. Darum ist Justin ja so um eure Sicherheit besorgt. Du bist einfach nicht stark genug, dich diesem Abgrund an Böswilligkeit zu stellen. Dazu braucht es die vereinten Kräfte von Justin, Antonia und mir. Von daher ist Justins Entscheidung richtig, Sam zu verstecken.«

»Aber du hast etwas dagegen, dass er dein uraltes Geheimnis kennenlernt. Dann verbinden wir ihm halt, zum Kuckuck noch mal, die Augen. Auf diese Weise kennt er weder den Weg dorthin, noch weiß er, wo er gewesen ist, und er befindet sich doch in Sicherheit.«

Gwyltha nickte. »Ich dachte mir schon, du würdest eine Lösung finden.« Sie lächelte Justin vielsagend zu. »Mütter wissen immer eine Antwort.« Sie wandte sich wieder Stella zu. »Schaffst du es in fünf Minuten?«

Sie brauchten insgesamt vier. Sam packte die restlichen Sandwichs in seinen Schulranzen und, wie sie nicht umhin konnte zu bemerken, eine Großpackung Penguins, zog den

Reißverschluss zu und schnappte sich seinen Parka und die Handschuhe. »Wo gehen wir überhaupt hin?«

Stella tauschte einen Blick mit Gwyltha. »Das würde ich selbst gerne wissen.«

»An einen sicheren Ort, den Vampire seit tausenden Jahren als Zuflucht benutzen«, sagte Justin.

Sam zeigte sich entsprechend beeindruckt. »Jahrtausende!«

»Ja, und es ist ein großes Geheimnis, so groß, dass wir dir auf dem Weg dahin die Augen verbinden müssen. Bis jetzt war da noch nie ein Sterblicher.«

»Ich würde nie jemandem was sagen, aber wenn es sein muss ...«

Er zuckte mit den Schultern. »Regeln sind nun mal dazu da, dass man sie einhält. Aber wie soll ich gehen, wenn ich nichts sehe?«

»Es ist viel zu weit zum Gehen«, sagte Gwyltha. »Antonia trägt dich huckepack, während deine Mutter das Gepäck übernimmt.«

»Sind Sie sicher, dass Sie das können?«, fragte Sam mit einem Blick in Richtung Antonia. Sie war nicht einmal eins fünfzig groß und wog vielleicht 45 Kilo in durchnässtem Zustand.

»Ich denke schon«, antwortete die Tochter eines Ritters von König Artus. Sie streckte ihre dünnen Arme aus. »Gib deine Sachen deiner Mummy, und dann geht's los.«

Sam gab zweifelnd die Tasche weiter, schnallte sich aber den Schulranzen umso fester auf die Schultern. »Den trage ich«, sagte er.

Antonia lächelte, als sie ihn hochhob und ihn eng an ihre Brust drückte. »Auf diese Weise bläst dir der Wind nicht so ins Gesicht«, sagte sie. »Halt dich gut fest.«

Noch während er versuchte, es sich bequem zu machen, trat Justin nach vorne. »Tut mir leid, alter Junge. Wir wissen, dass du uns nie verraten würdest, aber wie du schon gesagt hast, Regeln sind dazu da, dass man sie einhält, und sogar Gwyltha und ich müssen uns nach ihnen richten.« Er band den Schal zu, fest, aber bequem, umarmte Sam ein letztes Mal und nahm Stella in die Arme. »Passt auf euch auf.«

Sie konnte nicht anders und lachte angespannt auf. »Du sagst mir, ich soll vorsichtig sein?« Er wollte einen Schurkenvampir herausfordern, der ihn bereits einmal besiegt hatte. Als Nächstes würde er ihr noch sagen, sie solle sich keine Sorgen machen!

»Pass auf deine Mutter auf«, sagte Justin und wuschelte durch Sams Haar. »Bis bald.« *Ich liebe dich,* funkte er Stella noch zu, *und Sam. Pass auf ihn auf.*

»Mach ich. Und pass du auf dich auf!«

Er grinste und hauchte ihr einen Kuss zu.

Sonst gab es nichts mehr zu sagen. Sie konnte vielleicht nicht mehr weinen, hatte aber einen faustgroßen Kloß im Hals. Sie nickte, prüfte den Sitz von Sams Schulranzen, schwang sich die Tasche um die Schultern, und schon waren sie, nach einem Nicken in Richtung Antonia, verschwunden.

In nahezu menschlichem Tempo bewegten sie sich zunächst über die von Buschwerk gesäumte Klinikzufahrt, bogen dann nach links ab und überquerten die Felder im Süden des Dorfes, stiegen über Hecken hinweg und erhöhten langsam ihre Geschwindigkeit. Sobald sie die offene Moorlandschaft erreicht hatten, drehten sie richtig auf.

Sie hatte das schon zweimal gemacht – beide Male mit Justin, als Sam bei Freunden übernachtet hatte, aber damals ging es hauptsächlich um den Geschwindigkeitsrausch. Dies dagegen war ein Vampirwettlauf um Leben und Tod. Der Wind blies ihr ins Gesicht, ihr Körper schnitt durch die kalte Nachtluft, und ihre Muskeln arbeiteten wie von selbst, aus schierer Freude an der unendlichen und unerschöpflichen Kraft. Rechts von ihr krochen Autos die Hauptstraße entlang, ihr Scheinwerferlicht in die Nacht gerichtet. Sie überholten sie alle. Zu schade, dass Sam das nicht sehen konnte;

er hätte seine helle Freude daran, den Autoverkehr einfach hinter sich zu lassen.

So konnte er jedoch nichts sehen und würde die Sicherheit der Kolonie niemals gefährden. Dafür, dass er noch so klein war, hatte er mehr als genug zu tragen. Da musste man ihn nicht noch zusätzlich mit derart schweren Geheimnissen belasten.

Er wirkte absolut ruhig, sein Kopf gegen Antonias Schulter gelehnt. Er sah müde aus, aber Stella vermutete, er war es ganz und gar nicht.

Sie fragte sich, wohin sie überhaupt unterwegs waren. Im Laufen suchte Stellas Vampirblick nach möglichen Hinweisen in der Dunkelheit. Ostwärts, ja. Aber wohin? Mit der Geschwindigkeit würden sie innerhalb kürzester Zeit die Nordseeküste erreichen.

Whitby?, funkte sie Antonia zu.

Ja, Frischling, erwiderte sie. Wir sind schon viel länger hier als unser Freund aus Rumänien.

Stella unterdrückte ein Lächeln. Sicher hatte Vlads ungebetenes Auftauchen damals für gehörigen Wirbel in der Kolonie gesorgt. Antonia drehte nordwärts ab, um die dunklen Häuser und vereinzelten Lichter von Robin Hood's Bay zu umgehen.

Hier musst du gut aufpassen, warnte Antonia, als sie auf den Klippenpfad hinter dem Dorf einbogen. *Die Klippen sind brüchig und geben leicht nach.*

Besser, ich laufe außen. Ist immerhin mein Kind in deinen Armen.

Ich kann fliegen, sollte ich abrutschen. Bleib, wo du bist.

Ein gutes Argument.

Die letzten paar Meilen legten sie innerhalb von Minuten zurück, unterbrachen nur kurz, als das Ruinengerippe der Abtei sich dunkel vor ihren Augen abzeichnete.

Stella bremste erst nach Antonia ab und legte die paar Meter im Schritttempo zurück. »Wohin jetzt?«

»Jetzt tauchen wir unter.« Sie klopfe Sam auf die Schulter. »Alles okay so weit?«

»Natürlich. Ich will runter, wenn ich darf.«

»Später, Kleiner. Ein paar Minuten musst du noch aushalten.« Sie sah sich nach Stella um. »Ich bringe zuerst Sam runter. Dann komme ich zurück, hole das Gepäck und bringe dich zuletzt runter.«

»Einverstanden.« Das stimmte nicht, aber was sollte sie sonst sagen? Ihr entfuhr beinahe ein Schrei, als Antonia seitwärts über die Kante hinuntersprang und plötzlich weg war. Stella sagte sich, dass Antonia wirklich alt genug zum Fliegen und Sam in Sicherheit bei ihr war. Diesen Satz sprach sie sich wie ein Mantra immer wieder vor, bis Antonia zurückkam.

»Und jetzt wirf die Tasche hinunter.«

Stella tat, wie ihr befohlen. Zu sehen, wie ihre Kleider und Sams Socken zum Wechseln quasi im Nichts verschwanden, war eine Nervenprobe par excellence.

Antonia war dieses Mal viel schneller zurück. »Willst du hinunterklettern oder springen?«

Sie entschied sich für die Klettervariante.

Kaum zwanzig Meter tiefer näherten sie sich zu allem Überfluss auch noch einer senkrechten Wand. Sie folgte Antonia durch einen Spalt in der Steilwand in einen schmalen, abwärts verlaufenden Gang, der zu einer geräumigen, in die Klippen gehauenen Höhle führte. Sam trug keine Augenbinde mehr und machte es sich bereits gemütlich; er saß auf einer Decke auf dem Lehmboden und bediente sich aus einer Tüte Kartoffelchips mit Räucherspeckgeschmack.

»Hi, Mom!« Er sprang auf und umarmte sie. »Schick hier!«

»Schick?« Antonias Stimme klang leicht belustigt. »Dir ist doch hoffentlich klar, dass du der einzige Sterbliche weit und breit bist, der hier je reingekommen ist. Die Höhle ist seit Tausenden von Jahren unsere letzte Rettung und Zuflucht.«

Sam nickte. »Ja. Echt schick.«

Stella wollte laut auflachen, aber ihr fehlte die Kraft dazu. Die enorme Anspannung der letzten Stunden forderte ihren Tribut. Sie fühlte sich beinahe sterblich.

Antonia fasste sie am Arm. »Setz dich.«

Sie folgte der Bitte, aber als sie in Sams besorgtes Gesicht sah, wurde sie wieder munter. »Das wird wieder, glaub mir.«

»Du musst was zu dir nehmen. Dieser Lauf hat dich völlig entkräftet.«

»Warte, Mom.« Sam kramte in seinem Ranzen und zog einen Blutbeutel daraus hervor. »Da, bitte.«

Sie hatte noch nie vor ihm gesaugt. Niemals. Aber sie war schwer erschöpft und musste sich stärken. Sie beruhigte sich damit, dass er im Schummerlicht seiner Taschenlampe sowieso nicht viel sehen könnte, und riss mit den Zähnen eine Ecke des Beutels ab und verschlang den Inhalt in einem Zug. Innerhalb weniger Minuten ging es ihr wieder gut.

»Na das sieht schon viel besser aus«, sagte Antonia und reichte Stella ein Taschentuch für den Mund. »Du hattest einen in jeder Hinsicht anstrengenden Abend. Bleibt schön hier, damit euch ja nichts passiert. Wir sind bald wieder zurück, aber zuerst müssen wir dieses Problem aus der Welt schaffen.«

»Du meinst diesen Bösewicht?«, fragte Sam.

Antonia nickte. »Euch kann hier nichts passieren.«

»Eines noch …«, begann Sam.

»Was denn?«

»Was ist, wenn ich mal muss? Ich meine aufs Klo. Es gibt hier keins.« Natürlich nicht. Vampire hatten dafür keinen Bedarf, kleine Jungs dagegen sehr wohl.

Antonia überlegte kurz. »Stella, wenn Sam mal muss, dann führ ihn doch einfach durch den Zugangsstollen nach draußen.«

»Und du, Sam«, sagte sie, »pass gut auf, damit dich niemand sieht. Sei vorsichtig und versuch bitte, den Tunnel selbst sauber zu halten.«

»Keine Sorge«, sagte Sam. »Ich ziele direkt geradeaus, sodass alles ins Meer geht.«

Antonia hatte in ihrem Leben offenbar wenig Umgang mit kleinen Jungs gehabt. Sie staunte mit offenem Mund. »Ja, das müsste funktionieren.«

»Wir kommen zurecht«, sagte Stella zu ihr. »Ich hoffe nur, dass bei euch alles gut geht.«

»Mit den vereinten Kräften von Justin und Gwyltha sind wir stark genug.«

Wenige Sekunden später war sie verschwunden.

Stella half Sam, aus den Mänteln und Decken ein Bett zu bauen. Die Höhle war trocken und der Boden glatt; dafür hatte schon die jahrhundertelange Benutzung gesorgt. Dann brachte sie ihn an das vordere Ende des Stollens. Sam zögerte kurz, als er senkrecht in die Tiefe direkt auf die graue Nordsee blickte, richtete seinen Strahl jedoch mannhaft-mutig in den Abgrund und, auf Stellas Rat hin, nicht gegen den Wind.

Später auf dem Deckenlager verdrückte Sam zwei Schinkensandwichs und drei Penguins – seinen Appetit hatte der ganze Wirbel nicht berührt – und schlug Stella vor, noch einen Beutel zu trinken.

»Wir haben nur noch einen«, sagte sie. »Den sollte ich mir vielleicht lieber für morgen früh aufsparen.«

»Wir bleiben hier nicht lange, Mom. Dr. Corvus wird es diesem Bösewicht schon zeigen.« Wie konnte sie so viel blindem Vertrauen widersprechen? Wie konnte sie etwas anderes überhaupt in Betracht ziehen? Besonders weil sie ja kaum wusste, was ihnen bevorstand. Sicherheitshalber jedoch legte sie den letzten Blutbeutel trotzdem zur Seite.

Auf Sams Bitten hin las sie ihm vor, während er es sich unter den Decken bequem machte und langsam einschlief. Kaum hatte sich sein Atemrhythmus beruhigt, knipste sie die Taschenlampe aus, um die Batterien zu schonen, und starrte in die Dunkelheit. An Schlaf war nicht zu denken, solange sie nicht wusste, dass es Justin gut ging.

15

Eingelullt vom gedämpften Tosen der Brandung unten an den Klippen und dem vertrauten Geräusch von Sams Herzschlag in ihrer Nähe, war Stella in einen leichten Schlaf gefallen, als sie ein Geräusch von draußen aufschreckte.

Sofort hellwach und innerhalb weniger Sekunden auf den Beinen, lief sie eilends zum Eingang. Sie war bereit, jedem die Stirn zu bieten, der Sam etwas antun wollte.

»Stella, bleib ruhig.«

Gwyltha! »Bist du alleine?« Wo waren die anderen und ...

»Komm und hilf uns. Antonia ist bei mir.«

Wo war Justin?

Stella war in Sekundenschnelle am Eingang. Draußen war es noch immer stockdunkel, aber sie hatte die Situation sofort erfasst. Gwyltha und Antonia hingen an der Steilwand und klammerten sich mit je einer Hand am Klippenabsatz fest. Gemeinsam trugen sie einen blutüberströmten Körper: Justin!

Stella unterdrückte einen Schrei. »Was ist passiert? Ist er tot?«, wollte sie wissen. Dumme Frage. Und was, wenn sie Sam damit aufgeweckt hatte? Sie lauschte verzweifelt, ob sie irgendwas von ihm hörte, aber alles blieb still.

»So hilf uns doch!«, flehte Gwyltha.

Stella trat ganz nach vorne und half, Justin zu bergen. Dann brachten sie ihn gemeinsam durch den engen Stollen in die Hauptkammer.

»Was um Himmels willen ist geschehen?« Der Mann, den sie liebte, der starke und mächtige Justin, ihr Beschützer, lag bewusstlos vor ihr auf dem Boden, mit aufgeschlitzter Kehle und blutdurchtränkten Kleidern.

»Wir wurden von einer abgrundbösen Macht attackiert«, sagte Antonia. »Justin hat das meiste abbekommen.«

Jedoch beileibe nicht alles. Beide, sie und Gwyltha, waren über und über voller Blut, und Gwyltha trug Verletzungsspuren im Gesicht, die eindeutig von einer Bisswunde herrührten.

»Wir sind schon wieder heil beziehungsweise im Begriff zu heilen «, sagte Gwyltha, »aber um Justin ist mir bange.«

Da war sie nicht die Einzige.

Stellas Herz krampfte sich zusammen und zuckte, als sie sich neben Justins reglosen Körper niederkniete. »Wir müssen was unternehmen«, fauchte sie Gwyltha an.

»Wir haben ihn hierher gebracht«, erwiderte sie knapp und mit gespannter Stimme. »Der Kontakt mit der Erde wird ihm Heilung bringen, und du hast Blut. Er braucht es.«

Ja, aber nur einen Beutel! Warum nur hatte sie den anderen ohne Bedenken verzehrt? Sie hätte ihn nicht unbedingt gebraucht, und nun ... Sam schlief nach wie vor tief und fest, dem Himmel sei Dank. Sie holte den einzig verbliebenen Beutel aus seiner Tasche und kniete sich neben Justin. Sein Kopf lag in Antonias Schoß gebettet. Gwyltha kniete sich daneben. »Flöß es ihm schon ein, Stella.«

»Wie denn?« Er bewegte sich nicht. Wie sollte er da trinken? »Ah!« Sie durchbohrte mit den Zähnen eine der Ecken. Die Öffnung war nicht größer als der Schnuller eines Babyfläschchens, aber dennoch tropfte etwas von dem wertvollen Saft auf sein zerrissenes Hemd, als sie den Beutel an seinen Mund hielt. Stella versuchte mit aller Kraft, nicht auf die klaffende Wunde an seinem Hals zu sehen, als sie die Ecke mit der Öffnung zwischen seine reglosen Lippen schob. Sie drückte den Beutel, um den Blutstrom zu verstärken, da lief auch schon Blut aus seinem Mund. Er schluckte nicht! Blut zu trinken war für Vampire eine reine Instinktsache, und Justin trank nicht! Ihr zitterten die Hände. Sie musste sich konzentrieren, in Ruhe darüber nachdenken, wie sie ihn dazu bringen könnte, zu trinken. Er musste schlucken.

Der Trick mit der zugehaltenen Nase funktionierte nur bei atmenden Wesen. Was sollte sie bloß machen, bei Abel? Was nur? Sie erinnerte sich daran, wie sie Mrs Zeibel, ihrer alten Nachbarin in Ohio, geholfen hatte, einem Welpen Wurmtabletten zu verabreichen. Im Fall Justin kein sehr schmeichelhafter Vergleich, aber welche Rolle zum Teufel spielte das jetzt? »Gwyltha, würdest du bitte den Beutel halten? Ich werde ihm das Blut mit sanftem Druck durch die Kehle streichen. Antonia, du hebst seinen Kopf leicht an. Bitte.«

Keine der beiden Vampirinnen stellte eine Frage. Während Gwyltha das Blut tropfenweise zwischen Justins bleiche Lippen träufelte, massierte Stella seinen Hals vom Kieferansatz an abwärts bis kurz zu jener schrecklichen Schnittwunde. Sie fuhr darin fort und flehte inständig, er würde den Geschmack des Bluts aufnehmen und zu schlucken beginnen.

Sein Hals klaffte nach wie vor offen, bei näherem Hinsehen konnte sie aber feststellen, dass sowohl die Luft- wie auch die Speiseröhre unverletzt waren. Der Schnitt, wie blutig und ausgefranst auch immer, betraf nur Muskelfleisch und Sehnen, aber sein ungeheures Ausmaß war der Grund für Justins Blutverlust und Schwäche.

»Du hast es geschafft! Er schluckt!«

Antonia hatte recht. Justin schluckte, langsam und angestrengt, aber immerhin, er trank, war jetzt über den Berg. Stella hörte auf, seinen Hals zu massieren, und hielt die ausgefransten Ränder der Schnittwunde zusammen. Wenn er trank, würde er auch heilen. Er musste.

Sicher war noch nie ein Blutbeutel so langsam geleert worden, aber schließlich schaffte er es doch, die letzten Tropfen aufzunehmen. Gwyltha legte den Beutel beiseite. »Den nächsten Beutel, Antonia, nimmst du, und ich halte seinen Kopf.«

»Es gibt keinen mehr.«

Stellas Worte echoten durch die Höhle.

»Warum zum Teufel hast du nicht mehr eingepackt?«

Dass Gwyltha fluchte, war ein Zeichen dafür, wie beunruhigt sie war. Stella hatte nie gehört, dass ihr auch nur ein »zum Kuckuck« oder »verflixt« über die Lippen gekommen wäre. »Mein Vorrat war ziemlich erschöpft. Justin wollte morgen Nachschub bringen lassen, weil wir nur noch zwei hatten. Einen davon habe zuvor schon selbst aufgebraucht.« Eine Sache, die sie scheinbar ewig bereuen würde.

»Ich fliege schnell in die Klinik«, bot Antonia an. »Weißt du, wo sie die Bestände lagern, Stella? Für Justin begehe ich auch einen kleinen Einbruch.«

»Dazu reicht die Zeit nicht«, sagte Gwyltha mit matter, resignierter Stimme. »Er ist zu schwach und braucht das Blut jetzt gleich. Ich dachte, die Erde würde ihn heilen, aber der böse Charakter dieser Kreatur hat Justin befleckt. Jetzt hilft nur noch Blut.«

»Vielleicht sollten wir das Tabu brechen, voneinander zu nehmen«, sagte Stella.

Gwyltha schüttelte den Kopf. »Nein.«

Diese verflixten Briten mit ihren strikten ethischen Normen! »Warum denn nicht? Andernfalls stirbt er doch, oder nicht? Du sitzt einfach da und lässt ihn sterben, während wir Blut im Überfluss haben!« Wutentbrannt zog Stella ihr Sweatshirt aus. »Wenn ihr ihm die Nahrung schon verweigert, versucht bitte nicht, das auch von mir zu verlangen!«

»Stella!« Antonia fasste sie sanft an der Schulter. »Es würde nichts nützen. Kraft und Heilung kann ihm nur lebendiges, sterbliches Blut geben. Unser Blut ist weder das eine noch das andere.«

»Es gibt gute Gründe für dieses Tabu, Frischling.« Gwyltha sprach ruhig, aber mit unüberhörbarem Nachdruck.

Gut. Wurde die Lage dadurch weder besser noch schlechter. Justin lag nach wie vor im Sterben.

»Wenn ich fliege, hin als auch zurück, könnte ich es rechtzeitig schaffen«, sagte Antonia.

Gwyltha schüttelte den Kopf. »Du bist selbst geschwächt.

Ich fürchte, keiner von uns beiden könnte fliegen. Wir haben fast unsere ganze Kraft dafür gebraucht, ihn hierher zu bringen.«

Verzweiflung machte sich bei ihnen breit wie Nebel, der einem die Luft zum Atmen nimmt. Stella streichelte Justins Gesicht. Er öffnete kurz die Augen, dann fielen sie ihm wieder zu. Sie war sich nicht einmal sicher, ob er sie erkannt hatte. »Es muss doch eine Möglichkeit geben, ihm sterbliches Blut zu verschaffen!«, sagte Stella.

»Ich bin sterblich.«

Sam! Erschrocken drehten sie sich alle drei um. In ihrer Sorge um Justin hatten sie Sam ganz vergessen. Eigentlich hätte er am hinteren Ende der unterirdischen Kammer schlafen sollen, hatte er aber nicht, sondern ihr Gespräch Wort für Wort belauscht.

»Sam«, begann Stella ohne jede Ahnung, was sie als Nächstes sagen sollte. »Geh zurück in deine Schlafecke« war wohl mehr als falsch, aber er musste dies alles auch nicht hautnah erleben.

»Sam«, sagte Gwyltha, »dafür bist du noch zu jung. Wir nehmen kein Blut von Kindern.«

»Mir scheint, euch wird nichts anderes übrig bleiben. Ihr habt gesagt, Dr. Corvus liegt im Sterben und braucht menschliches Blut. Jetzt wollt ihr mir weismachen, ich kann ihn nicht von mir saugen lassen. Versucht mal, mich davon abzuhalten!«

Sie sollte mit ihm ein paar Takte über sein Benehmen reden. Später.

»Du bist zu jung und noch im Wachsen«, erklärte Antonia. »Es würde dich zu sehr schwächen. Unsere Regeln haben durchaus ihren Sinn.«

»Für mich ist das eine ziemlich dumme Regel!« Sam trat vor. Seine Augen waren rot und verquollen von den unvergossenen Tränen, aber sein Kinn aufmüpfig nach vorn gereckt. »Die Regel geht vielleicht euch was an« – sein grimmiger Blick betraf alle drei gleichermaßen – »aber mich nicht! Ihr könnt mich nicht abhalten. Er liebt Mom und mich. Wir brauchen ihn. Er ist der einzige Dad, den ich je hatte, und ich lasse ihn nicht sterben.« Er zog sich den Pullover aus, warf ihn auf den Boden und kam näher.

»Sam, ich bin mir nicht sicher ...«, begann Stella.

»Ich schon, Mom. Ich will nicht unhöflich sein«, sagte er, »aber das ist wieder so eine dumme Regel von euch Erwachsenen, die keinen Sinn ergibt.« Er begann sich das Hemd aufzuknöpfen. »Und versucht bloß nicht, mich aufzuhalten!«

Niemand hielt ihn auf. Aber was, wenn Sam dadurch Schaden nehmen sollte? Der Himmel stehe ihr bei. Welche Frau wollte schon zwischen ihrem geliebten Mann und ihrem Kind wählen? Wie konnte sie zulassen, dass Sam dieses Risiko auf sich nahm? »Sam!« Stella streckte die Hand nach ihm aus. »Du bist doch noch ein Kind. Justin könnte vielleicht zu viel nehmen und dir dadurch schaden.« Sie musste ihm das sagen. Sie konnte nicht zulassen, dass ihrem Kind etwas zustieß. Sie zitterte, als sie Sam zu sich heranzog. »Komm, setz dich auf meinen Schoß. Wir bleiben beide bei ihm.« Nein, ein Kind gehörte nicht an die Seite eines Sterbenden.

»Mom, das ist verrückt, und du weißt es! Dr. Corvus würde mir nie wehtun. Niemals!«

Ohne auf sie zu hören, machte er die nächsten beiden Knöpfe auf.

»Sam! Nein!« Es war höchste Zeit, ihren Einfluss als Mutter geltend zu machen und ihn zur Räson zu bringen.

»Warte, Stella«, sagte Antonia. »Vielleicht hat Sam ja auch recht. Justin mag zwar geschwächt sein, hat aber doch ein gewisses Maß an Kontrolle, und er spürt das gemeinsame Band.« Sie sah Gwyltha an, als erwartete sie Widerspruch.

Gwyltha nickte. »Wir sind zu dritt, mehr als genug, um es mit Justin in seinem gegenwärtigen Zustand aufzunehmen.« Sie blickte zu Sam mit seinen Knien voller Erde, seinen verstrubbelten Haaren und seiner kleinen Lampe in der Tasche, die einen schmalen Lichtkegel durch das unterirdische Gelass warf. »Bist du immer so hartnäckig und streitlustig?«

Er schüttelte den Kopf. »Nein, meine Mom würde mir was erzählen, wenn das so wäre.«

Gwyltha lächelte. »Kremple deinen Ärmel hoch. Die Pulsadern am Handgelenk sind besonders ergiebig, und falls wir dich losreißen müssen, können wir dich einfach am Arm packen. Wenn wir sagen, es reicht, dann stoppst du, verstanden?«

»Ja, Ma'am.«

Sam krempelte sich gelassen den Ärmel hoch.

Er schnappte hörbar nach Luft, als er den Schnitt in Justins Kehle sah. »Wer hat das gemacht?«

»Der versucht hat, ihn umzubringen, Kind«, antwortete Gwyltha.

Sam schluckte, und sein Gesicht wurde kreidebleich, als er das ganze Ausmaß von Justins Verletzungen sah.

Stella war sich nicht sicher, ob sie das zulassen sollte. Aber was blieb ihr übrig? Sams Entschluss stand fest. Also konnte sie nur dasitzen und zusehen, wie ihr Junge einen Teil seines Bluts weitergab.

»Es ist alles in Ordnung, Mom«, sagte er und umarmte sie. »Vertrau mir. Oder glaubst du wirklich, Mrs Gwyltha würde mich lassen, wenn es gefährlich wäre?«

Stella erwiderte die Umarmung, und sie hätte ihn noch länger festgehalten, aber er wand sich aus ihren Armen und kniete sich neben Justins Kopf.

Nach einem schnellen Blick hinauf zu Gwyltha zog Sam seinen Ärmel hoch und presste die Innenseite seines Handgelenks auf Justins Mund.

»Trink, bitte, trink«, flüsterte Sam.

Justin zeigte keinerlei Regung.

»Bitte«, sagte Sam.

Angstvoll und hoffnungsvoll zugleich krampfte sich Stellas Kehle zusammen. Sollte sie Sam zurückhalten? Wie konnte sie. »Bitte«, wiederholte Sam. »Bitte, Dad.«

Justins Lippen pressten sich gegen Sams Handgelenk, aber sonst war kein Anzeichen einer Bewegung zu sehen. In der Stille hallte Sams Herzschlag von den Wänden und der Felsendecke wider. An verschiedene Götter gerichtete Gebete stiegen himmelwärts. Wenn Justin nicht trank …

Mit einem Ruck griff er plötzlich mit beiden Händen nach Sams dünnem Ärmchen und hielt es fest. Sam zuckte, als Justins Fangzähne seine Haut durchbohrten, gab aber keinen Mucks von sich, kniete nur da, leicht nach vorne gebeugt und lächelnd.

Stella sah zu Gwyltha. Wusste sie wirklich so genau, wo die Grenze zwischen genug und zu viel lag? Was, wenn Justin vor Hunger durchdrehte und sie ihn nicht mehr stoppen konnten? Warum hatte sie bloß zugestimmt? Ein Vampir saugte an ihrem Sam! Ihr geliebter Mann nahm Blut von ihrem Sohn! Ihr Sohn rettete seinem Vater das Leben!

»Es reicht, Justin, genug!«

Justin reagierte augenblicklich auf Gwylthas Anordnung. Wie konnte es auch anders möglich sein. Immerhin hatte sie ihn verwandelt, oder nicht?

Er schob Sams Arm zur Seite und setzte sich auf. Dann schüttelte er den Kopf und öffnete die Augen, um sich umzusehen. Er wirkte benommen und verwirrt, befand sich aber auf dem Weg zurück ins Leben.

»Gwyltha«, sagte er, »was zum Teufel ist geschehen? Diese Kreatur …«

»… gibt es nicht mehr«, erwiderte sie.

Stella wäre ihr am liebsten um den Hals gefallen. Sam hatte in den letzten Stunden mehr als genug durchgemacht. Natürlich hätte sie gerne gewusst, was genau passiert war und welche schreckliche Kreatur überhaupt dazu in der Lage gewesen war, Justin das anzutun, aber Sam durfte auf keinen Fall davon erfahren.

Justin setzte sich auf. »Wer hat mir sein Blut gegeben?« – »Das war ich!« Sam grinste und fiel ihm derart stürmisch um den Hals, dass es ihn beinahe umgehauen hätte. »Ich! Sie haben gesagt, es geht nicht, aber dann ging es doch. Ich bin so froh, dass ich es gemacht habe. Ich wollte nicht, dass du stirbst.«

»Sam!« Justin nahm ihn auch in die Arme, warf aber, über Sams Kopf hinweg, Stella einen geradezu panischen Blick zu. *Habe ich wirklich sein Blut genommen?* dachte er.

Stella lächelte und nickte. Später würden sie sich darüber noch unterhalten müssen.

»Schon gut, Dad, wirklich.«

Das beruhigte Justin sehr. So direkt hatte Sam ihn noch nie mit Dad angesprochen. »Mein Sohn.« Er nahm Sam auf den Schoß und hielt ihn eng umschlungen.

»Jetzt sind wir blutsverwandt«, sagte Sam. »Genau wie Pete und Billy und ihre Väter. Du bist jetzt nicht mehr mein Stiefvater. Find ich toll.«

War es auch. Und zutiefst rührend, aber sie wollte die Freude in Sams Augen nicht trüben, und auch Justins fassungsloser Blick konnte sich sehen lassen.

»Ich will ja die traute Familienidylle nicht stören, aber Sams Blutverlust muss sobald wie möglich ersetzt werden, und du brauchst noch mehr Blut, Justin«, sagte Gwyltha.

»In der Klinik gibt es genug.«

»Aber irgendwie müssen wir hinkommen«, sagte Antonia. »Hierher sind wir ja geflogen, aber zurück …«

»Ich könnte zurückrennen und das Auto bringen«, schlug Stella vor. Nach Whitby war sie schon oft genug gefahren. Es würde einige Zeit dauern, aber …

»Du bist die Strecke schon einmal gelaufen an diesem Abend«, sagte Antonia, »und es besteht die Gefahr, dass du unterwegs entkräftet zusammenbrichst.«

»Ich könnte es doch versuchen.«

»Mom«, schaltete Sam sich ein, »ich komm mit dir.«

»Kleiner Sterblicher«, sagte Gwyltha, »du gehst nirgendwo hin, solange wir nicht deinen Blutverlust ersetzt haben.«

»Oh!« Sam schob die Unterlippe vor, widersprach aber nicht. Kein Wunder, war er doch ziemlich blass um die Nase.

»Ich rufe ein Taxi«, sagte Gwyltha, während sie ihr Handy zückte.

Mitten in der Nacht ein Taxi zu einer Vampirhöhle rufen. Warum nicht? Man befand sich hier immerhin in Whitby.

»Dir fehlt es am nötigen Ernst, Frischling!«, sagte Gwyltha mit einem entsprechenden Blick in Stellas Richtung. »Wir müssen so schnell wie möglich los. Sam, pack deinen Kram. Du kommst mit uns.« Sie unterbrach kurz, um das Taxi klarzumachen. »Ich brauche einen großen Wagen. Fünf Leute. *Black Swan,* in einer halben Stunde. Warten Sie auf uns, falls wir nicht da sind.« Sie klappte das Telefon zu und sah in die Runde. »Die Zeit drängt. Stella, du hilfst Sam beim Packen, während wir uns umziehen.«

Während sie und Sam all die Decken und Pullover in die Reisetasche stopften, verschwanden die anderen drei im Dunkel am Ende der Höhle und kamen, typisch für Vampire, nur Minuten später frisch und wie aus dem Ei gepellt wieder zurück. Gwyltha und Antonia waren piekfein und elegant wie immer, während Justin, abgesehen von einem erschöpften Zug um die Augen und den Mund, so sexy aussah wie eh und je.

»Dein Hals ist wieder ganz heil!«, sagte Sam, als Justin ihn hochnehmen wollte.

»Ja, mein Sohn. Dank deiner Hilfe.« Er küsste Sam auf die Stirn.

»Wir sind nun Blutsbrüder, Sam, auf immer und ewig, vergiss das nicht. Ich stehe in deiner Schuld und bin dir ewig dankbar.«

»Bist du mir echt was schuldig?«, fragte Sam. »Wie Schulden, die man zurückzahlen muss?«

»Ja.«

»Aber nicht nach dem Motto ›Du schuldest mir ein neues Fahrrad oder einen neuen Gameboy‹«, sagte Stella.

»Ach, Mom!«

Sie ignorierte die Art, wie er die Augen verdrehte. Wenn sie wieder zu Hause waren, würden sie das alles besprechen müssen, aber vor allem wollte sie hören, dass diesem Vampir-Eindringling sicher der Garaus gemacht worden war. Zu warten, bis Sam im Bett war, würde sie schier umbringen.

»Zeit zum Aufbruch«, sagte Gwyltha. »Sam, nimm deine Mutter fest an der Hand und lass nicht los. Wir verlassen die Höhle über einen anderen Weg.«

»Kann mein Dad mich nicht tragen?«

»Noch nicht. Er hat sich noch nicht ganz wieder erholt. Deshalb müssen wir auch so schnell wie möglich zurück.«

»Okay.« Lächelnd ließ sich Sam heruntergleiten, nahm zufrieden beide an der Hand, und sofort begaben sie sich auf den Weg durch ein Labyrinth von unterirdischen Gängen, das schließlich zu einem Ausgang in der Abteiruine führte.

»Cool!«, sagte Sam. »Am Tag sieht es ganz anders aus.«

»Pscht!«, machte Gwyltha. »Vorlauter sterblicher Fratz! Wir hätten dir doch die Augen wieder verbinden sollen! Vergiss nicht, dass du nichts gesehen hast. Uns soll hier keiner entdecken, und du weckst die ganze Stadt auf!«

Sam hatte verstanden. Er sagte kein Wort mehr, während sie die Rasenfläche überquerten und Antonia und Justin ihn über den Zaun hievten. Sie nahmen den schnellen Weg zurück in die Stadt, über die gewundene Treppe mit Aberhunderten von Stufen. Unten angekommen, bogen sie nach links und erreichten sehr bald, über Kopfsteinpflaster und an Geschäften mit heruntergelassenen Rollläden vorbei, das Black Swan. Dort wartete das Taxi.

Es war knapp zwei Uhr morgens, als Sam schließlich einschlief. Stella saß an seinem Bett. Sie wirkte angespannt und erschöpft und war sichtlich besorgt.

»Es besteht keine Gefahr für ihn, Liebes«, sagte Justin. »Ich habe ihm mehr Blut gegeben, als ich ihm genommen habe. Eine Nacht lang gut schlafen, und er ist wieder kerngesund.«

»Sicher?«, fragte Stella und sah zu ihm auf. »Gwyltha und Antonia haben so getan, als müsste man mit dem Schlimmsten rechnen, wenn du von ihm saugst.«

»Das wäre richtig, wenn ich sein Blut nicht ersetzt hätte. Er ist ein Kind und sein Körper noch nicht ausgewachsen, aber ich habe ihm die Menge von drei Pintgläsern gegeben. Morgen ist er sicher wieder ganz der Alte. Außerdem kann er ausschlafen und sich das Wochenende über schonen. Dann ist er am Montag wieder fit.«

»Meinst du wirklich?«

»Ich würde dich niemals anlügen, Stella. Ich schwöre Stein und Bein, dass ich niemals freiwillig von ihm gesaugt hätte, aber ...«

»Er hat sich ja sogar angeboten. Du hast in den letzten Monaten eine Menge für ihn getan. Da wollte er sich wohl revanchieren.«

Ja, Sam war ein so ehrenwerter Sohn, wie ihn sich ein Vater nur wünschen konnte. Ein wahrhaft nobles Angebot, aber ... »Eines musst du noch tun, Stella.«

»Was denn?«

»Du musst seine Erinnerungen an den heutigen Abend tilgen. Er ist noch ein Kind, Stella. Oder willst du wirklich, dass er sich ein Leben lang an dieses Bild erinnert, Gwyltha und Toni, schwer verletzt von dieser gemeinen Kreatur und blutüberströmt? Ganz zu schweigen von mir, mit aufgeschlitzter Kehle.«

»Du befürchtest noch immer, er könnte euer Geheimversteck verraten, nicht wahr?«

Das war unfair, aber verständlich. »Ich traue ihm sehr wohl, Stella. Er kennt ja auch schon das Geheimnis meiner und deiner Existenz, und ich glaube, auch unsere Zufluchtsstätte würde er nie verraten. Aber willst du wirklich dass er nachts mit Erinnerungen hochschreckt, die der Stoff für Albträume sind?«

»Natürlich nicht. Aber wenn wir ihm die nehmen, dann verschwindet auch sein Wissen darum, was er für dich getan hat.«

»Das ja, aber ich weiß bis in alle Ewigkeit darum.« Er legte einen Arm um sie. »Ich wünschte, ich hätte niemals Blut von ihm nehmen müssen.«

»Es war Sams freie Entscheidung. Wenn du sein Angebot nicht angenommen hättest, wärst du gestorben. So wie ich jetzt tot unter der Erde liegen würde, wenn du mich nicht verwandelt hättest. Es gab keine andere Möglichkeit, und Sam wusste das.«

»Aber er muss es nicht mehr wissen, wenn er aufwacht. Das kannst du doch nachvollziehen, oder?«

Sie nickte, die Augen auf ihren schlafenden Sohn gerichtet. Justin sah ihn ebenfalls an. Kleine Sterbliche waren so fragil, so verletzlich und so lebendig. Justin musste an seinen Halbbruder Lucius denken. Er war ungefähr in diesem Alter, als er ihn zum letzten Mal gesehen hatte. Lucius war schon lange tot, sogar seine Knochen mittlerweile wohl längst zu Staub zerfallen. Und Sam … Stella würde zusehen müssen, wie er immer älter wurde, bis er schließlich starb. Aber bis dahin dauerte es noch Jahrzehnte. Erst einmal war er noch im Knabenalter und auf ihre Hilfe angewiesen. »Es wird nicht unbedingt leichter, Liebes, und wenn du noch so lange zögerst.«

»Ich weiß, es ist nur … Verdammt! Du wirst es tun! Du bist auf dem Gebiet der Experte.«

»Ich bin noch geschwächt, und du bist seine Mutter.«

»Ja! Das bin ich! Ich habe aber auch gesehen, was dieser Vampir Jane und Angela angetan hat. Was ist, wenn ich pfusche und es Sam hinterher so geht wie den beiden?«

Er schloss sie in die Arme, in der Hoffnung, ihr dadurch die Angst zu nehmen. »Das war ein tollwütiges Untier und nur auf Zerstörung bedacht. Glaub mir. Letzte Nacht habe ich ihn kennengelernt.«

»Der war es also!« Sie sah aus, als wäre sie bereit, gegen eine ganze Legion von Schurkenvampiren in den Kampf zu ziehen.

»Wir haben allen Grund, das anzunehmen. Darum die Versammlung zurzeit unten. Du musst es tun. Jetzt. Du liebst ihn und wirst ihm schon deshalb nicht schaden. Geh nur ganz leicht über die Oberfläche seines Bewusstseins hinweg, so wie ich dir beigebracht habe, es nach dem Saugen zu tun. Nimm ihm die Erinnerung an unsere Zufluchtsstätte, an den Übergriff auf mich und an sein tapferes Einschreiten. Das ist alles.«

Noch immer zögernd, willigte Stella ein, und Sekunden später hatte sie die entsprechenden Erinnerungen auch schon abgeschöpft. Dann gingen sie gemeinsam nach unten und ließen Sam schlafend zurück.

»Würdest du mir jetzt bitte sagen, was hier vorgeht, und zwar in allen Einzelheiten?«, fragte Stella, als sie unten an der Treppe angekommen waren. »Und was hat es damit auf sich, dass es sich um denselben Vampir handelt, der Jane und Angela Gewalt angetan hat? Kam dir nie in den Sinn, dass mich das alles interessieren könnte?«

»Natürlich, und gerade habe ich dir doch davon erzählt, Stella. Davor hatten wir kaum eine Gelegenheit, uns zu unterhalten.« Sie gab ihm recht und nickte. »Höchste Zeit, das jetzt nachzuholen. Die anderen warten in der Küche. Wir müssen weitere Schritte planen und uns auf den nächsten Angriff vorbereiten.«

16

Man hatte das nicht jeden Tag, dass sich Vampire am häuslichen Küchentisch drängten. Während Justin Sam seine Transfusion gegeben hatte, hatten sich Gwyltha und Antonia an diversen Blutbeuteln gütlich getan. Die Reste ihres Mahls türmten sich in der Mitte des penibel gescheuerten Kieferntisches. Na wenn das keine Flecken geben würde!

Stella packte sie alle auf einmal zusammen und warf sie in die Müllpresse; kaum war diese in Gang gesetzt, riss sie ein paar Tücher von der Rolle und wischte die Platte mit einem Haushaltsreiniger sauber.

»Stella, hätte das nicht warten können?«, fragte Justin.

»Schon, aber da wir ja Sam vorgaukeln wollen, es sei überhaupt nichts Ungewöhnliches passiert an diesem Abend, meinst du nicht, dass der Anblick eines ganzen Haufens Blutbeutel auf dem Frühstückstisch doch verräterisch sein könnte? Er weiß sehr genau, wie viele ich davon pro Tag konsumiere.« Schnippisch? Vielleicht. Aber sie hatte die Nase voll bis oben hin. Das war ihre Küche, und wenn es ihnen nicht gefiel – selber Schuld.

Stella warf die gebrauchten Küchentücher in den Mülleimer und setzte sich.

»Ich gehe davon aus, du hast dich um Sams Erinnerungen gekümmert?«, sagte Gwyltha.

»Ja, hab ich.«

Gwyltha hob eine ihrer perfekten Augenbrauen ein Stück weit an. »Widerstrebend?«

War es das? »Nein.« Stella schüttelte den Kopf. »Er muss sich nicht an alles erinnern, was vorgefallen ist. Ich mag nur die Vorstellung nicht, in seinem Kopf herumzupfuschen.«

»Es geht um seinen Schutz und seine Sicherheit.« – »Und um deine.«

»Richtig«, sagte Gwyltha, »aber Sams Sicherheit ist, ob dir das gefällt oder nicht, unauslöschlich mit unserer verbunden. Als Justin die Verantwortung für ihn übernommen hat, wurden wir alle verantwortlich für ihn. Ich sage nicht ›Mach dir keine Sorgen‹, weil du dir als Mutter sowieso Sorgen machst, aber er ist außer Gefahr.«

»Wie kannst du so sicher sein?«

Gwyltha runzelte die Stirn. »Dieser Unhold hatte es auf jemand anders abgesehen.«

»Woher weißt du das?«

»Er hat es uns gesagt«, sagte Antonia.

»Einfach so?«

»Ganz so einfach war es nicht!« Justin strich sich über den Hals. Stella zuckte zusammen, als er vorsichtig schluckte. »Er hat sich aber entsprechend geäußert.«

»Was ist passiert?« Es war höchste Zeit, dass sie Bescheid wusste.

»In aller Kürze«, begann Gwyltha, »wir haben ihn gestellt, als er gerade auf Jagd war. Ich fragte, warum er keine Transitgenehmigung eingeholt habe, worauf er antwortete, er sei nur gekommen, um sein Eigentum zurückzuerlangen. Einen Geistessklaven. Er hatte es auf eine gewisse Elizabeth abgesehen, dafür …«

»Oh mein Gott!« Alle drei blickten sie fassungslos an. Wie konnte sie es nur wagen, zu unterbrechen! »Entschuldigung.« Noch eine Regel, die sie offenbar gebrochen hatte.

»Dafür dürften wir die andere behalten und mit ihr machen, was wir wollten. Ich sagte ihm, wir hätten keine Sklaven und auch keine Elizabeth. Er stürzte sich auf Antonia, aber das war nur eine Finte, denn schon im nächsten Moment attackierte er Justin. Nur mit vereinten Kräften konnten wir zwei ihn wegreißen. Aber selbst dann forderte er immer noch die Herausgabe dieser Elizabeth.« Gwyltha schauderte. »Ein Monster mit den Kräften eines Vampirs. Fürs Erste hat er sich ergeben, aber ich fürchte, er wird wiederkommen. Wir müssen uns vorbereiten.«

»Sollen wir alle zusammenrufen?«, fragte Antonia.

»Ehe wir unsere Verteidigung oder einen Angriff planen können«, sagte Justin, »müssen wir wissen, mit welcher teuflischen Kreatur wir es überhaupt zu tun haben.«

»Richtig«, pflichtete ihm Gwyltha bei. »Während Antonia auf Erkundungstour war, habe ich Etienne gerufen.«

»Nein!« Antonia wandte sich zur Seite und starrte Gwyltha entgeistert an. »Das ist nicht wahr!« Antonia war fast grün im Gesicht. Wenn Vampire sich übergeben könnten, dann stand sie kurz davor.

»Gemach, Toni«, sagte Justin, während er ihr die Hand auf die Schulter legte. »Friede. Hör zu. Würde Gwyltha zu diesem Mittel greifen, wenn es nicht dringend wäre? Du hast gesehen, wozu dieser Unhold in der Lage ist. Wir brauchen alle Hilfe, die wir nur kriegen können.«

Stella hätte alles dafür gegeben, zu erfahren, was da vor sich ging. Justin konnte sich auf eine Reihe von Fragen gefasst machen.

»Bei allem gebührenden Verständnis für deine Empfindlichkeiten, Antonia, aber die Belange der Kolonie haben klar Vorrang. Etienne Larouslière weiß mehr über Vampire als jeder andere Untote«, sagte Gwyltha.

Stella machte sich die beklommene Stille zunutze. »Zufälligerweise kennen wir diese Elizabeth.«

Darauf waren alle sofort ganz Ohr, und sie erzählte ihnen von Angelas Anruf. Selten gelang es einem Frischling, drei Großvampire sprachlos zu machen … wenn auch nur für ein paar Sekunden.

Justin sah zur Decke hoch, fuhr sich mit der Hand durchs Haar und murmelte: »Verdammt!«

Antonia starrte ins Leere, allmählich bekam sie ihre normale Gesichtsfarbe wieder.

Gwyltha zog beide Augenbrauen hoch und sagte: »Wäre nicht schlecht gewesen, wenn du das früher erwähnt hättest.«

»Hätte ich ja, wenn ich die Zeit dazu gehabt hätte, aber Justin kam hereingestürmt, rief dich an, und ich war damit beschäftigt, die Sachen für Sam zu packen. Für ein Gespräch war da keine Zeit.« In all der Aufregung und der Angst hatte sie den Anruf völlig vergessen.

»Was hätte das schon für einen Unterschied gemacht?«, fragte Justin. »Wir hätten uns ihm trotzdem gestellt, ohne etwas von seiner Kraft zu wissen. Außerdem hätten wir ihm nicht glaubwürdig antworten können, dass wir keine Elizabeth kennen. Vielleicht hat er uns ja geglaubt und ist längst über alle Berge. Falls nicht, bleibt uns nur zu hoffen, dass wir bei unserer nächsten Begegnung seine Schwachstellen kennen.«

»Ich dachte, ihr hättet ihn erledigt«, sagte Stella.

»Wir konnten ihn abwehren, ja«, sagte Gwyltha. »Aber er wird sich erholen. Du brauchst nur zu sehen, wie schnell Justins Wunde verheilt ist. Das verhält sich bei dieser Kreatur nicht anders. Trotzdem aber wird er Angela nicht finden. Wir müssen Tom anrufen und ihn warnen. Und wir müssen Unterstützung anfordern.« Sie hielt inne. »Ich frage mich wirklich, was dieses Monster hierher geführt hat. Von irgendeiner Seite musste er Informationen haben.«

»Aber wir haben gespürt, dass er ein Einzelgänger ist«, bemerkte Antonia.

»Vielleicht hat er Kontakt zur Menschenwelt, wer weiß«, sagte Gwyltha. »Aber genug der Mutmaßungen. Wenn Etienne ihn identifizieren und seine Schwachstellen ausmachen kann, können wir uns beim nächsten Mal besser verteidigen.«

»Bist du dir sicher, dass es dazu kommen wird?« Stella schauderte bei dem Gedanken.

»Es muss sogar dazu kommen«, sagte Gwyltha. »Wir können nicht zulassen, dass er auf unserem Territorium verbleibt. Bis dahin, Justin, ruf du bitte Tom an und sage ihm, dass wir kommen und dass Etienne bereits unterwegs ist. Er war einverstanden, dass wir uns in London treffen.«

»Ich ruf ihn sofort an«, sagte Justin. »Wann, glaubst du, wirst du dort sein?«

»So schnell wie möglich. Wir werden uns verwandeln. Komm mit, Justin, wenn du dich von deiner Familie trennen kannst. Antonia kann hierbleiben und Stella und Sam, falls nötig, zurück in die Höhle bringen.«

Einfach dort zu bleiben wäre viel einfacher gewesen, aber Sam hatte diese Bluttransfusion dringend gebraucht. Justin nickte und wandte sich Stella zu. »Wie sieht's aus, Stella? Meinst du, du kommst hier alleine zurecht, mit Toni an deiner Seite? Ich glaube kaum, dass diese Kreatur noch einmal zurückkommt. Er hat bei allen von uns dreien die Bewusstseinsprobe gemacht und ist überzeugt davon, dass wir diese Elizabeth nicht kennen.« Wirklich sehr gut, dass sie ihnen Angelas richtigen Namen nicht gesagt hatte. »Ich glaube, meine Anwesenheit in London wäre hilfreich, falls du ohne mich auskommst.«

Verflixt, die Sache wurde immer komplizierter; Monster, Magie und Vampirexperten, bei denen Antonia schlecht wurde, wer sollte da noch durchblicken? »Ehrlich gesagt wäre es mir lieber, du bliebest hier, aber wenn du dort unten eine Hilfe sein kannst, dann geh.«

»Ich danke dir, Liebes.« Er küsste sie, als er aufstand. »Ich ruf ihn an.«

Und sie würde nach Sam sehen.

Laran ließ die beiden Jugendlichen bewusstlos an der Bushaltestelle zurück. Selber schuld, was waren sie auch so spät noch unterwegs. Aber sie hatten ihm die dringend benötigte Nahrung gegeben, und aus Dankbarkeit ließ er ihre Gehirne intakt. Er hatte kurz erwogen, sie an ihn zu binden, aber noch zwei Ghule würden nur noch mehr Ärger machen, mehr als sie wert waren, und am Ende würden sie auch noch dieses Trio auf seine Spur locken. Dabei wusste er gar nicht, wo er als Nächstes hin sollte. Wo war diese Elizabeth? Zum Teufel aber auch, hätte er diese beiden Gören damals nur gleich umgebracht. Wenn er dieser Miss Elizabeth Connor endlich auf die Spur kam, war sie erledigt, ein für alle Mal. Und auf Piets Empfindlichkeiten als Vater hatte er die längste Zeit Rücksicht genommen. Elizabeth war eine tickende Zeitbombe und musste entschärft werden. Ein für alle Mal.

Aber bis er sie gefunden hatte …

Da er sich schon auf dieser Seite des Atlantiks befand, könnte er doch gleich noch einen Abstecher zum Mariposa machen und sich um die Marshs kümmern. Sie hatten ihren Zweck erfüllt, war ja schnell gegangen, und es gab sicher genügend andere Sterbliche, andere Unternehmen, die kurz vor dem Bankrott standen und als Möglichkeiten zur Geldwäsche infrage kamen.

Er würde schon durchkommen, bisher hatte er es noch immer geschafft.

Eine gute Idee wäre es vielleicht, Piet anzurufen und ihn zu fragen, ob er neue Informationen über Elizabeths Aufenthaltsort hatte. Noch eine Irritation: Sein Handy funktionierte hier nicht, aber wozu hatte er das von diesem Jungen geklaut. Laran klappte es auf und wählte Piets Nummer.

»Laran, vergiss Yorkshire. Dort ist Lizzie nicht.«

Endlich rückte der Idiot mit der Wahrheit heraus. »So viel weiß ich auch schon, Piet. Wo zum Teufel ist sie?«

»In Totnes! Sie wollte ihren ehemaligen Arbeitsplatz besuchen. Sie hat mich gestern angerufen.«

»Bist du dir dieses Mal sicher, Piet?«

»Ja, ganz sicher! Ich habe mit ihr gesprochen. Sie ist nicht mehr in Yorkshire.« Wenn sie je dort gewesen war. Von seinen Angreifern hatte jedenfalls keiner von ihr gehört. »Sie ist in Totnes! Sie will sehen, wo sie gearbeitet hat.«

»Und das sagst du mir jetzt!« Der Mann wurde auch immer dümmer.

»Du hast mir doch gesagt, ich soll warten, bis du mir neue Anweisungen gibst.« Verflixt, das hatte er, ja.

»Wo zum Teufel ist sie?«

Piet informierte ihn ausführlich, einschließlich der Zimmernummer in ihrem Hotel. »Sie hält sich für ein paar Tage dort auf. Sprich bitte mit ihr, Laran. Erklär ihr die Lage, und, am allerwichtigsten, sie soll dichthalten.«

»Dessen kannst du sicher sein.«

»Du tust ihr sicher nichts, ja?«

»Du kannst dich auf mich verlassen, Piet.« Und der Idiot tat das auch. Sterbliche konnten wirklich rührend sein.

Laran zog die Karte heraus und warf im Dunkeln einen Blick darauf. Sch… Devon! Weiter an die Grenzen dieses gottverdammten Landes hatte sie nicht gehen können. Aber dafür konnte er ja auch gleich drei Fliegen mit einer Klappe schlagen – beziehungsweise mit einem Paar Fangzähne. Damit würde die Tour sich lohnen. Sollte er das Auto nehmen oder es abgeben und fliegen? Ein Leben als Untoter steckte voller komplizierter Entscheidungen.

London. South Audely Street

Toby Wise blickte stirnrunzelnd auf den Monitor. »Sieh dir das an, Tom. Interessant.«

Tom sah auf Tobys Computer. »Großer Gott!« Sie hatten schon seit Stunden vor den Computern gesessen. Angela tigerte in Toms Arbeitszimmer auf und ab und machte gelegentlich vor der Verandatüre halt, um in den winterkahlen Garten zu blicken. Sie hatte befürchtet, Tom könnte vielleicht die Festplatte eines falschen Computers eingepackt haben, aber nein, sobald sie sie hochgefahren hatten, war alles da: das komplette von ihr installierte Programm und alles, was sie zufällig entdeckt hatte.

Zwanzig Minuten später rief er Toby zu Hilfe. »Er kennt sich in geschäftlichen Dingen so gut aus wie ich bei Computern«, sagte Tom zu ihr. »Er kann sich sicher einen Reim drauf machen.«

Möglicherweise. Aber bis auf den gemurmelten Verdacht, es mache alles einen ziemlich dubiosen Eindruck, hatte Toby seit seiner Ankunft keinen vollständigen Satz geäußert, und nun saßen er und Tom wie hypnotisiert vor dem Computer. Sie versuchte ihnen so weit wie möglich zu folgen; sie mochte das Programm zwar installiert haben, aber benutzt hatte sie es nie. Allein der Anblick der Tabellen und Zahlenreihen erinnerte sie wieder an die höhnische Bemerkung ihres Vaters, sie sei doch keine Buchhalterin. Aber anscheinend sah Toby doch, dass da einiges faul war. Ihre Vermutung war richtig gewesen ... und was sagte das über die Geschäftspraktiken ihres Vaters?

Sie starrte aus dem Fenster auf den Stamm einer kahlen Platane und seufzte. Das unbefriedigende Telefongespräch mit ihrem Vater neulich lag ihr schwer im Magen. War sie zu kurz angebunden gewesen oder er? Warum war ihr Verhältnis so distanziert? War es deswegen so kompliziert? Verflixt, sie war seit fünf Monaten wie vom Erdboden verschwunden gewesen, und er hatte sie keine Minute vermisst. Das allein war schier unfassbar. So durcheinander war sie nun auch wieder nicht.

»Verdammt aber auch. Sieh dir das an!«

Sie hatte Toby noch nie fluchen gehört, niemals. »Was denn?«

Tom sah auf. »Was hast du denn gefunden?« Noch ehe Toby antworten konnte, klingelte das Telefon. Nicht das glänzende graue auf seinem Schreibtisch, sondern Toms Handy, das auf dem Beistelltisch mit den Intarsien am Fenster lag. Da sie am nächsten dran war, nahm sie den Anruf entgegen.

»Angela«, sagte Justin. »Ist Tom da?«

»Er sitzt direkt neben mir wie gebannt vor dem Computer.«

»Kann ich ihn kurz sprechen, bitte?«

Tom nahm das Telefon, die Augen noch immer auf die Zahlenkolonnen gerichtet, die über den Bildschirm scrollten. »Hallo, Justin, was gibt's?« Auf klassische Vampirart mitzuhören wäre praktisch gewesen, aber sie hörte Tom nur immer wieder sagen: »Du lieber Himmel, nein!« »Natürlich.« »Wann?« »Meinst du wirklich, es ist nötig?« »Auf alle Fälle.« Dann legte er auf, stand da und nagte an seiner Unterlippe.

Obschon sie sich kaum mehr zurückhalten konnte, ließ sie ihn darüber nachgrübeln, was er soeben erfahren hatte. Er würde sie informieren, sobald er dazu bereit war. Bis dahin wollte sie wirklich wissen, was Toby soeben herausgefunden hatte. »Was hast du denn entdeckt, Toby?«

»Du lagst genau richtig mit deiner Vermutung. Die Bücher sind von vorne bis hinten und rauf und runter frisiert. Dabei ist die Datei, die du gefunden hast, nur ein Teil des Ganzen; es finden sich noch mehr davon, wohin man nur schaut. Du bist auf ein sehr interessantes und, ich muss sagen, geniales Betrugsmanöver gestoßen.«

»Dazu später mehr, Toby! Tut mir leid, Angela, aber es gibt dringendere Probleme. Uns droht böse Gefahr.«

Toby sah vom Monitor auf. »Was denn, alter Junge?«

Tom klappte sein Handy zu. »Die Katastrophe schlechthin! Justin, Gwyltha und Antonia haben einen fremden Vampir auf unserem Territorium gestellt. Er hat Justin angegriffen und schwer verletzt.« Angela musste schlucken vor Schreck. »Ihm geht es bereits wieder gut, und es ist ihnen gelungen, den Eindringling in die Flucht zu schlagen. Aber er war offenbar sehr stark, beängstigend stark. Gwyltha will wissen, welche Art Vampir das sein könnte. Sie hat Etienne Larouslière zurate gezogen.«

»Verdammter Mist!« Wenn Toby zweimal an ein und demselben Abend fluchte, dann war das entweder rekordverdächtig oder ein Zeichen größter innerer Anspannung.

»Wer ist den bitteschön Etienne Larouslière?«

»Ein gottverdammter Frosch!«, erwiderte Tom.

Unwahrscheinlich, dass Gwyltha in scheinbar größter Not Amphibien zu Hilfe rief. »Aber keiner vom Typ verzauberter Prinz, nehme ich an, oder?«

Toms Mundwinkel zuckten. »Nein, meine Liebe. Ein Franzmann. Gwyltha hat sich an Etienne gewandt, da er mehr über unsere Art weiß als jeder andere Vampir diesseits der russischen Grenze. Dieser Mann hat ein wirklich umfassendes Wissen, aber als Gast in meinem Haus hätte ich ihn nur ungern. Angesichts dieser Umstände jedoch ... Er wird so lange hierbleiben, wie Gwyltha ihn braucht.«

»Er soll sich mal lieber beeilen«, sagte Toby. »In wenigen Stunden beginnt es zu dämmern.«

»Aber das macht doch nichts, oder?«

»Ihm und den anderen Mitgliedern seiner Kolonie schon«, erwiderte Tom. »Vampire unterscheiden sich nach ihrer Blutlinie. Wie viele andere Vampire auf dem Kontinent kann sich Etienne unabhängig von seiner Heimaterde frei bewegen, fällt aber wie ein Filmvampir, sobald es hell wird, in einen tiefen Schlaf.«

»Ist also doch was dran an der Hollywood-Version.«

»Wenig.« Das war nun einmal ein wunder Punkt bei ihnen.

»Es muss also ein Experte aus Frankreich anreisen, um gegen den Vampir vorzugehen, der Justin attackiert hat.« Allein der Gedanke, dass so eine Kreatur stärker sein könnte als Justin, ließ sie erschauern.

»Die Geschichte geht noch weiter.« Tom kam näher und nahm sie in die Arme. »Dieser Vampir ist anscheinend nach Yorkshire gekommen, um, wie er es nannte, sein ›Eigentum‹ zurückzufordern: eine gewisse Elizabeth Connor.«

»Oh mein Gott!« Wenn er sie nicht gehalten hätte, wäre sie auf der Stelle umgekippt, so sehr zitterten ihre Knie.

»Ja.« Toms Stimme klang gepresst und angestrengt. »Wir müssen herausfinden, wer er ist, und ihn dann ausschalten. Und Etienne Larouslière ist unsere größte Chance dabei. Ein brillanter Kopf, aber charaktermäßig …«

»… eine Amphibie?«, schlug Toby vor.

Tom verzog den Mund zu einem halben Lächeln. »Teichabschaum käme mir in den Sinn.«

»Irgendwie werde ich den Verdacht nicht los, ihr mögt ihn beide nicht sonderlich. Woran das wohl liegt?«

Toby musste lachen. »Du bist einfach zu klug, Angela. Aber um ehrlich zu sein, Etienne hat mir nie was getan, nur …«

»Lass dich bloß nicht allein mit ihm erwischen«, knurrte Tom. »Dann bring ich den Kerl um!«

Schon wieder machte er einen auf Macho und Beschützer. »Tom, mach dir bloß nicht ins Hemd, ich kann sehr gut selbst auf mich aufpassen. Und dieser Etienne ist doch im Moment unsere geringste Sorge.« Gegen einen kleinen Flirt hatte sie ja nichts einzuwenden, aber wenn sie jemand als Besitz beanspruchte, hörte der Spaß auf.

»Ob es dir gefällt oder nicht, sein Besuch steht fest«, sagte Toby. »Er kann ja auch ganz nützlich sein, und im Moment brauchen wir ihn halt. Besser, wir vertrauen der Weisheit unserer Führerin. Soll ich inzwischen nicht schon mal ein paar Fenster aufmachen, Tom? Ich nehme an, sie kommen alle geflogen.«

»Larouslière ja. Ich denke, die anderen haben vor, sich zu verwandeln.«

»Alles klar.« Er durchquerte den Raum und öffnete die Terrassentüren. »Hast du für die anderen was zum Anziehen?«

»Im hinteren Schlafzimmer. Sei doch so nett und mach auch da oben das Fenster auf. Sie können jederzeit hier eintreffen.«

Als Toby gegangen war, sah Angela zu Tom. »Ich habe solche Angst. Er hat es auf mich abgesehen, und Justin wurde sein erstes Opfer. Was, wenn er Stella überfällt, oder Sam?« Daran trüge sie doch letztlich die Schuld.

»Niemals!« Diese Gedankenleserei schon wieder. »Sei nicht so streng mit dir.« Er streichelte ihr Haar, und sie schmiegte sich unweigerlich an seine starke Brust. »Sam war, als es passierte, in Sicherheit, und Justins Verletzungen sind nach einer Stärkung schnell verheilt. Es ist nichts dauerhaft Schlimmes passiert.«

»Aber trotzdem war es meine Schuld.«

»Ach was, Unsinn! Dich trifft keine Schuld daran, nicht mehr als für deine Verwandlung in einen Ghul. Es ist einfach passiert. Und falls dieser Mister Soundso hinter dir her ist, kann er sich auf was gefasst machen. Dich kriegt er jedenfalls nicht, niemals. Du stehst unter meinem Schutz, was automatisch bedeutet, unter dem Schutz der ganzen Kolonie.«

Noch vor wenigen Tagen hätte sie der Vorstellung, zu Tom zu »gehören«, heftig widersprochen, und was sie bis dahin so gewurmt hatte, gab ihr jetzt Sicherheit. »Aber wenn meine Anwesenheit Gefahr bedeutet?«

Er küsste sie lange und intensiv – ein süßes Versprechen für später. »Du machst mich glücklich, Angela. Glücklich über alle Maßen. Vergiss das nicht.«

»*Charmant!*«, sagte eine amüsierte Stimme.

Tom murmelte Worte vor sich hin, die man nicht wiederholen konnte.

Angela drehte sich um, wobei Tom wie eine Klette an ihr hing und seine Besitzrechte demonstrativ nach außen geltend machte: Einen Arm hatte er eng um ihre Schultern gelegt, die Fingerspitzen knapp über ihrem Brustansatz, als wollte er sie mit seinem Brandzeichen versehen. Sie empfand es nicht im Geringsten als unangenehm. »Guten Morgen«, sagte sie. Etwas wie »meine Güte« hätte besser gepasst.

Es fiel schwer, ihn nicht anzustarren. Etienne Larouslière war nicht sehr groß gewachsen, was er aber sonst in jeglicher Hinsicht wettmachte. Dunkles, windzerzaustes Haar fiel lockig über eine hohe Stirn. Seine Haut schimmerte blass wie Alabaster, und seine Augen waren von reinstem Veilchenblau, reiner als sie es je zuvor bei einem Menschen gesehen hatte. Die Farbe seines Hemds war exakt darauf abgestimmt. Der Kragen stand offen, sodass eine breite Goldkette mit einem Münzanhänger sichtbar wurde. Das Hemd war aus Seide und hatte weite Ärmel, die locker über das Handgelenk fielen. Dazu trug er eine schwarze Lederhose. Er sah aus wie eine unheilige Mischung aus Biker und Chorknabe. Bis er lächelte. In dem Moment zeigte sich der Verführer.

»Morgen, Larouslière«, sagte Tom.

»Ah, mein Freund Kyd, und …« Er präsentierte Angela ein gekonntes Lächeln und Tom eine hochgezogene Braue. »Willst du mich nicht vorstellen?«

»Mein Name ist Angela Ryan.« Sie streckte ihm die Hand entgegen.

»*Enchanté.*« Er beugte sich über die Hand, küsste sie, sah auf und lächelte. Seine Lippen kräuselten sich, seine Augen strahlten verheißungsvoll, und sein Mund öffnete sich ganz leicht. »Angela. Engel. Ein perfekter Name für eine perfekte Schönheit!«

In grauer Vorzeit, vor zwanzig Jahren vielleicht, hätte sie das beeindruckt. »Freut mich, Sie zu sehen, Mr Larouslière.«

Er probierte es noch einmal mit seinem Lächeln; ihre Hand hatte er noch gar nicht losgelassen. »Nennen Sie mich doch bitte Etienne, ich bitte inständigst darum.«

»Hi, Etienne. Willkommen. Die anderen sind noch nicht da.« Sie entzog sich seinem zärtlichen Händedruck. Genug war genug.

»Sind aber unterwegs«, sagte Tom. »Willst du etwas zu dir nehmen nach dem langen Flug, Etienne?«

Etienne lächelte Angela zu. Bei seinen gierigen, eindeutig auf ihren Hals gerichteten Blicken lief es ihr eiskalt den Rücken hinunter. »Das wäre wunderbar. Du bist ein wunderbarer Gastgeber, großzügig wie eh und je, Tom.«

Hätte Tom ihre Schulter noch fester umklammert, hätte sie blaue Flecken bekommen. Sie bewegte sich leicht, worauf er die Anspielung offenbar verstand und seinen Griff etwas lockerte. Aber nur ein wenig. »In der Küche gibt's Blutbeutel«, sagte Tom. »Ich zeig dir, wo's langgeht.«

Er schob Etienne regelrecht zur Tür hinaus. In dieser Situation war ihr Toms Besitzdenken ausnahmsweise sogar willkommen. Etienne warf ihr noch schnell ein letztes, süßliches Lächeln zu und säuselte: »Bis später, Engel.« Dann schloss sich die Tür hinter ihnen.

Sie hatte gerade zwanzig Sekunden Zeit, um tief durchzuatmen, den Kopf zu schütteln und zu schwören, niemals mit Etienne irgendwo alleine zu sein, als Toby wieder zurückkam.

»Oben ist alles bereit. Der Froschfresser ist schon angekommen, oder?«

»Ja.«

»Oh.« Er lächelte, und in seinem dunklen Gesicht zeigten sich elfenbeinfarbene Zähne. »War es tatsächlich so schlimm? Ich vermute mal, sein Charme und seine Ausstrahlung haben dich nicht gerade umgehauen.«

Sie musste unweigerlich lachen. »Beeindruckend, ja, aber nicht mein Typ.«

»War er sehr lästig?«

»Nicht wirklich. Tom hat ihm keine Gelegenheit dazu gegeben.«

Toby lachte in sich hinein. »Ein unglaublicher Typ, findest du nicht? Aber hinter all dem Gigologehabe verbirgt sich ein irre kluger Kopf. Er weiß wirklich mehr über unsere Art als sonst irgendein Vampir. Natürlich hat er schon ein paar Jährchen auf dem Buckel. Wesentlich mehr als ich.«

Toby war irgendwann im neunzehnten Jahrhundert verwandelt worden, Tom und Kit in der Tudorära, Justin im vierten Jahrhundert und Gwyltha noch sehr viel früher. Aus welcher Zeit stammte Etienne? »Wie viele?«

»Er kam, glaube ich, während des Sturms auf Jerusalem ums Leben, während des ersten Kreuzzugs. Du musst dir die Geschichte seiner Verwandlung dieser Tage mal von ihm erzählen lassen. Anscheinend verwenden die Franzosen hierbei ein anderes Verfahren.«

Von oben rief jemand. Justin und Co. waren angekommen.

»Ist Stella nicht mitgekommen?«, fragte Angela, als Justin und Gwyltha die Treppe herunterkamen.

»Nein. Ein Frischling kann solchen Mächten nicht standhalten. Sie ist in Havering sicherer«, erwiderte Gwyltha.

»Was, wenn er zurückkommt?«

»Antonia ist zu ihrem Schutz bei ihr, aber ich bezweifle, dass er zurückkommt. Seine Suche galt jemand ganz anderem«, sagte Justin.

»Ja, das hat mir Tom schon gesagt. Er hat es auf Elizabeth Connor abgesehen, und das bin ich. Meinst du, er ist der Vampir, der uns beide gemacht hat?«

»Sieht fast so aus«, erwiderte Gwyltha. »Und er ist sehr mächtig. Das wird nicht leicht werden. Uns steht eine Schlacht wie aus dem Bilderbuch bevor, es sei denn, ich täusche mich ganz.«

17

Als Angela Tom einmal gefragte hatte, wozu er sich den Luxus eines Esszimmers leiste, hatte er geantwortet: »Um beim Putzpersonal den Eindruck aufrechtzuerhalten, es handle sich um einen ganz normalen Haushalt. Und ab und an wird es sogar benutzt.«

Dies war eine jener Gelegenheiten.

Gwyltha nahm an der Stirnseite des Mahagonitisches Platz. Tom saß bereits auf der gegenüberliegenden Seite. Angela wartete nicht auf eine Aufforderung, sondern setzte sich blitzschnell neben ihn. Justin vereitelte Etiennes Versuch, sich neben sie zu setzen, was aber zur Folge hatte, dass er ihr nun direkt gegenübersaß. Toby nahm den übrig gebliebenen Platz.

So sah also ein Kriegsrat unter Vampiren aus.

Eigentlich sollte sie lieber nicht ironisch sein. Unter Umständen hing vom Ergebnis dieser Sitzung ihr Überleben ab, aber die Runde war einfach zu sonderbar.

Tom war wie immer eher der Stille, beruhigend und verlässlich. Angela wusste, sie würde ihm immer, was auch geschah, vertrauen können. Immerhin hatte er ihretwegen eine Hexe aufgesucht.

Gwyltha, starke Ausstrahlung, gebieterisch und sich ihres Ranges bewusst. Etienne, auf Gwylthas Bitte hin extra aus Frankreich eingeflogen; er sandte wohlwollende Blicke in Angelas Richtung, obschon Toms Hand besitzergreifend auf ihrem Arm lag. Sie würde Toby mit seinen Äußerungen über die intellektuellen Fähigkeiten des Franzosen auf jeden Fall beim Wort nehmen.

Toby war der Einzige in der Runde, den sie halbwegs als

ihren Landsmann betrachten konnte, aber er war zu anderen Zeiten an einem anderen Ort aufgewachsen. Seine Herkunftswelt der Plantagen hatte er hinter sich gelassen und war als blinder Passagier während des Unabhängigkeitskriegs auf einem Blockadebrecher außer Landes geflohen.

Und da war natürlich Justin, weltmännisch-selbstbewusst und sündhaft gut aussehend. Hätte sie nicht Tom an ihrer Seite, wäre sie sicher ein kleines bisschen eifersüchtig auf Stella. Aber es gab ja Tom, und sie liebte ihn ohne jeden Zweifel. Sie wusste, wer sie war, und dass Tom Kyd sie ebenfalls liebte. Sie hoffte nur, die versammelte Runde würde einen Weg finden, der drohenden Gefahr zu begegnen.

Die wenigen bruchstückhaften Erinnerungen an ihren ›Schöpfer‹ verursachten ihr immer noch Albträume, und sollte es stimmen, dass er stärker gewesen war als Justin, Gwyltha und Antonia zusammen ...

»Ich danke dir aufrichtig, Etienne, dass du uns so prompt zu Hilfe geeilt bist«, sagte Gwyltha.

Etienne erhob sich halb und machte eine Verbeugung. »Wie hätte ich mich der Bitte verweigern können? Dieser Bedrohung muss Einhalt geboten werden, und ich stehe natürlich, wie immer, selbstverständlich zu Euren Diensten.«

»Meines Wissens kennst du alle hier Versammelten, ausgenommen vielleicht Angela Ryan.«

Sie wurde ebenfalls mit einer höflichen Verbeugung bedacht. Sie musste zugeben, er hatte Stil. »Wir hatten schon das Vergnügen«, sagte er.

»Lasst uns beginnen«, sagte Gwyltha. »Justin und ich berichten, was wir in der unmittelbaren Begegnung mit diesem Eindringling erlebt haben. Wenn Angela dann noch ihre Erinnerungen beisteuert, kannst du vielleicht in etwa ausmachen, mit welcher Kreatur wir es hier zu tun haben und wo ihre Schwachstellen liegen.«

»Du denkst daran, ihn zu vernichten?«, fragte Etienne, wobei er eine perfekt modellierte Braue hochzog.

»Er hat uns angegriffen, und er bedroht eine Schutzbefohlene«, erwiderte Gwyltha. »Sollte er erneut auftauchen, bekommt er natürlich die Chance zur Umkehr; wenn er das Angebot ablehnt, machen wir von unserem Verteidigungsrecht Gebrauch.«

Etienne nickte; die Argumentation erschien ihm vernünftig. »Wenn ihr mir sagt, was ihr über ihn wisst, kann ich euch vielleicht helfen.« Er zuckte die Schultern. »Viel Zeit haben wir nicht.«

»Die Morgendämmerung beginnt um 7.45 Uhr. Das sind noch drei Stunden«, sagte Tom. »Du kannst die Sicherheitskammer haben, Etienne. Bleib, so lange du willst.«

»Ich will eure Großzügigkeit nicht länger als unbedingt nötig beanspruchen.«

»Die Zeit drängt offenbar, also lasst uns mit der Präsentation der Sachlage beginnen«, sagte Gwyltha. »Justin, du bist ihm zuerst begegnet. Berichte uns deine Erfahrungen.«

Etienne nickte, lehnte sich zurück und wandte sich Justin zu. »Ich bin ganz Ohr.«

Das war Angela auch. Ein paar Einzelheiten hatte sie von Tom schon erfahren, aber ihre Aufmerksamkeit hatte bis dahin der entwendeten Festplatte gegolten und nicht den Vorgängen in Yorkshire.

»Angefangen hat alles gestern Nachmittag. Mein Sohn kam nach Hause und erzählte, ein Mann habe ihn angehalten und nach dem Weg zu unserer Klinik gefragt. Intuitiv hat Sam ihm den falschen Weg gewiesen. Ich bin froh, dass er seinem Bauchgefühl vertraut hat. In der Annahme, es handle sich bei dem Mann um einen Skandalreporter, habe ich mich auf die Suche nach ihm gemacht. Ich fand ihn auch und wollte seine Neugier stoppen; er aber blies mich mit einer schier unfassbaren Kraft hinweg. Ich trat den Rückzug an, rief Gwyltha und Antonia zu Hilfe und veranlasste aus Furcht vor einem weiteren Angriff sofort, dass meine Frau und mein Sohn in unserer Zufluchtsstätte Schutz suchten.«

»Du hast einen Sterblichen in unseren sicheren Hafen gebracht?«, fragte Toby, hob aber auf einen Blick Gwylthas hin entschuldigend die Hand. »Tut mir leid, dass ich unterbrochen habe. Fahr bitte fort.«

»Wir haben also den Eindringling gemeinsam gestellt und ihn nach seinen Absichten befragt. Er verlangte die Rückgabe seines Eigentums: einer gewissen Elizabeth Connor. Der Name sagte uns damals nichts, und wir gaben an, wir wüssten nicht, wo sie sich aufhielte. Daraufhin reagierte er mit aller Kraft. Nach einem Scheinangriff auf Antonia verletzte er mich schwer und setzte mich außer Gefecht. Nachdem er bei allen von uns dreien noch die Bewusstseinsprobe gemacht hatte, trat er den Rückzug an.«

»*Mon Dieu!* Antonia wurde verletzt?« Seine offensichtliche Betroffenheit überraschte Angela. Etiennes Gesicht war mehr als besorgt. »Was ist mit ihr?«

»Es geht ihr gut«, sagte Gwyltha. »Sie wurde nicht schlimmer verletzt als ich. Das meiste hat Justin abbekommen.«

»Es geht ihr gut, aber sie kann trotzdem nicht teilnehmen?« Das Wort »Lügnerin« brauchte er gar nicht auszusprechen. Sein Ton sagte alles.

»Es geht ihr gut«, erwiderte Justin. »Sie ist in Havering geblieben, um meine Frischlingsfrau und meinen Sohn zu beschützen, einen sterblichen Menschenjungen. Gwyltha wollte mich aus Sicherheitsgründen hier haben. Sonst wäre ich zu ihrem Schutz zurückgeblieben.«

»Du hältst es für möglich, er könnte hier, in London, angreifen?«

»Weiß man's?«, sagte Gwyltha. »Wir wissen lediglich, dass er Hallerton, wo er abgestiegen war, verlassen hat. Antonia ist momentan im Begriff, die ganze Kolonie vor dieser Kreatur zu warnen. Sollte jemand seine Anwesenheit spüren oder ihn gar sehen, dann erfahren wir das; aber finde mal einer einen einzelgängerischen Vampir, der sich absichtlich verbirgt. Das ist, als würde man einen Wurm in der Erde suchen.«

»*Eh bien.*« Etienne nickte. »Erzähl weiter«, sagte er zu Justin.

»Viel mehr gibt's nicht zu sagen«, fuhr Justin fort. »Der Angriff erfolgte schnell und mit brutaler Gewalt. Er ging mir direkt an die Kehle; ich denke mal, mehr in der Absicht, mich zu verstümmeln, als mich zu töten. Nachdem er die Bewusstseinsprobe gemacht hatte und wusste, dass wir tatsächlich keine Elizabeth Connor kannten und nicht gelogen haben, ist er verschwunden.«

»Und es weiß niemand, wo man diese mysteriöse Elizabeth Connor findet?« Etienne blickte in die Runde.

»Zu dem Zeitpunkt wussten wir es nicht«, sagte Gwyltha.

»Aber jetzt?«

»Im Lauf der letzten Stunden ist einiges ans Licht gekommen«, sagte sie. »Wir hatten sie die ganze Zeit schon gekannt, nur unter einem anderen Namen.«

»Und der wäre?«, wollte Etienne wissen.

»Ich bin Elizabeth Connor«, sagte Angela.

Etienne beäugte sie nun sehr kritisch.

»Ich denke«, sagte Justin, »wir sollten Angela ihre Geschichte erzählen lassen. Dadurch wird vieles klarer.«

»Genau.« Tom tätschelte ihren Arm. »Erzähl alles. Je mehr Etienne weiß, umso größer ist die Chance, dass er uns helfen kann.«

»Alles?«, fragte sie.

»Ja.«

Angela atmete tief durch. So viel Aufmerksamkeit hatte sie sich eigentlich nicht gewünscht. Niemals. »Okay.«

Sie begann damit, wie sie und Jane in jenem Chicagoer Park Vlad kennengelernt hatten, berichtete dann weiter, wie sie mit Tom nach England gegangen war, von ihrem Wunsch, mehr über ihre Vergangenheit zu erfahren, ihrem Trip nach Devon – was ihr einige erstaunte Blicke einbrachte –, um die Spur mit der Jacke weiterzuverfolgen, den Anrufen von Jane und Adela sowie von dem Telefonat mit ihrem Vater. Zum

Schluss erzählte sie noch von ihrer Entdeckung, dass sie für Mariposa gearbeitet hatte, und von Toms Festplattenraub. »Toby half uns bei der Entschlüsselung der Daten, aber auf Gwylthas Anruf hin ließen wir alles stehen und liegen.«

»Erzähl den Rest auch noch«, sagte Tom. »Könnte unter Umständen relevant sein.«

Relevant? Als wäre das alles nicht schon unglaublich genug gewesen. »Ich bin, wie ich mittlerweile weiß, Elizabeth Connor. Mein Vater lebt in Oregon, und ich habe früher einmal für ihn gearbeitet. Ich bin eine Hexe und hatte, laut meiner Stiefmutter, die auch eine Hexe ist, beträchtliche Fähigkeiten auf diesem Gebiet.« Warum nicht gleich alles auf eine Karte setzen?

Einen größeren Schock hätte sie, selbst wenn sie es darauf angelegt hätte, nicht bewirken können. Toby fiel das Kinn vollends herunter. Gwyltha starrte vor sich hin. Justin entfuhr ein schnell unterdrückter kurzer Lacher, und Etienne brachte ihr mit seinen unverhüllten Blicken ein Interesse entgegen, das ausnahmsweise ohne Spur jeglicher sexueller Anspielung war. Ein nicht von der Hand zu weisender Fortschritt.

»Ich verstehe.« Angela vermutete, dass Gwyltha gar nichts verstanden hatte, sagte aber nichts. »Justin«, sagte Gwyltha, »ich muss mich bei dir entschuldigen. Ich dachte, einen kleinen sterblichen Jungen in die Kolonie aufzunehmen käme einem mittleren Beben gleich. Im Vergleich dazu war das nur der Flügelschlag eines Schmetterlings.«

Wenigstens hatte Gwyltha sie als Teil der Kolonie akzeptiert. Nun konnte sie sich richtig ins Kampfgetümmel stürzen. »Warum sollte meine Anwesenheit denn so viel Wirbel verursachen? Ich bin kein Ungeheuer, so wie ihr keine Wesen aus Horrorromanen seid.« Wenn ihr das nicht den sofortigen Rauswurf einbrachte, was dann?

»Ich muss gestehen, Tom«, sagte Justin, »du hast mich überboten. Ich frage mich, ob Vlad weiß, was er uns da für ein Ei ins Nest gesetzt hat ...«

»Höchstwahrscheinlich weiß er es längst«, mischte Angela sich ein. »Entschuldigt bitte, wenn ich so direkt bin, und ich will auch nicht überempfindlich erscheinen oder sonst was, aber warum soll ich nur eine Last sein für die Kolonie? Vielleicht besitze ich ja sogar Fähigkeiten, die euch nützen können, wenn nicht als Ghul, dann vielleicht als Hexe. Immerhin hat keiner ein größeres Interesse als ich und Jane, dass diesem Schurkenvampir das Handwerk gelegt wird. Jane ist nicht hier, ich schon.«

Zweimal verdutztes Schweigen innerhalb von fünf Minuten war wohl rekordverdächtig. Wahrscheinlich nicht reif für das Guinnessbuch der Rekorde, aber immerhin …

»*Incroyable!*« Etienne schüttelte den Kopf.

Angela fragte sich unwillkürlich, ob er die einzelne Locke absichtlich so drapierte, dass sie ihm ständig in die Stirn fiel. »Was ist denn so unglaublich?« Sollte er doch ruhig wissen, dass sie so viel Französisch gerade noch konnte.

»Du bist ein Ghul, aber …« Er zuckte auf sehr gallische Weise die Schultern. »Du bist intelligent. Ich hatte erwartet … weniger …« Er war völlig perplex.

»Diese Art Ghul bin ich nicht!«

Toby gackerte regelrecht; anders konnte man es nicht bezeichnen. »Ich bin der Meinung, Gwyltha, wir sollten unseren Neuzugang einfach akzeptieren und uns stattdessen lieber auf die dringenderen Probleme konzentrieren. Wir können uns immer noch Gedanken darüber machen, was es heißt, eine Hexe in der Kolonie zu haben. Jetzt sollten wir uns erst einmal diese Bedrohung vom Leib schaffen.«

Gwyltha nickte. »In Ordnung, Toby. Wenn niemand etwas dagegen hat.« Das war nicht der Fall. »Nun? Was hast du uns mitzuteilen, Etienne?«

»Vorab noch ein paar Fragen, wenn ihr gestattet.« Er wandte sich an Angela. »Mademoiselle Ghul, welche Erinnerungen haben Sie an Ihren Schöpfer? Egal was, und wenn es Ihnen noch so unbedeutend erscheint.«

»Nicht viel, befürchte ich. Alles, woran ich mich erinnere, ist ein Gefühl größter Angst. Wir hockten in diesem Park, waren unfähig zu denken. Nachdem Vlad uns gerettet und etwas zum Essen gegeben hat, kam unser Erinnerungsvermögen langsam zurück. Bis jetzt sind es nur Bruchstücke, und vieles von dem, was Jane mir erzählt hat, muss ich ihr einfach glauben. In dem Gespräch mit meinem Vater habe ich nicht einmal seine Stimme erkannt. Ich weiß lediglich, dass ich für ihn gearbeitet habe – ich habe Software installiert –, aber was genau das war, weiß ich nicht. Sicher bin ich mir nur darin, dass etwas im Unternehmen nicht stimmte. Toby und Tom haben versucht herauszufinden, worum genau es sich da handelte, als der Anruf kam, dass ihr alle kommen wolltet – jetzt bin ich wohl etwas vom Thema abgekommen, tut mir leid.«

Etienne nickte; er war jetzt ganz ernst und jedwedem Geplänkel abhold. »Da Sie oder vielmehr die Person, die Sie einmal waren, das Opfer sind, auf das es diese Kreatur abgesehen hat, war es vielleicht gar keine Abweichung. Nun, es wird sich herausstellen. Und Gwyltha, du und Justin, ihr beide habt eine große Kraft gespürt, eine Stärke.«

»Und Böswilligkeit«, fügte Gwyltha hinzu.

»Eine unglaubliche Kraft«, sagte Justin mit dem Ansatz eines Schauderns. »Sicher war ich von der ersten Begegnung geschwächt, aber er hat mich niedergemacht wie ein Fliegengewicht! Und am Ende war ich so gut wie erledigt!«

»Aber du hast dich zum Glück wieder erholt.«

»Nur nach ausgiebiger Speisung, und selbst jetzt bin ich noch geschwächt.«

»Mir geht's genauso«, fügte Gwyltha hinzu. »Er hat mich einfach weggepustet, über mehrere Meter, und am Boden festgenagelt, während er Justin angriff.«

Wenn er Gwyltha und Justin niedermachen konnte, wer konnte ihm dann widerstehen?

»Antonia dagegen hat er nicht angegriffen oder verletzt«,

sagte Etienne, als würde er laut denken. »Dabei würde jeder Vampir mit dem geringsten bisschen Verstand sehen, dass sie die Schwächste von den dreien ist.«

»Er hat es versucht, dachten wir jedenfalls, aber es war eine Finte«, erinnerte ihn Justin.

Etienne nickte.

»Oder er fühlte sich durch irgendetwas abgestoßen, hm? Was hatte sie denn an?«

»Bluejeans, einen Pullover und Turnschuhe«, sagte Gwyltha leicht genervt. »Was soll das schon ausmachen?«

»Keinen Schmuck?«

Gwyltha und Justin sahen sich an. Gwyltha runzelte die Stirn. »Eine Armbanduhr, Ohrringe – kleine goldene, glaube ich – und eine Halskette mit was dran.«

»War die Kette möglicherweise aus Silber?«

»Ja«, antwortete Gwyltha.

»Da haben wir's. Ein erster Hinweis. Er findet Silber abstoßend. Ohne diese Kette, nehme ich mal an, wäre Antonia sein erstes Opfer gewesen. Er spürte, dass sie relativ schwach war, und attackierte sie zuerst.«

»Dann sollten wir tunlichst morgen früh den nächstbesten Juwelierladen ansteuern, sobald die Geschäfte öffnen.«

Etienne teilte ihre Meinung. »Aber ihr müsst unbedingt darauf achten, dass es reines Silber ist. Unter Umständen hängt davon euer Überleben ab.«

»Was gibt's sonst noch?«, fragte Justin.

»Was könnt ihr mir sonst noch sagen? Wie groß war er? Wie sah er aus? Wie war seine Stimme? Sprach er gut Englisch oder mit einem Akzent?«

»Größer als Justin, schwerer gebaut. Die Stimme …« Gwyltha dachte nach. »Ein Akzent, möglicherweise amerikanisch.«

»Eindeutig amerikanisch, würde ich sagen«, fügte Justin hinzu. »Dunkle Haare, schlechter Atem.«

»Und es gibt eine Verbindung zu Elizabeth Connor, unserer Angela«, sagte Toby. »Sieht so aus, als sollten wir dort ansetzen.«

»Aber wo ist das? ›Dort‹?«, fragte Angela. »Ein Park in Chicago? Janes Haus? Allem Anschein nach ist er – oder ein anderer Vampir – da gewesen. Jane sagte, Vlads Leute hätten die Verfolgung aufgenommen. Es ist klar, dass er mich kennt, und höchstwahrscheinlich hat er mich auch abgemurkst. Und er mag kein Silber. Nicht sehr viel, woran man sich halten könnte.«

»Vielleicht«, sagte Etienne, »finden wir ja noch mehr heraus. Er ist bis jetzt nur nachts gesehen worden, richtig? Vielleicht schläft er tagsüber.«

»Nein. Sam hat ihn gestern Nachmittag auf dem Nachhauseweg von der Schule gesehen. Es war schon spät, aber noch hell draußen. Tageslicht kann ihm nichts anhaben.«

»Toll«, murmelte Toby. »Somit kann er sich jederzeit frei bewegen.«

»Also«, sagte Etienne, »die Sache mit dem Silber können wir als fix betrachten. Wäre er Tagesschläfer, würde ich sagen, er kommt aus Nordafrika oder aus dem Osten. Wir wissen nichts über seine Verwandlungs- oder Flugfähigkeiten. Aber wir wissen, dass er das Auto der schnelleren Art zu reisen vorzieht. Daraus ergäbe sich vielleicht für uns der Vorteil, schneller und mobiler zu sein. Fassen wir zusammen: Er ist immun gegenüber Tageslicht, reagiert auf Silber, und er ist möglicherweise unfähig, zu fliegen oder sich zu verwandeln. Gab es Spuren von Erde? In seinem Hotelzimmer oder in seinem Auto?«

»Darauf hab ich gar nicht geachtet«, sagte Justin.

Etienne runzelte leicht die Stirn. »Damit hätten wir zwei Möglichkeiten. Immerhin etwas. Ich würde sagen, er kommt entweder aus den europäischen Teilen Russlands oder aus Mittelamerika. Ein weites Feld, ich gebe es zu, aber ...«

»Gibt es Schwachstellen im einen oder anderen Fall?«, fragte Gwyltha.

»Erstere vertragen kein Holz – man muss sie jedoch nicht pfählen, es reicht schon ein gehöriger Schlag auf den Kopf. Ganz barbarische Koloniefürher lassen Vampiren, die in Ungnade gefallen sind, von ihren menschlichen Dienern zur Strafe hölzerne Halskrausen anlegen.« Die Vorstellung ließ ihn erschaudern.

»Und wenn er aus Mittelamerika kommt?«

Etienne lächelte Gwyltha zu. »Nicht ganz so leicht, befürchte ich. Sie reagieren auf bestimmte Kräuter aus dem Dschungel, aber darüber hinaus sagt man auch, dass sie sich von Zaubersprüchen und Magie abschrecken lassen.«

»Welche Art von Zauber?«, fragte Angela.

»Woher sollte ich das wissen? Ist doch nicht mein Metier.«

»Aber meines.«

Wieder herrschte schockiertes Schweigen.

»Du willst mit Zaubersprüchen gegen diese Kreatur vorgehen?« Angela war sich nicht ganz klar, ob Gwyltha empört war oder ob sie sich lustig über sie machte.

»Warum nicht? Von Tom weiß ich, dass Hexen versucht haben, Kit zu ermorden. Sie hatten die Macht dazu. Ich dagegen setze meine Kräfte nicht zerstörerisch ein, sondern nur zum Schutz. Wenn es mir gelänge, einen Schutzzauber hervorzubringen, um ihn zur Verteidigung gegen ihn einzusetzen, müsste das doch funktionieren. Wenn es in Zentralamerika funktioniert, warum nicht auch hier? Zauber bleibt Zauber.« In den Augen aller anderen war Zauberei aber auch eine ziemlich anrüchige Sache, wenn auch nicht komplett tabu.

»Wie würdest du diesen Zauber denn einsetzen?«, fragte Gwyltha, die nicht ganz so schockiert wirkte wie die anderen.

»Heute Nacht haben wir Vollmond. Die Zeit, in der wir neu geboren werden, Kräfte sammeln und untereinander teilen.« Sie hielt inne; warum nicht alles auf eine Karte setzen. »Ich habe die Einladung einer Hexe in Totnes, an einem Vollmondritual ihres Zirkels teilzunehmen. Wenn wir diese Kräfte alle bündeln ...«

»Du lieber Himmel!«, sagte Toby. »Was kommt denn noch alles auf uns zu?«

»Was habt ihr zu verlieren? Angesichts dieser Bedrohung brauchen wir jede Hilfe, die wir kriegen können.«

»Angela, in meinem ganzen langen Vampirleben haben wir noch nie mit Hexen zusammengearbeitet.« Gwyltha klang eher erstaunt denn sonst etwas.

»Ein neues Jahrtausend, neue Kooperationsmöglichkeiten, wer weiß.«

»Unglaublich«, sagte Justin. »Ich vertraue jedenfalls trotzdem auf Angela.«

»Wenn ich mir als reiner außenstehender Beobachter auch eine Bemerkung erlauben dürfte«, sagte Etienne. »Ihr habt Angela schon eure größten Geheimnisse anvertraut. Sie weiß genug, um uns alle zu vernichten, wenn sie denn wollte. Warum also das Vertrauen nicht noch ein Stückchen weiter ausdehnen?«

»Ich vertraue ihr voll und ganz«, sagte Tom. »Heute Abend werde ich sie begleiten. Sollte das Ungeheuer früher zuschlagen, müssen wir sehen, wie wir zurechtkommen, aber wenn sie uns mit ihrer Macht helfen kann, warum sollten wir sie dann nicht nutzen?«

»Ist das ein Ultimatum, Tom?«, fragte Gwyltha.

»Nein, Gwyltha, lediglich eine Erklärung meines Vertrauens in Angela. Ich glaube, sie könnte nicht einmal einer Fliege etwas zuleide tun. Welche Mächte auch immer sie heraufbeschwört, sie wird sie schützend und nie zerstörerisch einsetzen. Können wir es uns überhaupt leisten, Hilfe zurückzuweisen? Wenn dieser Verruchte dich und Justin überwältigt, dann müssen wir mit anderen Mitteln arbeiten als den uns zur Verfügung Stehenden.«

Angela wäre Tom am liebsten um den Hals gefallen, beschloss aber dann, damit besser zu warten und ihm zu danken, wenn sie alleine waren. Wenn nur die anderen auch noch einwilligen würden.

Niemand meldete ausdrücklich Widerspruch an.

»Dann soll es so sein«, sagte Gwyltha und wandte sich an Etienne. »Wir sind dir zu Dank verpflichtet für deine kenntnisreiche Hilfe, zu großem Dank.«

»Wenn es zur Lösung dieser Krise beiträgt, profitiere ich auch davon. Kreaturen wie diese sind eine Geißel der Vampirwelt und schaden uns allen.«

»Somit«, sagte Justin, »suchen wir also einen Mann, der größer ist als ich, schwerer gebaut, allergisch auf Silber sowie lichtunempfindlich und der auf Zauberei reagiert, möglicherweise auch auf Holz. Er erschafft sich Ghule und betrachtet sie als sein Eigentum.«

Darauf erschauderten alle, am meisten aber Angela.

»Was sonst noch?«, fragte Tom.

»Er hat schlechte Manieren und ist arrogant«, fuhr Gwyltha fort. »Weiß genau, was er will, ist skrupellos, machtbewusst und bereit, jeden auszuschalten, der sich ihm in den Weg stellt.«

»Ich kannte jemanden, auf den diese Beschreibung genau zutrifft«, sagte Angela. »Ich konnte ihn nicht ausstehen. Er war Angestellter meines Vaters.«

18

Angesichts dieser flüchtig dahingesagten Worte stockte Angela der Atem. Konnte das sein? »Nein! Unmöglich. Auf gar keinen Fall!« Aber die dumpfe Erinnerung an ein mitgehörtes Telefonat, in dem ihr Vater wortwörtlich gesagt hatte, Laran würde sich um sie kümmern, hallte wie ein schmerzliches Echo in ihrem Bewusstsein wider. »Nein!«

Sie begann zu zittern, um sie herum drehte sich alles, und die um den Tisch versammelten Personen wurden zu bleichen Schatten, als Toms Arm sie umfing.

Als sie wieder zu sich kam, lag sie auf dem Sofa in Toms Arbeitszimmer. Tom saß neben ihr, und sie hatte ein kaltes Tuch auf der Stirn. In einem gewissen Abstand drängten sich, besorgt dreinblickend, die anderen vier Vampire.

O Mann, sie kam sich so dumm vor!

»Geht's wieder?«, fragte Tom. »Du hast uns vielleicht einen Schreck eingejagt.« Angela nickte. Sprechen war ihr zu anstrengend. »Ein weiterer Gedächtnisblitz, nicht wahr?«

»Ja. Aber ...« Mann, war ihr schwindlig. Gut möglich, und sie fiel wieder in Ohmacht.

»Sie braucht Nahrung«, sagte eine weit entfernte Stimme. »Habt ihr was zu essen hier?« Sie bemerkte den französischen Akzent.

»Im Kühlschrank in der Küche. Justin, sei so gut und hol ihr was.«

»Es geht schon.« Sie setzte sich auf. Ausgestreckt dazuliegen war so lächerlich. Sie musste darüber nachdenken, bekam aber bei dem Versuch schon Kopfschmerzen.

»Bitteschön, Angela.« Sie hatte vergessen, wie schnell Vampire sein konnten.

»Danke.« Sie nahm eine ganze Packung Lammkoteletts aus Justins Händen entgegen und spürte, noch während sie das Fleisch verspeiste, wie ihr Kopf immer klarer wurde. Toby, Justin und Gwyltha waren ans Fenster gegangen. So viel Taktgefühl hatten sie. Dagegen sah ihr Etienne fasziniert zu.

»*Mon Dieu,* es stimmt also doch! Jetzt sehe ich mit eigenen Augen, wovon ich bisher nur gehört habe. Gwyltha, deine Kolonie ist die mit Abstand interessanteste, die ich kenne.«

Bei anderer Gelegenheit wäre ihr Etiennes unverhohlene Neugier auf die Nerven gefallen; nun war sie zu erschöpft, als dass es ihr was ausgemacht hätte.

»Fühlst du dich jetzt besser?«, fragte Tom.

»Ja.« Besser schon, aber nicht unbedingt gut. Trotzdem … »Tut mir leid. Normalerweise bekomme ich Kopfschmerzen, und mir wird schwindlig, wenn neue Erinnerungen auftauchen, aber weggetreten bin ich noch nie.«

»Aber ist es überhaupt schon mal vorgekommen, dass Erinnerungen an Ihren Vater auftauchen?«, fragte Etienne.

»Nein, noch nie.«

»Könntest du versuchen, dich noch besser an diesen Mann zu erinnern, so gut es geht? Wäre das zu viel verlangt?«, fragte Gwyltha.

Nein, zu viel war es nicht, nur zu schwierig, aber … »Sein Name ist Laran Radcliffe, und er arbeitet für meinen Vater. Aber erinnert habe ich mich ja an dieses Telefonat meines Vaters, in dem er sagte, Laran würde sich um mich kümmern. Dies war wohl auch der Zeitpunkt, als ich die Flucht ergriffen habe. Sollte ich zu Jane geflohen sein, was Sinn ergibt, da sie meine Halbschwester ist, dann …« Sie brach ab, der Schrecken schnürte ihr die Kehle zusammen. »Ich habe ihn zu Jane gelenkt. Es ist alles meine Schuld!«

»Unsinn!«, sagte Gwyltha, wobei sie wie ein entnervtes Kindermädchen klang. »Wie solltest du denn schuld daran sein?«

»Die Schuld trägt allein dieser Vampir – und sein Auftraggeber, wer auch immer das ist«, sagte Toby.

»Das war mein Vater.« Ihr wurde eiskalt ums Herz. Dass sie einen unterkühlten Umgang miteinander hatten, war harmlos im Vergleich zu der Vorstellung, dass er sie in einen Ghul hatte verwandeln lassen.

»Nicht unbedingt«, sagte Toby. Alles starrte in seine Richtung. »Angenommen, diese Kreatur ist der Vampir, den wir suchen, vielleicht wollte ja dein Vater nur, dass er mit dir redet, dich überzeugt oder einschüchtert, hatte aber diesen gewaltsamen Übergriff auf dein Bewusstsein nie beabsichtigt.«

Diese Vorstellung hatte etwas geradezu Tröstliches. Angela machte die Augen zu und versuchte, sich das Gesicht ihres Vaters vorzustellen. Unweigerlich tauchte Larans Gesicht vor ihr auf. Laran, wie er neben dem Auto stand, als sie zum Abendessen fahren wollten ... »Mist!« Sie schaute zu Gwyltha und Justin, ehe sie Toms Hand ergriff. »Es hat keinen Sinn. Unmöglich, Laran ist kein Vampir. Er ist vielleicht ein Schurke vor dem Herrn, und vielleicht hat er meinen Vater auch betrogen, aber mehr nicht.« Zu schade aber auch – die Rolle des Bösewichts hätte so gut zu ihm gepasst.

»Wie kommst du darauf?«, fragte Justin.

»Er nimmt feste Nahrung zu sich. Ich habe es genau gesehen. Er kaut und schluckt. Dad und ich haben am Abend vor meiner überstürzten Abreise mit ihm zusammen zu Abend gegessen.«

Alle wirkten sie so, als wäre ihnen die Lösung vor der Nase weggeschnappt worden. Wäre aber auch zu schön gewesen und zu einfach!

»Nein, nein!«, platzte Etienne mitten in die Stille hinein. »Wenn unser Wiedergänger ein Vertreter aus Mittelamerika ist, spielt das keine Rolle; diese Vampire trinken sehr wohl Blut, ja, vorzugsweise frisches, aber sie nehmen in begrenzten Mengen auch feste Nahrung zu sich. Dadurch gehen sie problemlos und jederzeit als Sterbliche durch.«

»Und sie werden nicht erkannt«, fügte Toby hinzu. »Sehr praktisch!«

»Denkt daran, was ich euch über seine Schwachstellen gesagt habe: Silber und Magie, aber jetzt«, sagte Etienne, »muss ich zu meinem großen Bedauern leider aufbrechen. Der Morgen graut.« Ein Blick aus dem Fenster zeigte, dass der Himmel schon hell wurde. »Wenn ich eure Gastfreundschaft noch einmal beanspruchen darf, Tom, dann komme ich am Abend noch einmal wieder.«

»Ich bring dich zur Tür, Etienne«, sagte Tom, worauf sie beide den Raum verließen.

Tom ging mit Etienne hinaus und ließ sie zurück, alleine, als Hexe, unter drei Vampiren, Vampiren, mit denen sie befreundet war, ehe sie sich ›geoutet‹ hatte.

Und jetzt? Konnte man's wissen?

Und als ob das alles für einen Abend nicht genug wäre, musste sie, trotz Toms beruhigender Worte, auch noch davon ausgehen, dass ihr eigener Vater Laran losgeschickt hatte, ihr Bewusstsein zu zerstören.

»Du siehst erschöpft aus, Frischling«, sagte Gwyltha, »und besorgt.«

»Ist das ein Wunder? Ich habe die ganze Nacht keine Auge zugetan und muss mir die Frage stellen, ob mein Vater mir das Leben verpfuscht hat.« Unter ihren Augenlidern brannten Tränen.

Gwyltha setzte sich neben sie. »Hältst du es wirklich für möglich?«

»Ich weiß es selbst nicht. Ich kenne ihn ja gar nicht, weiß erst seit gestern, dass es ihn gibt. Wir haben einmal miteinander telefoniert.« Eine ziemlich ernüchternde Erfahrung. »Anscheinend habe ich eine stärkere Erinnerung an Laran Radcliffe als an meinen Vater. Könnte damit zu tun haben, dass ich Laran nicht mag und ihm misstraue.«

»Mit deiner Erinnerung kommen auch deine Instinkte wieder.«

»Diese verdammten Erinnerungen sind so durcheinander, dass nichts einen Sinn ergibt.«

»Das kommt noch.«

»Aber wir sind doch darauf angewiesen, dass sie *jetzt* einen Sinn ergeben! Dieser Unhold, wer auch immer er ist, lauert uns jetzt, in dieser Minute, irgendwo da draußen auf.« Angela warf einen Blick in den immer helleren Himmel, als erwartete sie ein Gesicht am Fenster, das grimmig hereinschaut.

»Gewiss, hilfreich wäre es schon. Aber wenn selbst wir Vampire Grenzen haben, wieso sollten Ghule dann eine Ausnahme bilden? Ausgeruht kannst du uns sicher besser helfen als in diesem erschöpften Zustand. Wir brauchen dich, Angela.«

»Ich bin keine persona non grata?«

»Weit davon entfernt. Wenn es stimmt, was Etienne sagt, dann brauchen wir deine Fähigkeiten unbedingt.«

»Zurzeit ist von meinen Fähigkeiten kaum etwas vorhanden.«

»Immer noch mehr als bei jedem Einzelnen von uns. Kann nicht dieses Vollmondritual helfen, sie wiederherzustellen?«

Angela nickte. »Sollte es schon, ja. Ich bin mir nicht ganz im Klaren darüber, was ich von mir aus unternehmen kann. Verflixt, ich weiß nicht einmal, was ich eurer Meinung nach unternehmen soll.«

»Wir tappen alle im Dunkeln, aber wenn wir dieses Monster durch Zauberei besiegen können, brauchen wir dich.«

Da es dieser Vampir auf sie abgesehen hatte, war sie auf ihre Fähigkeiten angewiesen. »Es besteht immer noch die Chance, dass er aufgibt und nach Hause zurückkehrt.«

»Hältst du das für möglich?«, fragte Toby.

»Ich wünschte, es wäre so! Wenn es wirklich Laran ist, dann wird er nicht eher ruhen, als bis er mich gefunden hat. Es scheint so, als könnte ich nicht einmal nach Hause gehen. Ich kann nirgendwo hin!«

»Er wird dich nicht finden«, versprach Justin. »Wenn es hart auf hart kommt, gibt es sichere Plätze, an denen wir dich verstecken können.«

»Was? Ich verstecke mich doch nicht, während dieses Ungeheuer hinter euch her ist! Er muss gestoppt werden, und ich tue alles, um euch dabei zu helfen.« Sie überlegte kurz. »Ich muss nach Oregon telefonieren. Ist Laran da, dann wissen wir, dass nicht er das Monster ist.« Wenn nicht, würde sie mit ihrem Dad ein Wörtchen reden. Auch ein Gespräch mit Adela würde sich anbieten. »Schade, dass es jetzt nicht geht. Dort ist es mitten in der Nacht.«

»Dann halte dich an meinen Rat und ruh dich aus«, sagte Gwyltha.

Eigentlich gar keine so schlechte Idee.

»Eine starke Frau«, sagte Toby, als sich die Tür hinter Angela schloss.

»Das sind die besten«, erwiderte Justin.

»Ich nehm dich beim Wort.«

Justin grinste. »Mach das. Und da wir schon über starke Frauen reden, ich will meine mal anrufen. Hören, ob es Sam gut geht.«

Toby sah ihm zu, wie er zur Terrassentür hinausging. »Die Ehe hat unseren hartgesottenen Doktor weich gespült.«

»Er hat eine tolle Frau bekommen«, sagte Gwyltha, »und seinen inneren Frieden gefunden.«

»Wer sagt hier was von tollen Frauen?«, fragte Tom, als er hereinkam. »Meine hat mir gerade nahegelegt, zu verduften!«

Gwyltha drehte sich in seine Richtung. »Quatsch!«, sagte sie, wobei ihr Mund zuckte.

»Sie habe angeblich eine Menge um die Ohren und müsse allein sein.«

»Sie hat tatsächlich eine Menge um die Ohren, und sie braucht Ruhe. Sie wird noch jede Menge Kraft brauchen, bis wir das durchgestanden haben.«

»Willst du allen Ernstes eine Hexe in die Kolonie aufnehmen?«, fragte Toby mit deutlichem Zweifel in der Stimme. »Ich hätte nie geglaubt, dass es mal so weit kommen würde.«

»Ich auch nicht«, antwortete Gwyltha, »aber Tom bürgt für sie, und wenn Angelas Fähigkeiten uns helfen, diese Bedrohung aus der Welt zu schaffen, dann hat sie einen Platz in unserer Mitte verdient.«

Toby schüttelte den Kopf. »Ich stelle deine Entscheidungen nicht infrage, Gwyltha, ich wundere mich nur. Neu hinzugekommene Vampire, Kinder, Ghule, Hexen. Die Kolonie hat sich im letzten Jahr doch sehr verändert.«

»Wir schreiben das 21. Jahrhundert, mein Bester«, sagte Tom. »Die Zeiten ändern sich.«

»Und die Zeit ist knapp«, sagte Gwyltha. »Wir müssen unsere weitere Vorgehensweise planen. Wir können nicht alles Angela überlassen.«

»Soweit alles in Ordnung in London?«, fragte Antonia, als Stella das Telefon weglegte und in die Küche zurückkam.

»Soweit schon, ja. Offenbar konnten sie herausfinden, um welche Art Vampir es sich in etwa handelt – für mich völlig neu, dass es unterschiedliche Arten von uns gibt. Anscheinend hat dich deine Silberkette gerettet. Ich musste Justin versprechen, baldmöglichst nach York zu fahren, um silberne Ketten und Armbänder für mich und Sam zu kaufen. Sie haben wohl gerade einen Vampirgipfel abgehalten unten in London. Sie glauben nicht, dass er uns noch einmal besucht, aber genau weiß das natürlich keiner. Justin kann auch überhaupt nicht sagen, wann er wieder nach Hause zurückkommt. Das liegt mir schwer im Magen, denn einerseits wäre ich gern bei ihm, andererseits will ich Sam nicht im Stich lassen.«

»Wenn dieses Untier, ich weigere mich, ihn einen Vampir zu nennen, hinter Angela her ist, dürften wir hier oben sicher sein. Ich frage mich nur, wie viele von uns erforderlich sind, um ihn zu schlagen. Du hast, im Gegensatz zu mir, nicht gesehen, wie schnell er Justin erledigt hatte. Dieses Untier ist so was von stark.«

»Aber anscheinend ist er unfähig, zu fliegen oder sich zu verwandeln; er ist nicht auf Heimaterde angewiesen und kommt höchstwahrscheinlich aus Mittelamerika. Dieser aus Frankreich herbeigerufene Experte scheint wirklich eine Menge zu wissen.«

»Larouslière?« Antonia runzelte die Stirn.

Stella nickte. »Ja genau, so heißt er.«

»Oh, ja. Der weiß wirklich alles! Was für ein aufgeblasener, selbstherrlicher Typ. Ein Wunder, dass er noch nicht geplatzt ist!«

»Du magst ihn nicht sonderlich?«

»Stella. Wenn ich mich nicht ganz täusche, dann ist er der Grund, warum Gwyltha wollte, dass ich hierbleibe. Nicht nur um dich, sondern auch um Etienne Larouslière zu schützen, und zwar vor mir!«

»Oh!« Hätte sie die Neugier noch mehr anstacheln können? »Du kommst also nicht gut mit ihm aus?«

»Als ich ihn das letzte Mal gesehen habe, drohte ich, ihn der Sonne vorzuwerfen, sollte ich ihn jemals wiedersehen. Als Franzose verträgt er im Gegensatz zu uns überhaupt kein Licht.«

»Das war wirklich dein Ernst?«

»Zu dem Zeitpunkt, ja. Ob jetzt noch?« Sie zuckte die Schultern. »Nein. Er ist die Strafe nicht wert, die mir blühen würde, aber alles in allem muss ich sagen, dass ich ihn hasse, verabscheue und verachte. Er ist der letzte Abschaum.« Nun gab es kein Zurück mehr, Stella wollte und musste die ganze Geschichte wissen. Antonia, sonst die Ruhe selbst, war hochrot im Gesicht, und ihre Augen funkelten.

»Was ist passiert?«

Antonia lächelte gequält. »Ich verliebte mich in ihn, war ihm mit Haut und Haaren verfallen und nicht mehr Frau meiner Sinne. Um ehrlich zu sein, Justin hatte mich vor ihm gewarnt, vor seiner Flatterhaftigkeit, aber ich war zu verknallt und wollte nicht auf ihn hören. Das musste ich bitter bezahlen. Ich habe ihn in flagranti erwischt, und hinterher hatte er sogar noch den Nerv zu sagen, der Seitensprung zähle nicht. Er liebte mich angeblich, und sie war nur ein Zeitvertreib. Daraufhin habe ich ihm den Sonnenaufgang versprochen. Ich hätte es garantiert auch gemacht, wenn mich Gwyltha und Justin nicht vorsichtshalber nach Yorkshire geschleppt hätten.« Sie hielt inne. »Das war zu der Zeit, als die beiden noch zusammen waren; du kennst doch die Geschichte, oder?«

»Dass Justin und Gwyltha ein Paar waren? Ja.« Nichts lag ihr ferner als Eifersucht; sie und Justin hatten beide ihre eigene Vergangenheit, nur dass seine so viel länger gewesen war. »Wann war das denn?«

»Im Juni 1793. Ein durch und durch verkorkstes Jahr. Der König und die Königin verloren ihren Kopf und ich mein Herz.«

Von ihrer saloppen Art ließ sich Stella keine Minute täuschen. »Es gibt keinen vergleichbaren Schmerz, nicht wahr?«

»Kannst du auch ein Lied davon singen?«

»Nicht ganz dasselbe. Aber Sams Vater hat mir ewige Liebe und Treue geschworen und ist dann klammheimlich verschwunden und kam nie mehr wieder.«

»Nachdem Sam geboren war.«

»Als ich schwanger war.«

»Männer sind Schweine!«

»Nicht alle. Manche sind ziemlich wunderbar.«

»Du hast einen von dieser Sorte.«

»Eines Tages findest auch du den Richtigen.« Bei Antonias Aussehen und ihrem Stil musste es den passenden Vampir dort draußen für sie geben.

»Nein danke. Gebranntes Kind scheut das Feuer – oder einmal gebissen, doppelt schüchtern.« Sie kicherte. »An mir wird sich, im wahrsten Sinne des Wortes, keiner mehr festbeißen.«

»Er hat an dir gesaugt?« Unmöglich, angesichts dieses strengen Tabus!

»Das nicht, nicht direkt, aber die Franzosen beißen schon mal zu und kosten auch von anderen Vampiren, wenn es Teil des Liebesspiels ist. Sie haben, verflixt noch mal, überhaupt keine Tabus. Keinen Sinn für Treue, und was ihr viel gepriesenes Ehrgefühl betrifft, da hatte ja Kain noch mehr!«

Vielleicht, aber bei allem Hohn spürte Stella doch tiefere Gefühle als bloße Verachtung. »Du hast ihn seit zweihundert Jahren nicht mehr gesehen?«

»Einmal.«

Dieses einzelne Wort versprach eine lange Geschichte. »Was ist passiert?«

»Ich habe mich selbst zum Narren gemacht, sämtliche Vampire in ganz England blamiert und Etienne verärgert. Letzteres bedauere ich nicht, Ersteres dagegen schon.« Antonia stand auf, offenbar nicht willens weiterzusprechen. »Ich fliege noch mal kurz um die Runde; glaube zwar nicht, dass wir uns Sorgen machen müssen, aber die frische Luft wird mir guttun.«

Totnes. Am nächsten Morgen

»Was soll das heißen, ›nicht hier‹?«, blaffte Laran. Nach einer nächtlichen Fahrt quer durch das ganze Land hatte er keinen Sinn für solche Mätzchen von Sterblichen. »Mir wurde gesagt, sie würde sich hier aufhalten.« Hatte Piet, dieser Idiot, schon wieder was falsch verstanden? Wenn ja, dann würde er nach seiner Rückkehr nach Oregon wohl andere Saiten aufziehen müssen.

»Sir, wir haben hier keine Miss Connor im Haus, und unseren Unterlagen zufolge hatten wir auch in den letzten Monaten keine.« Um ihre Aussage zu unterstreichen, blätterte sie in der dicken Buchungskladde mehrere Seiten nach hinten. »Wir hatten einen Priester namens Connor, und selbst das war schon im letzten September.« Darauf klappte die Sterbliche das Verzeichnis zu, als wäre die Sache definitiv erledigt. Unverschämt! »Es gibt hier keinen Gast, der so heißt.«

»Moment!«

Sie reckte die Schultern und hob gleichzeitig die Augenbrauen. Laran hätte sie ihr am liebsten einzeln ausgerissen. »Sir?«

»Manchmal reist sie unter anderem Namen: Angela Ryan.« Das hätte ihm auch früher einfallen können. Diese Müdigkeit war Gift für sein Gedächtnis.

Ihre Augen blitzten wissend. »Wir haben keinen Gast dieses Namens, Sir.«

»Aber sie hatten einen.«

Sie grinste ihm ins Gesicht. »Die Dame ist vorgestern abgereist, Sir.«

»Haben Sie ihre Adresse?«

»Derlei Information kann ich beim besten Willen nicht weitergeben, Sir.«

Das war der Gipfel! Seine Zeit war knapp und seine Geduld zu Ende. Ehe er noch daran dachte, sich das in Leder gebundene Gästebuch zu krallen, hatte es diese Schlampe, unverschämt wie sie war, unter dem Tisch verschwinden lassen. Laran packte sie an den Schultern, riss sie nach oben und zog sie zu sich heran. Ihr Schrei verstummte, als sie mit dem Gesicht gegen einen der eichenen Deckenbalken schlug. Ihr Nasenbein brach mit einem angenehmen Knacksen, und süßes Blut quoll hervor. Sie stieß einen gurgelnden Schreckensschrei hervor, als er sie quer durch die Lobby schleuderte. Sie kam auf den unteren Stufen der breiten Treppe zu liegen; ihr Kopf war verdreht.

Er hatte keine Zeit, ihr Blut richtig zu genießen. Er griff unter den Empfangstresen, zog das Belegbuch hervor und schlug es auf. Da stand es, schwarz auf weiß, auf der letzten Seite: »Angela Ryan, The Gables, Havering, North Yorkshire«.

Verdammt! Sie war dort gewesen, war abgereist und hierhergekommen. Und nun? Wenn er nur diesen anderen Namen schon gestern gewusst hätte. Kein Wunder, dass niemand dort je von einer Elizabeth Connor gehört hatte! Wo zum Teufel war sie jetzt? Während er auf das Buch starrte, sah er die Bleistiftnotiz neben ihrer Heimatadresse. »Kommt Sonntagabend zurück.« Nun musste er lediglich ein paar Stunden warten.

»Was ist denn hier los?« Noch so ein verdammter Sterblicher: Ein pickeliger Jugendlicher mit einer weißen Schürze kam durch eine Tür und sah die am Boden liegende junge Frau. »Sarah!«

Laran schlug ihn mit dem Handrücken brutal zur Seite. Der Junge fiel rücklings zu Boden. Laran trat noch mit dem Fuß nach ihm und grinste höhnisch, als der Menschling vor Schmerzen aufschrie. Dann trat Laran, zufrieden angesichts dieses erfolgreichen Auftritts, in den anbrechenden Vormittag.

Er musste Zeit totschlagen. Da konnte er ebenso gut noch den Marshs einen Besuch abstatten und dort noch schnell für Ordnung sorgen, ehe Elizabeth ihm in die Fänge lief. Er startete den Wagen und bog in die Straße ein, von der aus er am Fluss nach links abbog. Nach ein paar Hundert Metern kam ihm auf der Gegenspur ein Polizeiauto mit heulender Sirene und blinkendem Blaulicht entgegen. Mist, er hätte diesen Jungen nicht lebend zurücklassen sollen!

Im Rückspiegel konnte Laran sehen, wie das Polizeiauto einen U-Turn vollzog und unverzüglich auf ihn zugeschossen kam. Das hatte ihm gerade noch gefehlt. Sekundenschnell hatte das Auto die Verfolgung aufgenommen. Laran wartete ab, bis sie ihm nahe waren, vollzog eine rasante Wende und rammte sie.

Er drängte sie an den Straßenrand ab. Und wartete.

Der Fahrer blieb im Auto sitzen, der Beifahrer stieg aus. Keine Waffe in der Hand und auch keine am Halfter. Es stimmte also. Sie waren wirklich nicht bewaffnet. Nicht dass es ihm auch nur das Geringste ausgemacht hätte.

»Sir«, sagte der Beamte, »kann ich Ihre Fahrerlaubnis sehen?«

Laran packte ihn am Kragen und drückte zu. Er hatte ihn in den nächsten Vorgarten geschleudert, ehe der Fahrer kapiert hatte, was los war. Laran konnte das Entsetzen des Mannes riechen, indes sein mickriger sterblicher Geist mit diesem unglaublichen Zwischenfall klarzukommen versuchte. Der Fahrer sprach in ein kleines Mikrofon; Laran riss die Tür auf und warf ihn über die Straße auf die andere Seite.

Dann setzte er die Fahrt mit seinem eigenen Auto fort, stellte es aber schon nach kurzer Zeit in einer Seitenstraße ab; die Nummernschilder entfernte er noch, den Schlüssel ließ er stecken. Bis zu den Marshs war es nur noch ein kurzes Stück. Hoffentlich waren sie zu Hause. Er lechzte nach frischem, warmem Blut. Dieses hektische Morden zehrte an den Kräften.

Sie empfingen ihn nicht besonders freundlich, aber das war nicht sein Problem. In der Küche des kleinen Bungalows sah es sehr bald aus wie in einem Schlachthof, was seiner Stimmung jedoch keinen Abbruch tat. Er schwelgte in einem Hochgefühl, wie er es seit der Begegnung mit Elizabeth und dieser Halbschwester von ihr nicht mehr erlebt hatte.

Laran wählte Piets Nummer auf dem Telefon der Marshs. Höchste Zeit, dass er sich auch um etwas kümmerte.

»Mist, Laran! Weißt du, wie spät es ist?«

»Mir doch egal, Piet. Jammer hier nicht rum und hör lieber zu. Ich muss an Elizabeth rankommen, und du wirst herausfinden, wo sie ist. Wende dich an ihre Freunde, deine Exfrau – oder ruf meinetwegen den Präsidenten an, wenn es was nützt, bloß finden musst du sie!«

»Laran, ich ...«

»Nein, Piet. Lass dir eines klipp und klar gesagt sein. Wenn du mir nicht schnellstmöglich sagen kannst, wo sie ist, dann finde ich sie, und dann ist sie fällig.«

»Laran. Nein!«

»Mach's uns nicht so schwer, Piet. Viel Glück.«

Es war am späten Nachmittag, als der Anruf endlich kam. Laran hatte fast nicht mehr damit gerechnet. Drei Streifzüge durch die Stadt hatten ergeben, dass die Polizei in voller Stärke ausgerückt war – die Ermordung der beiden Polizisten war vielleicht doch nicht so klug gewesen –, aber von Elizabeth gab es weit und breit keine Spur. Er war nahe daran, zu verzweifeln.

»Viel ist es nicht«, begann Piet, »es stammt von Heather. Ich habe sie erwischt, nicht ihre doofe Mutter. Adela kriegt immer den Mund nicht auf, aber Heather war sehr gesprächig. Hat was gefaselt von jemandem, der überfallen und ausgeraubt wurde, und dass sie mit einer neuen Freundin essen geht. Lizzie fährt heute im Lauf des Tages nach Totnes. Scheinbar hat sie auch eine neue Freundin; den Abend verbringt sie bei einer gewissen Meg Merchant.«

Bloß ein Name, keine Adresse. Aber wie viele Merchants konnte es in diesem Kaff schon geben? In der Küche war Laran zuvor ein Telefonbuch aufgefallen. Er hoffte, es würde noch lesbar sein und nicht allzu blutverschmiert.

19

Toms Haus in der South Audley Street. Früher, am selben Tag

»Angela, entschuldige, könntest du bitte aufwachen?«

Konnte sie. Aber warum? Ihr kam es so vor, als sei sie erst vor wenigen Minuten ins Bett gefallen. »Was ist denn?«

Tom wartete, während sie sich aufsetzte und sich durchs Haar fuhr. »Stella hat soeben angerufen. Du sollst deine Stiefmutter anrufen. Irgendwas stimmt nicht.«

Das brachte sie sofort auf den Plan. »Was ist passiert? Gibt's Probleme?«

»Laut Stella nicht. Adela hat vor zehn Minuten bei ihr angerufen. Sie will dich sprechen. Stella war ein bisschen zurückhaltend nach dem Ärger gestern Abend. Sie sagte, du wärst abgereist. Anscheinend wollte Adela wissen, ob du in Sicherheit bist. Du sollst dich so bald wie möglich bei ihr melden.«

Angela sah auf die Uhr. Halb zehn. »Mitten in der Nacht in Chicago.«

»Sie ist in Columbus bei Jane.«

»Trotzdem mitten in der Nacht.«

»So wie Stella sich anhörte, klang es dringend.«

Sie hatte sich ohnehin schon vorgenommen, mit Adela zu sprechen … aber jetzt gleich? Was war geschehen, das so dringend war? Es gab nur einen Weg, das herauszufinden. Angela tippte die nicht enden wollende Zahlenkette ein und wartete, bis das System sie auf die andere Seite des Erdballs durchstellte. Schon nach dem zweiten Läuten wurde der Anruf beantwortet.

»Lizzie, Gott sei Dank rufst du zurück.« Adela war völlig am Boden zerstört.

»Was ist denn los?«

»Ich weiß es nicht, aber ich hatte eben ein so merkwürdiges Gespräch mit deinem Vater.«

»Gerade eben?«

»Vor zehn Minuten. Er hat mich geweckt, hat durchs Telefon halb geschrien, halb geheult.«

»Das tut mir leid, Adela.« Warum entschuldigte sie sich denn für ihren Vater? Und warum geriet er Adela gegenüber außer Fassung? »Was ist passiert?«

»Er wollte wissen, wo du bist. Bei unserem letzten Gespräch sagte ich ihm, du seist in Devon. Nun hat er mich angeblafft, du wärst abgereist und er müsste dich dringend finden. Er hat mir praktisch vorgeworfen, ich wüsste genau, wo du bist, würde es ihm aber absichtlich nicht sagen. Also wirklich, Lizzie! Schließlich ist mir der Kragen geplatzt. In den fünf Monaten, in denen du vermisst warst, habe ich ihm gesagt, hat er sich einen Dreck um dich geschert, und jetzt, da du in Sicherheit bist, regt er sich großmächtig auf. Darauf begann er zu weinen. Sagte, er müsse dich finden. Alles hinge davon ab. Ehrlich gesagt, Lizzie, wenn ich nicht wüsste, dass er selten trinkt, hätte ich gesagt, er hat zu tief ins Glas geschaut. Kaum hatte ich jedoch aufgelegt, begann ich mir Sorgen zu machen. Fast hätte ich Heather geweckt, aber ich konnte ihr Telefonverzeichnis finden und habe bei deinen Freunden in Yorkshire angerufen. Sie heißt Stella, richtig? Sie klang ganz nett, war aber sehr zurückhaltend. Hat nur gesagt, du seist nicht da. Sie konnte mir nicht sagen, wo du bist, versicherte mir aber, dass es dir gut geht. Als ich sagte, ich müsse dich sprechen, antwortete sie, sie würde sich darum kümmern, dass du zurückrufst. Offenbar hat sie ihr Wort gehalten, aber … Gibt es irgendein Problem?«

Warum lügen? »Ja, es gibt eins, Adela. Aber mir geht's gut. Ehrlich, aber …«

»Wo bist du denn überhaupt? Bei denselben Freunden?« Adela vertraute sie voll und ganz, aber … »Adela, ich will dir nicht sagen, wo ich bin. Nicht weil ich kein Vertrauen in dich habe, das nicht, aber auf diese Weise kannst du Dad gegenüber ehrlich sagen, dass du es nicht weißt. Ihn ruf ich dann später auch noch an. Ich habe extra gewartet, um ihn nicht mitten in der Nacht zu wecken.«

»Lizzie, würdest du mir bitte sagen, was bei euch vorgeht?«

»Ich brauche deine Hilfe.«

»Du kannst dir meiner Hilfe sicher sein, Liebes, das weißt du. Was kann ich für dich tun?«

»Das kann ich nicht genau sagen. Ich weiß es nicht, aber passiert ist Folgendes …«

Adela hörte zu.

Über die Entfernung hinweg stellte sich Angela vor, wie sie den Kopf beim Zuhören schräg hielt, das Kinn in der Hand ruhend, während sie sich mit dem Ellbogen auf dem nächstbesten Möbelstück abstützte. Wenn Adela jetzt nur da wäre. Mithilfe ihrer Kenntnisse und Kräfte hätte sie eine Chance; so aber … Was zweifelte sie? Sie würde ihn besiegen. Dieser blinde Zerstörer würde sich nicht noch einmal an ihrem oder jemand anderes Bewusstsein vergreifen.

»Wie gedenkst du dich selbst zu schützen?«, fragte Adela.

»Zuerst will ich herausfinden, ob es sich wirklich um Laran handelt. Dann plane ich das weitere Vorgehen. Ihm muss das Handwerk gelegt werden, und ich hoffe von ganzem Herzen, Meg und ihr Zirkel können mir helfen.«

»Darling, du zählst auf einen unbekannten und unbeteiligten Zirkel?«

»Welche andere Wahl habe ich denn?«

Adelas Seufzen hallte durch das Telefon. »Wenn ich doch nur bei dir wäre. So kurzfristig geht das leider nicht, aber ich werde dir beistehen mit meiner Kraft. Verflixt! Ich setz mich ans Telefon und rufe alle meine Bekannten an. Wir sind alle auf deiner Seite.«

Nun war sie nicht mehr alleine unter lauter Skeptikern. »Danke.« Das zu wissen stimmte schon hoffnungsvoller.

»Und, Darling, was machen die Vampire?«

»Es gibt nach wie vor viel zu lernen für mich. Du hast nie darüber gesprochen ...« Das klang wie ein Vorwurf, was ihr schrecklich leidtat.

»Vielleicht hätte ich es tun sollen. Aber man hat selten Kontakt mit ihnen. Ich wusste kaum was über sie, außer vom Hörensagen. Eigentlich wusste ich gar nichts, und alleine hätte ich die Spur in Heathers Haus nie identifiziert. Hätte es denn einen Unterschied gemacht, wenn ich dir was gesagt hätte?«

»Nein.« Sie liebte Tom auf jeden Fall, egal was er war.

»Behandeln sie dich respektvoll?«

»Auf alle Fälle! Sie sind nur misstrauisch, weil ich eine Hexe bin.«

»Dieselbe Erfahrung hab ich auch gemacht. Aber seltsame Vorstellungen haben sie schon, Lizzie, Darling. Als Heather gestern Abend ausgegangen war, hatte ich ein langes Gespräch mit Dixie, dieser jungen Frau hier. Ihr Lebenspartner, Kit, wurde von einem mysteriösen Zirkel schwer misshandelt, weshalb ihre Vorurteile zum Teil verständlich sind. Und ich schulde ihnen allen Dank dafür, dass sie dir und Heather geholfen haben. Nicht dass ich Piet etwas davon gesagt hätte, dass ihr unter dem Schutz von Vampiren steht. Ich glaube, dann hätte er mich vollends für verrückt erklärt!« Sie hielt inne. »Was werden sie jetzt tun? Alles dir überlassen?«

Angela erzählte Adela von dem Vampirgipfel, den sie noch vor Kurzem in Toms kaum benutztem Esszimmer abgehalten hatten.

Adela schwieg ein paar Sekunden lang. »Glaubst du, dieser Etienne weiß, wovon er spricht?«

»Alle, die ihn kennen, glauben das. Er kam in den frühen Morgenstunden extra aus Frankreich angeflogen, um mit seinem Wissen auszuhelfen.«

»Verstehe.« Wieder eine lange Pause. »Ich würde dir ja gerne einen konkreten Rat geben, Darling, aber da ich keinen weiß, kann ich dir nur raten, deinen Instinkten zu folgen, in deiner Kraft zu bleiben und, was ich auch tun werde, zu beten.«

Wenn sie sich denn ihrer Kräfte sicher sein könnte und ihr Instinkt sie richtig leiten würde. Aber gegen Gebete war ja nichts einzuwenden, und irgendwie würde sie schon noch herausfinden, wie sie vorgehen würde. Meg kannte sich aus mit Vampiren, und sie hatte ja auch Tom gleich erkannt, als sie ihn zum ersten Mal gesehen hatte. Sie würde ihnen sicher weiterhelfen können. »Das werd ich tun, Adela, ich versprech's dir. Grüß Heather, ich meine Jane, von mir. Geht es ihr gut nach all der Aufregung gestern?«

»Es geht ihr gut, ja. Wir müssen eine Menge nachholen. Ich bleibe hier, bis die Gerichtsverhandlung vorbei ist, und dann versuche ich sie zur Rückkehr zu bewegen, wenn nicht in ihr früheres Haus, dann zu mir nach Oak Park. Wobei ich mir aber nicht sicher bin, ob ich damit Erfolg haben werde. Sie ist hier sehr glücklich.«

»Kit und Dixie sind gute Freunde.«

»Nicht nur sie. Heather hat sich anscheinend auch mit dieser Marie von nebenan sehr gut verstanden – die Frau, die gestern überfallen wurde. Sie kam nach ihre Entlassung aus dem Krankenhaus noch vorbei und bestand darauf, Heather habe ihr das Leben gerettet. Und dann ist da noch diese Polizistin, die die Ermittlungen geleitet hat. Sie ist nach ihrem Dienst noch kurz vorbeigekommen, und sie und Heather haben sich ewig lang unterhalten. Scheinbar wollen sie sich an ihrem nächsten freien Tag zum Essen und zum Shopping verabreden.«

Sosehr sich Angela auch darüber freute, dass Jane, nein, Heather, in guter Verfassung und glücklich war, lastete doch weiter dieses Problem auf ihnen: die Bedrohung durch einen Vampir, von dem man nicht genau wusste, ob es nun Laran Radcliffe war oder nicht.

Sie verabschiedete sich von Adela, richtete Heather noch einmal Grüße aus und ließ sich gerne der Gebete und des Beistands sämtlicher ihr bekannter Hexen versichern.

Angela schaltete das Telefon aus und starrte durch das Fenster auf die im Dämmerlicht liegende Straße. Was hatte sie da auf sich genommen? Die Konfrontation, alleine als Frau, mit einem Vampir, der drei Großvampire schlagen konnte. Kein Wunder, dass Tom dagegen und die anderen skeptisch waren, aber welche andere Wahl hatten sie? Was war die Alternative? Ihn ungehindert ziehen lassen, ihn noch mehr Leben zerstören lassen, so wie er ihres und Heathers ruiniert hatte? Und wenn es doch Laran war, inwieweit war dann ihr Vater beteiligt? Und warum wurden sie und Heather zum Opfer? Dafür musste es einen Grund geben.

Wie auch immer, dieser Vampir war, wenn Etienne denn recht hatte, empfänglich für die Mittel der Magie. Somit könnten ihn Zauberkräfte besiegen.

Nachdem dieser Entschluss feststand, gewissermaßen verankert in Geist und Herzen, stand Angela auf und gönnte sich eine ausgiebige heiße Dusche.

Tom und Toby saßen, konzentriert vor sich hin murmelnd, vor den Computern. Seit sie ihre Nachforschungen für den Kriegsrat unterbrochen hatten, war nicht viel geschehen.

»Morgen, Liebes.« Tom sah vom Bildschirm auf. »Willst du wissen, was Toby herausgefunden hat?«

»Du kannst ja versuchen, es mir nicht zu sagen!« Tom lachte, Toby grinste, während sie einen dritten Stuhl heranzog und sich zwischen die beiden setzte. »Was gibt's Neues?«

»Nun …« Toby zögerte. »Tut mir leid, wenn ich das über deinen Vater sagen muss, aber es gibt hier Vorgänge, da stehen dir die Haare zu Berge.«

»Fragwürdige Geschäftspraktiken?«

Tom lachte auf. »Die Frage ist, wie weit das alles geht.«

»Was habt ihr herausgefunden?«

»Kannst du mit folgenden Namen etwas anfangen: Horrock Silversmiths, Adana Textiles, Frederick Freeley Tea and Coffee Importers, Kosy Korner Markets oder vielleicht Parfums Laurelle?«, wollte Toby wissen.

Sie schüttelte den Kopf. »Sollte ich?«

»Vielleicht«, erwiderte Toby. »Kommt darauf an, wie viel du von dem Coup mitbekommen hast. Die Firmen gehören alle zu einer privaten Holding: Connor Inc. mit Sitz in Oregon.«

Sie glaubte, Geister, oder waren es Vampire, über die Schattenwelt ihrer Vergangenheit fliegen zu sehen. »Und?«

»Wir haben mit Mariposa begonnen, weil wir ihre Daten hatten und weil du dort gearbeitet hast. Du hast im September dort ein Computer-Update vorgenommen und neue Buchhaltungssoftware installiert. Du bist auch …« – er grinste – »… neugierig geworden und hast deine Nase in mehrere andere Computer des Netzwerks gesteckt. Und ich glaube, was du da entdeckt hast, lag dir schwer im Magen, stimmt's?«

»Na, erzähl schon!« Bei anderer Gelegenheit hätte sie mit Vergnügen Tobys volltönendem Akzent und den bedachtsam intonierten Vokalen gelauscht, aber nun …

»Ganz schön ungeduldig«, sagte Tom, während er nach ihrer Hand griff und sie drückte.

Die zärtlich kühlen Finger hätten sie beinahe auf andere Gedanken gebracht, schafften es aber doch nicht, sie abzulenken … »Muss ja eine sehr geheimnisvolle und auch explosive Angelegenheit sein, dass sie unsere Verwandlung in Ghule rechtfertigt.«

»Es handelt sich um Geldwäsche. Im großen Stil.«

Angela starrte vor sich hin. Sie spürte ein starkes Ziehen im Hals, während sie Toby fassungslos ansah. Dabei hatte sie keinerlei Zweifel. Tom vertraute ihm, und sie auch, aber … »Warum? Wie kam es dazu?«

»Sehr clever gemacht«, sagte Toby. »Um nicht zu sagen genial.« Sie schaffen sich über die ganze Welt verteilt an die dreißig kleinere Firmen an, darunter sehr viel Import und Export sowie Fremdfirmen. Diejenigen, in die wir uns reingehackt haben – Mariposa, Horrock und Freeley –, sind mit einigen sehr großen Transaktionen in den geheimen Aufzeichnungen vertreten. Die Gelder werden über den ganzen Erdball gejagt und kommen frisch gewaschen und strahlend rein wieder zurück. Wir haben uns noch nicht alle angesehen, und ich bin mir nicht sicher, wo der Anfang ist und wo das Ende, aber es reicht …«

»Dass die Betreffenden im Knast landen?«, fragte sie.

»Ich glaube jedenfalls nicht, dass es den schmierigen Brüdern, die das eingefädelt haben, gefallen würde, wenn jemand davon erfährt.«

War ihr Vater einer dieser »schmierigen Brüder«? In ihrem Kopf drehte sich noch immer alles, aber sie versuchte trotzdem, sich auf den Bildschirm zu konzentrieren. Toby bewegte die Maus, und vor ihren Augen rollten endlose Zahlenkolonnen vorbei, genauso wie … »Genau darauf bin ich auch gestoßen, ich wusste nur nicht, was das alles bedeutet.« Sie sah von Tom zu Toby und wieder zurück zu den rollenden Zahlenreihen. »Ich habe Dad davon erzählt, und er sagte …« Sie hielt inne. »Ich weiß nicht mehr, was er gesagt hat.« Sie fröstelte. Hatte ihr eigener Vater ihr das wirklich angetan? Oder hatten die beiden Ereignisse nichts miteinander zu tun? Damit würde Laran verstärkt ins Blickfeld rücken. Aber war Dad vielleicht sein Auftraggeber? Oder hatte er auf eigene Faust gehandelt? Und warum, wenn der Grund ihre Entdeckung der Geldwäschemanöver war, hatten sie Jane mit hineingezogen?

Ihr tat schon wieder der Kopf weh; ein Wirrwarr von Gefühlen und neblige Strudel aus Zweifeln verdrängten einen kurzen Moment der Klarheit.

Toby wirkte äußerst besorgt. »Du bist dir ganz sicher, nicht wahr?«, sagte sie.

Er nickte. »Vielleicht hat ja dein Vater gar nicht Bescheid gewusst. Wenn er alles anderen Leuten überlassen hat …«

Sehr nett von Toby, es zumindest zu versuchen. »Nein. Der ist der geborene Kontrollfreak. Als ich ihn neulich ohne Termin sprechen wollte, ließ er mich doch glatt zwanzig Minuten warten.« Sie erinnerte sich jetzt genau daran, wie sie in der Vorhalle mit dem Schieferfußboden gesessen hatte, während Laran bei ihrem Dad war. Sie fröstelte abermals.

»Vielleicht«, sagte Tom ruhig, »haben ja dieses Betrugsmanöver und der Angriff auf dich gar nichts miteinander zu tun, und es war Zufall, dass es genau zu dem Zeitpunkt passiert.«

»Möglich, Tom, aber trotzdem unwahrscheinlich. Es gibt sicher einen Zusammenhang. So kann man es sich besser erklären. Ich mache eine Entdeckung, von der Dad nicht will, dass sie publik wird. Also hetzt er mir Laran auf den Hals.« Bei dem Gedanken wurde ihr fast schlecht.

»Du weißt nicht einmal, ob es sich bei diesem Kerl wirklich um den Vampir handelt, hinter dem wir her sind«, bemerkte Toby.

»Gibst wohl des Teufels Advokat, Toby?«

»Nicht unbedingt. Ich hab nur was gegen vorschnelle Schlüsse.«

»Eine Möglichkeit gibt es, das herauszufinden. Ich frag einfach Dad!«

»Jetzt?«, fragte Tom. »Wir sind fünf, sechs Stunden voraus.«

»Acht, um genau zu sein. Er ist in Oregon. Pazifikzeit. Umso besser. Somit reiße ich ihn aus dem Schlaf, er wird noch benommen sein, und in dem Zustand sagt er vielleicht die Wahrheit.«

Tom warf einen Blick auf seine Uhr. »Du willst ihn wirklich um zwei Uhr morgens wecken?«

Wenn Dad für den Übergriff auf sie und Jane verantwortlich war, dann wusste sie nicht, ob sie wollte, dass er überhaupt je wieder ungestört schlafen könnte.

Sie suchte die Nummer, die Adela ihr gegeben hatte. Sie war ihr so wenig vertraut wie jede x-beliebige Nummer aus der Fernsehwerbung. Sie tippte sie in das Gerät und gab sich der trügerischen Hoffnung hin, sie könnte sich vielleicht doch täuschen. Dass Tom recht haben könnte. Dass dies alles nur ein schrecklicher Zufall war. Von der anderen Seite her ertönte das Freizeichen. Sie zählte – drei, vier, fünf, sechs. Würde sich ein Anrufbeantworter einschalten. Das Voicemail-System?

»Bei Connor privat.«

»Hier ist Elizabeth Connor. Ich muss mit meinem Vater sprechen.«

»Miss Connor«, sagte die Stimme, »ist Ihnen klar, wie spät es ist?«

»Absolut. Sollte er schlafen, dann wecken Sie ihn.« Warum nicht ab und an die arrogante Zicke geben? Dies war eine mehr als passende Gelegenheit.

Mehrere Minuten lang blieb das Telefon stumm. Vor Angelas inneren Auge fand die panische Suche nach Lederpantoffeln, Streifenpyjama und Kaschmirbademantel statt, gleichzeitig versuchte sie, sich das Gesicht ihres Vaters vorzustellen, aber ... »Lizzie?« Es war dieselbe Stimme wie beim letzten Mal, nur klang sie nun müde und durcheinander, greisenhaft. Sie selbst fühlte sich uralt. »Dad, warum hast du Laran auf mich gehetzt?«

Sein verblüfftes Ringen nach Luft und die darauf folgende Stille bestätigten ihren Verdacht. Es war ein schreckliches Gefühl. »Lizzie, er hat dich also gefunden.« Nein, der Göttin sei Dank, hatte er nicht.

»Warum nur, Dad?«

»Du musst verstehen, Lizzie. Hat er es dir nicht erklärt?«

»Ich will es von dir hören, Dad.«

»Mach einfach, was er von dir verlangt, Lizzie. Bitte.« Die Verzweiflung in seiner Stimme war nicht zu überhören.

»Und wenn nicht?«

»Du musst, Lizzie.« Aus Verzweiflung wurde mehr und mehr Panik. »Das ist doch nicht zu viel verlangt. Vergiss einfach, was du entdeckt hast. Alles hängt davon ab. Bitte, Lizzie.« Er flehte sie förmlich an. So hatte sie ihren Vater noch nie gehört. Ihm, dem Meister des Befehlstons, war doch sonst jede Bitte zu viel gewesen.

»Mach dir keine Sorgen, Dad.« Ebenso sinnlos wäre es gewesen, wenn sie versucht hätte, sich selbst zu beruhigen. »Erzähl doch, wohin ist Laran denn gegangen, nachdem er mich gefunden hatte?« Warum die Fiktion nicht ein Stück weit aufrechterhalten?

»Das weiß ich nicht! Als er das letzte Mal angerufen hatte, war er noch auf der Suche nach dir. Du warst weder in Yorkshire anzutreffen noch in dieser Kleinstadt in Devon. Wo hat er dich denn nun gefunden?«

»Nirgendwo, Dad. Wiederhören.«

Sie brach das Gespräch ab und legte das Telefon neben einem Stapel Disketten und Papieren auf den Tisch. Ohne ein Wort zu sagen, steuerte sie auf die Terrassentür zur und ging hinaus. Sie lehnte den Kopf an den rauen Stein der Pergola und begann, hemmungslos zu heulen.

Plötzlich spürte sie ein gebügeltes Seidentaschentuch in ihrer Hand. Durch ihr Elend und den Schmerz hindurch bemerkte, nein, roch sie Toms tröstliche Gegenwart. Sie schmiegte sich an ihn, weinte kalte Tränen der Wut und des Schmerzes in die warme Anwesenheit seiner Liebe.

Ihre Füße waren wie Eis, und ihre Finger prickelten vor Kälte, als ihr Schluchzen in einem immer leiser werdenden Schniefen verebbte. »Er hat es tatsächlich getan, Tom. Er hat es getan!«, brachte sie schließlich hervor. »Es war Laran, und Dad hat ihn geschickt.« Er hatte ihn losgeschickt, sie und Heather in Ghule zu verwandeln, und noch einmal losgeschickt, ihre Freunde zu attackieren und ihr weiß die Göttin was alles anzutun. Alles, um diese widerliche, verbrecherische Geldwaschaktion zu verschleiern.

»Allem Anschein nach hast du recht«, sagte Tom, »aber brich nicht den Stab über ihn, ehe du ganz sicher bist. Solange jemands Schuld nicht erwiesen ist, gilt er als unschuldig.« Wie um sein Worte zu unterstreichen, fuhr er mit seinen verkrüppelten Fingern zärtlich über ihre Wange.

»Du glaubst, er ist unschuldig?«

»Ich glaube, er ist in die Sache verstrickt, aber wir wissen nicht, wie tief.«

Er hat zugegeben, dass er Laran auf mich gehetzt hat.«

»Nicht direkt.«

Sie sah ihn fragend an. Offenbar hatte er mitgehört, und Toby wahrscheinlich auch. »Schön und gut, aber Laran ist nun einmal hier und mir auf den Fersen. Und in Yorkshire war er auch. Ich hätte Dad fragen sollen, ob Laran ein Vampir ist!«

»Ich glaube, davon können wir mit hoher Wahrscheinlichkeit ausgehen. Mehr Sorgen macht mir dagegen, was er in Totnes will oder gewollt hat. Und wo ist er jetzt?«

»Das herauszufinden dürfte ein Leichtes sein. Ich sage einfach meinem Vater, wo ich bin, und er gibt es prompt weiter.«

»Du wirst dich nicht zum Lockvogel machen!« Eigentlich keine schlechte Idee, da er es nun schon mal gesagt hatte. »Nicht nach dem, was er Justin angetan hat. Du hättest nicht die geringste Chance.«

»Aber nicht, wenn ich Silber trage. Ich geh jetzt einkaufen.«

Tom kam mit. Toby blieb im Haus zurück und ließ weiter Zahlenreihen über den Monitor rollen, während der Drucker Blatt um Blatt ausspuckte, jedes einzelne übervoll mit Tabellen. Eigentlich wollte sie ja diesen Kettenladen in der Regent Street ansteuern, Tom jedoch führte sie zu einem kleinen, edlen Juweliergeschäft an der Ecke Half Moon Street und kaufte dort prompt den gesamten Bestand an Ketten und Armbändern aus Silber.

»Das reicht ja für die ganze Kolonie.«

»Sollte Etienne recht haben, und er hat recht, wenn ich daran denke, wie die Sache neulich für Antonia verlaufen ist, werden wir das Zeug bitter nötig haben.«

Und sie selbst würde die Unterstützung der Kolonie bitter nötig haben. Alleine könnte sie es doch nie mit einem Vampir aufnehmen, das war ihr mittlerweile klar, aber ein wenig rechnete sie auch damit, dass die Kräfte aus dem Vollmondritual ihre Chancen erhöhen würden. »Wir müssen bald los, wenn wir rechtzeitig in Totnes sein wollen. Davor will ich mich noch mit Meg unterhalten, und Zeit zum Meditieren brauche ich auch.«

Tom blieb abrupt sehen. »Ganz wohl ist mir nicht bei dem Gedanken, da hinzufahren. Hat nicht dein Vater gesagt, Laran sei nach Totnes gefahren?«

»Wo er mich nicht gefunden hat. Der kann doch mittlerweile überall sein. Adela hat mir ihre Unterstützung zugesichert; sie will alle Hexen anrufen, die sie kennt. Natürlich werde ich hinfahren. Zauberei und Silber sind die Mittel, mit denen wir ihm beikommen können, stimmt's? Du hast für genügend Silber gesorgt, ich sorge für die Zauberei. Und sollte Laran noch dort sein …«

»Um ihn zu schlagen, wirst du die ganze Kolonie brauchen.«

»Womit alle meine Chancen ruiniert wären, mich Meg und ihrem Zirkel zu nähern. Du allein hast doch schon gereicht, ihr das Fürchten zu lehren. Was wird dann erst, wenn die ganze Kolonie über sie hereinbricht?«

»Wir werden sehen.«

20

Er meinte es wirklich ernst.

Während sie geschlafen hatte, hatten Gwyltha und Justin alle Vampire in Südengland angerufen; bis sie und Tom von ihrer Einkaufsexpedition zurück waren, hatte sich ein riesiges Vampiraufgebot in der South Audley Street versammelt. Einige kannte sie noch von Columbus her, andere wiederum hatte Tom ihr in London kurz vorgestellt, die meisten jedoch kannte sie überhaupt nicht. Alles in allem tummelte sich rund ein Dutzend kampfbereiter Vampire in Toms Wohnzimmer.

Angela musste unwillkürlich daran denken, dass ein Großteil der versammelten Runde Jahrhunderte, wenn nicht gar Jahrtausende älter war als das älteste Stück von Toms edlen Antiquitäten. Eine ziemlich ernüchternde Vorstellung, aber in ihrem Bewusstsein überwog der Schrecken, der sie bei dem Gedanken befiel, wie sie einem Dutzend Vampire klarmachen würde, dass sie nicht zu dieser Party gehen würden.

»Was für ein Monster«, murmelte ein großer, stämmiger Vampir. Jude, dachte Angela, sich an die knappe Vorstellungsrunde erinnernd. Er runzelte die Stirn und machte dabei ein Gesicht, als würde er Laran alleine mit einem Handstreich erledigen. »Lady«, sagte er mit einem Kopfnicken zu Gwyltha, »diesem Untier muss der Garaus gemacht werden.«

»Worauf du dich verlassen kannst«, erwiderte Gwyltha.

Toby fragte: »Wie wollen wir vorgehen, Gwyltha?«

»Wir bewehren uns mit Silber und einem Abwehrzauber, indem wir uns mit einem Hexenzirkel in Totnes kurzschließen.«

Ungefähr so, aber nicht ganz. »Gwyltha«, sagte Angela, »Meg begegnete Tom mit äußerster Skepsis und denkbar größtem Misstrauen. Wenn sie es nun gleich mit einem ganzen Dutzend von euch zu tun kriegen soll, blockt sie garantiert sofort ab.«

»Mir ist dieser Plan mehr als suspekt, Gwyltha«, sagte ein anderer Vampir namens Simon. »Wir hatten mit Hexen noch nie etwas zu schaffen.« Er machte eine knappe Verbeugung vor Angela. »Bei allem Respekt vor den Anwesenden, können wir nicht doch alleine damit fertig werden?«

»Eben nicht. Nicht, wenn wir Etienne Glauben schenken«, erwiderte Gwyltha. »Simon, ich bin auch mehr als skeptisch in dieser Sache, aber welche Alternative haben wir denn? Nichts zu tun und zuzusehen, wie dieses Monster in unserem Territorium marodiert und nach Lust und Laune die Gehirne Sterblicher verwüstet? Und abgesehen von aller moralischen Verpflichtung gegenüber Sterblichen, so skrupellos und gewalttätig dieses Monster ist, schreckt es auch vor einem Mord nicht zurück. Und was dann, wenn mittels moderner Wissenschaft und DNA-Analyse die Art seiner Existenz ans Tageslicht kommt? Uns stünde möglicherweise eine Rückkehr ins finsterste Mittelalter bevor, mit allem, was dazugehört. Pfählungen, Enthauptungen und Hinrichtungen auf dem Scheiterhaufen. Nein. Wir können nicht untätig bleiben. Vielleicht ist es ja auch an der Zeit, dass die beiden Strömungen der alten Religion im Kampf gegen einen gemeinsamen Feind wieder zusammenfinden.«

»Du gehst davon aus, der Zirkel wäre zu einer Zusammenarbeit bereit«, bemerkte Angela. »Und wenn nicht? Willst du trotzdem darauf bestehen und die Zeremonie einfach stürmen? Immerhin handelt es sich um eine rituelle Feier.«

Unruhe machte sich in der Runde breit. Wie konnte ein einfacher Ghul es wagen, eine Versammlung gestandener Vampire zurechtzuweisen? Wie auch immer, nun war es schon egal. »Du möchtest Laran das Handwerk legen. Genau das will ich auch, nur bin ich, in Anbetracht dessen, was er mir und meiner Stiefschwester angetan hat, zuerst dran.«

»Wir wurden auch von ihm attackiert«, sagte Justin. »Das stimmt, Justin, aber du hast dich von dem Schlag erholt, ich nicht, jedenfalls noch nicht.«

»Dann gib uns bitte Bescheid, wenn es so weit ist. Damit wir gewarnt sind!«

Sie lächelte ihm zu. Schließlich war er auch besorgt, hatte Angst um Stella und Sam. Das wusste sie, aber ... »Mach ich. Versprochen.« Gwyltha wirkte sichtlich gereizt. Angesichts der ernsten Lage verständlich, aber andererseits, wo war der berühmte britische Sinn für Humor geblieben? »Okay.« Angela blickte in die Runde. »Ich wollte damit nur sagen, ich habe ein zehnmal größeres Interesse daran, Laran zu stoppen, als irgendeiner von euch.«

»Was sollen wir denn tun?«, fragte Gwyltha. »Deiner Meinung nach?«

Angela atmete tief durch. Sie hatte sich weit vorgewagt, und nun hatte sie das Wort. »Lasst mich mit Meg und dem Zirkel reden. Ich werde um ihre Unterstützung bitten. Es gibt zum Beispiel Abwehr- und Stärkungszauber.« In einer Ecke machte sich Unruhe breit. Simon war offenbar nicht ihr einziger Kritiker im Raum. »Heute Abend halten wir das Vollmondritual ab. Meine Stiefmutter und ihr Kreis schließen sich mir an. Wir bringen unsere geballten Zauberkräfte in Stellung. Derart gestärkt rufe ich dann meinen Vater an und sage ihm, wo ich bin. Er wird es sofort Laran weitersagen, und wenn er hier auftaucht, konfrontiere ich ihn mit meiner ganzen Macht.«

»Wirst du nicht!« Tom sprang auf, wobei er aussah, als würde er sie sich im nächsten Moment über die Schulter werfen. »Du wirst dich nicht selbst zum Köder machen!«

»Wer käme denn sonst dafür infrage? Er hat es auf mich abgesehen. Das hat er letzte Nacht klar gezeigt.«

»Nein!«

Sie war es von Herzen leid, sich mit großen, starken Vampiren herumzuärgern, die keinen blassen Schimmer hatten, worum es eigentlich ging. Wenn Etienne wach wäre, hätte er ihn vielleicht überzeugen können, aber so war sie auf sich alleine angewiesen. »Tom, wir haben keine andere Möglichkeit. Etienne sagt, dass Zauberei ihn besiegen kann. Ich bin des Zaubers mächtig.«

»Nein und nochmals nein!« Tom wiederholte sich. »Ich habe nie hinter dem Rücken einer Frau gestanden und werde das auch jetzt nicht tun!«

»Dann stell dich neben mich!« Mist, sie stritten sich in aller Öffentlichkeit. Schlimmer noch, vor einer Versammlung von Vampiren.

»Ein guter Rat!« Angela drehte sich so schnell um, dass sie beinahe gestolpert wäre. Gwyltha wirkte gelassen, aber in ihren Augen blitzte ein Funken von Teilnahme, vielleicht sogar Belustigung auf. In ihren Mundwinkeln zeigte sich der Anflug eines Lächelns. »Ich bin mir sicher, du hattest nicht die Absicht, mitten im Konklave laut zu werden.«

»Tut mir leid.« Es tat ihr wirklich leid.

»Wir kommen so nicht weiter«, sagte Jude.

»Ich glaube doch«, sagte Gwyltha. »Tom, deine Bedenken in allen Ehren, aber Angela hat doch recht. Sie genießt das Vertrauen dieses Zirkels, wir nicht. Der Rest von uns wird entweder hierbleiben oder in Judes Haus in Salisbury warten. Ich hingegen«, sprach sie weiter, »werde Angela und Tom nach Totnes begleiten. Könnte das Ärger geben?«, fragte sie mit einem Blick zu Angela.

»Weiß ich nicht. Aber wir könnten deine Druidenherkunft ins Feld führen. Wäre vielleicht hilfreich. Immerhin teilt ihr dieselben Traditionen.« Vielleicht könnten sie ja über eine mehr als tausendjährige Spaltung hinwegsehen.

Toms Unwohlsein schlug ihr in kalten Wellen entgegen. Insgeheim mochte er vielleicht zugestimmt haben, sein Einverständnis jedoch gab er nicht. »Es muss eine bessere Lösung geben«, insistierte er.

»Mag ja sein, Tom, aber ich bezweifle, ob uns noch genügend Zeit bleibt, darüber zu debattieren«, sagte Justin. »Wir können nicht ewig quatschen, und ihr habt eine lange Fahrt vor euch.«

»Fliegen geht schneller«, sagte Simon. Für Vampire vielleicht schon, sie aber klebte am Erdboden fest. »Mein Flugzeug steht am City Airport. Bis Exeter brauche ich nur die Hälfte der Zeit, die ihr mit dem Auto unterwegs seid.«

Also konnte sie doch fliegen, aber ... »Damit wären wir Vampire zu dritt. Simon, du musst dich absolut im Hintergrund halten.«

»Ich verhalte mich so, wie es nötig ist.«

»Was ist mit uns Übrigen?«, fragte ein groß gewachsener Vampir, der in einem Ohrensessel saß. »Wir könnten mitkommen und uns unauffällig über die Stadt verteilen, falls wir gebraucht werden.«

Wie schlecht er doch informiert war. »Meg wusste bei Tom sofort, mit wem sie es zu tun hat. Und übrigens auch bei mir wusste sie gleich, dass etwas nichts stimmte, wenn auch nicht genau, was. Wenn es nun in der Stadt geradezu wimmelt von Vampiren, wird sie denken, ich hätte sie getäuscht. Sie könnte die ganze Veranstaltung abblasen oder mich ausschließen. Aber wir sind auf sie angewiesen, ich bin auf sie angewiesen, alleine schaff ich das alles nicht.« Sie wusste noch gar nicht, wie sie überhaupt vorgehen wollte, aber das musste sie der Kolonie ja nicht auf die Nase binden. »Und noch was: Ich brauche silberne Ketten und Armbänder für den Zirkel, falls Laran die Hexen angreift.« Es regte sich kein Widerspruch.

Sie gingen auseinander. Simon wollte sicherstellen, dass sein Flugzeug startklar war, Toby wollte dafür sorgen, dass in Exeter ein Auto bereitstand.

»Angela«, sagte Justin. »Ich dachte, das könnte sich vielleicht als nützlich erweisen.« Er griff in seine Tasche und zog ein in Leder eingewickeltes Päckchen heraus. »Wir wissen, dass es gegen Vampire wirkt.«

Völlig ahnungslos schlug Angela drei Schichten dickes Leder auseinander und fand ein schlankes Steinmesser. Eine Athame.

»Justin, genau so etwas brauche ich für das Ritual.«

Die uralte Zauberkraft des Steins prickelte elektrisierend in ihrer Hand, während sie versuchte, die Runen auf der Klinge zu entziffern. »Woher hast du sie denn? Sie ist jahrhundertealt.«

»Jahrtausende«, sagte Gwyltha. »Messer wie dieses kenne ich noch aus meiner Zeit als Priesterin.«

»Es befand sich die ganzen Jahre in deinem Besitz?« Wie man einen derartigen Schatz nur besitzen konnte, ohne ihn zu benutzen.

»Nein.« Justin schüttelte den Kopf. »Alt ist es schon, ja, aber ich habe es erst seit letztem Sommer.« Seine Stimme wurde sehr leise. »Mit diesem Instrument wurde versucht, Kit zu ermorden.«

»Kit? Kit Marlowe? Dixies Kit?«

»Ja.« Tom sprach mit besonderem Nachdruck. »Er wäre fast daran gestorben.«

Die Sache musste sie sich genauer erzählen lassen. Später. »Soll ich es wirklich verwenden? Es ist ein geheiligtes Zeremonienmesser und kein Mordinstrument.«

»Und wenn du es nur zur Verteidigung verwendest?«, schlug Gwyltha vor.

Keine schlechte Idee. Angela nahm an, dass sie jede nur erdenkliche Hilfe brauchen würde. Vielleicht sollte sie doch mit einer ganzen Phalanx von Vampiren anrücken. Nein! Ihr Mittel war die Magie, und dazu brauchte sie Megs Vertrauen.

»Wir müssen«, sagte Tom. »Toby, willst du uns zu Simon fahren?«

Angela nahm ihren Mantel. Sie steckte die Athame ein und machte noch einen kleinen Umweg, um den Kühlschrank zu plündern. In den nächsten Stunden war sie auf jedes bisschen Nahrung angewiesen, das sie nur kriegen konnte.

»Angela«, sagte Toby; er war ihr in die Küche nachgekommen. »Die Sachen, die wir auf dem Computer gefunden haben. Interpol und FBI hätten ihre wahre Freude daran. Was soll ich damit machen, falls du nicht wiederkommst?«

Angela starrte ihn an. Die Frage, was er damit meinte, erübrigte sich. Das kapierte sogar sie, aber es war nicht leicht, in ihrem Zustand eine derartige Entscheidung zu treffen. »Okay, sollte mir oder Tom oder Meg oder sonst jemandem etwas zustoßen, dann würde ich sagen, verkauf's an die Gazetten! Alarmiere meinetwegen Interpol, CIA, FBI, Special Branch, egal, wer auch immer sich dafür interessiert. Liefere sie dem Henker aus!«

»Recht so.« Er lächelte. »Ich bin mir übrigens sicher, dass du wiederkommst. Darauf habe ich gewettet.«

»Du wettest auf meinen Sieg?«

Er grinste. »Natürlich. Mit Jude. Zwei Wetten sogar. Ich habe gewettet, dass du den Laden hier schmeißen wirst, da hat er verloren, und dass du in dem bevorstehenden Kampf obsiegen wirst. Ich muss gestehen, er kannte dich ja nicht, und von daher hatte ich ihm gegenüber einen Vorteil. Nachdem er die erste Wette verloren hatte, wollte er einen Rückzieher machen. Das habe ich ihm nicht gestattet.«

Wie konnte man in einer so ernsten Angelegenheit nur Wetten abschließen! Gleichzeitig fühlte sie sich aber angesichts des in sie gesetzten Vertrauens auch ermutigt. Sie umarmte ihn.

»Finger weg von meinem Ghul!«, knurrte Tom.

Toby lachte. »Wenn du darauf bestehst.« Er trat einen Schritt zurück. »Ich suche mir lieber einen eigenen Ghul.«

Angela stöhnte. »Schluss damit! Der Anfang dieser ganzen Geschichte war alles andere als lustig.«

Das Herumgealbere entkrampfte die Stimmung. Wenn auch nur ein wenig.

Eine Stunde später befanden sie sich in der Luft, mit Simon am Steuer unterwegs in Richtung Westen.

Die Sichtverhältnisse waren hervorragend; in Exeter wurden sie von einem bereitstehenden Wagen erwartet. Simon blieb am Flughafen zurück; Tom chauffierte Angela und Gwyltha auf einer Brücke über das Flüsschen Exe hinweg und durch die Landschaft von Devon in Richtung Totnes. Angelas flaues Gefühl im Magen verstärkte sich. Es war eine Sache, sicher in Toms Wohnzimmer geborgen eine große Lippe zu riskieren. Hier unten sahen die Dinge schon ganz anders aus.

Der Nachmittag verging, und es dämmerte. Bald würde Etienne aufwachen. Sie stellte sich ihn und Toby vor, wie sie gemeinsam am Telefon warteten. Justin würde mittlerweile wieder bei Stella zurück sein und Sam versichern, dass alles in Ordnung sei, während sie selbst im Begriff war, sich als lebender Köder zu präsentieren.

Meile um Meile schwand ihre Zuversicht immer mehr. Dabei hatte sie jetzt die Führungsrolle inne – die unweigerliche Konsequenz, wenn man anderen die Richtung vorgab. Wie ging es nun weiter? Wann genau sollte sie Dad anrufen und die Falle auslegen? Unmittelbar nach dem Vollmondritual? Oder kurz davor? Nicht zuletzt hing das davon ab, wo genau sich Laran nun aufhielt. Vorausgesetzt, er war schnell, auch wenn er sich nicht verwandeln oder fliegen konnte, was wiederum bedeutete, man schenkte Etienne Glauben, wie lange würde er brauchen, von seinem jetzigen Aufenthaltsort dorthin zu kommen, wo sie sich nach der Zeremonie befand? Und wie stark musste sie letztendlich sein? Von Laran wusste sie lediglich, dass er in der Lage war, Justin und Gwyltha zu überwältigen, aber sie wusste nicht, wie stark er wirklich war.

Schluss damit! Sie geriet ja geradezu in Panik, dabei war nichts in ihrer Lage wichtiger als ein kühler Kopf.

Als würde er ihre innere Unruhe spüren, nahm Tom sie bei der Hand und drückte sie fest. »Du bist nicht allein, vergiss das nicht.«

Richtig. Sie war ja zusammen mit Vampiren unterwegs.

Sie unterdrückte ein nervöses Kichern. Ihr Instinkt hatte sie so weit gebracht. Nun galt es, dranzubleiben.

Laran hatte die Nase gründlich voll: von diesem Wetter in Devon, diesem Zirkus um Elizabeth und überhaupt. Verdammt, wenn er sich nur von diesem Auto nicht hätte trennen müssen. Er überlegte schon, sich irgendein anderes unter den Fangzahn zu reißen, entschied sich aber dann doch, es nicht zu tun. Die Stadt wimmelte nur so von Polizisten. Nachdem er sich an John Marshs gänzlich unmöglicher Garderobe bedient und saubere Sachen angezogen hatte, krallte er sich das Telefonbuch, das, obschon vollgesogen von Mavis Marshs Blut, noch durchaus lesbar war, fand auch prompt die Adresse dieser gewissen Merchant und machte sich auf den Weg.

Das *Royal Oak* würde er großräumig meiden, solange der Rummel mit der Polizei und den Instandsetzungsarbeiten noch anhielt. Trotzdem fand er dank eines Stadtplans und der eifrigen Mithilfe eines dummen alten Weibs bald den richtigen Weg. Das Haus dieser Merchant erwies sich als erbärmliche kleine Hütte in einer Straße mit anderen erbärmlichen kleinen Hütten, aber irgendwie passte es zu einer Sterblichen, die bald tot sein würde.

Eigentlich konnte er sich nicht beschweren. Mariposa war abgewickelt, die Marshs ruhig gestellt. Nun galt es noch, sich dieser Miss Elizabeth Connor anzunehmen, und sie hatten sämtliche Schäfchen wieder im Trockenen.

Letzteres konnte er von sich im Moment nicht behaupten! Aber seine Geduld würde sich lohnen und Elizabeth hier auftauchen. Wenn sie ihm schon im *Royal Oak* durch die Lappen gegangen war, würde er sie heute Abend hier erwischen. Piet könnte unter Umständen sauer reagieren, würde sich aber nach ein paar zärtlichen Saugereien schnell wieder beruhigen. Kaum jemand war so leicht zu beeinflussen wie Piet Connor.

Den überwiegenden Teil der Strecke von Exeter fuhren sie durch Devon-typischen Nieselregen. Als Tom auf den Parkplatz vor dem *Royal Oak* einbog, dämmerte es bereits, und es lag eine trübe Stimmung über der Stadt. Das *Royal Oak* wirkte ebenfalls verändert. Beinahe traurig. Unsinn! Wie konnte ein Gebäude traurig wirken? Gestern noch und in den letzten paar hundert Jahren war alles in Ordnung gewesen.

Aber etwas war doch anders. Zwar wurde schon fleißig aufgeräumt, aber der Bereich, wo sich die Rezeption befand, sah aus, als hätte jemand mit dem Vorschlaghammer darin gewütet, und im Speisesaal gab es die Doppeltür aus Eiche nicht mehr. Stattdessen war da eine Einzeltür mit provisorisch reparierter Sperrholzfüllung, und der dunkelrote Orientteppich von der Treppe fehlte ganz.

»Was ist passiert?«, fragte Angela an der Rezeption. Dort saß nicht Sarah, sondern ein dünnes Mädchen aus dem rückwärtigen Büro.

»Wir hatten heute Morgen einen traurigen Zwischenfall«, antwortete sie. »Der Betrieb läuft unverändert weiter, glauben Sie mir. Werden Sie zum Abendessen hier sein?«

Das Nein lag ihr schon auf der Zunge, aber Tom sagte: »Eventuell hätten wir gerne Zimmerservice. Wäre das ein Problem?«

Das Mädchen überlegte kurz. »Nein, ich glaube nicht. Normalerweise bieten wir den Service nicht an, aber wenn Sie Ihre Bestellung rechtzeitig abgeben, müsste es machbar sein.«

»Lizzie! Endlich!«

Angela war sich nicht sicher, ob sie die Stimme tatsächlich oder nur im Geiste gehört hatte, aber sie kannte sie. Sie drehte sich auf dem Absatz um, noch während Tom die Bedingungen für den Zimmerservice aushandelte. »Laran!«

Hätte sie die geringsten Zweifel gehabt, dann wären diese in dem Moment geschwunden, als sie ihn da stehen sah: abstoßende, beinahe rote Augen und ein Lächeln so giftig wie das einer Kobra. »Endlich.«

Laran stürzte auf sie zu und packte sie, wich aber im selben Moment zurück. »Silber! Schon wieder! Verdammt!«

Der erste Punkt für Etienne! Hätte Laran doch nur bis nach der Zeremonie heute Abend gewartet. Tom und Gwyltha bezogen neben ihr Stellung.

»Ist er das?«, fragte Tom.

»Ja.« Während sie sprach, umschloss ihre Hand das Steinmesser in ihrer Tasche. Es musste gesegnet und neu geweiht werden, aber für derlei Feinheiten blieb nun keine Zeit.

Laran packte das Mädchen an der Rezeption; ihr Schreien verstummte, als er ihr die Hand auf den Mund presste und ihren Kopf zur Seite drückte. »Nimm die Kette ab, Lizzie, oder ich reiß ihr den Kopf ab.« Das Mädchen winselte vor Panik, was Laran zu gefallen schien. »Nein, ihr alle, jeder legt dieses Silber ab und schmeißt es weg.«

Das Messer fest in der Hand, setzte Angela nach vorne und stieß ihm die Klinge seitlich in die Brust.

Aus Schmerz und Enttäuschung zugleich schrie Laran laut hallend auf. Die arme Kleine plumpste, gnädigerweise von einer Ohnmacht getroffen, zu Boden. Als Laran zu einem Schlag gegen Angela ausholte, hob sie den Arm und stach noch einmal zu. Er knurrte bissig, und ein paar schreckliche Sekunden lang begegnete sie seinem Blick. Ein Sturzbach von Erinnerungen brach über sie herein – der Abend in Heathers Haus, die panikartige Flucht im Anschluss daran und schließlich ihr ängstliches Kauern im Park. Sie zog das Messer heraus, bereit, ein drittes Mal zuzustoßen, aber Laran hatte bereits den Rückzug angetreten.

Sie hörte Tom nur noch »Angela!« rufen, als sie ein schwarzer Nebel verschluckte.

21

Sie fürchtete sich so sehr, dass sie die Augen nicht zu öffnen wagte. Was, wenn Laran sie verschleppt hatte? Und waren die schrecklichen Erinnerungen, die ihr durch den Kopf geisterten, tatsächlich wahr? Selbst wenn, so konnte sie doch nichts machen. Nicht jetzt. Mit geschlossenen Augen konzentrierte sich Angela auf ihre Umgebung. Sie lag auf einem Bett. Sie roch den Duft frischer Wäsche, spürte sie aber kaum. Sie war komplett angezogen und lebendig. So lebendig zumindest, wie ein Ghul es sein konnte. Und sie war sich bewusst, dass sie ein Ghul war. Das war immerhin etwas. Sie bemerkte Lavendelduft – Toms Geschenk von gestern. Sie war in ihrem Hotelzimmer!

Angela setzte sich ruckartig auf und bemerkte zu ihrer Befriedigung, dass die stets gefasste Gwyltha mit Erstaunen reagierte. Aber auch erleichtert. »Tom, ihr geht es gut!«

Tom erschien auf der anderen Seite des Betts, und Angela sank in seine Arme.

»Abel sei Dank, es geht dir gut«, sagte er kaum hörbar. Sie wollte sich in seinen Armen verlieren und die Welt ausblenden, beließ es aber dabei, ihn zu küssen. Schließlich befanden sie sich, davon war auszugehen, nach wie vor in der Bredouille.

»Wie könnte es anders sein? Du bist bei mir.« Sie kuschelte sich an, den Kopf auf seine Schulter gelegt. »Habe ich Laran erwischt?«

»Du hast ihn zweimal erwischt«, erwiderte Tom, »aber leider nicht für immer.«

»Ah! Verwundet ward die Schlange, nicht getötet.«

Tom zuckte zusammen. »Wenn du schon zitierst, könntest

du wenigstens eines *meiner* Stücke auswählen, oder muss es unbedingt Shakespeare sein?«

Dies war der falsche Zeitpunkt einzugestehen, dass sie nie etwas von Tom gelesen und sich mit Macbeth auch nur deshalb beschäftigt hatte, weil sie ein Auge auf den jungen Dozenten für englische Literatur geworfen hatte. Heather hatte recht gehabt, der Typ war ein eingebildeter Schnösel, aber richtig was fürs Auge. Das alles lag natürlich lange zurück, lange bevor sie Tom kennengelernt hatte, und ...

»Ach hör doch auf«, sagte Tom. »Wenn du schon in Erinnerungen an deine sexuelle Vergangenheit schwelgen musst, könntest du dann nicht wenigstens deine Gedanken verschleiern?«

»Beruhige dich, Tom! Verstehst du denn nicht? Meine Erinnerung läuft auf Hochtouren! Ich bin Elizabeth Connor, aufgewachsen in Oregon. Ich habe in Chicago studiert und mich in Geschichte graduiert. Dann habe ich noch ein Informatikstudium an der DePAul University draufgesattelt, um einen Job zu bekommen. Dad hat mir diesen befristeten Job bei Mariposa verschafft, wo ich ein neues System installierte. Und als ich Laran in die Augen gesehen habe ... Oh, du meine Güte! Ich muss ihn stoppen! Er benutzt Dads Gedankenströme!«

»Bist du dir sicher?«, fragte Gwyltha.

»Ja. Als er versuchte, einen Gedankentest bei mir zu machen, konnte ich seine lesen.« Sie schauderte. »Deshalb bin ich auch in Ohnmacht gefallen. Ich habe in einen Abgrund geblickt.«

Gwyltha kicherte vor sich hin – etwas, das Angela selten bei ihr hörte. »Kann passieren. Wahrscheinlich wollte er dich wieder unter seine Kontrolle bringen und hat dir dabei diesen Einblick gewährt.«

»Ersteres ist ihm ja Gott sei Dank nicht gelungen, aber auf diesen Einblick in sein Innenleben hätte ich verzichten können.« Sie schluckte. »Eine absolut widerliche Type. Er und mein Vater ...« Schrecklich, diese Vorstellung. Gut, ihr Vater war ein erwachsener Mann, und er hatte keine Frau, aber dass er und Laran etwas miteinander haben könnten, darüber wollte sie gar nicht weiter nachdenken. »Wir müssen mit Meg reden. Lasst uns gehen.«

Tom nickte. »Ich wollte im Laden anrufen, aber es kam nur eine Bandansage, dass heute geschlossen sei. Aber ich habe die Wegbeschreibung zu ihrem Haus.«

»Und ich habe einen Stadtplan von Totnes.«

Wollte sie Tom und Gwyltha wirklich zu Meg mitnehmen? Was, wenn sie ihnen die Tür vor der Nase zuschlug? Ohne Megs Unterstützung waren sie aufgeschmissen. »Hat sonst noch jemand beobachtet, was mit Laran passiert ist?« Wie um Himmels willen sollte man das der Hotelleitung erklären?

»Zum Glück nein«, erwiderte Tom. »Bis auf die Kleine von der Rezeption. Gwyltha hat ihre Erinnerung an die Geschehnisse gelöscht, während ich dich hier raufgebracht habe. Das Mädchen dachte einfach, es sei in Ohnmacht gefallen, und ist nach Hause gegangen. Langsam wird hier das Personal knapp. In meiner Neugier habe ich herausgefunden, dass die eigentliche Tageskraft an der Rezeption heute Vormittag ermordet wurde, und ein Küchenbursche wurde schwer verletzt. Beide wurden heute Morgen in der Lobby aufgefunden, und die Polizei steht vor einem Rätsel.«

Angela wusste sofort Bescheid. »Laran war früh dran?«

»Scheint so«, sagte Gwyltha. »Er hat uns erwartet.«

»Das ist beileibe noch nicht alles«, fuhr Tom fort. »In einer Stadt, in der sonst wahrscheinlich kaum ein Verbrechen vorkommt, wurde der erste gerufene Einsatzwagen, man kann es nicht anders sagen, aus dem Hinterhalt überfallen und beide Insassen heimtückisch ermordet. Deswegen all die Streifenwagen auf dem Weg hierher.«

»Schade, dass sie ihn nicht schnappen und in den Knast werfen können.« Angela blieb nichts anderes, als zu hoffen.

Die Lage spitzte sich von Stunde zu Stunde immer mehr zu. »Wo, glaubt ihr, könnte er jetzt gerade sein?«

Es klopfte an der Tür, womit sich eine Antwort erübrigte.

Der Barmann von unten kam herein, nun in der Rolle als Zimmerkellner. »Sie haben ein Dinner geordert, Sir«, sagte er, während er ein riesiges Tablett mit drei abgedeckten Tellern, einer Flasche Portwein sowie Gläsern anschleppte. Unter den metallenen Hauben kamen die verführerischsten Düfte hervor. Eine tolle Idee, die Tom da gehabt hatte, um nicht zu sagen genial.

»Für dich, meine Liebe«, sagte Tom. »Drei große Rumpsteaks, *rare* natürlich; ich habe extra verlangt, dass sie innen noch kalt und blutig sind.«

Das waren sie auch, und einfach lecker und köstlich und innerhalb kürzester Zeit verspeist. Die Pommes frites, Tomaten und Erbsen ließ sie stehen. Mit einer saftigen Fleischmahlzeit konnten sie nicht konkurrieren. Als sie spürte, wie die Nahrung ihr Kraft gab, fühlte sie sich zu allem bereit, sogar, die Göttin stehe ihr bei, zu einer weiteren Begegnung mit Laran.

»Du siehst gleich viel besser aus«, sagte Gwyltha. »Unglaublich, welchen Unterschied feste Nahrung doch macht. Da hab ich einiges gelernt, seit ich dich und Jane kenne.«

Ihr Leben hatte sich durch ihre Freundschaft zu Vampiren auch sehr verändert! Aber dies war nicht der Zeitpunkt zu überlegen, was das für sie bedeutete. Ihr stand noch einiges bevor, und dabei wusste sie noch immer nicht, wie sie Laran auslöschen und dadurch sich selbst, ihren Vater und Heather vor seinen Klauen retten könnte.

Irgendwo musste man anfangen. »Ich geh duschen«, sagte sie. »Die Spuren von Larans Berührung abwaschen.« Sie spürte noch die Kälte seines Körpers an ihren Fingern, ein Überbleibsel der Messerattacke, aber … »Was ist mit Justins Messer?« Hatte sie es fallen gelassen, als sie in Ohnmacht fiel?

»Hier.« Gwyltha zeigte auf den Nachttisch. »Ich hab's eingesteckt.«

Angela sah das Messer auf dem Nachttisch liegen und erinnerte sich an die entsetzlichen Schreie und den Schrecken dieses Mädchens. »Wurde durch den Lärm keiner aufmerksam?«

Allerdings war die personelle Besetzung ja sehr reduziert.

»Es ging einfach alles zu schnell«, erwiderte Gwyltha. »Das Mädchen ist in Ohmacht gefallen, Laran kurz darauf verschwunden. Aus der Küche kam noch ein junger Mann, aber um den hab ich mich auch gekümmert. Niemand wird sich an irgendetwas erinnern, außer vielleicht das Mädchen, dass es im Zuge einer verzögerten Schockreaktion auf die schrecklichen Ereignisse des Vormittags in Ohnmacht gefallen war.«

Angela wünschte, sie könnte auch einfach alles vergessen. Unwahrscheinlich, aber ihre Haare konnte sie sich doch zumindest waschen.

Nach dem so gut wie unvergesslichen Erlebnis mit Tom in diesem Hotelbadezimmer bedeutete es schon beinahe eine Antiklimax, darin nur zu duschen. Sie kicherte über ihre Wortwahl. Angesichts der Gefahr, die ihnen drohte, sollte sie sich lieber auf ernstere Dinge konzentrieren, aber es war unmöglich, Toms unglaubliche Fähigkeiten als Liebhaber zu vergessen, die Art, wie er ihren Oberkörper hochgehalten und an ihren Brustwarzen gesaugt hatte, um dann … So! Sie nahm die Seife und schäumte sich ordentlich ein. Schließlich wollte sie den widerlichen Geruch von Laran abwaschen.

Warmes Wasser und parfümierte Seife taten ihre Wirkung. Als sie sich die Haare getrocknet und frische Wäsche angezogen hatte, fühlte sie sich wie neugeboren. Wie eine neue Frau, ja. Ein neuer Ghul, sicher. Eine neue Hexe, vielleicht. Wollte sie wirklich Zauberkräfte heraufbeschwören? Und würden sie Wirkung zeigen?

Es gab nur einen Weg, das herauszufinden. Sie zog eine

schwarze Hose und einen grauen Pullover an; rituelle Gewänder besaß sie nicht, aber vielleicht könnte Meg ihr welche leihen. Außerdem musste sie dringend mit Adela sprechen.

Um alleine zu sein, ging sie in das Wohnzimmer der Suite und wählte Heathers Nummer. Adela nahm den Anruf an.

»Lizzie! Mit Heather ist was passiert!«

»Oh nein! Was denn?« Doch wohl nicht noch ein Überfall.

»Nichts Schlimmes, Darling, überhaupt nicht. Im Gegenteil. Vor einer Weile, vor ein paar Stunden, wenn überhaupt, hat sie in den Fotoalben geblättert. Wir haben sie schon zigmal angesehen, und ich habe ihr zigmal erklärt, wer die Personen auf den Fotos sind, aber außer dir hat sie nie jemanden wirklich erkannt. Als sie nun die Bilder von unserer Reise nach Washington ansah, die wir zu deinem dreizehnten Geburtstag unternommen haben, begann sie darüber zu reden, dass dein Gepäck auf dem Flughafen verloren gegangen war und dass wir zu *Garfinkles* mussten, um neue Sachen für dich zu kaufen, und dass du viel mehr ausgesucht hast als nötig und dass du ihr sogar noch welche abgegeben hast. Darunter war auch ein bauchfreies schwarzes T-Shirt; das war so gewagt, dass ich es keine von euch beiden anziehen ließ.«

Sie erinnerte sich auch daran. »Und der Taxifahrer war anscheinend betrunken, und du hast darauf bestanden, dass wir sofort aussteigen. Es war irgendwo am Ende der Welt, richtig gruselig, aber ein Polizeiauto hat uns schließlich bis zur nächsten U-Bahnstation mitgenommen.« Daran konnte sie sich erst jetzt wieder erinnern.

»Oh, Lizzie! Heather fällt plötzlich so viel wieder ein. Natürlich noch lange nicht alles, aber es wird zusehends besser.«

Heathers Erinnerungsvermögen war nach dem Kampf mit Laran zurückgekehrt. Gab das vielleicht Anlass zur Hoffnung, dass er tot sein könnte? Wollte sie die Verantwortung auf sich nehmen, ein lebendes Wesen umgebracht zu haben?

Nun gut, ein untotes Wesen. »Sag Heather, wie aufregend ich das alles finde, und bitte, Adela, sei heute Abend bei mir.«

»Hab ich das nicht versprochen? Ich habe seit deinem Anruf ohne Unterbrechung telefoniert und eine Telefonkette aufgebaut. Sag mir die Zeit, und wir sind alle gemeinsam in Gedanken bei dir.«

»Hier geht der Mond um halb zehn Uhr auf. Wie ist das dann bei euch?«

»Wir richten uns nach eurer Zeit, Darling. Wir schließen die geballte Kraft unserer Gebete zusammen.«

»Ich danke dir, Adela, von ganzem Herzen.«

»Na, hoffentlich haut's hin.«

Hatte Adela eine Vorstellung vom Ausmaß dieser Krise? Doch, ja! Adela wusste Bescheid. Angela – als Elizabeth sah sie sich noch nicht ganz – schwieg nach dem Telefonat minutenlang einfach vor sich hin. Tom und Gwyltha blieben im Schlafzimmer; sie hatten Verständnis für ihr Bedürfnis, allein zu sein. Draußen war es schon dunkel. Etienne war jetzt sicher schon aufgestanden. Sie stellte sich ihn und Toby im Wohnzimmer sitzend vor und wünschte sich, sie säße auch sicher in der South Audley Street und müsste nicht hinaus in die Finsternis.

Tom stand kurz davor, loszuknurren. Angela hatte partout darauf bestanden, alleine zum Haus dieser alten Hexe zu gehen. »Gwyltha und ich sind eigens hierhergekommen, um dich zu begleiten«, insistierte Tom, wobei er versuchte, nicht allzu verärgert zu klingen.

»Ich weiß, aber ich glaube auch, dass mit zweien von eurer Sorte der Bogen doch überspannt ist.«

»Sollte es Probleme geben«, sagte Gwyltha, »verschwinde ich natürlich sofort, Angela, aber ich teile Toms Bedenken. Wir begeben uns in Gefahr.«

Natürlich hatten sie vor zu fahren. Megs Wegbeschreibung war klar genug, nicht dagegen, was sie erwartete. Hinter Angelas äußerer Ruhe spürte Tom ihre Ängste und Zweifel. Die hatte vielleicht Nerven. Ein mit einem Messer bewaffneter Straßenräuber war für ihn kein Problem. Einem Maschinengewehr konnte er sich stellen, ohne viel mehr zu riskieren als ein zerrissenes Hemd. Aber ein ganzer Kreis von Hexen! Tom sah Gwyltha im Rückspiegel an. Sie wirkte so gelassen und heiter wie vor einem Spaziergang über eine Frühlingswiese oder ihre geliebten Moore. Dabei hatten sich vielleicht längst magische Kräfte gegen sie verschworen. Sie musste sich doch Sorgen machen. Das war lächerlich und irgendwie, so schien es, auch ihre einzige Hoffnung.

Meg wohnte, wie sich herausstellte, in einem kleinen Reihenhaus, das sich von Dutzenden anderer zu beiden Seiten der Straße nur durch die orangefarbene Eingangstür unterschied. Von drinnen hörte er die Herzgeräusche dreier Sterblicher. Zahlenmäßig ein ausgeglichenes Verhältnis, sollte es Ärger geben. Tom betätigte den Türklopfer in Form eines Löwenkopfs, der gleiche, wie er den Eingang seines Hauses schon seit Jahrhunderten zierte, nur kleiner. Was Türklopfer betraf, hatte die Alte Geschmack.

»Sie!« Das war mehr eine Feststellung, kein Willkommensgruß.

»Meg.« Angela trat nach vorne. »Sie haben mich eingeladen, gemeinsam mit Ihnen das Vollmondritual zu begehen.«

Meg nickte und lugte durch den zehn Zentimeter breiten Spalt hinter der Sicherheitskette hervor. »Ich habe dich eingeladen, und deinen Freund da vielleicht auch, aber wer ist das?« Ihre funkelnden Augen zeigten nach links auf Gwyltha.

Hatte es jemals irgendjemand gewagt, die Koloniefuhrerin als »das« zu titulieren?

»Lassen Sie mich bitte rein, Meg, und ich werde alles erklären. Wir brauchen dringend Ihre Hilfe, wirklich.«

Meg bat Angela herein, ließ aber die anderen auf der Eingangstreppe stehen. Nicht dass ihn das gekümmert hätte.

Nicht im Geringsten. Einzig und allein Gwylthas »Warte, Tom« hielt ihn davon ab, das Haus zu stürmen.

»Sie könnten ihr alles Mögliche antun«, murmelte er.

»Gar nichts tun sie. Sie unterhalten sich. Hör auf, vor dich hin zu brummeln und sperr die Ohren auf, dann hörst du es.«

Schöne Unterhaltung! Angela erzählte ihre Lebensgeschichte. Ihr musste doch klar sein, dass dies Sterbliche waren. Noch ein Viertelstunde, und es würde ein unscheinbarer grauer Wagen vorfahren und sie ins nächste Irrenhaus verfrachten. Nur über seine Leiche. Drei Minuten später öffnete sie die Tür.

»Kommt rein«, sagte sie lächelnd und unter den kritischen, keineswegs lächelnden Blicken von Meg, einer weiteren Alten und einem weißhaarigen Mann. »Sie haben nichts gegen eure Anwesenheit, solange ihr versprecht, euch nicht einzumischen und keine negative Energie zu verbreiten.«

»Ihr habt mein Wort «, sagte Gwyltha.

»Meines auch«, fügte Tom hinzu, wobei er sich fragte, auf was zum Hades er sich da einließ.

Meg führte sie in einen kleinen, mit Möbeln und anderen Sachen vollgestopften Raum. Nein, nur das eine Ende war voll, wie ein zweiter Blick ergab. Der Raum reichte von der Vorderseite des Hauses bis nach ganz hinten, und sämtliche Möbel stauten sich im vorderen Bereich. Eingeengt in den überfüllten Teil des Raums, stellte Angela den Mann als John vor, die andere Frau, vom Typ her eine schmalgesichtige alte Jungfer mit rot geränderten Augen und dunklen, strähnigen Haaren, als Pat.

Nach vorsichtigem Händeschütteln und freundlichen Hallos in diese und jene Richtung beäugten die Vampire und Hexen sich kritisch. Allein Angela machte einen gelassenen Eindruck, aber ihre Ängste waren für Tom offensichtlich.

»Sarah, das Mädchen von der Rezeption, das heute ermordet wurde, war Pats beste Freundin«, sagte Angela.

»Fast wäre ich gar nicht gekommen heute Abend«, sagte

Pat. »Ich war so geschockt über ihren Tod, brauchte aber die Gesellschaft von Freunden. Nun sehe ich, es war ein glücklicher Zufall. Sarah wurde nämlich von einem Vampir ermordet.«

»Ein Ungeheuer, ein pervertierter Vampir«, sagte Gwyltha. »Der gehört nicht zu uns. Wir haben Regeln, so wie ihr: Unsere lautet, niemals Sterblichen Schaden zuzufügen, eure dagegen, nichts Böses zu tun. Wir wollen also alle das Gleiche, nur von unterschiedlichen Standpunkten aus.«

»Glaubt ihr, ihr könnt ihn kriegen?«, fragte Pat. »Die Polizei steht vor einem Rätsel.«

»Ich weiß nicht, ob ich das schaffe«, erwiderte Angela, »aber ich weiß sicher, dass er es auf mich abgesehen hat und zurückkommen wird, und von quasi höchster Stelle her weiß ich, dass ihm mit Magie beizukommen ist. Das ist unsere größte Hoffnung. Und natürlich Silber. Das müssen wir unbedingt tragen.«

Ja, Silber. Alle drei Hexen präsentierten ihren Schmuck, Silberketten, die er an diesem Morgen in der Half Moon Street gekauft hatte. Angela hatte die letzten zehn Minuten gut genutzt. Und erfolgreich! Der Preis für drei Silberketten war nicht viel für wohlwollende Neutralität in Wicca-Kreisen.

»An der Zeremonie können sie unmöglich teilnehmen«, sagte John. »Es sind immerhin Ungläubige.«

»Es sind meine Freunde, und sie haben mich beschützt, als ich völlig schutzlos war«, sagte Angela. »Sie bleiben hier.«

»Er ist noch dazu dein Geliebter«, sagte Meg mit einem verschmitzten Lächeln auf ihren alten Lippen.

»Stimmt.« Angela grinste und sah ihn an. »Tom ist mehr als mein Freund. Und dazu kommt, er hat mir einen Heiratsantrag gemacht, aber das ist jetzt nicht das Thema.«

Was auch, beschloss Tom, für die fragenden Blicke galt, die Gwyltha ihm zuwarf.

»Ist er es auch, der deine Aura wiederhergestellt hat?«,

fragte Meg. Ihr Gequatsche über Auren und Lichtfelder hatte er schon wieder ganz vergessen.

»Weiß ich nicht«, sagte Angela. »Hat sie sich verändert?«

Meg nickte. »Und wie. Sie strahlt deutlich sichtbar und hat immer noch dieses rosafarbene Funkeln, wenn du ihn ansiehst oder er dir näher kommt. Ja, ich würde doch sagen, etwas hat sich verändert.«

»Deine Aura ist goldfarben«, sagte Pat. »Es gibt Lücken, aber sie ist kräftig, wie Meg gesagt hat, aber diese beiden « – sie zeigte mit dem Kopf zu Tom und Gwyltha – »haben keine.«

»Weil sie nicht richtig lebendig sind«, sagte John. »Angela hat es doch genau erklärt!«

»Oh!« Pat fasste sich mit der Hand an den Mund. »Hat sie, stimmt. Ist mir irgendwie entgangen.«

Dafür dass diese Frau gerade erst ihre beste Freundin verloren hatte, war Johns Umgangston ihr gegenüber doch etwas rüde. »Früher hatten wir sicher mal eine«, sagte Tom und lächelte Pat zu. »Aber als Untoten fehlt uns nun mal eine lebendige Aura.«

»Natürlich.« Die arme Frau schluckte. »Angela hat ja alles erklärt, aber Sie dann wirklich vor sich zu haben, in Fleisch und Blut sozusagen, na ja …«

»Nach dem, was Sie heute alles durchmachen mussten, bin ich nicht überrascht, dass Sie etwas verwirrt sind. Deshalb danke ich Ihnen umso mehr für Ihren Mut und die Bereitschaft, uns zu helfen.«

Pat lächelte Tom zu. »Wenn dadurch der Tod Sarahs gerächt wird, stehe ich gerne mit meiner ganzen Macht zur Verfügung.« Sie streckte sich und nahm die Schultern zurück. »Wir sollten mit den Vorbereitungen beginnen. Der Mond geht in nicht einmal einer Stunde auf.«

»Zuerst«, sagte Angela, »müssen wir das hier neu weihen.« Sie legte die Athame, nun in den für die Karten bestimmten Seidenschal gehüllt, auf den Tisch.

Meg wickelte das Paket vorsichtig auf. Alle drei Hexen starrten wie gebannt.

»Sieht wie eines jener Messer aus, die man in alten Büchern sieht«, sagte Meg.

John streckte den Arm aus und nahm es in die Hand. »Woher stammt es? Es ist in der Tat sehr alt, nicht wahr?«

»Es stammt möglicherweise aus der Zeit, in der die Römer auf die Insel kamen«, sagte Gwyltha. »Könnte aber noch älter sein.«

»Sie kennen sich aus mit solchen Dingen?«, fragte Meg.

Gwyltha nickte.

»Es wurde für schlimme Zwecke missbraucht«, sagte Angela, »und heute Nachmittag habe ich es gegen Laran eingesetzt. Für seine eigentlichen Zwecke muss es neu geweiht werden.«

»Sein eigentlicher Zweck könnte sein, Böses abzuwehren«, sagte Meg.

»Sein eigentlicher Zweck ist es, den heiligen Kreis zu ziehen«, sagte Pat.

»Erst wenn es neu geweiht ist«, insistierte Angela und legte das Messer auf den kleinen Tisch in der Mitte des Raumes.

Niemand widersprach. John besprengte es mit Wasser, während Meg zwei Kerzen anzündete und im Einklang mit Pat Gebetsformeln murmelte.

Gwyltha nahm, an der einzigen freien Stelle, ganz außen auf dem Sofa Platz. Tom setzte sich auf die Armlehne eines mit Kissen und einem Zeitungsständer bepackten Sessels und sah zu, wie Angela zusammen mit den drei anderen lange, hellblaue Gewänder anlegte, die eine bemerkenswerte Ähnlichkeit mit Betttüchern aufwiesen. Tom konnte sich gerade noch beherrschen. Allein für Angela war das wichtig – Angela, die soeben vor allen verkündet hatte, dass er sie heiraten wolle. Zwar hatte sie nicht direkt gesagt, sie nehme den Antrag an, aber dass sie öffentlich darüber sprach, wertete er schon als Zusage. Nun sollte er versuchen, das Ritual so ernst zu nehmen wie sie, was ihm verdammt schwerfiel, vor allem als sich John ein komplettes Hirschgeweih auf den Kopf schnallte.

»Cernunnos«, sagte Gwyltha, »der Gott der Unterwelt und der Fruchtbarkeit und der Herrscher über die Tiere.«

»Madame, Sie kennen sich in diesen Dingen aus?«, fragte John.

»So ist es«, antwortete Gwyltha. »Vielleicht hat ja Angela nicht erwähnt, wie alt ich bin, aber ich erinnere mich an diese Dinge noch aus meiner Kindheit, lange bevor sie der Vergessenheit anheimfielen.«

Danach waren alle für ein paar Sekunden sprachlos. Pat stand die Neugier ins Gesicht geschrieben, während Meg Gwyltha ungläubig anstarrte. »Wann waren Sie denn ein Kind?«

»Im ersten Jahrhundert vor Christi Geburt.«

Bis drei Sterbliche das geschluckt hatten, dauerte es eine Weile.

»Sie erinnern sich also noch an die Rituale, die wir nur von der Tradition her kennen«, sagte Meg.

»Ich war eine Druidenpriesterin, richtig«, erwiderte Gwyltha.

»Dann sollten Sie das Ritual leiten«, sagte Meg.

Gwyltha schüttelte den Kopf. »Nein, es ist schon zu lange her, dass sich unsere Wege getrennt haben.«

»Schließen Sie sich uns wenigstens an«, forderte John sie auf.

Tom hatte sich eine engere Beteiligung gewünscht, aber nicht ganz so eng. Als Gwyltha die Einladung jedoch annahm, stand er unweigerlich neben ihr und verfolgte das weitere Geschehen. Auf Johns Aufforderung hin nahm Angela die soeben neu geweihte Athame und bezeichnete damit einen weiten Kreis auf dem Boden. Meg holte ein großes Weinglas, scheinbar mit Sherry gefüllt, sowie eine flache Schale herbei, die sie zwischen den Kerzen auf dem Altar abstellte.

Pat stellte vier brennende Kerzen auf die von Angela gezogene Kreislinie.

Auf ein Zeichen von John trat dann Gwyltha nach vorne. Tom stellte sich gemeinsam mit Meg, Angela und John in das Kreisinnere.

Als Pat die Vorhänge aufzog, erkannte er, warum sie diese Seite des Raums gewählt hatten. Der Vollmond war durch die Verandatür hindurch klar und deutlich zu sehen.

Meg warf ein brennendes Streichholz in die flache Schale, blasser Rauch stieg auf, und der süßliche Geruch von Weihrauch erfüllte den Raum. Darauf huben sie zu singen an, einen sanften, leisen Singsang, der Vorstellungen von grünen Wäldern, plätschernden Bächen und rauschenden Winden heraufbeschwor. Angela ging in dem Geschehen auf; ihr Gesicht wirkte entspannt, ihre Augen strahlten. Nach einer gewissen Zeit verstummte der Gesang, und der Kelch machte die Runde. Es war Sherry, ein sehr guter obendrein, und das Szenario erinnerte Tom an Erzählungen aus seiner Kindheit über heimlich abgehaltene Messen dem Papst zu Ehren. Der Gesang aber, der dann wieder einsetzte, war von einer Art, wie er in kaum einer Kirche je zu vernehmen gewesen war. Schon bald fühlte er sich umfangen vom sanften Rhythmus der uralten Weise, dem süßen Schmelz ihrer Melodie und Angelas Anwesenheit an seiner Seite. Nach einer Weile, der Gesang hielt weiter an, begannen die Haare in seinem Nacken zu prickeln – ein Gefühl, das er so schon seit Jahrhunderten nicht mehr gehabt hatte –, eine Empfindung, die sich über die Arme, den Rücken und die Beine weiter ausbreitete, als würde seine Haut zu neuem Leben erweckt. Intuitiv streckte er den Arm aus, um Angelas Hand zu ergreifen. Die Empfindungen steigerten sich um ein Vielfaches und verebbten dann allmählich. Er warf einen Blick zur Seite; ihre Augen strahlten voller Leben.

An der anderen Seite ergriff Pat seine Hand. Sie waren in einem menschlichen Kreis zusammengeschlossen, in dem die

Kräfte ungehindert strömten. Angela schien sich in der Musik zu verlieren; ihr Gesicht leuchtete im Mondschein. Es rauschte, wie von einer starken Brise her, und immer mehr Energie strömte in den Kreis. Angela stand kerzengerade da – nun ging von ihrem ganzen Körper, nicht mehr allein von ihrem Gesicht, ein Strahlen aus.

Es waren Zauberkräfte am Werk, aber wohin führten sie? Schließlich verblasste das Licht zusehends, und sie drehte sich langsam zu Seite und lächelte ihn an, in ihren Augen noch immer dieses energetische Feuer.

Was passierte nun?

Die Scheiben der Verandatür zerbarsten mit lautem Knall, Scherben und Holzsplitter flogen durch den Raum. Meg schrie auf, die arme Pat kreischte wie verrückt, John starrte fassungslos auf das Geschehen. Tom packte Angela, als Laran Radcliffe im Türrahmen erschien.

»Nette Spielchen spielst du da mit deinen erbärmlichen sterblichen Freunden«, höhnte er.

»Na und«, erwiderte Angela und trat nach vorne. Tom konnte sie unmöglich halten; ihre enorme Kraft brannte in seinen Händen und zog sich hoch bis in seine Arme hinauf. »Nun ist ein für alle Mal Schluss, Laran. Du hast mir und Heather schwer geschadet.« Angela machte noch einen Schritt nach vorne. »Du hast Sarah vom *Royal Oak* ermordet und zwei Polizisten auf dem Gewissen. Ganz zu schweigen davon, was du mit meinem Vater angestellt hast. Nun reicht's.«

»Und du willst mich aufhalten?« Sein Lachen klang wie zersplitterndes Glas an einem frostigen Morgen.

»Mithilfe der Göttin, ja.«

In einer Sekunde kristalliner Klarheit erkannte Tom, was vorging. Angela war sozusagen das Gefäß all dieser Macht. Sie allein konnte diesem Ungeheuer Einhalt gebieten, und ihm blieb nur, sie einfach machen zu lassen – die wohl schwerste Prüfung überhaupt in seinem Leben.

»Komm herein, Laran«, sagte Angela, »und sieh deinem Schicksal entgegen.«

Siegesgewiss grinsend trat er nach vorne, wollte Pat packen, die ihm am nächsten stand, und schreckte zurück. »Ah, die kleinen Freunde wurden mit Silberschutz bestückt. Können sie von mir aus ewig tragen.«

»Brauchen sie gar nicht. Es reicht schon, wenn sie es tragen, bis du entschärft bist.« Während sie das sagte, griff Angela zum Altar. Tom glaubte, sie würde die Athame nehmen, aber stattdessen berührte sie sie kaum. Er begleitete sie. »Lass mich, Tom«, sagte sie. »Ich habe genügend Macht. Adela unterstützt mich.« Möglich. Angela strahlte noch immer, was nicht allein am Mondlicht lag. Sie ging weiter auf Laran zu, und Tom ließ sie gewähren. Das war ihr Auftritt. »Verschwinde und tue Buße, solange es noch möglich ist, Laran, oder das von dir angerichtete Unheil kommt zehnfach auf dich zurück.«

Als Laran abermals lachte, trat sie aus dem Kreis heraus. Das Mondlicht erstrahlte um sie herum. Sie selbst leuchtete im Licht uralter Kräfte. Als sie die Hand nach Laran ausstreckte, flackerte das Licht in ihrem Umkreis und züngelte wie silberne Flammen. Laran stand da und starrte wie gebannt. Auf eine Drehung ihres Handgelenks hin brandete das Licht auf und umgab Laran wie eine Woge. Sein Aufschrei erstarb, als er stolpernd zurückwich, durch die Terrassentür nach draußen, wo er als glimmendes Häuflein auf dem winterlichen Rasen zusammenbrach. Pat stieß einen langen und durchdringenden Schrei aus. John fiel in Ohnmacht, Tom schickte ein Stoßgebet gen Himmel und wünschte sich, dass es kein Herzinfarkt war. Meg stand da und sah zu, wie kalte Zauberflammen den Unhold verzehrten.

Gwyltha schloss die Terrassentür. Das Holz entlang des Rahmens war zersplittert, aber die Nacht konnten sie wenigstens aussperren – und Larans Scheiterhaufen. Angela stand reglos da, als Tom sie aber berührte, sank sie in seine

Arme. »Was ist mit ihm passiert?«, fragte sie und klammerte sich an seinen Ärmeln fest.

»Eigentlich dachte ich, du würdest mir das erklären.«

»War wohl Zauberei.« Sie war beinahe zu schwach, um zu lächeln. Sie brauchte Nahrung. So schnell wie möglich.

Und als wäre das alles noch nicht genug, hatten sie auch noch einen sterbenden oder bereits toten Vampir im Vorgarten, im Haus einen bewusstlosen Mann und eine hysterische Frau. Die arme Pat hatte einen verdammt schlechten Tag gehabt. Gwyltha hatte einen Arm um ihre Schulter gelegt, um sie zu beruhigen, und vielleicht kümmerte sie sich noch um ein paar letzte, vereinzelt herumirrende Erinnerungen.

Meg ging hinaus und kam mit einem Glas Wasser zurück, das sie John aufs Gesicht schüttete.

Er schlug die Augen auf und fluchte. Also doch kein Herzinfarkt. Gut.

»Geht's ihr gut?«, fragte Meg und deutete mit dem Kopf auf Angela.

»Sie braucht Fleisch.«

Meg überlegte eine Weile. »Was ich habe, meine Liebe, wäre ein Paket Beefburger in der Kühltruhe.«

Angela beklagte sich nicht. Sie schlang sie hinunter, ob gefroren oder nicht, das spielte keine Rolle. Meg sah ihr wortlos zu, Tom ließ sie einfach machen. Ein Ghul, der sich gefrorene Beefburger einverleibte, war die geringste Sensation dieses Abends.

»Was das gleich ausmacht«, sagte Meg erstaunt, während Angela sich zusehends erholte. »Unglaublich. Ich hätte noch schönen Hinterschinken, wenn's hilft.«

Es half, neben einer Dose Cornedbeef, die Meg aus den hintersten Tiefen eines Schranks hervorkramte.

»Nun ist wirklich gut«, insistierte Angela, als Meg ihr unbedingt auch noch eine Dose Würstchen anbieten wollte. »Ich überlebe jetzt. Danke, dass das in dieser Form möglich war. Allein hätte ich es nie geschafft. Ich muss Adela anrufen, um ihr zu sagen, dass alles geklappt hat.« Sie hielt inne. »Aber was ist mit dem Haus?«

»Das kann man reparieren«, sagte sie lachend. »Was sind schon ein paar zerbrochene Fensterscheiben im Vergleich zu dem, was ich soeben erlebt habe. Dass man sich die Kräfte des Mondes zunutze machen kann, davon habe ich schon gehört, hielt das aber für ein Ammenmärchen. Ich glaube kaum, dass von den jetzt lebenden Hexen viele etwas Derartiges erlebt haben.«

»Wir können Sie nicht mit kaputten Fenstern alleine hier sitzen lassen«, beharrte Angela. »Von der verkohlten Leiche im Garten ganz zu schweigen.«

»Einen Moment mal«, sagte Tom zu Angela. »Ich seh mal nach, wie's draußen aussieht.«

Er fand draußen ein Häuflein halb verbrannten Gewebes und brüchiger Knochen.

»Du meine Güte!«, sagte Angela, als sie zu ihm kam. »Das habe ich gemacht?«

»Offenbar. Und wir sollten in Anbetracht der Umstände froh darüber sein. Der stellt garantiert nichts mehr an.«

»Wir können ihn nicht einfach hier liegen lassen.«

Natürlich nicht.

Aber Meg hatte eine Rolle schwarzer Müllsäcke im Haus, und in einem landeten die sterblichen Überreste von Laran Radcliffe.

Pat und Angela brachten den Raum in die gewohnte Ordnung, während Gwyltha Meg half, den Altar wegzuräumen. Von Misstrauen war nun nicht mehr die Rede.

»Die wollen Sie doch sicher zurückhaben, oder?«, fragte Meg, während sie die Athame in Seide verpackte.

»Ja«, erwiderte Gwyltha, »wir haben sie ausgeliehen und müssen sie ihrem Schutzherren zurückgeben.«

»Verständlich.« Megs Finger verweilten auf dem Griff aus Stein. »Ich hätte mir nie erträumt, eine derartige Kostbarkeit jemals zu sehen, und nun halte ich sie ...« Sie gab sie Gwyltha zurück. »Das war also Vollmondmagie«, sagte Meg, während sie die Kerzen auspustete und wegstellte.

Gwyltha zögerte. »Angela hat sich alle nur erdenklichen Kräfte zunutze gemacht. Ihre Stiefmutter und andere, die uns zur Seite stehen, haben für uns gebetet.«

Meg lächelte wissend. »Behalten Sie Ihre Geheimnisse ruhig für sich, Vampir. Ich weiß jedoch, dass nur die Altvorderen diese Art Macht ausüben können.«

Gwyltha machte sich daran, die Leinendecke zusammenzulegen. »Wo soll ich die hinlegen?«, fragte sie. »Ich danke Ihnen noch mal für Ihre Unterstützung, aber wir müssen bald los.«

Tom und John, der sich wieder erholt hatte, fanden Sperrholz in Megs Werkstatt. Gemeinsam schnitten sie das Holz auf die Größe der kaputtgegangenen Scheiben zu, wobei sich John sehr beeindruckt zeigte, wie flink Tom mit der Säge umzugehen wusste; als er aber sah, wie Tom Nägel mit dem bloßen Daumen versenkte, stand der nächste Ohnmachtsanfall zu befürchten.

Es war schon früh am Morgen, als sie alle zusammen in Megs Küche saßen und Tee tranken. Tom wäre so gerne mit Angela gegangen. Sie brauchte richtiges Fleisch, aber Meg bot Streichwurst und Frühstücksfleisch aus der Dose an, und nachdem sie gerade das Haus dieser Frau ruiniert und einen Brandfleck auf dem Rasen zurückgelassen hatten, wäre eine Ablehnung denkbar unhöflich gewesen. Der Frühling und der in Devon reichlich fallende Regen würden das ihre tun, damit sich der Rasen erholte, aber was war mit den drei Hexen?

Mach dir keine Sorgen, funkte ihm Gwyltha zu. Wann werden sie uns denn je wiedersehen?

Niemals, hoffte er, aber ihm war klar, dass Angela die gute alte Meg vermissen würde.

»So ganz klar ist mir nicht, was ich gesehen habe«, sagte Pat, während sie drei Löffel Zucker in ihren Tee rührte.

»Diese Kreatur wurde vernichtet, aber ...« Sie schüttelte den Kopf.

»Und? Spielt das eine Rolle?«, fragte Gwyltha mit einem Seitenblick zu Meg. »Genau das wollten wir doch erreichen. Dieser Unhold kann niemandem mehr auch nur ein Haar krümmen«. Sie wandte sich Pat zu. »Mein Beileid wegen Ihrer Freundin, und denken Sie dran, dieses Untier hatte mit uns Vampiren nicht das Geringste gemein.«

Pat nickte. »Mittlerweile ist mir das klar, aber ich werde Sarah trotzdem ungemein vermissen. Sie wäre erleichtert, wenn sie wüsste, dass diese Kreatur ein für alle Mal erledigt ist.«

Tom warf den Beutel mit Larans Überresten in den Kofferraum. Man umarmte sich, bedankte sich und sagte einander Adieu in dem allgemeinen Bewusstsein, dass dies ein Abschied für immer war. Vielleicht war es unfair, das Leben dieser Leute auf den Kopf zu stellen und dann zu verschwinden, aber das Leben Sterblicher verlief in anderen Bahnen als jenes Unsterblicher.

Angela streckte sich auf dem Rücksitz aus und war nach weniger als fünf Meilen bereits eingeschlafen. Am Flughafen war sie gerade lange genug wach, um zwei Hähnchen zu verzehren, die Simon an einem noch offenen Imbissstand aufgetrieben hatte; dann schlief sie auf dem ganzen Weg zurück nach London.

Während Tom und Gwyltha zu Hause Toby und Etienne über die Ereignisse des Abends informierten, setzte sich Angela ans Telefon, um Adela für ihre Unterstützung zu danken.

»Lizzie«, sagte Adela, als sie ihre Stimme vernahm, »ich wollte dich schon anrufen. Gerade habe ich mit dem jungen Mann gesprochen, der für deinen Vater arbeitet. Offenbar hatte dein Vater vor ein paar Stunden einen schweren Schlaganfall.«

22

22 Stunden später betrat Elizabeth, voller Sorgen und unter dem Jetlag leidend, das Krankenzimmer ihres Vaters. Alan, der Höschenzähler, drückte sich im Warteraum der Intensivstation herum.

»Miss Connor«, sagte er und belästigte sie mit einem feuchten Händedruck. »Ich bin so froh, dass Sie hier sind. Es war alles so schrecklich, und zu allem Unglück ist Mr Radcliffe auch noch weg …«

Für immer weg, ergänzte sie im Stillen. Die sterblichen Überreste von Laran Radcliffe ruhten jetzt auf dem Grund der Themse, des Serpentine-Sees und des Regents Canals. Toby und Etienne hatten sich darum gekümmert. »Um meinen Dad mach ich mir mehr Sorgen als um Laran!« Schnippisch, vielleicht, aber angesichts der Umstände …

Ihr Vater lag reglos auf dem weißen Leinen. Er sah sie mit leeren Augen an, während seine Hand schlaff in ihrer lag. Sie fühlte sich, selbst in den überheizten Räumen der Intensivstation, kalt an. Wie viel von ihrem Martyrium hatte er tatsächlich gewusst? Und inwieweit war ihr Vater von Laran benutzt worden? Würde sie das je erfahren? Spielte es eine Rolle?

Ein langes Gespräch mit den Ärzten blieb ohne Aufschluss. Ihr Vater hatte weder einen Schlaganfall erlitten noch eine Gehirnblutung, und auch ein Gehirnaneurysma war nicht feststellbar. Er war bewusstlos, aber nicht hirntot, denn auf Reize reagierte er. Seine Verstandeskräfte schienen erloschen, und aus medizinischer Sicht war der Fall ein komplettes Rätsel. Für Elizabeth keineswegs. Laran hatte von seinem Bewusstsein Besitz ergriffen und es vollständig kontrolliert, und nun, da Laran tot war, blieb nur mehr die Hülle dessen, was einmal ihr Vater gewesen war.

Zwei Wochen später, nachdem sie ausdrücklich darauf bestanden hatte, holte sie ihn aus der Klinik heim nach Devil's Elbow. Eigentlich hätte sie diesen Schritt schon früher unternommen, aber sie hatte ja nur die Papiere von Angela Ryan gehabt und konnte ihre wahre Identität nicht glaubhaft nachweisen. Nach mehreren Transatlantikgesprächen, Computeraktivitäten, von denen sie nicht wusste, ob sie sie überhaupt verstehen wollte, und der Zahlung ungeheurer Summen Geldes hatte Elizabeth Connor neue Papiere. Gefälschte möglicherweise, aber dieses Mal für eine wirkliche Person.

»Danke, Tom«, sagte sie, als sie ihre auf dem Tisch ausgebreitete Zukunft betrachtete.

»Keine Ursache. Es sind deine eigenen. Ich habe nur mit ein bisschen Geld nachgeholfen. Duplikate bestehender Papiere zu besorgen war einfacher, als neue zu machen.«

»Dir habe ich es zu verdanken, dass ich mein Leben weiterführen kann. Verflixt, du hast es mir zurückgegeben!«

»Das hast du schon aus eigener Kraft geschafft.«

»Mit sehr viel Hilfe von Freunden.«

Er nickte. »Du willst also hierbleiben?« Er klang niedergeschlagen.

»Ich muss, eine Zeit lang jedenfalls. Ich brauche Hilfe, was die geschäftlichen Dinge anbelangt, und es wird sicher dauern, bis ich die richtigen Anwälte gefunden habe. Immerhin hatte Laran viele Bereiche unter Kontrolle, und weißt du was? Offenbar ist er in England verschwunden. Die Polizei sucht nach ihm, aber bisher ohne Erfolg ...« Sie grinste. »Das macht die Lage sehr kompliziert, und ich bin sicher ewig beschäftigt.«

Er schwieg eine kurze Weile. »Ich werde dich vermissen.«

»Geh nicht weg! Tom, das kannst du nicht machen. Bitte bleib hier!«

»Meinst du das wirklich?«

Verflixt, dieser Mann aber auch! »Natürlich mein ich das so! Wie sollte ich denn ohne dich leben?«

»Angela hat mich gebraucht. Ich war mir nicht sicher, ob Elizabeth mich auch braucht.«

Dafür hätte sie ihm am liebsten eine geknallt. »Ich kann ohne dich nicht leben! Ich liebe dich! Angela war eine Maske, die ich trug, bis ich mich selbst gefunden habe. Ich bin niemand anders. Wie konntest du nur ...«

Er ließ ihr nicht die Zeit zum Ausreden, sondern zog sie nur in seine Arme und presste sie an sich. Vampirumarmungen boten wenig Spielraum für Bewegung, aber sie beklagte sich nicht. »Du liebst mich also nach alldem noch immer?«

Er machte sich nicht die Mühe, darauf zu antworten, jedenfalls nicht mit Worten. Anstelle seines Herzens ließ er seine Lippen sprechen, die ihre öffneten und süßes Verlangen in ihrem Körper weckten. Sie reagierte mit einer Heftigkeit, die sie beinahe überwältigt hätte. Er gehörte ihr, war ihr Tom, ihre Liebe. Die unmittelbare Zukunft war schwierig im Übermaß, aber was waren schon Rechtsstreitigkeiten, die ein paar Jahre dauern mochten, wenn vor ihnen die Ewigkeit lag?

Als seine Hand zu ihrem Busen hochglitt, rauschte ein Schwall glühenden Verlangens in ihr Bewusstsein. »Lass uns nach oben gehen«, flüsterte sie ihm in den Mund.

»Ein glänzender Vorschlag«, sagte er, wobei er seinen Mund enger auf ihren presste.

»Ähm, entschuldigen Sie, Miss Connor«, sagte Alan.

Elizabeth drehte den Kopf, konnte sich aber nicht aus der Umarmung lösen. Tom hielt sie fest umklammert und war nicht bereit, seinen Griff zu lockern.

Tom fand als Erster die Sprache wieder. »Es ist hoffentlich wichtig, Kamerad. Worum geht's?«

Alan hüstelte, vor Verlegenheit hochrot im Gesicht. »Ich geh dann. Die Nachtschwester ist soeben gekommen. Wir sehen uns morgen wieder, Miss Connor. Ich wollte Sie noch daran erinnern, dass wir einen Anwaltstermin in Eugene haben.« Er machte einen umständlichen Schritt zurück. »Gute Nacht, Miss Connor, Sir.«

»Lästiger Kerl«, murmelte Tom, als die Tür hinter Alan zuging.

»Ganz genau, aber er weiß, wo Dad seine Unterlagen aufbewahrt, und er hilft mir, damit zurechtzukommen.«

»Er ist immerhin verschwunden. Abel sei Dank. Und jetzt.« Er umfasste ihren Hinterkopf. »Wo waren wir stehen geblieben?«

Drei Monate später

»Heather sagt, sie bleibt in Ohio«, sagte Elizabeth, als sie und Adela am Strand entlangspazierten.

»Ja. Sie mag den Job im Vampirparadies offenbar sehr und will weiter dort arbeiten, zumindest noch diesen Sommer. Dixie und Kit haben geeignete Räume im German Village gefunden, und Heather hat vor, dort eine Töpferei einzurichten. Vor ungefähr einem Monat war sie in Chicago, um ihre Brennöfen und die ganzen Werkzeuge einzupacken und versandfertig zu machen. Das Haus will sie verkaufen und den Erlös als Anzahlung für die Töpferwerkstatt verwenden. Ihr Plan ist es, zu töpfern und im Laden zu arbeiten und sich nebenbei eine neue Stelle als Lehrerin zu suchen. Ich muss gestehen, dass ich sie vermisse, aber sie ist dort glücklich und hat in dieser jungen Polizistin eine gute Freundin gefunden.«

»Ich wünsche ihr jede Menge Erfolg für ihre Keramiken. Sie werden jetzt in einem Laden in Florence angeboten, und sie beliefert eine Wanderschau für Kunsthandwerk, eines der zahlreichen Tochterunternehmen meines Vaters. Sie darf ihr Talent auf keinen Fall verkümmern lassen.«

»Da du von Talenten sprichst, du musst deine Kräfte jetzt auch weiter pflegen.«

»Das werde ich tun. Ich habe zwei weitere praktizierende Hexen gefunden, und wir gründen hier unseren eigenen Zirkel.«

»Du bleibst hier?«

»Vorübergehend. Einer von Toms Freunden, Toby Wise, will kommen und mir bei den geschäftlichen Dingen helfen. Er ist Amerikaner und hat sich bereit erklärt, einzuspringen. Tom und ich haben vor, mal in London, mal in Oregon zu sein, je nachdem. Ich habe ein ganzes Heer von Helfern, die sich abwechselnd um Dad kümmern. Ich will ihn nicht aus seiner gewohnten Umgebung herausreißen. Dies ist sein Zuhause, und er liebt das Meer. Die ehemaligen Büroräume haben wir in den Wohnbereich eingegliedert, damit wir mit dem Rollstuhl nicht andauernd die Treppe rauf und runter müssen.«

»Wird er je wieder gesund werden?«

»Wer weiß? Mich und Tom erkennt er. Es scheint, als würde er sich an Menschen und bestimmte Örtlichkeiten erinnern, nur mit dem Verstand hapert es. Er spricht nicht viel, aber wenn er etwas sagt, dann immer über bestimmte Personen und Ereignisse aus der Vergangenheit. Neulich hat er von dir gesprochen.«

»Was hat er gesagt?«

»Dass du recht gehabt hast.«

»Ich würde zu gerne wissen, welche von unseren vielen Streitereien da wohl gemeint war.«

»Spielt doch eigentlich keine Rolle, oder? Hauptsache, er ist über den Berg und es geht ihm einigermaßen gut.« Elizabeth hielt kurz inne. »Tom und ich reisen in ein paar Tagen ab.«

»Heiratet bloß nicht ohne uns. Untersteht euch!«

»Würden wir doch nie wagen. Schade, dass Dad nicht dabei sein kann, denn wir werden auf alle Fälle in England heiraten. Wie Tom schon gesagt hat, die Bluttests hierzulande würden nur Verwirrung stiften.«

Adela lachte.

»Verständlicherweise. Ich kann das alles auch nicht ganz fassen. Wirklich unglaublich.«

»Aber du hast es ins Rollen gebracht. Ohne deine Hartnäckigkeit mit Vlad würden Heather und ich noch immer in unseren selbst geschaffenen Identitäten leben.«

»Aber du hast Laran vernichtet und dich und Heather aus seinen Fängen befreit.«

»Mit ganz viel Hilfe und Unterstützung. Ohne dich und Meg hätte ich es nie geschafft.«

Darauf schwiegen sie. Man brauchte diesen Abend nur anzusprechen, und schon schnürte es ihr die Kehle zusammen, und es lief ihr kalt den Rücken hinunter. Während sie über den feuchten Sand zurückmarschierten, warf Elizabeth einen Blick zum Haus hinauf. Tom erwartete sie auf der Veranda. Er winkte ihnen zu, als sie den Pfad die Klippen hinauf erklommen, und ihr Herz machte einen kleinen Freudensprung.

Ja, ihre Zukunft war jetzt und für immer ausgerichtet auf Tom Kyd.

Weltbild Buchverlag
–Originalausgaben–
Deutsche Erstausgabe 2008

Published by Arrangement with KENSINGTON PUBLISHING CORP.,
New York, NY, USA
Dieses Werk wurde vermittelt durch die Literarische Agentur
Thomas Schlück GmbH, 30827 Garbsen.

Sonderausgabe 2009

Projektleitung: Gerald Fiebig
Übersetzung: Christian Kennerknecht
Redaktion: Ingola Lammers
Umschlag: Zeichenpool, München
Umschlagabbildung: © Accornero, Franco via Agentur Schlück GmbH
Satz: avak Publikationsdesign, München
Gesetzt aus der Sabon 10,5/12,5 pt
Druck und Bindung: CPI Moravia Books s.r.o., Pohorelice

Gedruckt auf chlorfrei gebleichtem Papier

Printed in the EU

ISBN 978-3-89897-944-3